新生代戏剧论丛　主编 邹红

重构与阐释：历史题材话剧（1917—1949）改编研究

郭玉华／著

CFP 中国电影出版社

图书在版编目（CIP）数据

重构与阐释：历史题材话剧（1917—1949）改编研究/郭玉华著.—北京：中国电影出版社，2018. 3
（新生代戏剧论丛/邹红主编）
ISBN 978-7-106-04881-5

Ⅰ.①重… Ⅱ.①郭… Ⅲ.①历史题材剧（话剧）—研究 Ⅳ.①I053

中国版本图书馆CIP数据核字（2018）第045791号

责任编辑：朱翠芳
封面设计：橙　果
版式设计：汪　成
责任校对：蒋芳仪
责任印制：张玉民

重构与阐释：历史题材话剧（1917—1949）改编研究

郭玉华　著

新生代戏剧论丛　　邹红　主编

出版发行　中国电影出版社（北京北三环东路22号）邮编100013
电话：64296664（总编室）　64216278（发行部）
64296742（读者服务部）　Email:cfpygb@126. com

经　　销　新华书店
印　　刷　中国电影出版社印刷厂
版　　次　2018年10月第1版　2018年10月北京第1次印刷
规　　格　开本/170×240
印张/18.75　字数/270千字

书　　号　ISBN 978-7-106-04881-5/I・1223
定　　价　65.00元

目　录

前　言　1

第一章　历史题材改编话剧的兴起　7

第一节　历史题材改编话剧兴起的原因　8

一、社会史观变迁　8

二、政治审查制度　14

三、大众因素　21

第二节　改编概况与题材倾向　27

一、改编概况　27

二、题材倾向　29

第二章　历史题材改编话剧的叙事原则及模式　32

第一节　叙事原则　32

一、历史性前提　32

二、现实性取向　39

三、诗性品格　45

第二节　叙事模式　58

一、历史记忆的认同与非认同　58

二、契合时代的意识形态化叙述　60

三、民族化叙事　69

第三节　戏拟历史的反向叙事——以卫聚贤的《雷峰塔》为例　77

一、白蛇故事的变异脉络 78
二、《雷峰塔》的反向叙事分析 82
三、反向叙事与正史意图 86

第三章 富有时代特色的语言与戏剧结构 91
第一节 语言的时代性和个人化 91
一、充满激情的诗意表达 92
二、以史为鉴的口号式语言 102
第二节 富有特色的戏剧结构 106
一、顾毓琇剧作的人性结构 106
二、由盛到衰的结构设置 112
三、抒情结构的隐喻 118
四、太平天国历史的权欲与反思结构 125

第四章 人物的重塑与虚构 137
第一节 历史人物形象的反定型化建构 138
一、人物多元性格塑造 138
二、历史人物的权奸化塑造 143
三、历史反面人物的翻案 150
四、女子群像的塑造 161
第二节 虚构人物的塑造 182
一、失事求似 183
二、虚构人物的类型 189
三、虚构的功能 200

第五章 传统主题的重释与改写 206
第一节 复仇主题的现代阐释 206
一、现代文学时期的刺客、复仇戏 206

二、复仇主题与民族大义 208
三、刺客之死与功臣隐逸 217
第二节 爱情主题的现代阐释 223
一、女性主体自觉意识的强化 224
二、爱情现实力量的强化 229
三、爱情“翻案”与新释 233
第三节 兴亡主题的现代阐释 245
一、现代文学时期的兴亡戏 245
二、亡国悲剧与社会批判 247
三、悲剧英雄与曲终奏雅 256

结 语 260

参考文献 265

附 录 279

前　言

现代文学时期是历史题材话剧发展的重要时期，产生了丰富的历史题材剧作，形成了独特的艺术风格。在此，涉及两个重要的范畴：历史与改编。历史是意指过去的时间与事件集合的范畴，涵蕴多元混杂、冲突矛盾的文化信息、价值观念，是社会发展中各种精神现实生成的资源宝库。改编则是艺术范畴，是基于与原作或原事件对话基础上的重新构造，内含着对事件的重新叙述和重新阐释等要求。话剧创作者往往借助对历史人物、事件的审读和阐释，抽取某种意义和题旨，顺承或批判历史的某些精神取向，凸显或压制历史中的某类价值，以服务于各自时代的政治、文化需求。因此，历史题材的改编也就成为话剧创作者回望历史，观照现实的一种重要方式。但关于历史题材的改编存在着两种争论，一是改编与创作的关系问题，二是历史题材改编与历史的关系问题。

改编是创作还是对原作的摹仿，虽然在现代文学时期并未作为明确的命题提出，但一些艺术家、理论家在改编实践或理论阐述中实际上暗含着对改编是创作或摹仿的认可与否。即如历史题材的改编，王独清的创作实践表明其认同改编是新的创造，而顾仲彝则恰恰相反。[1]由于各执一端，明晰的界定依然难以形成。因为这一命题中隐含着一个理论困境，即如果改编是摹仿，那艺术的创造性价值是否会被抑制？而如果只是借取原作的躯壳进行新的创作，那与原作的承传关系又如何显示？这

1　王独清.貂蝉［M］.上海：江南书店，1929.顾仲彝.今后的历史剧［J］.新月，1928，1(2).

一问题在当代还存在一个保护民族遗产和发展现代艺术的问题，尤其涉及到古代艺术的改编。比如周星指出名作改编面临如何协调“保名著”和“创新路”的两难。[1]对此，当代学界虽然依然有各种声音，但一般认为要“在尊重原著保留原著精华的基础上，进行再创造。”[2]“忠于原作”，但不迷信原作。[3]当然，这一界说是总括性的描述，但已经突出了改编的“再创造”的性质。

而具体到话剧改编，情况则更为复杂，因为话剧相比一般艺术门类“需要提炼冲突和戏剧性，紧缩时空”，而且需要在承传的同时，进行语汇转型。廖奔即以话剧《生死场》的改编为例，指出通过语汇转型，可以使改编作品产生“比原创更大的影响。”[4]可见，话剧改编时对原作改写、重组的幅度更大，而重新阐释中植入的剧作者主观意识更丰富，创造性也更强。但不能忽视的是，话剧等改编在与原作的关系上，不会只有一种关系。也就是说，改编可以有不同的类别。邹红曾着眼于改编作品与原作的关系，将改编分为两类：移植性改编和创造性改编，前者强调“不同艺术样式之间的移植”，而后者则突出“并不以忠实原作为终极追求”的创造性转换，“原作对于改编者不是一个移植的对象，而仅仅是引发改编者创造欲望的契机或触媒”。[5]但她指出了两类改编都离不开改编者的主观能动性，他们对原作不是机械复制，而是以“改变”去再创造，使剧作或保持原作的神韵，或生出新的题旨，产生新的艺术魅力和价值。从这一层面上，可以说改编与创作不相伯仲。

话剧改编“据之进行再创作的对象”如果不涉及历史人物、历史事件，学界则一般只关注改编中的人物性格、冲突及主题的变更或深化等艺术层面的问题。而一旦涉及历史人物、事件，改编问题就变得复杂，研究和讨论则在艺术与历史层面等不同维度展开。自20世纪20年代起，

1 周星.对影视创作中名作改编问题的思考［J］，中州学刊，2008（2）.

2 戏曲研究所.传统剧目改编研讨会综述［J］. 文艺研究，1994（6）.

3 曾昭弘.《西厢记》改编琐谈［J］. 剧本，1994（6）.

4 廖奔.关于名著改编［J］. 文艺研究，2001（2）.

5 邹红.如何对待名著的改编［J］. 戏剧文学，1998（2）.

以郭沫若、邵荃麟、顾仲彝等剧作家、理论家为代表，着力探讨史与剧的关系和史剧定位，寻绎历史题材剧的本质。[1]至20世纪60年代，吴晗、李希凡、王子野、朱寨等人在《光明日报》《文学评论》《剧本》等报纸刊物中发起争鸣，问题直接转换为历史剧是历史还是艺术的争论，且将研究扩展到如历史剧的特点、历史真实问题、创作的原则、古为今用的问题等方面。[2]这种探讨在20世纪80、90年代尚有余续。回顾关于史与剧的探讨，无论认为历史剧是艺术还是认为历史剧是历史，都希望调和历史题材剧作中的历史与艺术的成分。但因为历史剧作为艺术却描写历史的特殊性，及历史性与艺术性兼有的品格，使争论很难形成交集。2005年童庆炳的《历史3——历史题材文学创作的历史真实》则具有里程碑的作用。他通过历史的分层描述，提出历史1、历史2和历史3的概念，确立了历史本事（历史原貌）、历史知识形式（史书）和历史小说或历史剧的历史真实的三个层递结构，厘清了历史在不同维度的蕴含。依据

1 当时一些争论的主要观点可参见顾仲彝的《今后的历史剧》(《新月》1928，1(2))、荃麟的《两点意见》(《戏剧春秋》1942，2（4）)、诸家（黄旬记录）的《历史剧问题座谈》(《戏剧春秋》1942，2（4）)、郭沫若的《谈历史剧——在上海市立戏剧学校的演讲》(《文汇报》1946–06–26（1）)等；还有一些剧作家在剧作序言中阐释对于史与剧关系的理解，如周贻白的《连环计・序》(世界书局，1945)、陈白尘的《历史与现实——史剧〈石达开〉代序》(《戏剧月报》1943（4）)、姚克的《清宫怨・序》(北京：人民文学出版社，1980)、夏衍的《历史剧所感》(《夏衍选集（第四卷）》，四川文艺出版社，1988）以及周靖波《中国现代戏剧序跋集》(北京：北京广播学院出版社，2003）所收录的相关序跋；当代一些研究者也曾对当时的论争有专门的研究，如邓齐平的《中国现代历史剧“史”“剧”争议评析》(《理论与创作》2004（1）)、孙书磊的《20世纪历史剧争论之检讨》(《南京师大学报》2005（3）)等。

2 20世纪60年代的历史剧问题争鸣相比现代文学时期更具针对性和学术性，且更为集中，如吴晗的《谈历史剧》(《文汇报》1960–12–25（2）)、《论历史剧》(《文学评论》1961（3）)、《再谈历史剧》(《文汇报》1961–05–03(2))、《并非争论的“争论”》(《光明日报》1962–04–28(4))、李希凡的《“史实”和“虚构”——漫谈历史剧创作中历史真实与艺术真实的统一》(《戏剧报》1962(2))、《答吴晗同志——〈说争论〉读后》(《光明日报》1962–04–07(4))、茅盾的《关于历史和历史剧》(《文学评论》1961（5/6）)、王子野的《历史剧是艺术、不是历史》(《光明日报》1962–05–08（4）)、张真的《古为今用及其它》(《剧本》1961（1）)、张真的《论历史的具体性》(《剧本》1961（5/6）)、李纶的《有关历史剧的几点感想》(《剧本》1961（1）)、王季思的《多写写这样的历史故事戏》(《剧本》1961，(2/3))、戴不凡的《历史剧三题》(《红旗》1962（6）)、朱寨的《关于历史剧问题的争论》(《文学评论》1962（5）)、朱寨的《再谈关于历史剧问题的争论》(《文学评论》1963（2）)等。

这一结构，他指出如“历史学家对于历史小说或历史剧的种种‘不符合历史真实’、‘不尊重历史真实’、‘不符合历史原貌’等一类批评，常常只是对于历史2的迷恋，对于史书的迷恋，并非要小说家或剧作家真的尊重历史1——历史原貌，因为历史本真原貌基本上是不可追寻的。”[1]

既然历史题材改编剧作处于历史3的维度，那改编者面对历史2中的正史或野史记载，如“屠案贾对赵家的灭门”、岳飞抗金、妲己与纣王的荒淫、残酷导致国家灭亡，或卓文君与司马相如私奔，都有相似的叙述、阐释权利及想象以补足历史空白的自由。如果后世改编者所依据的原本不是历史3系列中的艺术文本——如当代改编者根据纪君祥《赵氏孤儿》改编的话剧，而是根据历史2系列中的历史文本进行改编，那么不同时代的改编剧作间也就不存在原作与摹本的等级序列。它们的差异仅在于对历史2记载的辨识与选择的不同，在于叙述和阐释的重点有别。每一剧作由于剧作者的文化、价值观念及人文信仰，对历史事件重新叙述和阐释，其对历史人物、事件意蕴都将是对历史1的靠近。历史题材改编剧作在同一序列上，以具有创造性的、不同的历史阐释和历史精神的开掘，共同完成对历史的叙述，并丰盈历史的多重面相。

此外，历史事件的传播很大程度上依赖于艺术，历代文艺者以不同的方式言说历史，评价历史，而社会各层面的大众在欣赏艺术时则接纳并进一步传播其中的历史信息。这种历史——艺术者——接收者的结构形成了艺术视野中的历史3，与历史1、历史2有时存在很大距离——其中有歪曲、错谬，也有校正、修改，即如郭沫若以“翻案”为目的的历史题材改编话剧。他基于历史考证重新评价曹操、武则天，进而以剧作的形式复现“去妖魔化”的曹操、武则天，使观者体味到他们在历史2中被刻意遮蔽的人性善、治世上的才能等。相比于一些记载曹操、武则天的历史著述，郭沫若剧作中的形象或许更接近历史，其思想品德及历史功绩的评价更符合于历史本真。从这一意义上来说，历史题材话剧

1　童庆炳.历史3——历史题材文学创作的历史真实［J］.人文杂志，2005（5）.

并非历史记述的附庸，而是与历史记述具有相似的叙述与阐释功能。不过它修补、校正历史记载中的虚妄不实，借助的是形象化的语言、情节。在这一意义上，可以将历史题材改编话剧称之为“重构历史的现实文本”。

历史题材改编话剧作为百年话剧发展史中的重要组成部分，其历史价值、审美价值及改编/创作经验对后来历史题材的创作/改编有深远的影响。对它的深入研究有助于深入地理解话剧的民族化、现代化的发展进程。近几年历史题材改编问题研究虽然较为丰富，但涉及现代文学时期历史题材话剧改编的相对较少。因此，论文将着重研究现代文学时期历史题材话剧的改编问题。探讨现代文学时期（1917—1949）历史题材话剧改编中对于历史的处理。

研究范围限定为话剧中“历史题材改编问题”研究，有两层意思。第一，突出是从题材分类的角度研究这类话剧，以艺术逻辑而非历史逻辑作为研究的主导逻辑，以艺术审美视角而非历史视角作为主导视角，分析历史题材剧作与思潮。第二，从历史题材改编话剧的具体实践分析，它有狭义和广义两个含义。前者专指改编自历史题材艺术作品的话剧。后者则扩展了历史题材话剧中改编研究的范围，使改编不仅指对于历史题材艺术作品的改编，而且涵括了以历史人物（甚或传说人物）为原型——其核心情节采用历史文本的记录、民间传说或历史题材艺术作品中已成型的情节——而编写的话剧。现代文学时期历史题材话剧改编属于广义的改编，包括历史艺术作品改编话剧，历史文本改编话剧——如根据《史记》《左传》《战国策》《三国志》《后汉书》等正史和野史、演义等的改编作品，历史民间传说改编话剧——如向培良的《白蛇与许仙》、顾一樵的《白娘娘》、魏如晦的《牛郎织女传》、杨荫深的《一阵狂风》等，还有一些剧作家会综合各类历史材料进行改编。

本书立足于历史题材现代化的思路，将通过考察现代文学时期历史题材话剧的文本群落，解读代表性话剧文本，探讨现代文学时期历史题材改编话剧的兴起，改编中遵循的叙事原则、叙事模式及运用的具体策略。之所以选择这样的研究脉络，是基于总体考察和具体研究相结合的思路。希望在历史题材改编话剧兴起原因的探析中发现现代文学时期社会史观变迁、政治审查制度、大众审美趣味等外在因素对改编理念的左右及影响程度。而叙事原则和叙事模式的研究，则是希望在总结现代文学时期历史题材话剧改编趋同特性的基础上，发现其与古代、当代同类改编的差异性，以及历史继承性和变更创新性。在此基础上从改编主题和具体改写策略细描现代剧作家在历史事件、历史人物等方面的处理，更能突出其创新性和时代风貌。这一研究力求在准确评价当时历史题材改编话剧的基础上，为当代历史题材的话剧改编提供有所帮助的评判视角。

第一章　历史题材改编话剧的兴起

任何文艺现象的兴起与衰落都有深刻的社会原因，这是文艺的社会属性所决定的。因此研究现代文学时期历史题材改编话剧，首先要考察其兴起的原因。中国历来重史，古代戏曲、小说中不乏写历史鉴当世的作品。但当现代剧作者以话剧的形式展演历史事件、塑造历史人物时，却有着超越于古代一般知识者的目的。社会史观的变迁、政治环境的变化，在很大程度上影响到剧作者分析、评判历史的维度；借历史传播新的思想则需要获取大众的认可。而丰富的历史文本资料则为话剧改编的兴起提供了充足的资源。如“历史故事和传说、旧小说（包括弹词小说）以及杂剧传奇等”[1]为现代剧作家的改编提供了丰富的历史题材。现代文学时期历史题材话剧不仅在数量上颇具规模，而且在题材上变化很大，剧作者除了承袭古典戏剧经常运用的题材，更在此基础上，结合现实需求，从正史、野史、文人杂记等文献中汲取滋养，改编了一批题材各异、主题不同的历史题材话剧。他们对历史题材的取舍显示出改编的时代特点和现代特征。

1　欧阳予倩.谈文明戏//中国话剧运动五十年史料集（第一辑）[C].北京：中国戏剧出版社，1985：47-106.

第一节　历史题材改编话剧兴起的原因

一、社会史观变迁

话剧是由西方传入中国的一种艺术门类，话剧与历史题材相结合是话剧民族化的重要途径，它的兴起以及改编中的具体处理与当时的历史观念息息相关。

张灏在《中国近代思想史的转型时代》中把1895—1920年间的25年称为中国近代的转型时代，在这一转型时期面临着三重危机，即价值取向危机、精神取向危机和文化认同危机。“所谓取向危机是指文化思想危机深化到某一程度以后，构成文化思想核心的基本宇宙观与价值观随着动摇，因此，人的基本文化取向感到失落与迷乱。”他以四川知识分子宋育仁的话为例，指出了对取向危机的理解。

> 其（指西学）用心尤在破中国祖先之言，为以彼教易名教之助，天为无物，地与诸星同为地球，俱由引力相引，则天尊地卑之说为诬，肇造天地之主可信，乾坤不成，两大阴阳，无分贵贱，日月星不为三光，五星不配五行，七曜显于不伦，上祀诬为无理，六经皆虚言，圣人为妄作。据此为本，则人身无上下，推之则家无上下，国无上下，从发源处决去天尊地卑，则一切平等，男女决有自由之权，妇不统于夫，子不制于父，祖性无别，人伦无处立根，举宪天法地，顺阴阳，陈五行诸大义，一扫而空……而我为操器，可不重视之乎？[1]

用“五行”解读历史、解释封建社会的三纲五常，确立等级序列，

1　张灏.中国近代思想史的转型时代［J］. 二十一世纪，1999（52）.

用“五德”的更替、循环解释历史变迁和王朝更替，不仅为阶级间的差别树立了合理的宇宙根由，而且一定程度上导致了人们对历史无所作为的消极，尤其对新旧思想的更替抱着消极的态度。这与中国近现代更迭交替的社会现状，以及人心思变、渴求平等的精神取向形成了内在的对立。虽然“一部周易全无用处，洪范五行，春秋灾异，皆成瞽说”的推衍过于极端，但毕竟“人身无上下，推之则家无上下，国无上下，从发源处决去天尊地卑，则一切平等，男女决有自由之权”，符合于时人的渴望，也符合于社会发展的潮流。西方进化论思想入驻中国也就有了深厚的社会基础。

但辨识当时影响中国知识界的进化论思想，与达尔文的进化论思想有较大出入。达尔文从生物演变过程中发现了生物生存变异的法则和规律，把生存斗争、变异、发展的过程称为“自然选择”，提出了“适者生存”法则。后来被斯宾塞等人推广到社会历史领域，阐释历史更迭，解释历史事件发生、发展的规律。但当时的中国知识界对适者生存思想更倾向于发现现代价值，从而革除旧弊，抨击传统，按照现代观念重新构造社会，创生新的中国。如梁启超在《少年中国说》中意欲传达从根基处生发的对中国超越列强、走向强盛的信心。以史学家为代表的知识者也以历史演进为本，追求“诏示来兹”的用途。如章太炎剖析进化论时，也侧重“进化”无非是“社会政治盛衰蕃变之所原”，[1]将之理解为社会进展中破与立共存的过程。其重点不在廓清历史的尘翳，而在消除当下的迷障，“他的史学，目的并不是钩沉发隐，为史而史，而是要经世致用”。[2]他在《菿汉微言》中所谓的“始则转俗成真，终乃回真向俗”，[3]体现了当时先进知识者用心所在。无论是否真正领悟到进化论史观的内在精髓，他们对“回真向俗”方式都是倾心以求的，希望以现代意识审读历史，将历史识见传播开来，以之参与社会，校正民众的思想。进化

1　章太炎.章太炎全集（3卷）[M].上海：上海人民出版社，1984：330.

2　张汝伦.现代中国思想研究［M].上海：上海人民出版社，2001：44.

3　章太炎.章太炎政论选集（下册）[M].上海：中华书局，1977：736.

论思想积极入世与变通革新的精神，使知识者意识到“经世致用”的前途。

当时盛行一种观念，即“中国传统思想根本不可能产生任何有进步意义的东西，因此，只要是进步的思想，一定来自西方”，[1]这也是张汝伦将进化论认定为“现代中国主要的意识形态”的原因，因为“无论是进化还是进步，中国人都不是将其作为一种思想或学说，而是作为一种信仰，一种寄托了对于自己和民族以及人类命运全部希望的强烈信仰。”[2]当时中国的一些才俊信奉西方科学、自由之思想，以西方为楷模，以改革为使命，开始改造中国的实验，寻找落后中国与先进西方间的差别。由此也推动了文艺界重新审视历史的风潮，并以反叛和改造为基本特征，即改造保守的、传统的，而代之以新的。

话剧的引进正是学鉴西方的产物。田本相指出1907年春柳社“演出了法国小仲马的《茶花女》第三幕和《黑奴吁天录》，其演出形态摒弃唱腔，改用口语对话演绎故事，在形式上迥异于传统戏曲而接近西方戏剧（drama），它开启了中国话剧历史的先河。”[3]从话剧名称的演变看，也颇有进化的意味，先称“新剧”后称“文明戏”，至“1927年，早期的剧作家之一田汉采用了‘话剧’这一名称，‘以表明它与传统的京戏——基本上是‘唱的戏剧’的重大背离。’”[4]剧作者抛弃了中国传承已久的戏曲传统，使表演脱离了音乐、舞蹈等限制而以道白的方式表现，以写实的方法展现社会的风俗、民情等。话剧的背离，更表现于其相对传统戏曲的战斗性。当时剧作者利用话剧抨击传统文化中压抑人性、专制虐人、麻木人心的部分，以引进新的西方思想，阐发新的社会、人生理念为开端。

现代文学时期各种观念思潮更迭，剧作家或接纳进化论，或服膺唯

1 张汝伦.现代中国思想研究［M］.上海：上海人民出版社，2001：48.

2 张汝伦.现代中国思想研究［M］.上海：上海人民出版社，2001：83.

3 田本相.二十世纪中国话剧回眸——《中国话剧辞典·序》［J］.邵阳师范高等专科学校学报，1999（6）.

4 费正清，费维恺.剑桥中华民国史（下卷）［M］.北京：中国社会科学出版社，1994：528.

物史观，作为审视历史的核心理论，观审历史题材将之改编为话剧，并加以现代阐释。这符合当时进取的思潮，也成了历史题材改编的重要方式。“用进化论改造传统的历史观，使之进一步系统化、条理化，赋予它新的内容和更强的理论色彩，使之成为适应国内社会变革需求的新历史观和方法论。”[1]大多数剧作家希望历史题材改编探讨历史的兴衰缘由，以既往之经验改变现实的种种弊病，使民众获取更为明智的历史识见。进化论的历史眼光和经世致用的现实指向，使剧作家在历史题材的大众亲和力之外，更青睐于历史重释后可能产生的感召力。这在很大程度上推动了现代话剧历史题材改编的风潮。如1917—1927十年间的历史题材改编话剧约有51部。有借国外历史题材影射中国现实的，如郑正秋的《卖国奴》、培良的《三民鉴》；有探寻王朝灭亡原因的，如《纣王宠妲己》（作者待考）、姚伯欣的《明末遗恨》；有探寻爱情自由与民主精神的，如寒蝉的《中古时代之文明结婚》、凤汉的《孔雀东南飞》、郭沫若的《卓文君》《王昭君》。剧作家以新的精神阐释旧的历史事件，探问国家兴衰之变的原因，张扬自由、自主的现代意识。

传统戏曲中最为繁盛的当属于历史题材类作品，诸如楚霸王戏、包公戏、曹操戏、三国戏、水浒戏，不胜枚举。其中或多或少总有知历史之兴衰，感当下之变易的意味。但传统戏曲往往渗透着“后之视今，亦犹今之视昔”的理性观念，“天下大势，分久必合，合久必分”的历史循环论思想，也往往以团圆的结局消弭事件背后隐藏的悲剧性。王国维在《红楼梦评论》中即曾指出：“善人必令其终，而恶人必罹其罚：此亦吾国戏曲、小说之特质也。”[2]而现代剧作者改编时，则有意识地改变着历史故事中陈陈相因的果报观念、忠君仁义思想为主的格局，而以直指现实问题的切近性作为延展剧作的根由。自1917至1949年，历史题材改编话剧在题材范围上突破不大，基本没有脱离元杂剧、明清传奇中已涉及

1　许建平.二十世纪中国古典小说戏曲研究的回顾与前瞻［J］. 河北师院学报（社会科学版），1997（3）.

2　王国维.王国维文集（第一卷）［M］. 北京：中国文史出版社，1997：11.

的。题材的同一与主题的差异，使理论家意识到现代历史题材话剧的重要地位，他们不再将之看作是传统戏曲的话剧翻版。如刘念渠即意识到历史题材在改编中发生了质的变换，“这里做为我们研究对象的历史剧，是伴随着新演剧（话剧）的发展而产生的东西，与封建社会的历史剧既无相同之处，也没有任何关系。”[1]但也有理论家对此颇有疑问，如蒲伯英主张：“历史剧只能叙述旧的习惯和传说，而不能加入（或者不便加入）打破习惯传说的新思想。”[2]从史的角度看，“只能叙述旧的”是为了历史的承传性，但从剧的角度看，则未免拘囿于传统，不能有所突破。而这对民众就很难发挥积极的作用。从实际情况看，剧作家重新观审历史文本时，几乎没有不变异旧说的，他们更倾向于发掘历史事件的当下价值，寻找其中的积极因子。以历史发展观念替代传统剧中的宿命论、循环论等思想，注入时代的新质，打破作为成规的题旨。

傅斯年在《新青年》五卷四号发表的《戏剧改良各面观》中指出：“旧戏是旧社会的照相……当今之时，总要有创造新社会的戏剧，不当保持旧社会创造的戏剧……使得中国人有贯彻的觉悟，总要借重戏剧的力量；所以旧戏不能不推翻，新戏不能不创造。”[3]顺应历史变化调整艺术，以新的视点、思维构造艺术，在现代时期是较为普遍的观念。沈端先曾提出“一切艺术的形式和内容，决不是凝滞固定，而是不断地流转的东西。”后又引用胜本清一郎的观点——“艺术价值的质的意味，因时代而变化。从来我们认为和艺术性距离最远的，最极端的普洛列塔利亚的agitation 和 propaganda 文学，我想，也是应该属于新的历史的登场者——普洛阶级的新的必要所招致的新艺术形态的。”[4]凸现“新的历史的登场者”和“新艺术形态”，意在强调随时代而变化的艺术走向。文中隐含着知识者对历史前进的信心和渴望。历史题材改编话剧中求新

1 刘念渠.论历史剧［J］.戏剧月报，1943（4）.

2 蒲伯英.戏剧要如何适应国情［J］.戏剧，1921，1（4）.

3 洪深：《洪深文集》［M］.北京：中国戏剧出版社，1959：28.

4 沈端先.到集团艺术的路//中国新文学大系·文学理论集一（1927-1937）［C］.上海：上海文艺出版社，1987：452-461.

变异的思想与之一脉相承。选择国人熟悉的历史故事，如三国戏、水浒戏等，并重述故事，重释意蕴，甚或为一些历史人物重新定性，也就暗合了普洛文学的原则。最起码历史题材话剧在社会意识的建构、服务民众、指向现实等方面与当时布尔乔亚式的艺术划清了界限。这类改编剧作往往呼应着社会中的某些问题，表征着剧作家先进的历史观念，与社会紧密结合。

以历史题材改编话剧启发民智是现代剧作价值取向的一大特点。毕竟同一题材却有迥异于传统剧作的题旨，才能引发民众的思考，起到疗救的效果。李泽厚在《中国现代思想史论》中把现代中国描述为启蒙与救亡的双重变奏，这一定位在学术界有很多争论。但五四以来以民主和科学为武器的知识分子，确实通过文艺手段传递着新的思想以改造国民。在这一意义上李泽厚的定位颇为准确。当代有论者在此基础上区分了启蒙理性与工具理性，认为："启蒙理性是资产阶级革命的前导，是精神力量、解放力量，它渗透在14世纪至18世纪西方哲学家、文学家、政治家的著作、言论和行动中。在他们的心目中，启蒙理性是教育人民、批判不合理制度、反封建反宗教的武器。"[1]对当时的知识者而言，国民因封建思想的束缚及文化教育的缺乏，对社会、人生及历史的理解难以摆脱封建道德伦理及忠义思想等桎梏。有论者由此甚至称民众为"愚民"。如果搁置指称背后隐含的知识分子精英思想不论，也可见出他们对启发民智的急迫心境。如赵清阁对民间重视关羽而冷落岳飞的现象至为不满——对于关羽，民众"更偏爱些，简直是近乎迷信地"。"尤其在北方，除非关羽和岳飞的庙是合并的，那么人们每逢给关羽焚香朝拜时，也顺便给岳飞插上三柱。或则是成了一种习惯，而绝没有敬奉关羽那样来得虔诚。"她认为民众之所以"远'忠'近'义'，薄于岳飞而厚于关羽"，正在于"民众的教育水准低，头脑简单"。她创作《关羽》即为改变民众对"忠"的淡薄观念，而借助关羽在民间的地位，"放大民众

1　王守昌，李伟中.启蒙理性与工具理性——对当代资本主义的一种批判［J］.学术研究，1998（5）.

信仰的聚点，把民众引到‘忠’的路上来”，从而“激发爱国思想，抗战情绪”。[1]

大部分历史剧作家改编时会综合利用多种历史记述，并于剧作中植入时代特质、个人气质等。因此，剧作中的历史人物都是“新”人物，是剧作家根据以往历史文本，结合历史人物的性格逻辑与时代需求整合而成的。这类改编剧在很大程度上为当时的史观变迁提供了感性、具体的文艺支撑。当然历史对剧作者而言并非仅是影射当下的工具，历史事故与知识者心态内在的关联性，使很多知识者在回溯历史时，以正本清源的态度为倾慕的历史人物树碑立传，以此探究人性、操守、忠诚、正义等主题。就如陈白尘所言：“一个历史剧作者……该深入到历史里去研究、探讨、追寻，在科学方法的帮助之下，将歪曲了的扭直，阉割了的补全。使历史本身先恢复自己的面目。”[2]他反对以社会指涉为目的的歪曲，而宣扬叙古人之事，纠古今理解之偏谬的改编态度，以使历史中淳朴、积极、正义的精神不会泯灭，历史中品格高洁的人物得以永存。

历史观念的变化是现代文学时期历史题材改编话剧兴起的基础性动因。虽然不同剧作家各有其历史观念，对历史题材会有不尽相同的处理，但也因此使剧作家的重读和重释趋向多元，使历史中的爱情、兴亡题材的选择、考虑和主旨提炼各有侧重，各有特点，从而保证了现代剧作在思想和艺术上的独特价值。

二、政治审查制度

艺术与政治始终存在着密切的关系，政治对艺术的影响方式因时代、艺术门类等有所不同。对历史题材话剧的改编而言，审查制度作为政治控制力的表征，直接促成了其兴起。

据马俊山的研究：“南京政府时期与戏剧有关的立法，战前仅有三种，即广东省教育厅的《戏剧改良规程》（1928），国民党中央的《文

1 赵清阁.关羽［M］.南京：正中书局，1947（沪三版）：4.

2 陈白尘.太平天国［M］.上海：生活书店，1937：6.

化团体组织大纲》（1930）及其‘施行细则’（1931）和‘修正原则’（1932），以及国民党中宣部为对抗左翼文艺制定的《通俗文艺运动计划书》（1932）。其中都只规定了剧本审查的方法和原则。”[1]而实际上1931年上海市教育局同样制定了关于戏曲的审查规则。1931年，上海市政府要求教育局拟订《戏曲审查规则》，“一俟批准，即由其主持成立的审查戏曲委员会负责具体事宜。”从而制定了《上海市教育局审查戏曲规则》，其后修订为《上海市教育局审查戏曲及唱片规则》。在最后修订的审查规则中，第二条规定了“凡在本市表演歌剧词曲杂耍及其它戏曲或制售唱片者均适用本规则”；第三条“凡未经审查之戏曲或唱片应由编制人或持有人备具申请书说明书及演员名单各二份连同剧本或唱片送请本局审查”；而在第九条则明确指出：“凡经审查合格之戏曲或唱片如发现与原审查有不符之处除立即撤消其执照停止公演或发售外并函请公安局取缔”。而关于“不符之处”《规则》中也有明确规定：“（甲）违反党义及侮辱国体者（乙）妨害风化及公安者（丙）提倡迷信邪说者”，均要予以禁止，而“（甲）迹近神怪者（乙）妨害名誉者（丙）情节离奇者”，则要予以修正。[2]

统治者制定相关的审查制度是掌控戏剧最为直接，也是最为严峻的方式，这与剧作宣传、批判功能密切相关。话剧因使用白话，情节简明直接、思想浅近易懂，极具鼓动性，影响力远远超过了其他艺术门类。洪深对此有深切体验。“因着表现的形式和客观的条件等关系，其他的艺术部门总不能及得戏剧这一部门含有绝大的感染性和渗透性。”“在城市内，话剧固然有把旧歌剧取而代之的趋势；在农村，更显出话剧有无限发展的威力！话剧竟然超越她的姊妹群而昂首前行了！”[3]话剧在民众中的影响力使之成为启蒙和新民的工具，针砭时局的阵地。抗战前国民

1　马俊山.1937：话剧突围［J］.上海艺术学院学报·戏剧艺术，2002（1）.

2　上海市教育局第四科通俗教育股.审查戏曲［M］.上海：上海市教育局第一科出版股，1931：84-86.

3　洪深.最近的个人的见解——《走私》自序//周靖波.中国现代戏剧序跋集［C］.北京：北京广播学院出版社，2003：26-32.

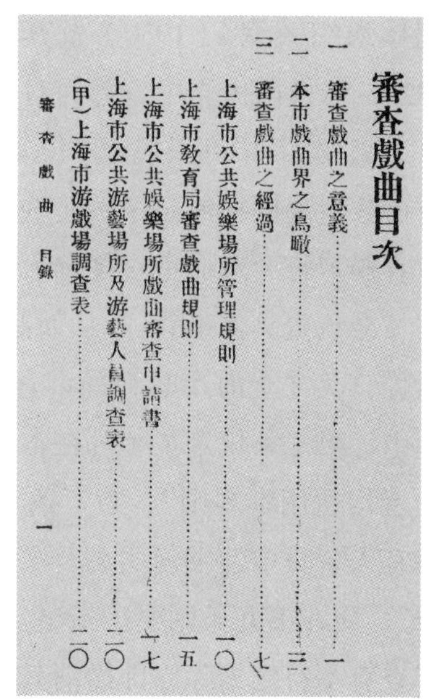

審查戲曲目次

一 審查戲曲之意義……一
二 本市戲曲界之鳥瞰……三
三 審查戲曲之經過……七
上海市公共娛樂場所管理規則……一〇
上海市教育局審查戲曲規則……一五
上海市公共娛樂場所戲曲審查申請書……一七
上海市公共游藝場所及游藝人員調查表……二〇
（甲）上海市游戲場調查表……二〇

審查戲曲 目錄 一

党警惕于进步团体、进步作家以演剧的方式宣传进步思想，往往采取禁演、查封、逮捕演员、剧作家方式，实行文艺上的压制。上海特别市公安局在1931年查封艺术剧社即是突出的例子，而查封行为恰如《艺术剧社为反抗无理被抄封、逮捕告上海民众书》中所表述的：“充分地表现统治阶级在革命高潮快要到来而本身快要崩溃时，为了企图苟延残喘，便对民众们加以非理的压迫！”[1]

但当时对历史题材剧的审查则相对宽松。如阿英的《碧血花》送审时改为《明末遗恨》，“象是当时从周信芳同志经常在唱演的同名京戏改编过来的”，躲过了审查。[2]郭沫若的《屈原》亦是借历史的外壳得以在国民党的报纸上发表，并在剧院上演。当时国民党有诸多政令，剧作家不得不小心笔墨，躲避文字罪责的罗织。而从生存角度考虑，也要避开审查制度，以期剧作能顺利刊出、上演。因此，一些剧作者为避免审查和迫害，不得已遁身于历史题材以表达思想。陈白尘在《漫谈历史剧》

1 艺术剧社为反抗无理被抄封、逮捕告上海民众书//中国话剧运动五十年史料集（第一辑）［C］. 北京：中国戏剧出版社，1985：305-307.

2 阿英.阿英剧作选［M］. 北京：中国戏剧出版社，1980：14.

中即表述过躲避审查而写历史的意思，“本来，演剧之遭受迫害，是较甚于其它艺术部门的。……若要搬上舞台，这样的自由，我们是不被许可的。——甚至把它印在书本上都不可能！——这样，剧作者们之掉转笔杆，齐对‘历史’，企图‘借题发挥’，‘指桑骂槐’，给生活在现实里的人们一些‘讽喻’，自是必然的。”[1]而洪深在《十年来的中国戏剧》中也指出：“剧作者为什么要去取用历史的材料！无非是为了采用当前的事实有许多的不便；（例如对于我们的敌人不便明言，上海剧院即上演《西施》，以勾践灭吴的‘吴’来替代了。）虽然所采用的是历史的事实，但作者所企图的，仍是对那当代的人，说一句关于当代人前途的话！”[2]这使得当时的历史题材话剧的数量迅速增加。

但很多改编剧即使借助历史题材的掩护，却因“指桑骂槐”的隐喻和批判，仍脱不掉国民党当局的封杀。阳翰笙的《草莽英雄》在上演时，中央图书审查会表示难以通过。于是阳翰笙改“剧中汉留哥弟为保路同志会哥弟；改第三幕的开山堂为拜会结盟；唐彬加入汉留一场戏删掉”才最终得到准演证。[3]而如夏衍的《赛金花》“想以揭露汉奸丑态，唤起大众注意‘国境以内的国防’为主题，将那些在这危城里面活跃着的人们的面目，假托在庚子事变前后的人物里面”。[4]如通过磕头等细节讽刺、鞭挞当时国民党官员的丑态，以李鸿章比照当时国民党官员的庸碌。在1936年被搬上舞台“四十年代剧社”在上海连演22场后遭到禁演。时任中央宣传部长的邵力子谈及禁演一事时，揪住了夏衍剧作中一些漏洞和不足加以抨击，并为禁演寻找理由。比如“把赛金花这女人描写得那么伟大也是过分的”，“赛金花以美色去周旋瓦德西，去为洋兵办办粮草，去为北京内城的老百姓们求情，这叫什么？是‘瓦全’的精

1 陈白尘.漫谈历史剧［J］.新演剧，1937（35）.

2 洪深.十年来的中国戏剧//中国新文学大系·文学理论集一（1927–1937）［C］.上海：上海文艺出版社，1987：296–303.

3 石曼.重庆抗战剧坛纪事［M］.北京：中国戏剧出版社，1995：192.

4 夏衍.历史与讽喻——给演出者的一封私信//夏衍剧作集（第一卷）［C］.北京：中国戏剧出版社，1984：101–105.

神……我们现在所需要的是‘玉碎’的精神！”夏衍的《赛金花》禁演波及熊佛西改编的《赛金花》，他在抗议的同时也谈到了“为什么不迟不早的写《赛金花》这剧本呢？”这起因于他在北平的见闻，“一切，我感到与庚子年的情形太相同了，我恐怕庚子的故事又将在北平重演一回了。看到这些，我们还能漠然视之吗？当然，不，所以我想借赛金花的事迹来发泄自己、提醒人们（声音有些嘶哑了，是激昂，是愤怒，还是悲哀）。”[1]熊佛西以古射今的思想与夏衍是一致的，这恰恰触动了国民党官员敏感的神经。因此，他们以宁可错杀、绝不放过的手段，遏制一切可能的反抗。但正如邵力子和陈立夫等在言谈中透露的，对剧作的审查并未有完备的组织机构和系统的规章。

抗战开始之后，话剧创作面临着两方面的审查和制掣，剧作家的创作以及话剧的上演所面对的困难更多也更为严峻。一方面是来自日本侵略者。如上海的孤岛地区，如果想逃过日本人的审查，借熟悉的历史戏剧，传达新的精神，凝聚民族的信心，就成为一种无奈的选择。如施白芜所论及的，在上海“那样的环境里正面的抗敌剧本是不易演出的，按照‘石压笋斜出’的道理，上海剧坛流行着所谓古装话剧……又看过绿宝剧场上演周贻白作剧的《北地王》，即刘谌哭祖庙故事，编得颇好，反汉奸一段与现实密切联系引起了观众热烈反响。”[2]另一方面则主要是来自国民党当局的压制。在当时环境下，针对国民党的腐败、抗战中的畏首畏尾及消极抗战等问题，剧作家借历史题材进行讽喻性地批判，成为当时历史剧创作的一种潮流。田汉在1942年于桂林举办的《历史剧问题座谈》中指出：“最近两年来历史剧的产量颇多。上海自成为孤岛之后，想完全抓取现实题材来写戏是非常困难的事，所以许多朋友喜从历史题材找出路。”[3]此处，避开“抓取现实题材”主要是因为剧作审查的限制，使剧作家借着历史题材去批判社会。而田进在《抗战八年来的戏剧

1　刘半农.赛金花本事［M］. 长沙：岳麓书社，1985：274－275.

2　戏剧的民族形式问题座谈会中会［J］. 戏剧春秋，1941，1（4）.

3　诸家（黄旬记录）.历史剧问题座谈［J］. 戏剧春秋，1942，2（4）.

创作》中也指出在短短八年间，“直接描写抗战的作品锐减”。在他看来1941年是个分界点，“我们当然不会忘却一九四一年春以后，剧作者是在怎样情况下写作的。剧本出版审查和演出检查是双股利剪，夹在作家的脖子上，动弹不得。”仅以历史题材剧为例，他指出“前期写历史者占百分之十四后期写历史及半历史性者占百分之三十三”。[1]如果说抗战前国民党当局的审查更多着眼于剧作的演出情况，那抗战时期的审查则更为系统，分工更为明确。随着话剧介入现实、干预政治能力的加强及社会影响力的扩大，国民党开始通过制定审查制度、设立专门机构来控制话剧创作。

马俊山在《论国民党话剧政策的两歧性及其危害》中指出：“国民党在大陆执政期间（1928—1949年），先后制定、颁布和推行了一系列有关话剧的政策法规，内容主要包括执业登记、戏剧审查和捐税征管三个方面。对其影响最大的背景因素，一是国内政治格局，特别是国共两党的关系经历了从对抗到合作再到对抗的变化，始终左右着国民党的政策取向；二是话剧自身的发育程度，尤其是演剧形态从业余到职业的进展，则较多地影响到有关政策法规的具体内容。”[2]但从具体情况来看，当时国民党在意识到文艺出版的现实影响力并察觉到其明显的政治倾向时，他们便开始大规模地设立各类审查机构，以此控制和掌握文坛的动态，遏制一些政治批判类作品的出版、发行和上演。如1938年10月1日，“国民党中央宣传部、国民政府军事委员会政治部、内政部、教育部会同拟定‘中央图书杂志审查委员会组织大纲’”，成立中央图书杂志审查委员会。“从此，戏剧演出与出版亦归这项机构审查。”[3]1939年2月，国民党重庆市党部也成立了戏剧审查委员会，“处理剧本审查、剧团组织、影片放映及一切歌剧等演出事宜。”[4]1939年10月，“国民党中央宣传部成

1 田进.抗战八来的戏剧创作［J］.文联，1941，2（3）.

2 马俊山.论国民党话剧政策的两歧性及其危害［J］.近代史研究，2002（4）.

3 石曼.重庆抗战剧坛纪事［M］.北京：中国戏剧出版社，1995：25.

4 石曼.重庆抗战剧坛纪事［M］.北京：中国戏剧出版社，1995：33.

立剧本审查委员会，该会承中宣部电影戏剧事业处之指导，其职事为：1.审查国内中外电影公司、机关团体或个人拟行摄制电影之剧本；2.审查拟行出版或上演之剧本；3.设委员7至9人，电影戏剧事业处处长为主任委员，电影、戏剧两科科长，以及教育部、内政部所派主管人员为当然委员，余由中央宣传部遴选。”[1]1941年2月7日，借口“履行思想领导责任”，“统一各地文化领导机构”成立国民党中央宣传部文化运动委员会。[2]1941年4月15日，针对戏剧与电影剧本审查，国民党中央宣传部，“指示中央图书杂志审查委员会：一、目前一般戏剧描写颓废及暴露社会罪恶者触目皆是，此种作风，亟应革除。二、今后戏剧应着重表现理想生活及扬善方面。同时，对成仁之故事应避免，而应以成功之英勇事迹为剧本材料以增加人民对本党主义之信心与抗战之意志。三、本部可设置奖金征求优秀剧本。”[3]1942年2月16日，又出台了“剧本出版及演出审查监督办法”。[4]

国民党如此紧锣密鼓地制定各类审查、监督的办法，目的正在于遏制批判国民党当局的思想传播，并遏制共产党的进步作家借剧作传递意识形态思想。如1939年阳翰笙的《李秀成之死》在重庆演出后，剧团回到茶江，扮演李秀成的演员被活埋，参与演出的二十余人惨遭杀害。[5]随着国民党审查力度的加强，国共之间潜在地形成了审查与反审查，遏制与反遏制的斗争。针对审查，阳翰笙在题为《戏剧的新任务》的讲演中，提出戏剧是战斗的武器。而在1941年夏，阳翰笙也向周恩来提出利用戏剧反击蒋介石法西斯专政的计划。虽然剧作者借助太平天国、屈原、明末遗恨等系列剧，以隐喻的方式批判国民党消极抗战、挑起冲突，并将之告知于天下。但在国民党文化压制的总体策略下，话剧创作与上演都面临极大困难，稍有指涉的剧作都会被勒令修改。为了通过审

1 石曼.重庆抗战剧坛纪事［M］.北京：中国戏剧出版社，1995：41.

2 石曼.重庆抗战剧坛纪事［M］.北京：中国戏剧出版社，1995：62-63.

3 石曼.重庆抗战剧坛纪事［M］.北京：中国戏剧出版社，1995：67.

4 石曼.重庆抗战剧坛纪事［M］.北京：中国戏剧出版社，1995：87.

5 阳翰笙.阳翰笙选集・话剧剧本集［M］.成都：四川文艺出版社，1989：2.

查关，剧作家会不得已改变剧作的结构，如阳翰笙曾在《天国春秋》中增加了杨秀清、傅善祥、洪宣娇等人恋爱纠纷的描写。[1]而这样一来，原本成熟的剧作"一经删削，每每遍体鳞伤，或面目全非"。[2]而汪巩在回忆1943年新中国剧社的情况时，指出"在这期间，新中国剧社演出了《草莽英雄》(阳翰笙作剧，洪深导演)、《鸡鸣早看天》(洪深编导)、《牛郎织女》(吴祖光作剧，张友良导演)这几个剧目，和当时昆明民主运动的激烈斗争现实是远不能适应的，这也说明了在当时反动统治下从事戏剧运动的苦闷和矛盾。"[3]

政治审查制度对于历史题材话剧的改编是一柄双刃剑，是审查制度使现代一些优秀的剧作家选择以历史题材故事表情达意，而避免现实题材有可能引发的种种麻烦，但也是审查制度使历史题材剧作在其深度和现代价值重塑上举步维艰。虽然如此，历史题材话剧毕竟借着历史的面罩得到了快速的发展，形成了规模。

三、大众因素

旧剧在旧社会不过是玩物和把戏，但陈独秀却认为："戏园者，实普天下人之大学堂也；优伶者，实普天下人之大教师也。"[4]他意识到戏剧的教育作用，以舞台为平台，谈天下兴衰事，直面观众道出心中曲折幽微，展示对待人生、社会、历史的种种观念。这从元明清戏曲中也可察知一二。如包公戏意在显世间公道、天理昭昭，三国戏写忠奸义士与智谋巧计等，无论何种题材，都意在将封建的忠义、伦理思想渗于民众观念中，由此左右民众对历史的评判。现代话剧家不可能无视历史题材的魅力，他们在调整剧作适应社会需要的过程中，也会改编历史题材剧以

1　阳翰笙.阳翰笙剧作选［M］.北京：人民文学出版社，1956.

2　陈白尘.中国话剧的过去、现在和未来——在重庆雾季艺术节上的讲话//董健.陈白尘论剧［C］.北京：中国戏剧出版社，1987：391-427.

3　汪巩.新中国剧社的七年经历//中国话剧运动五十年史料集（第一辑）［C］.北京：中国戏剧出版社，1985：274-300.

4　陈独秀.陈独秀文章选编（上）［M］.北京：三联书店，1984：58.

适应大众，借古人事隐喻当下，吸取古代思想和经验。在这一过程中，历史剧承担了传扬历史精神的责任。

对民众来说，观看话剧的第一原则在于“趣味”。如果话剧寡淡无味，虽然可能其思想精妙，其语言隽永，却无法吸引观众，只能使人纷纷离席而去。如1920年汪优游演出的《华伦夫人之职业》惨遭失败，其原因是剧作的对白、情节及题旨都与中国观众的审美喜好相去甚远。因此，当时一些剧作者为挽留观众，在幕表及表演中强调滑稽的效果——欧阳予倩曾回忆当时的文明戏演出，“几乎每个戏里都有一个滑稽仆人，梳着一根红绳扎着小辫子，用铁丝藏在里面，弄得弯弯曲曲绕在脑后，一出台便把头一点，那根辫子就在脑后乱动起来，引得台下大笑。”即使台上的事再悲惨，“台下悲悯的情感完全送到九霄云外。”[1]但趣味与滑稽相差甚远，以调侃与滑稽动作逗乐并不能完全左右观众。宋春舫在《世界新剧谭》中指出：“剧虽小道亦与世道人心大有关系者也改弦而更张之是所望于有志之士矣”。[2]有很多论者甚至把话剧的失败，部分归结于这种为满足大众低俗需求而进行的妥协——宋春舫即指出：“近数年新剧（即白话剧）之失败固非以白话体裁而失败也剧本之恶劣新剧伶人道德之堕落实有以致之然其废弃旧有之音乐而以淫词芜语代之或为其失败原因之一欤”。[3]而刘念渠则把话剧开初的戏剧革新称作“昙花一现”，指出当时大多数剧作“流于市民趣味的迎合，不再注意内容，专一在形式上花样翻新，以求吸引观众来赚钱了”。[4]另外，迎合大众，还表现于以一些口号激发民众热情，却容易成为程式化的东西。比如陈大悲在《戏剧指导社会与社会指导戏剧》中提到：“天天扮‘激烈派’的，扭转身子，把头去凑上手腕擦眼泪。去正经角色的，开口便是‘四万万同胞’，‘手枪’，‘炸弹’，‘革命’，‘流血’；说几句肤浅的时髦新名词与

1　董每戡.中国戏剧简史［M］.上海：商务印书馆，1948：147.

2　宋春舫.世界新剧谭//宋春舫论剧·第一集［C］.上海：中华书局，1923：253-260.

3　宋春舫.戏剧改良平议//宋春舫论剧·第一集［C］.上海：中华书局，1923：261-266.

4　刘念渠.论创造中国民族的新戏剧［J］.理论与现实，1940，2（1）.

爱国话，包管得一个‘满堂彩’。”[1]但这只能带给观众暂时的满足，而不能心理上收拢观众。

論創造中國民族的新戲劇

文藝理論與批評

論創造中國民族的新戲劇

劉念渠

在季刊「理論與現實」第三期中，讀到了張庚先生的「話劇民族化與舊劇現代化」一文，個人覺得非常高興。爲着使戲劇充分適應抗戰建國的實際需要，這篇報告，無疑地，値得每一個進步的戲劇工作者（不是『伶人』或『明星』，也不是『專家』或『學者』！）給以密切的注意並進一步來詳細地研究。但，也許是由於『這報告的目的，只是想以歷史的分析來提供戲劇運動目前路向的一個參考』之故，使牠僅僅成爲一個號召，一個新口號的歷史根源的說明，而未能涉及這一個號召所必然引起的諸問題的闡明。（這並不影響這篇報告的重要價值。）因此，將話劇民族化與舊劇現代化做爲一個運動，在其實踐過程中，我們還有積極地樹立它的理論基礎的必要。這一工作，不是某幾個人的，也不是某一個地方的，而是全國的每一個進步的戲劇工作者（自然不分什麽『新』與『舊』）應該引爲己任的。這裏，我想姑就個人偶見，提出幾點，做爲張庚先生的號召的回響，以期引起較廣泛的討論。至於本文中幼稚與謬誤的地方，尙希高明不吝指正！

一

創造中國民族的新戲劇這一問題，不是偶然提起的。一方面它是由於抗戰建國的現實的迫切要求，一方面它是中國戲劇發展的必然傾向。

抗戰建國的現實以及參加這一偉業的廣大的羣衆所要求的戲劇是爲了反帝（在現階段是反日本法西斯的瘋狂進攻）與反封建（在現階段是反漢奸及一切阻撓抗戰建國的黑暗勢力），爲了創造自由、平等、幸福的三民主義新中國而鬥爭的戲劇。這種戲劇，在其整個演出藝術的任何一部門中，必須是以『爲中國老百姓所喜聞樂見的中國作風與中國作派』來表現中國民族現實生活（還有中國民族幾千年來的戰鬥歷史）的戲劇。做爲這種戲劇脚色的人物，必須是中國的人物，卽中國各階級的典型人物，主要地是廣大的羣衆——在抗戰過程中生長並發展起來的羣衆。試看有着三十年歷史的話劇和有着千百年歷史的舊劇，做爲一種文化鬥爭的武器，服務於抗戰建國的偉業，在兩年又半的實踐中，我們一方面獲得了某些使人欣慰的效果，

刘念渠《论创造中国民族的新戏剧》,《理论与现实》，1940年2卷1期

刘念渠、陈大悲所提及话剧中的媚俗现象，很大程度上是由于早期话剧尚处于摸索阶段，且剧本无论数量和质量都极为不足的缘故。相比而言，剧本短缺的现象在历史题材改编中比较少见，毕竟传统中国留有诸多史书、历史传奇及杂剧，有极好的剧本基础，质量上当然也得到了保证。

中国艺术中有讲史传统，通过叙写古代历史，凸现生活智慧、伦理坚守及“道统”思想，甚或影射当下，以飨观者。因之，历史题材的话剧表达，更容易为熟悉戏曲的国人所接纳，并能有心体会其中的韵味与趣味。因话剧语言较为日常化、生活化，且舍弃了传统戏曲中的一些象征手法，对历史的评说更为直接和更具针对性。因此，民众对历史题材话剧的兴趣较大。1930年洪深著文指出：

> 当时的文明戏，何以能如此的受人欢迎，是一个值得研究的问题。我个人以为一方面固然戏剧艺术的力量，一方面也因为是观众的迁就，与环境的有利。在一个政治和社会大变动之后，人民正是极愿意听指导，极愿受训练的时候。他们走入剧场里，不只是看戏，并

1 陈大悲.戏剧指导社会与社会指导戏剧［J］. 戏剧，1921，1（2）.

且喜欢多晓得一点新的事实，多听见一点新的议论。而在戏剧者（编剧、演剧、排剧、布景的人），此时也正享受着绝大的自由，一向所不能演出，不敢演出的戏，此时都能演了。那清朝的威权，令人侧目，将及三百年了，一旦推翻，凡是描写清朝宫闱的戏，都是人们所要看的。那官吏的腐败，人民无可如何的，也长久了，凡是攻击官僚的戏，也是人们所要看的。那旧时的道德观念，人民不像从前这样尊重或怕惧了。凡是发挥爱情，如取材于《红楼梦》诸戏，也是人们所要看的。那时才经了一番政治奋斗，第一次革命，好容易成功，凡是可以激发爱国心，如译自《热血》等戏，也是人们所要看的。那时人民兴高望奢，正欲与世界大国较长争强，凡是叙说外国的情形，如《不如归》、《空谷兰》等戏，也是人们所要看的。在看戏的人，正热诚的希望着文明戏成功。即使偶有幼稚粗糙不妥的地方，也都原谅了。[1]

为了适应这一观剧热潮，剧作家改编历史题材的方法之一即“使旧剧新剧化”，欧阳予倩指出如《明末遗恨》等大受欢迎，因为“当时种族观念正从国民间觉醒过来，这种戏恰合时好”。[2]而改编外国历史题材的话剧同样因民众对西方的崇仰，符合民众的观剧心理。即使改编中出现失误，也颇受好评。如许幸之导演罗曼·罗兰的《爱与死的角逐》时由于理解失当，歪曲了主题，“把为正义而牺牲的百科全书派的老议员，错误地解释成为阻碍他妻子恋爱自由的丈夫。”[3]对于历史题材的熟悉和兴趣，推动了历史题材话剧的发展，也因历史题材中随处点染的兴亡观念、自由民主思想、讽刺皇权压制等思想，满足了民众对旧历史的批判趣味。此外，历史题材剧涉及的事件因时空变迁，为观赏者提供了观审

1 洪深.洪深文集［M］.北京：中国戏剧出版社，1959：20.

2 欧阳予倩.自我演戏以来［M］.上海：神州国光社，1933：120.

3 许幸之.友爱与温暖的回忆//中国话剧运动五十年史料集（第一辑）［C］.北京：中国戏剧出版社，1985：158-162.

古代事思考当时事的平台。历史题材话剧在适应大众的过程中，逐渐形成新的审美风格。

民众是被培养的，单纯的趣味、单纯的情节有时并不能满足民众的要求。剧作家要于话剧中显示出不同的历史见解，以提高民众的认知水平。这也成了迎合民众趣味之外的迫切要求。铭彝在《朝那里走？》中指出："观众常时想使戏剧去迎合他们，而真正的艺术呢，则应该是牵着观众，领着观众走的。"[1]话剧语言的通俗性、评说的针对性和叙述的直接性，更有利于剧作家历史观念的表达。当时民众的接受能力和欣赏水平并不太高，赵清阁写《关羽》即意在改变"民众的教育水准低，头脑简单"的状况。[2]剧作家为此借历史之事去引领民众，将现代历史观念在娱乐中传达出去，正符合于寓教于乐的精义。史铁儿（瞿秋白）的《普洛大众文艺的现实问题》是颇值得注意的理论作品，他指出艺术创作种种可能的危险，批判了传统戏剧创作，为历史题材的现实化或普洛化提供评判标准。他通过用什么话写，写什么等指出历史题材对于当时人们的意义。他说："现在大众所'享受'的文艺生活是什么？那些章回体小说，群众尚且不能够完全看得懂。他们所'享受'的是：连环图画，最低级的故事演义小说（七侠五义，说唐，征东传，岳传等），时事小调唱本，以至于火烧红莲寺的大戏，影戏，木头人戏，西洋镜，说书，滩黄，宣卷等等。"不可否认其中的意识形态思想、道德伦理观与现代观念有较大缝隙。因此，在谈到写什么时，瞿秋白把大众所享受的艺术形式的改编放在了第一位，指出："所以普洛大众文艺所要写的东西，应当是旧式体裁的故事小说，歌曲小调，歌剧和对话剧等……还应当竭力使一切作品能够成为口头朗诵，宣唱，讲演的底稿。我们要写的是体裁素朴的东西——和口头文学离得很近的作品。"[3]

1　铭彝.朝那里走？［J］.天下文章，1943（2）.

2　赵清阁.关羽［M］.南京：正中书局，1947（沪三版）：4

3　史铁儿.普罗大众文艺的现实问题//中国新文学大系·文学理论集一（1927–1937）［C］.上海：上海文艺出版社，1987：425–445.

历史题材话剧相对现实题材剧有其独特性，这不仅表现于题材上，而且表现于其蕴含上。历史因时间特性及被重新观审、建构，与现实形成多维对话关系，改编剧作也就成了作者为欣赏者开启的想象历史、宣泄情感的空间。而通过那些古代装束的现代灵魂，其力量从舞台辐射到现实社会。这也契合于大众对话剧深层意义的需求，尤其是对其政治表现力的需求。1936年，艾淦在《今后戏剧运动的路》中谈到了民族危机与戏剧发展的结合，他质问："在目前这一新形式下面，我们的戏剧运动，应当取怎样的步调，与人民大众的要求相合拍，相组合，且真实的反映并推动这一现实底特质呢？"[1]论者实际上是把大众需求、民族社会的现状与戏剧的目标结合在了一起。当时很多历史题材改编正符合于这一要求。仅1936年就出现了志的《风波亭》、佚名的《史可法》、计志中的《木兰从军》、顾仲彝的《梁红玉》等以宣传民族英雄，弘扬为国分忧、不屈不挠为主旨的作品。这从《风波亭》结尾的短短附笔可见一斑。附笔表达了一种感慨和情绪——"作者写武穆临终这一段又悲壮又凄惨的情节，虽不能全部合乎史实；然在处处想顾到当时的环境，使其合情合理……至于武穆之精神武穆之伟大，原非拙笔所能表达其万一。不过写到悲壮凄惨处，不知读者所感如何，作者在深夜写作时，常常满眼热泪，神思恍惚，所差者还没有到像剧中人之放声大哭耳。此篇如能为武穆一表精忠报国之情节，再博得阅者听者及演者洒一点同情之泪，于愿足矣。"[2]所谓同情，不过是希望民众能为岳飞的精神所感，为其悲惨所动，以达到化育人心，激发斗志的效果。应该说，民族大义使民众对历史题材话剧的兴趣提升到了一个新的高度。

社会史观变迁、政治审查制度和大众是影响历史题材改编话剧兴起的三个重要的要素，但它们的影响度并不一样。社会史观变迁改变的是整个社会观审历史、重述历史的视角，评价历史的态度和方式，从而在根本上与传统的认识有所区别。而政治审查制度虽然是抑制性力量，但

1 艾淦.今后戏剧运动的路［J］. 现实文学，1936（1）.

2 志.风波亭［J］. 广播周报，1936（82）.

对于历史题材话剧改编部分起到了刺激作用。但最为重要的因素是大众。话剧在当时中国的兴衰，取决于大众是否欣赏并接纳，这不仅关涉到剧作家启蒙等目的，更涉及推进话剧创作与排演的资金问题。但无论如何，现代文学时期的历史题材话剧在诸多要素的影响下渐成规模，并形成了独特的叙事特点和审美格调。

第二节　改编概况与题材倾向

一、改编概况

丰富的历史文本资源为历史题材话剧提供了无尽的给养。从历史题材的来源看，现代文学时期的历史题材话剧主要有三类：一、以历史2为核心的改编剧作。这类剧作的特点是剧中人物与事件皆曾见于历史记载。如荆轲戏、聂政戏、豫让戏基本依据《史记》《战国策》等史书中的记载。而明末遗恨剧，则大体来源于《明史》《明季北略》等。二、以历史3为核心的改编剧作，大多取材于宋南戏、元杂剧、明清传奇为代表的戏曲文本和历史小说文本。如水浒戏取材《水浒传》，三国戏取材《三国演义》，袁牧之的《爱神的箭》取材《说唐后传》。陈白尘的《汾河湾》、测天的《杀狗劝夫》各取材自同名元杂剧，张恨侬的《李三娘》取材刘致远的《白兔记》，白蛇许仙故事取材清代方成培的《雷峰塔》等。三、取材于非历史的文学艺术文本或民间故事，它们在历史承传中逐渐具有了历史品性，因此逐渐进入改编者的视野。如凤汉、杨荫深等改编的刘兰芝、焦仲卿爱情剧取材自长篇叙事诗《孔雀东南飞》、俞宗杰的《石壕吏》取材杜甫的诗歌《石壕吏》等。而吴祖光、熊佛西等剧作家则从四大历史民间故事中取材，进行改编。从当时的历史题材话剧情况看，大多剧作家因为历史或艺术的追求，往往会综合利用各种文类资源。

现代文学时期历史剧作取得了很大进展——如郭沫若的《屈原》《虎

符》，阳翰笙的《天国春秋》，陈白尘的《石达开的末路》，欧阳予倩的《李闯王》《李秀成之死》等剧作都曾引发了民众的观剧热潮。但相比现实题材而言，其数量上始终处于劣势。

董健主编的《中国现代戏剧总目提要》[1]收入了现代戏剧剧目4492部，其中包括京剧、昆曲、歌剧、舞剧等在内的历史题材剧约337部，而话剧有238部。此外，加上《中国现代戏剧总目提要》未收入的32部剧目——30年代的有赵水澄的《浣纱溪》《石壕吏》(1930)，何础、何厌的《朱买臣之妻》(1931)，徐訏的《子谏盗跖》(1931)[2]，张匡、周阆风的《偷过函谷关》《冯谖取义》《完璧归赵》[3](1933)，周近新的《秦庭泪》[4](1934)，谷剑尘：《岳飞之死》(1934—1936)。春晖的《貂蝉》[5](1935)，钱耕毕的《勾践》[6](1935)，颜公的《苻坚梦》[7](1935)、《淝水战》[8](1935)，过厚生的《淳于缇萦》(1929)，郭沫若的《苏武与李陵》(未完成，20年代)。祜的三幕剧《笙箫缘》，陶秦的《史可法》，[9]杰的四幕剧《大禹治水》，祥祜的《费宫人》[10]，镜秋的《文天祥》[11](1936)，胡山源的《夜奔》(1936)，王泊生的《荆轲》(1936)，碧遥的《秦良玉》(1937)。40年代的有易乔的《巾帼英雄》(又名《木兰从军》，1940)，顾一樵的《苏武》，聂绀弩的《范蠡与西施》(1941)、江上青的《岳飞》(1941)，阿英：《海国英雄》(又名郑成功)(1941)[12]。赵循伯的《长恨

1 董健.中国现代戏剧总目提要［C］.南京：南京大学出版社，2003.
2 徐訏.灯尾集［M］.上海：怀正文化社，1947.
3 张匡，周阆风编辑.儿童史剧（列国本）［M］.上海：新中国书局，1933.
4 周近新.爱国剧本［M］.上海：光华书局，1934.
5 春晖.貂蝉［J］.国论月刊，1935，1（4）.
6 钱耕毕.勾践［J］.艺风月刊，1935，3（11）.
7 颜公.苻坚梦［J］.民族周刊，1935（1/2/3）.
8 颜公.淝水战［J］.民族周刊，1935（4/5/6/7）.
9 陶秦.史可法［J］.大众，1944（6/7/8/9/10/11/12）.
10 祥祜.费宫人［J］.广播周报，1936（77）.
11 镜秋.文天祥［J］.广播周报，1936（85）.
12 阿英.海国英雄-郑成功［M］.上海：国民书店，1941.

歌》[1]（1942），新四军三师鲁迅艺术工作团：《郑家父子》（1942，鲁迅艺术工作团“将《海国英雄》与《明末遗恨》两剧的第二幕合并并改写为《郑家父子》”），卫大法师的《雄黄酒》[2]（1947），王修明的《锦香囊》（又名杨贵妃）[3]（1947）——现代文学时期的历史题材改编话剧约270部，所占比例约为总剧目的5.97%，约占历史题材剧目总数的73.2%.

二、题材倾向

现代文学时期，远自上古时期的夸父、大禹治水，近到民国的革命斗争均进入现代剧作者的视野。人物既有昏君如纣王、楚灵王、夫差，也有暴君秦始皇；既有侠客如荆轲、聂政、豫让，也有忠臣如岳飞、文天祥；既有女中豪杰如花木兰、梁红玉、秦良玉、杨娥，也有红颜祸水如妲己、杨贵妃、潘金莲；既有为爱奔走的卓文君、白娘子，也有为国朝赴难的西施、葛嫩娘。历史事件则多为广为传颂的事件，如岳飞抗金、关羽单刀赴会、吕布与貂蝉、卓文君私奔司马相如、红拂夜奔、荆轲刺秦、卧薪尝胆；也有部分剧作相对较新，如一些清末案件或清宫廷戏。其中清朝题材的改编话剧最多，约有55部——改编清朝革命党人的剧作最多（约17部），写推翻清政府的历史人物及故事；其次太平天国剧比重较大（约8部）。春秋战国和汉朝题材的改编话剧各约有40部——春秋战国中以聂政刺杀赵襄子（5部）、荆轲刺杀秦王（6部）、西施与越国灭吴剧（7部）三类为主。汉朝除了三国故事剧（9部）外，以卓文君戏（4部）和刘兰芝、焦仲卿的爱情故事（6部）为主。改编宋朝题材的话剧约为30部——除水浒剧外，基本上以忠臣义士的改编为主，如岳飞、梁红玉、文天祥，其中改编岳飞剧6部，改编文天祥剧5部，改编梁红玉剧2部。此外，许仙与白娘子的改编也占着很大比重，有向培良的《白蛇与许仙》、顾一樵的《白娘娘》和卫聚贤的《雷峰塔》等3部。而

1　赵循伯.长恨歌［M］.南京：正中书局，1945（渝初版）.

2　卫聚贤.端节三幕短剧［M］.重庆：说文社，1947.

3　王修明.锦香囊［M］.重庆：说文社，1947.

改编唐朝题材的约22部——以杨贵妃与唐明皇的爱情（6部）最多。改编明朝历史的话剧以李自成起义、南明遗恨及抗击清军的剧作为主。而根据国外历史或艺术文本改编的剧作则相对较少，涉及朝鲜、日本、英国等国的历史。在各类历史题材改编中，由于历史人物在考证方面的争议，在历史断代上颇有分歧，如花木兰的改编剧作（8部）分别将其置于北魏、隋朝、唐朝时期。

现代文学时期一些在元明清戏曲中比重较大的清官戏如包公戏、狄仁杰戏等，逐渐淡出了剧作家的视野，而如水浒戏、三国戏也相比传统戏曲有了很大缩减。水浒题材戏，在现代剧作中约有七部，人物仅涉及宋江、武松、潘金莲、阮小二、林冲和鲁智深等，而事件选取的也是人们耳熟能详的故事。如伯颜的《宋江》（1923年），写的宋江梦遇九天玄女事；欧阳予倩的《潘金莲》（1928年），写武松怒杀潘金莲事；李罗梦、卢野马的《景阳刚之夜》（1930年），写武松打虎事；马彦祥的《讨渔税》，写的是阮小二的故事，而吴永刚的《林冲雪夜歼仇》（1940年）和吴祖光的《夜奔》（又名《林冲夜奔》，1944年）则写林冲逼上梁山事。三国演义戏约有8部，其中以貂蝉为主人公的占四部，以关羽为主人公的2部，以张飞为主人公和以刘备、诸葛亮为主人公的三顾茅庐各1部。而如刺客戏、屈原剧、花木兰抗击外族侵扰、岳飞抗金、文天祥死难、史可法就义等忠贞义士题材和明亡、大顺政权败落、太平天国失败等兴亡题材，在话剧改编的比重则不断增大。

由于史学功力上的悬殊，不同剧作家面对同一历史题材时改编重心差别较大，有的侧重历史故事的离奇曲折，有的侧重传统题旨的现代表达，有的则借历史阐释掘发新的历史涵蕴。由此形成了不同改编系列。如根据改编主题可分为：爱情与反叛剧（如卓文君戏、孔雀东南飞戏、李香君戏、薛仁贵与柳金花戏、乾隆与香妃戏），忠臣屈死剧（如岳飞剧、伍子胥剧、屈原剧，史可法剧、文天祥剧），国家兴亡剧（太平天国系列剧、明末遗恨系列剧、吴越春秋系列剧），刺客与复仇剧（荆轲剧、聂政剧、豫让剧、大铁椎剧、杨娥剧）。根据题材类别可分为：历史名人故事剧［绵蕞（刘邦）、圯上进履（张良）、荐贤（萧何）、洛神赋（曹丕）、渭水河滨（姜子牙）、孤竹君之二子、楚子反解宋围（子反）、孔子剧（子见南子、孔子周游列国）、桃花源，石壕吏、湖上诗人（苏东坡）、李太白］，历史四大美女剧（杨贵妃剧、王昭君剧、貂蝉剧、西施剧），水浒、三国题材剧，太平天国题材剧，明末遗恨题材剧，清末宫廷政变剧（光绪变政记、光绪亲政记、清宫怨）等。根据改编取材类别看，除了取材历史2的历史剧外，还包括历史神话剧、历史民间传说剧（白蛇与许仙剧、红拂夜奔剧、司马相如茂陵女子剧）。而从改编的叙事取向上，可分为正向叙事剧和反向叙事剧，后者因变更了历史事件本身的旨趣，推衍出新的命意。选择的角度不同，剧作的分类也不同，因之同一剧作在类别归属上多有交叉，如西施剧既可归于历史名人剧，也可归于历史爱情剧，还可归于国家兴亡剧。而有的剧作家着眼于西施与夫差爱情书写，则属于历史翻案剧。由此也可见当时剧作家运用历史题材创作的多维取向。

虽然现代文学时期的历史题材改编剧在数量上不占优势，但因为剧作者从历史中选材相对自由，并时时处于历史与现代之间的交流对话中，因此能够在已有的历史文本基础上形成新的题旨和意趣。这一方面满足了民众观赏历史的趣味，另一方面则服务于现实社会的需求。剧作者通过改编对历史进行重新叙述，重新建构事件逻辑，形成了新的戏剧冲突，也形成了与传统历史题材文本有较大差异的叙事原则和模式。而这种独特性恰恰使现代文学时期的历史题材改编话剧成为一道独特的景观。

第二章　历史题材改编话剧的叙事原则及模式

改编是现代剧作家对历史题材的重新叙述和阐释，剧作家会从自己的历史观、价值信仰、政治理念、艺术感觉出发，协调题材的历史情境和剧作家的现实情境。叙事是话剧的核心要素，剧作家在择取历史题材，提炼主题时，往往会借助对历史人物、事件叙事重心的调整，表达其改编意图，并由此与同类题材的剧作有所差别。在30多年的历史题材话剧改编过程中，由于各种要素的介入，其发展迅速，剧作也相对丰富。不同的历史观、艺术观也使剧作家处理历史题材时，形成了不同的风格。我们将从改编的叙事原则、模式等方面深入探究历史、戏剧、改编的关系特点，进而分析当时历史题材话剧的改编实践及方法，辨识这一时期历史题材改编的独特之处。

第一节　叙事原则

一、历史性前提

历史题材本身蕴含着历史的质素，这一题材特质使现代剧作家改编时会自觉地维护其历史性品格，并以之为改编的前提。这突出表现于剧作家处理历史题材时对历史真实的追求，并以之为叙事的核心原则。但如何理解历史真实——是求不违逆历史事件的契合，还是历史精神上的一致，如何处理历史人物、事件，如何处理话剧与历史记载关系的问题，不同剧作家却有不同的观念。

以阿英、陈白尘为代表的剧作家在创作中对历史事件考证的重视，追求契合历史之真的无一事无来处，甚至每一句对白都尽量以历史记载作为依凭。如阿英创作《李闯王》《碧血花》等剧作时，仅在注释中就涉及了诸如《明季北略》《历代通鉴辑览》《冷庐杂记》《费贞娥》《清史稿》《吴三桂演义》《陈圆圆传》等史学著作，体现了注重史料论据的风格。而陈白尘在后期的历史改编剧作中，更是严格遵循此种观念。主张历史人物的塑造要无一丝不合于历史。在他的观念中，历史题材话剧不仅是艺术，而且在很大程度上能起到纠正历史、替代一般历史教材的目的。因此，他直言："不仅企图写成一个史剧，甚至于有了拿它来代替一部历史教科书的妄想。所以由太平天国的政治、军事、经济、思想，以至风俗、习惯、言语、动作、礼节、服装，都做了一番去伪存真的功夫。然后，将这研究所得，一古脑儿都塞进剧史里去。……我要使得里面细微至一根头发，都要合于历史。因为没有历史的真实，便没有艺术的真实。"[1]不见于史载，则抛弃不用。这些剧作家、理论家对历史题材话剧的改编秉持着历史客观主义的精神。

而以郭沫若为代表的剧作家则更注重历史精神层面的探究，以部分历史情节的失真甚或悖逆，去组建剧作的语言、结构，塑造历史人物的性格，追求精神气韵与历史的契合。他们抑制历史标准，强化艺术标准，凸显历史在剧作中的背景作用及题材特性。如姚克在改编《清宫怨》时指出："把史实改编为戏剧，并不是把历史搬上舞台；因为写剧本和编历史教科书是截然不同的。历史家多讲究的是往事的实录，而戏剧家所感兴趣的只是故事的戏剧性和人生味。"[2]而宋之的在改编《武则天》时，也自谓"因为所依据的史料有限，也仅仅是凭着自己的见解，给那中外倾往的历史上的怪杰，做了一个不尽忠实的描绘吧了！"[3]"不尽

1　陈白尘.历史与现实——史剧《石达开》代序［J］.戏剧月报，1943（4）.

2　姚克.清宫怨［M］.北京：人民文学出版社，1980：1.

3　宋之的.武则天［M］.上海：生活书店，1937：1.

忠实”与他所谓的“小小的改动”都透露出剧作家在史与剧问题上的协调。在这一问题上，周贻白的观点最为深入，他认为：“中国戏剧的历史悠长，专拿正史来比证本事，不见得就是戏剧与正史不合，事实上也许戏剧并非从正史取材，而系其本身历史之一种衍进。”[1]因此，他认为剧作不必事事考察其真，“凡取材历史者，必先征之正史，正史不足，始旁及其它记载。而后小说也，杂剧也，传奇也，择其可从者从之。”[2]而考察比照的结果是“反失其真”。也就是说历史题材话剧在择取事件、组建情节时，自可不必拘囿于“原事件”，而应以“可然或必然的原则”去重述、重释历史题材，写出历史的规律与识见。

两种话剧历史观引发了一番争论。一些剧作家、理论家将历史题材话剧置于历史评价系统中，采用的往往不是艺术标准，而是历史标准，以是否契合历史作为褒贬剧作的理由。比如顾仲彝以郭沫若的《王昭君》为靶子，抨击郭沫若想当然地让王昭君斥责汉元帝。[3]而一些剧作家、理论家则指出客观的不可能。在他们看来，历史本事与史载间本就存在着缝隙。这一认识与西方新历史主义理论颇有契合之处。如海登·怀特即指出：历史编纂学需要文学性叙事要素的介入，以串联历史中的孤立事件，填补历史中的空白点，而这也会影响到历史记载的“真实程度”。[4]此外，历史是客观的，写史的人是主观的，史载难免带着时代、阶级、记录者个人好恶等种种印记。他们或出于正统礼教的考虑，或因男权思想的拘囿，或基于政治的、阶级的利益，改变传统“据事直书”的史官品格，不惜以“曲笔”遮蔽历史、改易历史，使历史在不同著述中有不同的面相。比如豫让刺杀赵襄子一事，《史记》《战国策》《资治通鉴》均有记载，但豫让在《史记》《战国策》中是自杀。

1 周贻白.北地王［M］.上海：潮锋出版社，1940：1.

2 周贻白.连环计［M］.上海：世界书局，1945：1.

3 顾仲彝.今后的历史剧［J］.新月，1928，1（2）.

4 海登·怀特.后现代历史叙事学［M］.陈永国，张万娟，译，北京：中国社科出版社，2003.

既去，顷之，襄子当出，豫让伏于所当过之桥下。襄子至桥，马惊，襄子曰：“此必是豫让也。”使人问之，果豫让也。于是襄子乃数豫让曰：“子不尝事范、中行氏乎？智伯尽灭之，而子不为报雠，而反委质臣于智伯。智伯亦已死矣，而子独何以为之报雠之深也？”豫让曰：“臣事范、中行氏，范、中行氏皆众人遇我，我故众人报之。至于智伯，国士遇我，我故国士报之。”襄子喟然叹息而泣曰：“嗟乎豫子！子之为智伯，名既成矣，而寡人赦子，亦已足矣。子其自为计，寡人不复释子！”使兵围之。豫让曰：“臣闻明主不掩人之美，而忠臣有死名之义。前君已宽赦臣，天下莫不称君之贤。今日之事，臣固伏诛，然愿请君之衣而击之，焉以致报雠之意，则虽死不恨。非所敢望也，敢布腹心！”于是襄子大义之，乃使使持衣与豫让。豫让拔剑三跃而击之，曰：“吾可以下报智伯矣！”遂伏剑自杀。死之日，赵国志士闻之，皆为涕泣。(《史记·刺客列传》)

居顷之，襄子当出，豫让伏所当过桥下。襄子至桥而马惊。襄子曰：“此必豫让也。”使人问之，果豫让。于是赵襄子面数豫让曰：“子不尝事范中行氏乎?知伯灭范中行氏，而子不为报仇，反委质事知伯。知伯已死，子独何为报仇之深也?”豫让曰：“臣事范中行氏，范中行氏以众人遇臣，臣故众人报之;知伯以国士遇臣，臣故国士报之。”襄子乃喟然叹泣曰：“嗟乎，豫子!豫子之为知伯，名既成矣，寡人舍子，亦以足矣。子自为计，寡人不舍子。”使兵环之。豫让曰：“臣闻明主不掩人之义，忠臣不爱死以成名。君前已宽舍臣，天下莫不称君之贤。今日之事，臣故伏诛，然愿请君之衣而击之，虽死不恨。非所望也，敢布腹心。’于是襄子义之，乃使使者持衣与豫让。豫让拔剑三跃，呼天击之曰：“而可以报知伯矣。”遂优剑而死。死之日，赵国之士闻之，皆为涕泣。(《战国策·赵策一·晋毕阳之孙豫让》)

而《资治通鉴》中则是为赵襄子的卫士所杀。

> 豫让又漆身为癞，吞炭为哑。行乞于市，其妻不识也。行见其友，其友识之，为之泣曰：“以子之才，臣事赵孟，必得近幸。子乃为所欲为，顾不易邪？何乃自苦如此？求以报仇，不亦难乎！”豫让曰：“既已委质为臣，而又求杀之，是二心也。凡吾所为者，极难耳。然所以为此者，将以愧天下后世之为人臣怀二心者也。”襄子出，豫让伏于桥下。襄子至桥，马惊；索之，得豫让，遂杀之。

记载的差别反映了记述者对历史人物的态度。蒋旂（马季良）在写《陈圆圆》时就发现了这一问题，“在开始写作时也的确想到要老老实实忠于历史，但是当我看到有几本书把满洲抬头，把多尔衮等称为圣主或是太祖，把李闯呼作逆贼时，原来这些写史的人已经有了主观”。[1]这意味着改编剧作即使符合历史记载，也不可能做到绝对的客观。因为“元事件”与“原事件”本就存在缝隙，何况又有主观要素介入？[2]不同文化观念、思维特性、历史意识的剧作家笔下的历史只会近似而不会相同。

虽然在话剧的历史叙事中存在争论，但大多剧作家在剧和史的差别上，则还是具有共识。即如夏衍在《历史剧所感》中对历史家和剧作家的区分基本符合于当时剧作家的认识。“历史家的工作是记述，保存，说某一件事情如此如此，某一个人在什么时候做了些什么。而历史剧作者的工作，却是整理这些历史，删除偶然的、表面的枝叶，发见历史发展的法则，说某人某事之间存在着怎样的成因。”[3]马克思认为“客观主义不能揭示社会历史真理”，[4]一些学者也指出客观主义“是一个根本不可

1　马季良（蒋旂)《陈圆圆》后记//周靖波.中国现代戏剧序跋集［C］.北京：北京广播学院出版社，2003：491–492.

2　李纪祥.时间 · 历史 · 叙事［M］.兰州：兰州大学出版社，2004：70.

3　夏衍.历史剧所感//夏衍选集 · 第四卷［C］.成都：四川文艺出版社，1988：221.

4　马克思《路易 · 波拿巴的雾月十八日》二版序言//马克思恩格斯选集（1)［C］.北京：人民出版社，1972：598–599.

能的要求和标准”。[1]历史编纂采用线性时间的编年记录或传记记录，凸显了历史的整体景观，却抑制了人与事件的生动性，他们不过是填补历史空白点的要素。而历史题材话剧中人是核心，剧作家更关注历史境遇中人的情感波动及反应方式，探究事件中蕴含的悲态或喜剧因子。张汝伦认为史学研究者是“一个真正的他者，一个与他隔着或长或短时间间距的他者。他与之是无法同一的，同一了就没有研究历史的必要了”。[2]这一描述强调了史学研究者对待历史的中立态度，在客观性的追求之路上，他们为了历史的科学严谨性，需要以置身事外的“他者”眼光观审事件。这推进了研究，却也导致了“冷漠”。兰柯为了消融历史家的冷漠，提出了“同情”的方法。即以“设身处地”使研究者走入历史与之对话、感悟历史与之同一，从而深切地体验历史的气质、风度。但历史的客观性与真实性的限定使“同情”只能是一种限定的手段，只能是牺牲想象历史之后的进一步延伸。相比而言，剧作者则不仅是“他者”，他们会选择将自己抛入历史，与历史事件、历史人物同一，在情感上、思维上、心灵上与之契合，体悟和把握历史。唯其如此，他们才能让历史人物变得鲜活，让事件变得触手可及。在话剧《屈原》中《雷电颂》的部分，体现的正是郭沫若那种不可遏制的激情。如果不借助于适度的同一、设身处地的情感移入，这种奔腾而出、气势磅礴的颂歌自不可能有此意味和感奋人心的力量。

历史记载的事件、历史剧中叙述的故事与历史本事之间必然存在距离。剧作家采信何种史载，如何组合剪辑材料入戏，直接影响到剧作中历史事件的叙述、人物性格的塑造，而“主观要素的介入”则使剧作家对相同的历史有不同的处理。他们采用各自的方式以抑或扬的笔法增减事件，调整事件、人物的关系结构，表达其历史评价。如阳翰笙的《天国春秋》与陈白尘《太平天国》中的杨秀清，吴我尊《乌江》与陈白尘《虞姬》中的虞姬，顾一樵《西施》与聂绀弩《范蠡与西施》笔下的

1　张汝伦.现代中国思想研究［M］.上海：上海人民出版社，2001：3.

2　同上。

范蠡与西施等，不仅性格相差甚远，而且在历史气韵上也悬殊。这种差别也见出了剧作者的历史态度、观念气质的差别。但剧作家也有可能通过历史题材改编的重述和重释，靠近历史本事，校正史载的错谬。以郭沫若《武则天》为例，他遍寻武则天史料，辨析资料中关于武则天的淫荡、残暴、杀戮与记录者主观好恶的关联，从历史记载的互证中寻找一些史学家的主观歪曲和事实可能的向度，从而去芜存菁，勾勒武则天政治家的实相。呈示出武则天政治上的抱负和能力（“使海内晏清”）、她与民为善的治国之道、她博大的胸襟（如对骆宾王的檄文和上官婉儿的任命）。在此基础上，郭沫若铺展武则天的事件，勾勒她执政十几年的政治生涯，从翻案的角度对材料进行重新组合和加工，显示武则天作为一个不可忽视的女政治家的独特人格魅力。郭沫若描摹的武则天相比民间荒淫无度、玩弄男性暴虐惨烈的武则天，更符合历史的史实。这未必是对历史现场的复原，却在历史气质上与历史人物、历史事件深度契合。

关于历史记载的不可尽信的一面，郭沫若不止一次地在其历史论述中表达过。他在关于曹操问题上有过同样的翻案的意图，并在创作的《蔡文姬》中写出了一个作为盛世贤君的曹操。当然，郭沫若的这种翻案绝不是依据想象，而是奠基于对历史资料的广泛占有和认真分析，他在《为曹操翻案》的文章中，根据一次战役的多种历史版本的记述，指出了历史记载的任意妄为地添加和欺蒙世人的歪曲。这种歪曲一方面显示了历史记载同样存在主观上的随意性，这种随意取决于史官所服务阶层的政治利益等，另一方面，通过不同记载的对比，虽然可以见出一些历史的面目，但作为整体的历史事件的关系链以及背后的历史现场的正义感与历史人物鲜活、生动的形象却渐渐消失。通过艺术的方式去弥补这份不足，不仅是合适的而且是必要的补充和提升。在这一意义上，历史叙事与艺术叙事其实在很大程度上补充和完整了后来的人们关于历史的记忆、理解和想象。

在这一意义上，历史剧在言说、阐释历史方面与史载有相似的效果。在20世纪60年代关于历史剧的正名问题曾引发了一次大争论，吴晗曾指出："历史剧是艺术，也是历史"，这一说法虽然被李希凡、王子野、朱寨等论者大加批判，[1]但从其理论内涵看，不能将之视作历史剧在艺术与历史间的折中与妥协。这一戏剧观背后隐含着新的历史观念，即对正史观念适度的突破。从历史题材剧的创作实践分析，剧作家一般会依靠翔实的历史资料去还原历史的时空维度、人物关系，甚或服饰、起居等日常细节。在这一前提下，重新组合材料、设置戏剧冲突，以虚构丰盈历史，以想象弥合历史链条中的断裂和缝隙。但其主题和事件所蕴含的意义或传递的涉及人类的道德困境、正义理解等却不会被剧作家随意弃置，而是深化、高扬，并作为剧作的精髓。剧作家对历史精神的提炼以及使之与人类整体发展的结合，更有利于在历史剧作中达到一种历史的更高的"真实"。

二、现实性取向

从现代文学时期剧作家的言论来看，他们改编历史题材有很强的现实功利性，即如欧阳予倩指出："所谓历史戏并不是布置一个梦境似的迷宫，而是要使观众因过去的事迹联想到目前的情况，这就是所谓'反映现实'。"[2]由于剧作家对于社会问题的理解不同，青睐的题材类型有别，其剧作的社会现实指向自然千差万别。有的着意于改变世风，催人反思，如马寅初的《芙蓉花泪》目的是"使观者有所感想，印入脑海。是剧本微特有功于禁烟，虽谓为有功于世道人心可也。"[3]有的意在弘扬历史中的精神，以期感奋现实人生。如王梦鸥写《燕市风沙录》是为展

1　李希凡.答吴晗同志——《说争论》读后［N］.光明日报，1962-04-07（4）.
吴晗.并非争论的"争论"［N］.光明日报，1962-04-28（4）.
王子野.历史剧是艺术、不是历史［N］.光明日报，1962-05-08（4）.
朱寨.关于历史剧问题的争论［J］.文学评论，1962（5）.
朱寨.再谈关于历史剧问题的争论［J］.文学评论，1963（2）.

2　欧阳予倩.忠王李秀成［M］.上海：文化供应社，1948：3.

3　马寅初.芙蓉花泪//周靖波.中国现代戏剧序跋集［C］.北京：北京广播学院出版社，2003：176.

示文天祥“于威胁利诱之下而终于不屈而死的精神生活”。[1]有的是为契合抗战，如赵清阁指出《关羽》的“主旨，在于激发爱国思想，抗战情绪”。[2]而她在《抗战戏剧概论》中更直接地提出“使戏剧的感染力普遍地影响到每个战时人们的生活深处，使戏剧直接地助长抗战必胜，建国必成”。[3]这都体现了当时历史题材话剧改编中的现实主义倾向。这种写历史指向现实，不同于着眼现实题材的现实主义，而是形成了历史与现实相互呼应的双重效果，呈现出了中国传统的精神和现实中的历史情怀。而这类剧本因其历史流传性，在很大程度上比取材现实的个案、特例，更能渗透入社会。

历史是社会成员共有的资源，如何处理历史题材以唤起民众的民族情感，塑造民众新的意识观念体系？这直接关涉到历史价值能否得到展示，同时，关涉到历史与现实社会之间关系的设定，历史对于现实的实用功能。如陈白尘所强调的：“这东西虽是历史的，但历史的对象是现实。这历史如果不跟现实有关联，即是说，这历史如果不能帮助读者理解现实，不能指导现实，是除外的。因为我们到底和历史家不同。——我们需要‘选择’。但这里所谓跟现实有关联，并不是求其‘强同’，而给它指桑骂槐的隐喻，只是在这关联上加以‘强调’而已。”[4]在陈白尘看来，历史进入剧作家视野的原因正在于“一方面回鉴过去，一方面也是警惕来兹”。[5]现代剧作家改编历史题材并不满足于以史为鉴，古为今用，因为中国历来有讲史传统，元杂剧、明清传奇中历史题材剧作比比皆是，其中不乏宣扬民族意识、张扬伦理道德之作。如果仅仅为了以史为鉴，完全可以在话剧中照搬传统剧目的情节、主题。但现代剧作家似乎更在意新思想的传播，将剧作作为传播解读历史新方法的窗口，去教导民众

1　王梦鸥《燕市风沙录》后记//周靖波.中国现代戏剧序跋集［C］.北京：北京广播学院出版社，2003：657-658.

2　赵清阁.关羽［M］.南京：正中书局，1947（沪三版）：4.

3　赵清阁.抗战戏剧概论［M］.上海：中山文化教育馆，1939：6.

4　陈白尘.陈白尘论剧［M］.北京：中国戏剧出版社，1987：13-14.

5　陈白尘.陈白尘专集［M］.南京：江苏人民出版社，1983：174-175.

以新的眼光看待历史。这与话剧社会现实功能的追求有关。在此我们可以粗略地将之归结为启蒙、建构国家意识和服务于政党理念三类目的。

启蒙是现代文学时期的重要话题。现代剧作家以启蒙为核心的历史题材话剧，比重最大的是历史爱情剧。这是因为爱情在当时社会“还被视作一种违抗和真诚的行为，即敢于冲破伪善社会种种人为束缚，而寻求真正的自我”。[1]反映焦仲卿与刘兰芝爱情的，如袁昌英的《孔雀东南飞》、杨荫深的《磐石与蒲苇》、反映司马相如与卓文君爱情的，如郭沫若的《卓文君》、寒蝉的《中古时代之文明结婚》，反映白素贞与许仙爱情的，如顾一樵的《白娘娘》、向培良的《白蛇与许仙》等。剧作家都通过民众熟悉的历史爱情故事，写出了封建旧礼教与现代自由精神的冲突，以妥协的悲剧或抗争的幸福传递爱情自由、自主的信息，呼应五四以来以民主、自由为基质的婚恋观念的变革。为此，剧作中往往在剧末进行宣教式的独白，引导民众。杨荫深在《一阵狂风》中的处理颇有代表性。剧作写的是梁山伯与祝英台的爱情故事，但杨荫深变更了民间叙事的框架。梁山伯与祝英台跳入墓中，在化蝶之前，作为批判者的梅香（祝英台的丫环）和反思者的马文才有一段对话。

> 梅香：（见是马文才）啪！呸！你好一个丧尽良心的人，你还说这种丑语，你不知道我的小姐，为你而牺牲了！……你可知道，结婚不是一件马虎的事情，不是一件随便的事情，你以为只要看中了你的心意就可以吗？你以为只要你欢喜她就可以吗？你以为恃自己家里有财势就可以吗？你以为自己有满腹的文章就可以吗？可以吗？可以吗？你这种的举动，是下流人的强奸，无智识野兽的乱交。是天所容诛！地不容存！夫妻呀！是两性间爱的结晶。……
>
> 马文才：唉！我觉悟了！我清醒了！……你给我一个好教训，是极好的一个好教训。我不知世界上像我一般的人，不知有多少多

1　贾植芳.中国现代文学主潮［M］.上海：复旦大学出版社，1990：3.

> 少，都像我昏昏沉沉，都像我懞懞懂懂，那知道婚姻是爱的结晶？那知道夫妇是恋的果品？都以为父亲替我娶我就娶，都以为母亲替我结我就结。甘心受人家的指挥，甚愿受礼教的束缚。唉！我枉做了一个人，我自己现在也觉是丑了是羞了。我生还何用，反使多了一个宇宙间无用的东西。我将大呼一声万恶的旧教制呀！你害人非浅！……[1]

如果说梅香是替爱情中弱势女子的一方进行质问，那马文才则是从强势的、男子的一方进行反思。但马文才的反思带着明显的宣教色彩。他首先把自己作为不懂婚姻、为父母左右的代表，进而将自责转向了对封建旧礼教的批判。恰当地运用了“移情”的手法，以引发观者的自省。既批判旧的婚姻，又呼吁自由的、新的、符合于人性的爱情。

启蒙侧重的是封建与现代的冲突，而外寇侵略、国家危亡之时，警醒民众的国家意识便成为时代的重心。中国本就战乱频仍，至日寇侵略中国，更增了中国的苦难。在这样的时代，罗永培曾自撰警句：“中国不强我们枉生中国”，“我不能持枪到前线作战，虽然我也想去，除开我整日的职业工作外，我只有一个办法，一条路，就是用绝早和最晚的时间，握起笔来为抗战建国的工作为文……我仍然选取了戏剧。剧本读着可以使人奋兴，演出就更能够发生效力，不单暂时是宣传抗战的利器，将来对建国工作更能够担负重大的责任。”[2]这道出了当时剧作家的心声。自九一八事变以来，出现了如范廉的《靖康耻》（1932），顾一樵的《岳飞》（1932）、志的《风波亭》（《广播周报》，1936）等剧作，这一时期剧作还带有明显的知识分子情怀，以批判腐败政府、唤醒国人为旨归。如卿汝楫在为范廉的《靖康耻》作的序中大呼：“醒来罢，国人！如果我们明白目前国事在在与靖康时代相同；亡国的痛苦，就是必然之结果了。如果我们要避免这个悲惨的结果，我们要认识类似靖康时代的朝廷，腐败无可救药；要认识救亡的责任，落在少数具有热烈情性的知识

1 杨荫深.一阵狂风［M］.上海：光华书局，1926：67-69.

2 罗永培.正气［M］.长沙：商务印书馆，1940：3.

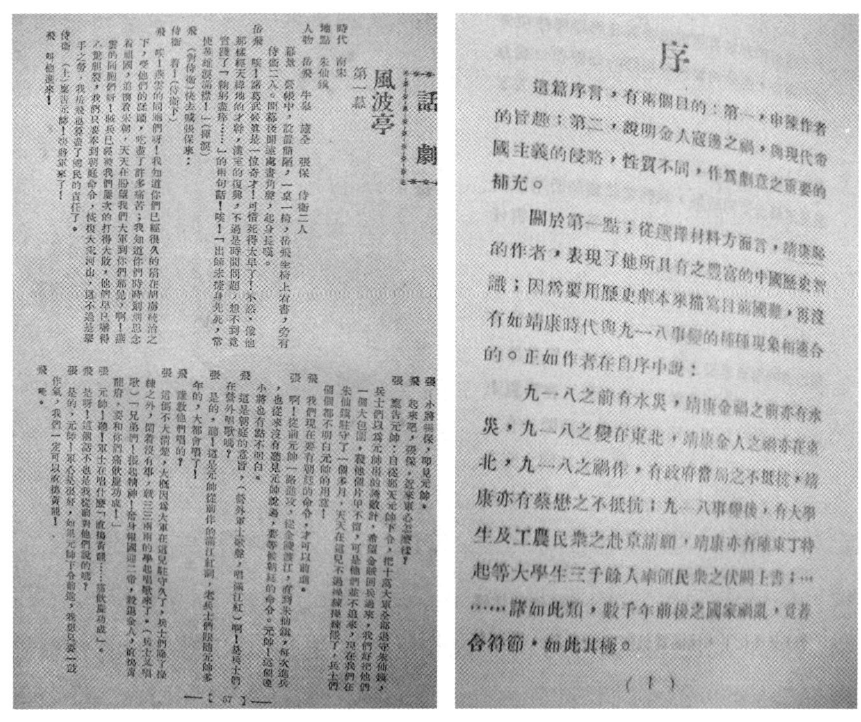

話劇

風波亭

第一幕

時代　南宋
地點　朱仙鎮
人物　岳飛　牛皋　諸全　張保　侍衛二人

幕啓　營帳中，設當簡陋，一桌一椅，岳飛坐椅上看書，旁有侍衛二人。開幕後聞遠處畫角聲，起身長嘆。

岳飛　唉！諸葛武侯眞是一位奇才！可惜死得太早了！不然，像他那樣經天緯地的才幹，漢室的復興，不過是時間問題，想不到竟實踐了「鞠躬盡瘁……」的兩句話！唉！「出師未捷身先死，常使英雄淚滿襟！」（揮淚）

飛　（對侍衛）快去喊張保來：

侍衛　着！（侍衛下）

飛　唉！燕雲的同胞們呀！我知道你們已經很久的陷在胡虜統治之下，受他們的蹂躪，吃盡了許多痛苦；我知道你們時時刻刻的思念着祖國，追懷着宋朝，天天在盼望我們大軍到你們那兒，啊！燕雲的同胞們呀！賊兵已經被我們屢次的打得大敗，他們早已嚇得心驚膽裂，我們只要奉到朝廷命令，恢復大宋河山，這不過是舉手之勞，我岳飛也算盡了國民的責任了。

侍衛　（上）稟告元帥！張將軍來了！

飛　叫他進來！

張　小將張保，叩見元帥。

飛　起來吧，張保，近來軍心怎麼樣？

張　稟告元帥：自從那天元帥下令，把十萬大軍全部退守朱仙鎮，兵士們以爲元帥用的誘敵計，希望金賊因兵過來，我們好把他們一個大包圍，殺他個片甲不留，可是他們並不追來，現在我們在朱仙鎮駐守了一個多月，天天在這兒不過操練操練罷了，兵士們個個都不明白元帥的用意！

飛　我們現在要有朝廷的命令，才可以前進。

張　啊！從前元帥一路進攻，從金陵渡江，直到朱仙鎮，每次進兵，也從來沒有聽見元帥說過，要等候朝廷的命令。元帥！這個連小將也有點不明白。

飛　這是朝廷的意旨，（營外軍士歌聲，唱滿江紅）啊！是兵士們在營外唱歌嗎？

張　是的，聽！這是元帥從前作的滿江紅詞，老兵士們跟隨元帥多年的，大都會唱了！

飛　誰教他們唱的？

張　這倒不大清楚，大概因爲大軍在這兒駐守久了，兵士們除了操練之外，閒着沒有事，就三三兩兩的學起唱歌來了。（兵士又唱歌）「兄弟們！振起精神！奮身報國迎二帝，殺退金人，直搗黃龍府，要和你們痛飲慶功成！」

張　元帥！聽！軍士在唱什麼「直搗黃龍……痛飲慶功成」。

飛　是呀！這個話不也是我從前對他們說的嗎？

張　是的，元帥！軍心是很好，如果元帥下令前進，我想只要一鼓作氣，我們一定可以直搗黃龍！

飛　唔。

—〔 57 〕—

序

這篇序言，有兩個目的：第一，申陳作者的旨趣；第二，說明金人寇邊之禍，與現代帝國主義的侵略，性質不同，作爲劇意之重要的補充。

關於第一點；從選擇材料方面言，靖康恥的作者，表現了他所具有之豐富的中國歷史智識；因爲要用歷史劇本來描寫目前國難，再沒有如靖康時代與九一八事變的種種現象相適合的。正如作者在自序中說：

九一八之前有水災，靖康金禍之前亦有水災，九一八之變在東北，靖康金人之禍亦在東北，九一八之禍作，有政府當局之不抵抗，靖康亦有蔡懋之不抵抗；九一八事變後，有大學生及工農民衆之赴京請願，靖康亦有陳東丁特起等大學生三千餘人率領民衆之伏闕上書；……

……諸如此類，數千年前後之國家禍亂，竟若合符節，如此其極。

（1）

1936年《广播周报》发表署名志的《风波亭》与1932年卿汝楫《靖康耻·序》

分子如李纲陈东等大学生及大多数纯洁的工农兵身上了”。[1]

而如林文铮的《易水别》、胡开瑜的《荆轲》、张匡的《荆轲刺秦王》等荆轲刺杀秦王剧，作为隐士、侠客、放浪形骸者、侠客的荆轲，承载的不仅是他在战国时期勇于刺杀秦王以保全燕国的政治功能，而且是抗击暴秦外力侮国、敢于牺牲的精神象征。因此，荆轲一旦进入现代剧作家的视野，他就承载着民族大义，为当时低迷的社会注入一剂强心剂，并成为带领消沉的社会走向希望和抗争的符号——荆轲为了燕国的利益刺杀暴虐的秦王，为民众寻求可能的幸福和国家的和平。

但至抗日战争时期，剧作家逐渐认识到全民团结对于民族战争胜利的意义。他们在直接书写抗战民众及生活的剧作外，努力从历史中掘发民族英雄，宣扬他们的民族气节、为国捐躯的精神。这一时期出现

1　范廉.靖康耻［M］.北京：北平新光社，1932：2.

了系列民族抗日剧作。如1937年佚名的《史可法》、铁群的《纪念碑》，1938年李朴园的《郑成功》，1939年杨村彬的《秦良玉》、王泊生的《汉宫魂》、龚炯的《木兰从军》、徐訏的《费宫人》、1939年罗永培的《正气》、周贻白的《李香君》，1941年周贻白的《花木兰》、白沙的《梅花岭》，1942年郭沫若的《屈原》、吴祖光的《正气歌》，1943年郭沫若的《孔雀胆》、赵清阁的《花木兰》，1944年郭沫若的《南冠草》、赵循伯的《民族正气》、舒湮的《精忠报国》、周彦的《桃花扇》，孙家琇的《复国》等。他们以勾践的卧薪尝胆、花木兰抵御外侮、岳飞的抗金、文天祥的拒不降元、史可法和夏完淳的抗清守节等事件，凸显英雄在民族大义、国之守护上皎皎之光。为了将矛头指向抗战，剧作家适度运用了汉家王朝为正统，在特定时代，吴、匈奴、金、清都成为外族侵略的象喻符号，以此隐喻侵略中国的日本。这类剧作都在很大程度上抑制了题材中与战斗无关的要素，而将刻画的重点放在保卫国家，以英雄人物的抗击外侮渲染铺张，以期鼓舞民众的国家情绪与保家卫国的意识。对此，田汉曾借夏衍加以总结，他指出："夏衍先生一针见血的认为剧目的选择应以民族抗战的利益为标准。他以为艺术总是奉事一定的阶级的。过去的旧戏之有许多缺点是当然的。但我们当从缺点中寻求较大的意义。……根据客观状势的发展，刻刻不断的决定我们戏的内容。……《赛金花》剧中写某官儿向德国军官叩头，在形容过去的官吏的媚外未常不妙，然而现在演来就不对了。因为现在中国外交官的确没有向外国人叩头。《风波亭》也是写民族战争的好戏。但牠的悲剧是朝有昏君奸臣，虽有忠义之士无法立功。这在今日搬演一样的颇有问题，因为旧戏观者容易观古思今。而今日是全面抗战，虽将皆韩岳'君'确非高宗。也没有秦桧那样的奸臣。还有写岳飞们的'忠'也应把意义更扩大，使不为一姓尽忠，而应为整个民族革命流最后一滴血！"[1]此外，建构国家意识以利于民族抗战事业，不仅使历史题材改编剧在题材择取、意义提炼上发

1 田汉.抗战与戏剧［M］.上海：商务印书馆，1937：30-31.

生了变化，而且使话剧的社会功能得以扩展，并推进了话剧的变革。话剧开始紧密联系于社会时代问题，做出积极的反应。炘炘在《救亡演剧队之阵容和路线》中曾从这一角度分析，“就话剧方面来讲，也应感谢我们的敌人吧：新的话剧运动在不久的过去是颇有陷于只讲求舞台装置和照明的危险的。很可能的它将成为供于新的庙堂的东西。而八一三的炮声却把这危机轰坦了。”[1]

一时代有一时代的主题，也有一时代特有的矛盾冲突。国民党和共产党因为抗日而合作，但国民党屡屡破坏合作，在抗日上消极作战，而内部又充斥腐败，致使民不聊生。作为时代观察者的剧作家自然不会视而不见。一些进步剧作家迫于国民党的政治审查制度，遁于历史题材中，以历史故事影射和批判国民党。如魏如晦（阿英）创作《洪宣娇》，是“愤慨于‘皖南事变’的发生”，“号召‘团结御侮’，反对破坏团结的反动集团。”[2]郭沫若的《屈原》、夏衍的《赛金花》、阳翰笙的《天国春秋》等，都意在批判国民党的腐败、消极抵抗、挑起内战。这当然与剧作者的身份有关，郭沫若、夏衍和阳翰笙等剧作家或是党内人士或是共产党的朋友，他们始终在国统区以不同艺术形式开展斗争，其剧作中带有明显的政党理念。而如阿英的《李闯王》等作品则是提醒共产党胜利在即要避免内部矛盾。

现代文学时期的剧作无论内中承载着何种现实目的，剧作家在处理中都将古代英雄精神、经验进行了契合现代的改写。以现实取向为原则的改编从根本上改变了以往历史题材剧玩赏历史，不问时事的弊病。

三、诗性品格

在历史题材话剧改编的过程中，大多数剧作家都意识到历史剧与历史的差别。即如张骏祥在《历史剧的几点意见》中明确指出：“我以为写历史剧的人必须明了自己是在写‘戏’，并不是在编‘历史’……剧

1　田汉.抗战与戏剧［M］.上海：商务印书馆，1937：7.

2　阿英.关于《洪宣娇》［N］.大连日报副刊·海燕，1948-11-14.

作者大可不必与编历史教科书的在这上面争一日之短长。故事是出之史实的，人物是见诸史乘的，如此而已”。[1]虽然如陈白尘在《大渡河》中曾言：“我不仅企图写成一个史剧，甚至于有了拿它来代替一部历史教科书的妄想。”[2]但这更应看作是剧作家改编历史时追求历史真实效果的态度。因为他的历史剧依然按照题材——主题的构图模式，寻绎契合于话剧的戏剧冲突。

现代文学时期一些剧作家为了明晰历史剧的“戏”的特性，采用了以诗阐释历史剧的类比描述。有的剧作家认为历史剧与诗并无二致，历史题材剧可按照赋、比、兴的表达方式进行分类。如郭沫若认为：“写历史剧可用诗经的赋比兴来代表。准确的历史剧是赋的体裁，用古代的历史来反映今天的事实是比的体裁，并不完全根据事实，而是我们在对某一段历史的事迹或某一个历史人物，感到可喜可爱而加以同情，便随兴之所至写成的戏剧，就是兴”。[3]而有的剧作家虽然没有将历史剧与诗等同，但认为历史剧撰写离不开诗，诗是处理历史剧的工具。如余上沅指出：“神话，传说，历史，杜撰里面的人物，既然都不是日常经见的人物，他们的思想动作也是如此，那末，他们就没有理由依然去说我们日常听惯的话。于是除了用诗去作表现的工具之外，再无办法，因为诗在这里是唯一的，适当的，而且是最自然的办法。”[4]虽然这些剧作家未能提炼出历史剧与诗的深层构架关系，但都认识到历史题材剧与诗存在紧密联系。关于剧与诗关系的讨论一直延伸到当代。邹红在《论剧与诗之相互关系及其意义》中基于历史上剧与诗关系的各种研究，从剧作情感倾向、结构题旨及整体效果等不同层面，指出“戏剧是诗”这一观念本身实际上蕴含着三个层面：“1、戏剧应该像诗那样包含某种抒情性内涵；2、戏剧应该提供某种舞台形象之外的深层意蕴；3、戏剧应该营造

1 张骏祥.历史剧问题特辑·历史剧的几点意见［J］.戏剧月报，1943（4）.

2 陈白尘.历史与现实——史剧《石达开》代序［J］.戏剧月报，1943（4）.

3 郭沫若.郭沫若论创作［M］.上海：上海文艺出版社，1983：507

4 余上沅.历史剧的语言［J］.新月，1932，4（3）.

出某种诗意的氛围。”[1]这一表述涵括了诗性品格的三个重要维度，即“抒情性内涵”、“形象之外的深层意蕴”、“诗意的氛围”。现代文学时期的历史剧作者改编历史时，无论追求历史真实的效果，还是追求承载现实社会的功能，都在这三个维度上积极进行营构。

但历史剧作者在追求历史剧的诗性品格的路途中，首先面对的是如何将历史资料转化为可读可演的故事——也就是说如何以审美价值为核心，把“见诸史乘”的人物、事件转化为话剧形象，融合于话剧的情节、语言及艺术情境。这需要剧作者“注重戏剧的部分，注重舞台上的效果，要使全部戏剧化。”[2]能否做到“全部戏剧化”影响到剧作的成败，也影响到剧作能否进一步向“诗”的层次提升。但如何使历史戏剧化，即如何将历史以鲜活的艺术形式加以表现，使之具有韵味，却是颇费心思的工作。其繁难之处在于对历史的把握能力要强，对历史辨别真伪的能力要高，而更重要的是艺术修养水平要高。因为“历史是历史，戏剧是戏剧……写历史剧一方面固然要顾到史实，一方面更不能不顾到这些史实，有没有戏剧的演出性。当然，史实也不能把牠离得过远，说某人本来是正直的，却说他是阴险；某人本来是阴险的，却说他是正直的。但也不妨变通一些，就是说，本来是前后两件的事，现在不妨并在一起演出；本来并无其事，现在不妨造作若有其事。不过这也要顾到情理，真是悖于情理的话，那当然还是不可以的。”[3]在此，彭子仪提出了“兼顾”“变通”“顾到情理”等原则，这表明剧作者在历史与话剧的关系、如何处理故事及融注情感等方面已经有了较为深入的考虑。

变通历史使之转换为话剧是历史题材话剧改编中的重要环节。现代剧作家在情节设置中，有的采用一幕一事，有的采用一幕多事，如彭子仪的《文天祥》虽然只有四幕，但第一幕、第二幕各有十场戏，而第三幕、第四幕则各有十一场戏。他的方式是“大胆的把二三件事并在一起

1　邹红.论剧与诗之相互关系及其意义［J］.江苏社会科学，2000（1）.

2　欧阳予倩.忠王李秀成［M］.上海：文化供应社，1948：1.

3　彭子仪.文天祥［M］.上海：国民书店，1940：1.

演出……因为如果真把文天祥一生的事迹统统表演出来，那不要说四幕，就是四十幕恐怕也写不完，事实上戏剧并非如小说，也没有写得这样琐细不遗。”[1]通过对烦乱材料的清理、简化，使情节吸引人也负载着深意。话剧的展开需要恰当的戏剧冲突，这不仅会使故事紧凑，而且能在冲突和矛盾中收拢各种历史信息。为了突显矛盾，推进情节，必然依靠颇具深意的对话。如吴祖光《正气歌》写文天祥被伯颜扣留，伯颜希望文天祥劝降陆秀夫、张士杰等人。

伯　宋朝的大势已去，不能复兴，丞相也会这样觉得罢？

文　（点头）也许是的。

伯　然而还有许多不知天意，不识时务的人，妄想抵抗王师，自不量力，非常可笑。

文　他们是在尽他们自己的责任，并不可笑。

伯　……我们皇上不愿意杀害生灵，要救他们，不教他们死。

文　怎么救法？

伯　设法劝他们投降。

……

文　来找我作什么呢？

伯　请丞相写两封信，晓以大义，教他们投降，以免生灵涂炭，自己也好全躯保妻子。

文　我非常感谢元帅的好心。

伯　（高兴地）丞相答应了我。

文　（沈痛地）我自己不能救国家，反而教别人背叛国家，这当然是办不到的。

伯　丞相不写？

文　自然不写。[2]

1　彭子仪.文天祥［M］.上海：国民书店，1940：2.

2　吴祖光.正气歌［M］.上海：开明书店（四版），1947：182–183.

对话中伯颜对文天祥步步紧逼，劝诱、威胁，文天祥则处处谨慎，不露声色但绝不屈服。伯颜作为胜利者的得意、骄横，文天祥作为忠诚、坚毅的弱国丞相的无奈、沉痛都得到展示。对话中剧作者尽量将历史信息压缩到只言片语中，以期见微知著。如伯颜与文天祥的对话传递的是元兴而宋苟延残喘的信息，进而剧作以此承接，引出了宋的覆灭和元的统一天下。

于改编中适度删减情节、调整人物与事件的关系、凸显某一层面的冲突，能够使剧作清晰地展示历史环境的特点。为了更深入地探究历史人物的情感及性格层次，剧作者还会采用变更历史细节或通过推测、虚构等方式使人物形象变得更为鲜活、生动。如孙家琇在《复国》中对范蠡的处理，“剧中的人物——特别是范蠡——同记载的略有出入。同时，因为要把这故事戏剧化，时间和地点也更动了许多，我只希望这些‘自由’没有损坏原来故事的美丽动人。”[1]而左干臣为了丰满花木兰的形象，推进剧情，则“为木兰找了一对男女情人，为木蕙——木兰的阿姊——找了一个丈夫，为木雄——木兰的阿弟——找了一个妻子，这些都是木兰诗所没有的”。[2]不仅如此，为了使历史人物更加丰满，剧作家会强化或削弱人物间的某些关系。如郭沫若在剧作《王昭君》中，不直接描摹王昭君的美艳动人，却以毛延寿、龚宽、汉元帝三个男人的态度，以比衬的手法凸显其美。如剧作写毛延寿之所以将她画丑，真正的原因是他爱慕王昭君却连她的手都碰不得：

毛淑姬　那掖庭的待诏王昭君，你何苦要欺负她呢？

毛延寿　我何曾欺负过她，是她把我的艺术太看贱了。我素来在宫庭画像，都要受人重大的报酬，后宫佳丽经了我的灵笔点染，都要受当今皇上的眷宠。我的艺术是多么贵重，我是不许人贱视的。只有这新从穷乡僻境来的王待诏她偏要贱视我，我下气向她请

1　孙家琇.复国［M］.上海：商务印书馆，1946（上海初版）：1.

2　左干臣.木兰从军［M］.上海：启智书局，1935：3.

求，她偏还要凌辱我，说我是卑鄙的画匠。我是当今皇帝的尚方画伯，怎容得别人说我卑鄙！我为尊重我的艺术起见，要请求些笔润，她也怎能说我是卑鄙！我求她的笔润，也并不是亏负她，以她的姿首，更加上我灵璧的笔触，她何愁不成为李夫人、鉤弋妇人，而她偏偏要吝惜几个钱，还要以恶劣的言辞来骂我，她是不愿享受她将来的福分，我何曾欺负过她？[1]

毛延寿在与女儿的对话中，压抑着他内心的欲望，将丑化王昭君的原因归结为王昭君不送笔润。但实际上，毛延寿心里迷恋王昭君。

毛延寿 （愈逼近王昭君身旁）王昭君！我其实是……爱你呢！……啊，梅花没有你这样的清艳，白雪没有你这样的纯洁，春天是栖寄在女儿们的心里的，你没要象那槁木一样的枯寂吧。（手抚其背）王昭君！[2]

这种迷恋甚至到了一种变态的地步，但郭沫若将之处理为一种深度的沉迷，这种沉迷使得毛延寿甚至对于死亡无所畏惧。

毛延寿 啊，我也可以死了，我是死无余憾了，王昭君的嫩手打过我的脸，我是死无余憾的了。王昭君哟！我祝你一生做个永久的处子哟！……[3]

如果说郭沫若通过毛延寿扭曲的心理衬托王昭君的美，那龚宽这个

1 郭沫若著作编辑出版委员会编.郭沫若全集·文学编·第六卷［C］.北京：人民文学出版社，1986：66-67

2 郭沫若著作编辑出版委员会编.郭沫若全集·文学编·第六卷［C］.北京：人民文学出版社，1986：81

3 郭沫若著作编辑出版委员会编.郭沫若全集·文学编·第六卷［C］.北京：人民文学出版社，1986：84

表面的正人君子——毛延寿的学生、毛淑姬的恋人，他妄想与王昭君私奔，则是从伦理道德层面揭示王昭君的美，反衬“正人君子”的心口不一——外表良善，内心猥琐。

王昭君　（向龚宽）龚宽先生，我多谢你呢。你今天清早不是还强要我和你私奔吗？我现在跟着我淑姬姐姐私奔了，私奔到沙漠里去了。[1]

而汉元帝见到王昭君未被丑化的画像即生出了无限眷恋。

汉元帝　（起立观画）啊，好一幅美人画！（默赏有间）这画的是甚么人呢？……这是画的奔月的嫦娥？……是浣纱的西施？……是为云为雨的巫山神女？……啊，但是这又着的是时装，弹的是琵琶。（稍间）我想，我活了四十多年，不曾看见过这样美貌的女子！啊，但是，你们快些卷好，快些卷好，怕她要离去这个尘寰，飞回天界去了呢！[2]

在三个男人与王昭君的关系中，剧作家主要是以言语与行为刻画任务的内在与外在的性格，着眼于立体和生动，写出了毛延寿的贪婪、变态，龚宽的狡猾、虚伪、懦弱，汉元帝的昏庸。而有的剧作家则通过特定场景中人物的言行、态度，塑造人物，并突出人物在性格、气度等方面的变化。如孙家琇笔下的勾践在被囚禁吴国时，怯懦、焦躁、阴鸷：

越：（大步地走来走去，讲话时稍停）眼看着我们要在这里被

1　郭沫若著作编辑出版委员会编.郭沫若全集·文学编·第六卷［C］.北京：人民文学出版社，1986：88

2　郭沫若著作编辑出版委员会编.郭沫若全集·文学编·第六卷［C］.北京：人民文学出版社，1986：66–67

囚三年，可是办法只有一个：忍耐，忍耐！我得忍耐多久啊，苍天厚土！才三年的工夫？不能够！（摇头）我好想觉得已经有三十年，三百年啦！可是这个仇还没有报！（向范蠡）寡人有什么脸面活下去呢？（忽然狂笑）哈哈！越国的国王要替人看马！

后：（好像心被刺了一下）大王！

越：（不理）越国的君主要谄媚一个狗奸臣，天下还有更卑鄙的事情吗？我问你们（用拳头空打着）还有更难堪的吗？更可耻的吗？[1]

而在复国成功后则呈现出性格的另一面：刚愎、虚伪、暴烈。尤其越王勾践抓获吴王之后，勾践在其伪饰的语言中表露着其得志张狂的心态；而其或卑微、或愤恨、或轻快、或讽刺的言语变化，则呈现出勾践的多重性格特征。

越：吴王受惊啦！（吴王不理，越王走近一步略略拱手）吴王连日来日夜奔跑，一定受惊不小，勾践就此陪礼。（吴王走开两步）吴王恐怕没有想到自己也会有今天！（微笑而讽刺地）怎么样？这种滋味不大顺口吧！吴王可以相信勾践很能明了，也能深深同情，（好笑）哈哈！说不定吴王正在暗恨勾践假装慈悲，违背信义，连称臣的请求也被拒绝！哈哈，像吴王这般荣华奢淫，安能蒙尘受难？安能住石室三年不见天日？安能养马试粪，卧薪尝胆？安能举大兵为国雪耻，虽致丧子疆场，肝脑涂地而不顾？啊？吴王，吴王，知父者莫若子，知主者莫若仆，勾践曾经臣事吴王多年，深知吴王一向骄宠，所以（举手拿宝剑给吴王）早就为吴王安排了出路——干脆一死，哈哈，既轻快又容易！（吴王惶恐地退后两步，不肯接剑。越王笑看文种）哈哈，勾践这篇道理，吴王听了似乎不能心服，文大夫，你有什么高论可以说服吴王？不讲解清楚就请吴

1 孙家琇.复国［M］.上海：商务印书馆，1946（上海初版）：42-43.

王自尽……[1]

通过前后越王形象的对比，在立体化人物并使之生动化的同时，多方位地呈现人物的性格、心理以及精神层面，从而让历史中的人物真正鲜活且充满着审美的色彩。

但现代文学时期的历史题材话剧改编并不仅仅满足于形象的塑造，为了更好地配合现实社会需求，剧作者借助性格的多维展示及包蕴着各种信息的情节，使剧作在叙事、抒情之外产生了多重蕴涵。如爱情剧表层写爱情，深层实际上在写人主体意识的复苏及弘扬民主、自由意识。作为教育者的吴研因曾创作古装历史哀情新剧《乌鹊双飞》，根据《乌鹊诗》改编。这部创作于1926年的作品，希望阐述“韩凭夫妇在阶级的社会独裁的政治之下，哀情也至死不破裂”，而其主旨即是：“表明恋爱的真价值（并不是提倡贞操）”。相比于后期的爱情话剧而言，吴研因的话剧相对稚嫩，主题也单一，这与作者国外的经历及对主体、爱情的颂扬和价值肯定有关。而20世纪30—40年代期间创作的爱情剧，其中充盈着象征隐喻的色彩，爱情中的个人成为显露家国民族伤痕的个别符号，他们的高洁与卑劣的人格、气节则折射着当时代社会人群。如周彦的《桃花扇》写的是侯方域与李香君的爱情，但根本上是为了标榜民族气节——“气节是一个国家民族存亡关头的撑天柱石，尤其是这些历史上最神圣最伟大的民族复兴战争中，必须有坚挺的气节，才能争取到最后胜利。可是抗战七年来，我们对于含辛茹苦，具有坚挺的气节的我们并没有褒扬，对于奴颜婢膝，动摇堕落的我们也没有贬抑，这是会使志士寒心的，因此我很久就想写一个标榜气节的戏。”[2]

由于历史编纂者总限制于一事一记的原则，因之对事件的语境构建有时不免缺乏考虑。在编年体史书中，如《春秋》《左传》等则更是只知其事，不知前因后果。舒湮在写《精忠报国》剧时曾抱怨：“正史只

1　孙家琇.复国［M］.上海：商务印书馆，1946（上海初版）：146–147.

2　周彦.桃花扇［M］.上海：建国书店，1946：3.

能给我们一个概念，并且略而不详，如果仅凭正史演为戏剧，非但材料不够，而可用的材料更少。”[1]这不仅难以提供完备的事件、人物形象，而且缺乏事件的动机、过程描述，解读历史自然会生出不少的隔膜。因之，现代剧作家会根据既有材料构造历史语境，完善情节结构，以之作为框架对历史意义进行取舍、评判。一般剧作家会根据各自的意图，去芜存菁，或铺陈历史中“芜”的要素，并通过对历史语境自由的移动和变换，进行新的审读。或立足展示历史之“精华”，凸现符合人类进程的历史“积极的方面”。顾一樵对荆轲刺秦事的改编、欧阳予倩对潘金莲事的改编、李朴园对豫让刺杀赵襄子的改编等都是例证。而有些剧作家则不依据历史，而只关注现实目的，重置历史语境，重组人物关系，如茨荪的《汨罗江畔》（1939），将战国时代楚国“辞人的屈原”与唐朝“诗圣的李白”置于汨罗江畔交流，谈心中的委屈与不灭的诗情。对于茨荪来说，“这出剧，原不期其之能上演于氍毹之上的。其目的，可说仅在供给着坐于书房内安乐椅上的同嗜者，以茗余弈后的阅料而已……在布景，对话，及剧的其他各方面，本意总想使之力求其‘诗意化’，但结果哩，事与愿乖，依然凡俗逼人。这只怪个人的肚中，根本就‘书气淡’而又‘诗味薄’。自己的资格已是够不上写‘诗剧’，何况更又硬行来写‘辞人的屈原’与‘诗圣的李白’哩——今之夸父，舍我其谁？轮到屈原和李白，这两颗明星，这二株奇葩，是鸟中之凤呢，抑是兽中之麟呢？为着中国的——不，直是世界的——文苑，他们二人，可算皆极尽其才华，千秋而不朽了。”[2]

而王向辰的《渭水之滨》，则塑造了失意而不得志的姜子牙，天天受到蛮横的老婆的辱骂和暴打；而周文王在渭水之滨邀请姜子牙为相后，姜子牙则志得意满，狠狠地戏耍蛮妻。这种关系的重组，目的是通过文人的得志与否，呈现文人的生活状况与精神状况。剧作家对历史的适度改写和人物及关系的再塑，使旧与新、传统与创新、过去与现在等

1 舒湮.精忠报国［M］.上海：光明书局，1947（战后一版）：150.

2 茨荪.汨罗江畔［J］.新命月刊，1939，1（10）.

多种关系得到展示。而如花木兰本为《木兰诗》中的人物，因为她“替父从军”，抵抗外侮，成为在不同时代都受到赞颂的女英雄。《木兰诗》（或《木兰辞》）的成诗年代争论很大，有认为是“十六国时期”的，[1]有模糊“假定《木兰诗》缩写的战争就是四二九年北魏对柔然的战争”，但确定“《木兰诗》所产生于所反映的时代，大致该在北朝这约二百年期间以内，而最可能是前期北魏的时代”——“即自公元三八六年至五八九年约二百年期间”。[2]那花木兰生活的时代应该在《木兰诗》成诗之前。但周贻白的《花木兰》则将其置于隋朝，龚炯的《木兰从军》将其作为唐太宗时的英雄，而赵清阁的《花木兰》则设定其为唐玄宗时人物。变异历史事件进行无限阐释，并根据时代精神去发展、推衍变异其情节。其原因或许如左干臣所言：“木兰这个姑娘并不见得是文学家的箭垛，我们只在木兰诗里才找得到这位女英雄，并且木兰生时和身世这一段公案，至今还没有一个考据家有圆满的获得，似乎写下去也无妨。作者拿牠当创作写，读者也尽可以拿牠当创作读。”[3]

历史事件的自身铺陈与现代语境的结合，显示了社会的观念以及价值观的变迁。由于剧作提供了事件发展变化的完整语境，反倒使悖逆历史的叙述能够做到“信而不诬”。这也就是郭沫若所谓的“由内而外的创造，而不是由外到内的摄录。”[4]而因剧作者发现了历史在不同时代共在的价值，凸现了历史题材的开放性结构，保证了现代话语介入中新的、深入意义的生成，而成为配合于时代、需求和政治的资源。

历史题材虽然与史实密切相关，但由于剧作者遵循着审美规律进行话剧改编，通过调节和平衡历史与话剧的关系，通过语言、结构的调整、现代观念的植入等，使历史在戏剧化过程中变得感性、生动。剧作不仅在紧凑性、可理解性、赏心悦目性方面值得品鉴，而且包蕴着意义和趣

1　李雄飞.《木兰辞》是十六国时期陕北地区的民间叙事诗［J］. 西北民族学院学报，1999（1）.

2　许可.关于《木兰诗》的时代［J］. 北京师范大学学报，1981（5）.

3　左干臣.木兰从军［M］. 上海：启智书局，1935：2.

4　王锦厚等.郭沫若佚文集（1906—1949）［C］. 成都：四川大学出版社，1988：124.

味。可以说，现代文学时期历史题材改编话剧在“抒情性内涵”和“形象之外的深层意蕴”两个维度上都有所斩获。但达到“诗意的氛围”这一更高的层次，却并非所有历史题材剧都能企及的。正如田本相在回溯百年话剧时指出的，这需要剧作者“以诗人的热情和视角观察现实，他们把对现实的诗的发现同理想的情愫融合起来，从而创造出诗意真实。”[1]

现代文学时期的历史题材话剧发展是极为迅速的，一方面是因为题材丰富，另一方面则是因为新的理念的介入，剧作家摆脱了封建的、传统的思想意识形态与观念，而以现代的、人性的、自由的、民主的思想观念重新审视历史事件，使历史题材话剧充满着向真向善向美的格调，形成了独具特色的诗意风格。谭雯的《洛神赋》（六幕剧）虽然并非精品，但剧作较为妥帖地将曹丕与曹植的故事通过《七步诗》《洛神赋》古典诗赋串联，呈现出了君王之家围绕权力的残酷，同时呈现曹植作为高洁士子的品德和唯美浪漫的艺术气韵。

曹植　（坐在桌前）好奇怪！我做了一个梦！

驿官　殿下做了一个怎样的梦！

曹植　（忽然一袋中掏出一串珍珠，细看，惊愕异常）这似乎又不是梦了！

驿官　殿下可以把梦中所见的告诉我吗？

曹植　（想到了什么）我问你：在你们这里洛水附近一带有什么神灵没有？

驿官　（想了一想）有的！我们这里相传水中有一位女神，名宓妃，凡属有情的人，常在水上和她相会。殿下难道也在梦中和她相会了吗？

曹植　（点头）正是，不差！她临走好像还送我一串珍珠，（举以相示）醒来珍珠果然在我衣袋里。我似乎还赠她玉佩，（用手在腰

1　田本相. 中国话剧百年的伟大成就［J］. 戏剧文学，2007（1）.

间摸索）呀！我的玉佩果然没有了！难道这不是一场空梦，而是一次真的会合吗？

……

曹植　梦中的一切，这时我还记得清清楚楚，我想把他写下来。恐怕一到明天，不但影象模糊，而且情绪也已变移。王驿官，你有现成的文房四宝没有？请你叫人送一幅进来，我要写一篇赋。

……

驿官　……殿下尽管写下去。我请求殿下把我对你说的话也写进去，让我也得同殿下的文章，永垂不朽。

曹植　（喜悦）你这要求很有意思，我一定也把你写进去。

（驿官笑容磨墨）

曹植　（且想，且写，写诵）

翩若惊鸿，婉若游龙

……

在这一剧作中，剧作者巧妙地将历史与诗歌融合，将人文与理性融合，使剧作既是写曹植的人生起落，也是写诗赋的创作环境与动机，两相阐释产生了特有的趣味。或许正是剧作者努力以诗人的视角发现历史题材中诗的韵致，以期“营造出某种诗意的氛围”的努力，推动了历史题材剧走向成熟。而也正是立足于“戏”的本体与追求“诗”的精神品格的探寻，使现代历史题材改编话剧在构建与历史的互补关系之外，成为弥合历史与现实时空间距、连接历史与现实的独特世界。

历史性前提、现实性取向对于历史题材改编来说都是外在的要求，而诗性品格的追求则属于内在要求，后者不仅将历史要素和现实需求进行审美化处理，并将之包容于剧作的整一性结构中，而且扩展了历史指涉的维度，也赋予了现实问题更为深刻的内涵。而也正是在协调历史、现实和诗性的过程中，现代文学时期的历史题材改编话剧形成了独特的时代风貌。

第二节 叙事模式

改编是现代剧作家对历史题材的重新叙述和阐释，剧作家会根据自己的历史观念、价值观念以及政治理念等，协调题材的历史情境和剧作家的现实情境。现代文学时期的历史题材改编在承担了新民、建构国家民族意识、服务政党的政治理念宣传等现实功能的过程中，逐渐形成了较为成熟的叙事模式。

一、历史记忆的认同与非认同

历史总是以记忆的形式进入人们的视野，历史心理学的阐释恰切地显示出人们与历史的关系。莫里斯·哈布瓦赫曾创造性地将记忆与社会传统放在一起，指出历史集体记忆不是在保存过去，而是借助过去留下的物质遗迹、仪式、传统等，并借助晚近的心理方面和社会方面的资料，重构过去。因此，他认为每一时期社会都要重新调整记忆，以适应社会均衡条件的变化。[1]这一理论对阐释包括历史题材话剧改编在内的历史重述，具有基础性价值。历史2与历史1存在的缝隙使历史阐释聚讼纷纭。因此，在改编视域中调整历史记忆即为辩驳真伪、披沙沥金、纠偏查误、以正视听的考证过程。同时也是与其他文本对话，从而增补删减，以期有所突破的艺术创作过程。而在情感取向上则表现为认同或不认同[2]既定的历史描述及评价。

剧作家认同或不认同既有的历史描述，对改编中如何处理历史人物、事件，设置矛盾冲突及主题提炼，有直接影响。前者导向对传统的维护，对既有历史文本权威性的信服和继承。如王泊生的《岳飞》、

1 ［法］莫里斯·哈布瓦赫.论集体记忆［M］.毕然，郭金华，译，上海：上海人民出版社，2002.

2 徐贲.文化批评的记忆和遗忘［J］.文化研究·第1辑，天津：天津社会科学院出版社，2000：111-121.

谷剑尘的《岳飞之死》、欧阳予倩的《忠王李秀成》、阳翰笙的《天国春秋》、阿英的《碧血花》《葛嫩娘》等，后者导向对传统意识形态的不满，对历史叙述真确性的怀疑，进而以挑战性的姿态重新搜索历史记忆，并展示一种全新的历史图景。如陈白尘的《汾河湾》、顾一樵的《白娘娘》、卫聚贤的《雷峰塔》、郭沫若的《棠棣之花》《王昭君》等。从风格上看，基于认同的改编剧作在主题思想上突破不大，带有明显的承传特点和保守倾向。在社会功能上，基本上与稳定现状的社会意识形态相一致。而不认同历史描述的剧作则带有进取性、爆发性、革命性的色彩。改编中的情节变更或者戏仿，不仅使历史题材产生了新的含义，而且利于突破旧有的规范，传递新的时代精神。

但现代剧作家处理历史题材比处理现实题材更为谨慎，他们始终在历史与戏剧间寻找平衡，希望通过戏剧的透镜寻找历史冲突，并植入现代意识，由此也形成了剧作家处理历史的新模式和新方案。在剧作家眼中没有抽象的历史，只有具体的历史人物、事件；没有抽象的矛盾，只有人与人、人与社会等具体冲突。以此为基础剧作者将历史记忆的碎片拼装、组合，并在不断的叙述中使之成为历史信仰的要素。如岳飞、诸葛亮、关羽等，因不同的性格、气度成为民众心目中的英雄，被神化、圣化，并作为自我与民族激励所依持的精神支柱和楷模。观剧者有时并不关心岳飞死后诛杀秦桧、关羽死后成神与现实经验的悖逆，对真实历史的违背。因此，一般剧作者也会循着传统的记忆作剧，诚如王泊生创作《岳飞》时所说的："自然，按写戏的原则，不必追问事实。"有时只是由于历史记载的版本诸多，内中人物及事件叙述颇多抵牾时，才会"对于历史史实的演变不能不加以探讨。"[1]在他们看来，如果在历史的艺术书写中出现重大关节的失误，会直接影响其现实功能和说服力。这种担心表现于剧作家对历史人物、性格、服装、语言等方面的考据，这充分显示了历史题材与现实题材创作的差距。阿英、陈白尘、阳翰笙、

1　王泊生.岳飞［M］.济南：山东省立剧院，1935：3.

顾一樵等都谈到了创作所依照的主要历史文本为何，从而增加作品的历史厚度和准确度。在新中国成立后，历史剧是否为历史的问题的争论，其关键点也在于如何看待历史——是把历史作为记忆，因此在记忆中一定会出现主观赋予的变形和增减意义的情况？还是把历史作为不可变异的、陈列在历史博物馆、各种历史文本中的客观所在，从而，在所有的创作中都要本源于此，不能有所变形？

历史是被共享的，但在时间流变中却可能因一些要素的干预形成单一、固定的版本。对民众而言，曹操的奸诈、杨贵妃的淫荡、妲己的误国、范蠡的正义、西施对爱情的执着，都是不言而喻的。这当然不乏想象的成分。但在特定时代，固定的历史图景在新的观审和叙述下却可能呈示出更为多样的面貌。现代剧作家对历史题材的改编，不仅是为了修正历史，同时是为了传递新的历史观念。在通过陌生化方式吸引观众的同时，揭示勾践的伪善（孙家琇《复国》）、范蠡的阴险（聂绀弩《范蠡与西施》）、西施对于吴王的爱（顾一樵《西施》），杨贵妃在政治斗争中的无奈（王修明《锦香囊》）。这种变异的历史，背离了民众的历史记忆和想象，而剧作家正是以不认同引导观者品味新的思想，理解到背后的指涉。不认同历史，关键在于剧作家在审读历史中看到了历史的错谬和矫饰处，因此，希望通过剧作的方式矫正历史。

历史剧的改编是颇费周折的工作，其繁难之处在于对历史的把握能力要强，对历史的辨别真伪的能力要高，而更重要的是艺术修养要高。无论采用何种态度书写历史记忆，都首先要面对一个问题：如何处理历史记忆，并将其植入民众的心灵，从而唤起民众的自由意识、民主渴望或民族情感，塑造社会新的意识观念体系？这种现实主义的态度，与话剧社会功能的追求有关。而且因为历史剧与现实指向的关系，在很大程度上，使两种改编模式的优劣并不能简单论之。

二、契合时代的意识形态化叙述

现代文学时期话剧在观念革新、政治鼓动及民族抵抗等方面发挥着巨大功能，这是其他时期难以匹敌的。叶沉在1930年即已指出：“（一）戏剧是最合集团主义的艺术。（二）戏剧的时间性是最显著的，同时它的反响也是最迅速而强大的。（三）戏剧是艺术中最复杂的表现形式，同时也是最贴近于现实的社会，最能使人感到真实的情感的。”因此“谁也比不上戏剧的有时代性，和现实社会的迫切，受社会情势的决定，同时是更比较容易反响到现实社会中去!”[1]在此叶沉强调了当时剧作的二大特征，即与社会时代的切近性，符合集团主义的意识形态性及巨大的影响力。这一表述中蕴含着对意识形态价值的弘扬。毕竟当时不同价值体系之间存在对抗，而对抗的结果即是维护什么，批判什么，建构什么。以此为基础，剧作者才能抨击旧观念，弘扬新意识，将话剧作为意识形态传播的阵地，并发挥话剧最切近的现实功用。在此，剧作家的观念指向、精神立场和价值标准起到重要作用。纵观当时的剧作，由于先进的知识立场和民主、科学的思想基础，如何宣扬新的，批判旧的也就成为改编时剧作家重点考虑的因素，并成为自觉的使命。周宁分析戏曲与意识形态的关系时指出：“从历史构筑现代国家意识形态，这一自觉的现代文化使命感，使启蒙立场的知识分子发现并利用了新史学和新史剧之间的协调动力关系，使纯粹的思想或学术通过戏剧变成大众世界观，创造出意识形态整体性”。[2]

意识形态叙述在现代文学时期表现为多种话语形态。现代话剧发展时期，剧作者在意识形态观念传输上，其重心不断发生变换，从新民到建构国族意识再到服务于具体政党理念，也经由了从娱乐、牟利到介入现实的宣传力量的转化。相比其他题材，颇具民众基础的历史题材改编话剧更易为民众接纳，也更易在他们熟悉的历史故事中植入现代理念。如郭沫若的《棠棣之花》系列剧变更了聂政刺杀侠累的基础，侠累的奸臣形象使刺杀产生了为国锄奸的积极效用。而如阿英的《李秀成之死》

---

1 叶沉.戏剧与时代［J］.艺术月刊，1930，1（1）.转引自胡星亮.总结中国“普罗戏剧”思潮.文艺理论与批评，1998（5）.

2 周宁.想象与权力：戏剧意识形态研究［M］.厦门：厦门大学出版社，2003：2.

采用了死节一说，更契合于当时呼吁勇力、奋进、激发民族热情的社会情势。把历史作为工具而不是凌驾于现实之上，不仅避免了剧作家走入复古的窠臼，而且避免了陷入历史迷思不可自拔。

舒湮在《浪淘沙·前记》中曾慨叹历史的演进，并为中国的发展鼓与呼，这一思想代表了当时中国大多数剧作者的观念——“历史是人类生存斗争进化的纪录。从清末甲午战败到如今，这赋有历史决定性的半世纪，中国社会发生了本质上重大的变化。五十年来，中国不但在政治上发生空前剧烈底波动，就是一般人的思想行为，日常生活，与在大时代的洪流中起了变化。我们的同时代者和我们父亲一代的先驱者们，都曾在这民族争取独立自由民主，争取进步的伟大的光荣的斗争底历史诗上写下了一页。我们中间也许曾有负起这一时期革新历史的任务的；但历史是残酷的，史轮永远无休止的前进著，没落的被辗成泥沙，一时多少豪杰，灰飞烟灭！前进呀，时代！”[1]历史被如何叙述及选择哪一方面为叙事重点，传达何种意义，取决于剧作家在特定时代的价值取向和表意目的。但当时以历史为镜子映照社会陋习，折射社会黑暗，呼吁社会变革，则是历史题材改编中的主流。即如舒湮自述创作《浪淘沙》的“意图是从一个仕宦大家的故事中写出这半世纪来中华民族的受难，抗争和复兴……全剧共分三部：第一部浪淘沙，写甲午战败，戊戌政变及庚子拳乱那个动荡时期；第二部醉太平，写鼎革后总该从封建社会走向资本主义的过程中的一段逆袭，包括政治上的反动，与民族工业的兴衰，只写到一九二七年的大革命；第三部中兴送，写民族危机最深刻时代的动乱，从九一八事变，七七抗战，指导抗战胜利，民主浪潮澎湃的时代。”[2]剧作家明显采用了历史到现代逐渐发展的方式，呈现中国的“受难，抗争和复兴”，以此展示中华民族的“前进”。而有的剧作者在改编历史上流传的故事时，则题材选择“古事”，观念则运用“现代”人性、自由、民主的思想，着力于旧观念的呈示和批判。为了题旨更为明

1 舒湮.浪淘沙［M］.上海：万叶书店，1946：1.

2 舒湮.浪淘沙［M］.上海：万叶书店，1946：1–2.

确，一般采用二元对立结构模式。如为民众启蒙，改变民众意识的变革观念的历史爱情剧，一般设置压制爱情的权威与渴望爱情的反抗之间的冲突。如向培良的《白蛇与许仙》，白蛇与许仙站在了同一战线上，毅然决然地与法海抗争，而法海则代表了压制者、嫉妒者。而如《孔雀东南飞》类的改编，焦母和刘兰芝同样分属压制者和反抗者的阵营。这种书写模式，剧作者先在地将同情的立场置于被压迫的一方，将冲突的责任完全置于压制者一方，以此喻指现实社会中存在的不合理的礼教规则。剧中被迫害的女子成为象喻符号，隐指所有渴望爱情自由的现实人等，她们的出走或死亡映射着现实的无奈。而通过甜美爱情与悲剧结尾的对照，不仅意在提醒反抗者，更在惊醒压制者。

随着中国被外族侵略的局势日益恶劣，剧作者向民众传输民主、科学理念的用心逐渐让位于民族救亡图存的任务。赵循伯在五幕历史剧《民族正气》的《自序》中介绍创作缘由的时候，一番阐述颇具代表性——“在着手编长恨歌时，顺带搜集了一些张巡许远守睢阳的材料。在胡与汉人的民族斗争中。其间忠臣志士之激于正义，将士人民之团结合作，演出孤军抗战，光荣殉国的壮烈场面。可是，其间也有卖国求荣为虎作伥的函件，自私自利把持地盘的军阀，同上述光明的民族意识成一个极端的对照。至于在抗战中，敌人之煽惑分化，软弱份子之犹豫动摇，凡是动乱时代的插曲，应有尽有。虽然这一幕民族战争，发生在唐朝（当然发生的动机，不能与现在相提并论。）；但如果将张巡等从起义兵到城破殉难，这一段可歌可泣的史绩，单独截取来看，和我们今日神圣的抗战，实在寻不出时代的差别。”[1]历史与民族文化结构的内在相关性，使弘扬民族精神的历史题材屡屡成为剧作家选择的焦点。在经过批判传统，传输西方先进意识观念之后，剧作家认识到唤醒国族意识和民族责任感的重要。在“神圣的反侵略的烽火”中，全民杀敌，演剧运动亦参与其中。林刚白在《民族抗战后方之演剧运用》中呼吁：“由于历

1　赵循伯.民族正气［M］.上海：商务印书馆，1944：1.

史的教诲，激发起自觉，使民众重温民族本源精神及其力量，而增强其对于民族之敬爱及热情，以民族史迹流传下来的光荣和典模与民众爱国之自信心相粘合，对此有着四千余年文化生命之自己的民族，加深其仰慕与爱护，在这一意念之下，需要产生切合战时需要的民族历史剧。”[1]这一时期，历史题材改编话剧同样采用二元对立结构，凸显历史中如匈奴、满族、倭寇等外族与汉族的对立，在敌强我弱的格局中彰显民族英雄及勇赴国难的坚定，以此激发民众抵制外侮、同仇敌忾的民族自信心。但在营造戏剧矛盾，推进情结时，叙事则更为复杂。如仅抗战时期以颂扬民族英雄、宣扬民族精神的历史题材改编话剧：史可法反清、文天祥抗元、岳飞、梁红玉等抗金，花木兰从军抗击匈奴等，因其在外族入侵时面对亡国的危险，无一例外以绝不妥协的抗争，成为后世的楷模。现代剧作家为此或选用日常生活与战时生活的对比，写英雄急国家之所急，抛弃安逸，勇赴沙场的大义。或选用佞臣卖国与忠臣卫国的对比，或择取战败后屈膝投降与慷慨赴死的对比，写英雄们舍生取义、绝不做亡国奴的民族气节。从叙事上看，剧作家对民族英雄植入了更多的赞叹和同情，而对如秦桧、范宗尹、魏良臣、罗汝楫、侯方域等，则通过猥琐嘴脸的细节凸显和程式化的求荣卖国描写，加以讽刺。而在两两比较中，民族英雄的勇敢、坚定、舍生取义与奸佞小人的懦弱、摇摆、苟且偷生形成强烈的视觉和情感冲击。从叙事格调上看，则因民族英雄的人格的崇高，使剧作洋溢着激昂壮烈的美学韵味。

在二元对抗的叙事结构中，隐喻成为表意和批判的重要手段。以民族存亡的宣传与警醒民众为主旨的改编剧作，在书写上相较于前代作者之处，还在于对民众力量的关注和凸显。毕竟面对外侮不能仅仅依靠民族英雄，英雄的楷模作用虽起到警醒和振奋人心的作用，但广大民众才是民族战争胜利的根本。剧作对民众力量的描摹，是希望通过“移情”的方式使民众感同身受从而绝地反击。如吴祖光的《正气歌》中，强化

1 林刚白.民族抗战后方之演剧运用[J].文艺月刊战时特刊，1937，2(6).

了文天祥的民众意识，他经常说："我有这么多的好百姓，我们一定会成功的。"而在第三幕第四场更借杜辉强调了这一层意思，杜辉兴奋地说："我想起丞相说的那句话了，有这么多的好百姓，我们一定会成功的"。[1]而熊佛西的《卧薪尝胆》等作品都留下大量笔墨写民众的团结一心，保家复国。作品借用越国普通民众郑家父女千方百计想当兵的情节，呈现越国民众"为国报仇雪耻"的昂扬斗志和奉献精神。

郑父上。剃了须，脸上抹了粉。头上戴了一顶青年常戴的小帽。

郑父　孩子，你看我！

郑旦　嗳哟，爸爸，您怎么变成这个样子了？

郑父　你看我年轻了没有？

郑旦　倒年轻了，可是怪难看的！况且听这位新从京都来的客人说，那边已经不招兵了！

郑父　不招兵了？

勾践　不招兵了。兵已经够了。你们两位想去当兵么？

郑父　对了，我们亦想尽国民一份子的义务，为国报仇雪耻！

……

郑父　你怎么知道现在不招兵了？

勾践　我刚从京都来。因为人人都想当兵，所以不到几天兵就够了！[2]

与熊佛西的观念较为相似，但孙家琇更关注的是民众的力量，他在《复国》中更是借范蠡之口说出了复国和兴国的关键在于民众。孙家琇借助剧作，通过范蠡之口阐述了关于人民与国家的多重理念。首先是国是人民之国，而非某一个独享之国——其中呈现着较为明显的现代思维。

1　田禽.评《正气歌》[J].天下文章·战时教育问题特辑，1943（4）.

2　熊佛西.佛西戏剧第四集［M］.上海：商务印书馆.1933：198–199.

越：……范大夫，有一天真能报复这个仇恨，寡人要平分越国的天下请你享受！

范：（不为所动地）主公，这种话不可以轻易出口。

越：怎么？你以为寡人没有信用，以后要失约吗？

范：不是的，因为越国虽然是大王治理，却不是大王一个人的产业。越国是以前几十代先王们所传下来的，也是现在几百万老百姓们相依赖的，大王怎么能够轻易送人呢？

在人民治国的基础上，范蠡进一步阐述了民治的思想。

范：……一国的国威全要看人民的心意是否归顺，爱戴君王。要作到人民肯为君主勤劳，为国家效死，国家才能强盛。所以主公回国以后必定要先收民心。主公要安抚，赈济，使百姓各有所归，各有所业，上下一心，无所怨尤。主公不但要以身作则，朝中的大小官吏也要功则赏，过则罚，丝毫不容苟且。能够这样，政事才能清明，国家才能强盛，诸侯才不敢再来侵犯。

越：对，对。

范：此外越国要尽力生产，充实富力，这全要鼓励农工商贾各就本业努力经营，使得地无余力，人无弃才……

而在越王与文种强调要利用计谋穷吴国，离间吴国时，范蠡更强调要使民安。

范：主公同文大夫的看法很对，范蠡深深佩服。不过微臣还有一点意见：越国今后治理的方针，应该是复国，建国，与诸侯共谋天下的和平，使百姓们可以安居乐业，王道可以重新建立。自从周室衰落，天下分为列国，诸侯各自为政，彼争我夺，无有已时，人民困苦已极；而诸侯的霸业迷梦，即或成功也不过昙花一现。这种

争斗，静心想想，真是于国无补，于民有害，只是为满足一二君王的贪得逞雄之心，实在不应该继续存在……[1]

从民本、民治、民安的三重维度，探究越王勾践的复国与建国，而实则是在抗日战争的危亡关头，暗喻中国政府的抵抗外侮，必须依靠民众。此外，孙家琇在《序》中更明确表示，要借着这一故事“表达出一些我对于祖国的热诚同对于世界和平的渴望”[2]由此，剧作家借助喜闻乐见的历史故事，在雄壮的叙事格调中，植入民本思想，一方面呼应了剧作的宣传目的，另一方面，则隐喻着民族英雄与民众在气质、人格上的相似和趋同。这在很大程度上在不损害民族英雄的精神气度的同时，将这种精神由民族英雄而至普通民众的叙事转移，更利于民众的认同和参与。

但当时剧作家使用隐喻更多是为了批判旧传统、帝国主义和国民党黑暗统治，尤其在国内革命形势日趋紧张的时候，隐喻成为剧作扩展历史内涵、增强现实针对性和批判力的重要武器。而因为隐喻的多义性使历史题材改编话剧的意识形态色彩表面上非常清淡，实则非常浓厚。诚如张健所言：“话剧在中国的发展势必要与中国社会形形色色的黑暗势力发生剧烈的冲突。在这种情况下，中国话剧运动不可能不带有鲜明的政治色彩。”[3]

因为“话剧比较易于结合现实斗争，能直接和群众交流，而且观众又多是年轻人，影响比较大”，[4]在与国民党的斗争中，具有先进革命理念的剧作者充分发挥着话剧批判功能，“着眼于现实斗争，自觉服从于党领导的人民革命斗争的大方向”。[5]矛头直指当时的国民党政府。如阳翰笙写《李秀成之死》意在批判蒋介石“攘外‘必先安内’的反革命”，而

1　孙家琇.复国［M］.上海：商务印书馆，1946（上海初版）：71–72.

2　孙家琇.复国［M］.上海：商务印书馆，1946（上海初版）：1.

3　张健.中国话剧百年论述［J］.中国现代文学研究丛刊，2002（4）.

4　石曼.重庆抗战剧坛纪事［M］.北京：中国戏剧出版社，1995：72.

5　阳翰笙.战斗在雾重庆［J］.新文学史料，1984（1）.

通过“赞扬太平天国反帝反封建的英勇斗争，借以谴责国民党反动派反共反人民的卖国投降政策。’”[1]而《天国春秋》则意在“控诉国民党反动派这一滔天罪行和暴露他们阴险残忍的恶毒本质”[2]。剧作家借历史事件与当时社会事件在压制与反抗、暴政与民主上的相似性和呼应性。批判的重点在国民党的破坏抗战、投降主义及其腐败和制造白色恐怖。在这类创作中，革命的与反革命、不革命的力量的矛盾成为主要的戏剧冲突。

在历史剧作的大框架中叙述历史，在具体的对话和动作中则隐含着对国民党的讥讽，形成了借古讽今、隐喻现实社会事件的叙事模式。如孔令境的《春秋怨》即以左传的历史映射当时政府的绥靖政策以及弱国无外交的现实。剧作选取的是《左传·成公十一年》一段故事，晋大臣郄犨夺鲁人施孝叔的妻子，后郄犨死，寡妇携二子归鲁，施孝叔见二子而生嫉妒，溺毙二子而其妻自尽的故事。但剧作却以管肸与声伯的对话开篇，后来加入鲁成公的对话，直写鲁国的弱小、晋国的强大。从而在晋国使臣郄犨提出要娶已为人妇的阿姬时，只能步步后退。这“可以看出一个强国对一个弱国的姿态。郄犨以自己国立为后盾，竟横行不法，夺人之妇，而弱小的鲁国不敢反抗，只好答允。”[3]

当然，除了批判之外，有时剧作者也通过隐喻的方式提醒革命胜利之后，最应该避免的冲突。如欧阳予倩的《忠王李秀成》、阿英的《李闯王》《海国英雄》，陈白尘的《太平天国》、李朴园的《郑成功》等作品，都把革命的反思置于内部，而不是外部。所谓“兄弟阋于墙”，如太平天国盛世之时的韦昌辉、杨秀清之乱，石达开的出走，洪秀全的多疑；李自成攻陷北京后的内部骄纵无度、谗言攻讦等；还有郑成功系列作品中，保持着斗志的郑成功与内部的反向力量郑芝龙。反革命或不革命者破坏了内部的稳定结构，而这种内耗不仅动荡了士气，更葬送了革命成果，悲剧收场的结局给现实抛下一个沉重的批判。

1 阳翰笙.阳翰笙选集［M］.成都：四川文艺出版社，1989：3.
2 阳翰笙.阳翰笙剧作集（下卷）［M］.北京：中国戏剧出版社，1982：475.
3 孔另境.春秋怨［M］.上海：世界书局，1947：165.

三、民族化叙事

现代文学时期如何将西方舶来的话剧化入中国民族艺术的行列，引发了关于话剧民族化的探讨。而如何用话剧叙述中国的传统历史或转述外国的历史（故事），则成为历史题材话剧改编必须面对的问题。

“中国话剧发展的历史在某种意义上也就是话剧民族化的历史。”[1]但关于话剧民族化的基点和途径在当时话剧界却有颇多争论。一些理论家主张话剧民族化应奠基于旧剧传统的继承。如阎哲吾认为：“离开了摄取旧剧中的优良传统，话剧不可能民族化”。[2]而张庚则提出“把过去的方向转变到接受中国旧剧和民间遗产这点上来”，明确主张“话剧大众化在今天必须是民族化”。[3]但对于这类观念有的理论家则持反对态度。比如易庸提出：“旧的形式足以限制新的内容的发展，是新内容的一个桎梏。”[4]而胡风对此更持异议。在《论民族形式问题底实践意义》中他批判了张庚、艾思奇、光未然等人继承旧剧传统的观点，认为这都是“绝对有害的理论，非彻底地得到肃清不可”。在胡风看来，民族化的核心不在形式变革，而在现实主义精神的积极融入，因为“现实主义，是认识民族现实的导线，所以我们应该在具体的活的面貌上深入生活。”[5]虽然在继承什么和发展什么上观点不同，但基本认同“中国作风与中国气派”作为话剧民族化的核心观念。如刘念渠、阎哲吾等都指出要表现中国人熟悉的民族现实生活、中国人的情感，[6]而且“表演的一定是中国人所熟悉的动作，姿态与语言，表现的一定是中国人的思想，宗教信仰，人生观，宇宙观，风俗，习惯与人情味！”[7]而胡风更进一步指出，要用

1 邹红.中国现代话剧民族化的历史进程［J］.文学评论，1994（4）.
2 刘念渠.论创造中国民族的新戏剧［J］.理论与现实，1940，2（1）.
3 张庚.张庚文录（第五卷）［M］.长沙：湖南文艺出版社，2003：203.
4 易庸.欧阳予倩的旧剧作品——兼论旧剧改革［J］.戏剧春秋，1942，2（3）.
5 胡风.论民族形式问题底实践意义［J］.理论与现实，1940，2（3）.
6 刘念渠.论创造中国民族的新戏剧［J］.理论与现实，1940，2（1）.
7 阎哲吾.建设“中国人的戏剧”［J］.文艺先锋，1947（1）.

“中国作风中国作派去把握、经验、感觉而且表现民族战争中的，社会的斗争内容”。[1]

由于题材的原因，当时大多数历史题材改编话剧都践行着“中国作风中国气派”的主张。因为改编的大多是中国历史，其题材内在地存续着传统文化的基因和民间文化的信息，使剧作洋溢着民族特色，且容易为大众接受。即如在选材上，一般都是民众喜闻乐见的故事。如红拂夜奔、卓文君私奔、纣王妲己亡国、李自成败亡、郑成功收复台湾等。而对题材的处理也往往会保留传统故事中的核心部分。当然剧作家在处理中会根据各自的需求加以调整，与传统历史既相互呼应，又富有新意。比如《卓文君》中保留了“凤求凰”一段。

卓文君　（捧就月光中念出）

凤兮凤兮归故乡，
遨游四海求其凰。
室迩人遐毒我肠，
何由交接为鸳鸯？

凤兮凤兮从凰栖居，
愿托孑尾永为妃。
交情通体必和谐，
中夜相从别有谁？
红箫，你这是从什么地方得来的？

红箫　是方才秦二交给我的。他刚才对我说，他清早进城的时候，路过都亭，便遇到那位司马长卿先生。司马先生问他，前几天我们家中有琴音远扬，是谁人弹的？他回答是姐姐。那司马先生便挽留着他，回转身去写了这张短笺，教他回来时，面交给姐姐。他

1　胡风.论民族形式问题底实践意义［J］.理论与现实，1940，2（3）.

不敢面交给你，便交给我转交了。

卓文君 啊，他这大胆呢。万一落到父亲手里，不会惹起一场风波吗？

红箫 姐姐，你到底怎样答复他？

卓文君 你叫我怎样答复呢？这种要求，我万难答复的。他怎么不向我父亲提说呢？

红箫 姐姐，你毕竟还是要仰仗父亲。万一父亲不允许呢？

卓文君 ……嗳，我终竟是个弱者。……你等我，你等我再待一会吧。[1]

诚如郭沫若在《写在〈三个叛逆的女性〉后面》中所言：“女人在精神上的遭劫已经有了几千年，现在是该他们觉醒的时候了呢。”“女性困于男性中心的道德束缚之下，起而对于男女对等的要求，然而男性中心道德的支持者依然是一味狂妄而痛加阻遏。”[2]郭沫若的对于“凤求凰”的巧妙调整，展示出卓文君从“仰仗父亲”到“独立自主”的心路历程。

而有的剧作家的保留传统是为了跳出传统，给予传统的观念一个痛击，但在思想深处却带有更为深刻的意蕴。如王独清的《貂蝉》中保留了吕布与貂蝉私会一段，但在这一传统桥段中调整了吕布与貂蝉的关系——他们不再是激烈对抗的双方，而成为相依相恋的爱人。吕布不再是董卓的帮凶，而是在貂蝉的鼓励下灭掉专制独裁罪魁的英雄。

董卓府中之后花园。

场上设园之后门，由此门可以看到园内，园内有亭耸立，亭上有匾，书“凤仪亭，”但幕启时为夜色已降之时，故匾上字隐不可见。

……

1 郭沫若.郭沫若剧作全集［M］.北京：中国戏剧出版社，1982：90-91.

2 郭沫若.郭沫若剧作全集［M］.北京：中国戏剧出版社，1982：189-190.

吕布　啊，这歌……啊，这歌……（他把身子靠在了园门上仰头看着月亮，好像中酒了的一般）

（此时貂蝉已由亭中走下，缓步走至园门口。）

貂蝉　在这月儿看儿比在亭中好多了。——唉，园门开着呢…假使他……假他他现在能到这儿来时，那我一定——（她不觉得走到园门外了。）

吕布　啊，貂蝉！

貂蝉　……谁？

吕布　（他疯狂一样的跪在了她底脚下，用手抱着她底双腿用口在她身上乱吻）

是我！是我！……你不认识我吗？……是我，吕布，吕布……我是吕布，在这样明的月亮底下，还认不出来吗？……我在这墙下已经等了你两晚了，你果然出来了……我知道你接到了我底信，一定会来会我的……果然不错，果然不错……[1]

在家国民族方面，剧作家的努力更值得深入研究。如周贻白的四幕剧《北地王》（又名《亡蜀遗恨》）保留了刘谌哭庙一段。周贻白在历史题材话剧方面极为慎重，尤其人民较为熟悉的传统事件。因此，他在《自序》中感慨："本剧虽为话剧形式，因系取材历史故事，对于题材的处理，不能不慎重将事。正史杂史，固未敢放过，即平话，演义，乃至就有戏剧，亦偶有参酌。"[2]但周贻白对于刘谌的处理在注意传统的同时，也在传递新的思考。"一般戏剧之写刘谌，皆依据演义所叙，先杀妻子，然后提人头哭于祖庙而自杀，此为本剧与其他戏剧不同的一点。盖演义所需，不必皆有所据，其用意或以殉国为大事，故使刘谌死于祖庙以见志。本剧之以刘谌哭庙在前，杀妻子在后"，这一设置一方面是因为在《汉晋春秋》中有明确的记载，另一方面则是在传统基础上有所改变，

1　王独清.貂蝉［M］.上海：江南书店，1929：166.

2　周贻白.北地王［M］.上海：潮锋出版社，1940：66.

因为周贻白的目的是校正一个观念，即“本剧写刘谌之死，与其谓为死于不降，毋宁视为死于不战”。[1]为此，哭庙一段先哭，后杀的调整，让这一剧作更为悲怆，亡国之凄凉更为惊人心魄。

> 后主出降之前夜，刘谌请复一度求出兵，后主不纳。刘谌知事势无可挽回，往哭于祖庙，拟一死见志。郤正不明其意，赶往劝其逃奔剑阁，会同姜维回兵。刘谌意稍动，方欲启行，忽报内城兵士哗变，魏兵趁势围城。至是，刘谌死志遂决，转劝郤正往随后主，而以己志告知其妻崔氏，崔氏不惟不觉悲伤，且请求先死。刘谌劝其尽抚孤之责，崔氏不顾，触柱而死。刘谌心虽悯其子女之无辜，然不欲见其为人奴隶，乃杀其二子一女，然后伏剑自殉焉！[2]

而在主题方面，剧作家虽然在改编中提炼出不一样的主题——与传统有诸多差异，但也基本上会考虑中国的情爱观念、国族观念等。如凤汉等人对《孔雀东南飞》的改编，虽然焦母对刘兰芝步步紧逼，但剧作还是避开了刘兰芝与焦母的正面冲突。而王泊生、舒湮等人改编的岳飞剧则始终凸显了“忠义”，而未使之与皇帝直接冲突。对此，当代一些学者的观点是，话剧民族化是“对于民族传统认同的基础上获取自己特定品质的过程”。[3]而其“目的则是保留外来文化的异质性成分并与本土文化相结合”。[4]从这一角度观审，剧作者借话剧展演中国的历史故事，既保留了话剧的品格也不乏中国的古典趣味。当时的历史题材改编剧可以称得上比较好的范本。

但话剧的民族化过程并非表面上那么简单。而是经过了“初期的同化和随之而来的异化之后，才会有对此异化的反拨，亦即自觉的民族

1 周贻白.北地王［M］.上海：潮锋出版社，1940：10–11.

2 周贻白.北地王［M］.上海：潮锋出版社，1940：15.

3 施旭升.民族化：悖论与抉择——从民族文化传统看话剧与戏曲的个性生成［J］.戏剧艺术，2002（3）.

4 邹红.中国话剧百年发展三维［J］.文学评论，2007（3）.

化。”[1]也就是说，经历了对话剧“异质性”的消解到认同，再到接纳和熟练运用的过程。这不仅表现于对话剧的接受上，还表现于对于西方历史题材的转化上。剧作者改编西方历史有时也是无奈之举，如董每戡指出：“改编外国作品而上演，原是闹脚本饥荒时期的无可奈何的办法，因‘青黄不接’才有此举。”从后来的情况看，“当时观众不欢迎纯粹外国的剧本。”[2]为消除外国历史题材与国人的识见与经验的抵牾，改编者往往把外国戏剧中的朝代、人名、地名等置换为中国的，并对主要情节适度调整，替换、抑制或放弃不适合于中国观众的情节，提炼并传递契合于中国人的诸如爱国、抵抗、民族团结、保家卫国等主题。但对于历史题材改编而言，这种题材上的“同化”成为历史题材话剧在民族化进程上不断走向成熟的重要阶段。如胡星亮指出的，还有更重要的一步是“题材的选择与内涵的开掘要具有现代意识”。[3]在此，具体到历史题材话剧改编，可以涵括为两个层面的内容，一是以西方话剧艺术样式呈示中国历史内容的民族化，一是将中国历史内容加以现代阐释的现代化。也就是说，话剧与历史题材的结合，内在的含蕴着民族化和现代化的诉求，且现代化包蕴在民族化中。

现代历史剧作者始终自觉坚持以现代意识作为改编轴心。历史题材改编的现代化使历史人物承载的信息发生了变化。陈白尘在谈到太平天国剧创作时指出：“对一切侮蔑与过誉的记载加以挑剔，不同的传说加以比较与选择，怪谬的神话给予合理的说明，许多奇特而真实的行动，也找出它的解释。”[4]即如洪宣娇的形象，有记载认为其淫荡，是一个淫妇，大多因为其在萧朝贵之后与杨秀清、韦昌辉之间比较复杂的关系。但阿英、陈白尘改编时并没有采信，而是凸现其英雄的、革命的形象。而如李秀成失节一事，剧作家欧阳予倩在《忠王李秀成》中通过情节加

1 邹红.中国话剧百年发展三维［J］.文学评论，2007（3）.

2 欧阳予倩.回忆春柳//中国话剧运动五十年史料集（第一辑）［C］.北京：中国戏剧出版社，1985.

3 胡星亮.论中国话剧的民族化历程［J］.文艺研究，1996（3）.

4 陈白尘.太平天国［M］.上海：生活书店，1937：9.

以反驳，竭力塑造一个英勇的斗士形象和革命者形象。更通过与太平天国军队的先期投降人的对比，显示其忠义。

萧孚泗　……李秀成，我来对你说罢，想你反叛朝廷，残害百姓，如今被捕了，也是你恶贯满盈，本就应当把你就地正法，凌迟处死。大帅念你是一员勇将，所以法外施仁，想要免你一死，你们的伙伴们，也想劝你弃暗投明。以前，你们害了国家，害了百姓，从今以后，你为国家为百姓多做一点事情，将功赎罪。如今，富贵荣华在你的眼前，死也在你的眼前，流芳百世也在你，遗臭万年也在你，你要仔细的想想。——陈得风，你们是不是这个意思？

陈得风　……是。（用尽生平的力量，说出一个“是”字。）

萧孚泗　李秀成，你总应当醒悟了吧？

李秀成　（他好似牧师宣读圣经，又好比预言家一样，说出一段话来。）——投降是最可耻的事，投降的是最可耻的人；有志气，有德行，有骨头，有良心的汉子，是绝不会在敌人面前投降的。天京破了，我们的事业没有败。开路的不怕吃尽苦中的苦，成功的是我们的后人。看吧，不出五十年，我们的儿孙辈，打进北京城去，赶走那些妖魔！你们是班什么东西？一个个昏了头，瞎了眼，死了心，掉了魂，无廉下耻，蛆一般的家伙，也配站在我面前说话吗？滚蛋！

众降将　忠王！（痛哭流涕跪倒下去。）[1]

李秀成简短的一句话，言语恳切，气势如虹。欧阳予倩以此塑造了一个“有志气，有德行，有骨头，有良心的汉子”，一个为“儿孙辈”开路而鞠躬尽瘁的高洁英雄形角。阿英的思路与欧阳予倩并不一样，他在《洪宣娇》中通过李秀成与洪秀全的冲突、李秀成与洪宣娇的冲突展

1　欧阳予倩.忠王李秀成［M］.上海：文化供应社，1948：164.

示李秀成忠君为民的思想，通过他被捕之后的言语，呈现其独特的人格警戒。阿英同样避免对《李秀成自述》这类历史文本使用，而是在历史理性与人文关怀的统一中，更侧重于人的忠义与道德感的展示。他在剧作中认定其忠、其勇力与无奈，并通过与洪宣娇的对话，显示其对于死亡的淡然、从容。

洪宣娇　（不理，向前，悲凉的）李—秀—成！

［李秀成回首，见洪宣娇，前趋，悟，止步，故昂头

李秀成　李秀成怎么样？

洪宣娇　（颤抖地）你也有今天！

李秀成　（激昂地）今天，今天就要过去了！明天就要来了！（重）好！看明天的吧！

洪宣娇　（木然自语，声低）明天！（颤栗，后退）李秀成！你就要死了，你死无遗憾吗？（声极惨）

李秀成　（激昂地）英雄自古披肝胆，志士何尝惜羽毛！你看！这儿是天京，这儿是蒋山！我李秀成今天能死在太祖的陵墓之前，我死有何憾！（狂笑下）[1]

在这类作品中，在突出话剧民族化，变异戏曲作品中的一些固有观念的同时，更注重民族化过程中现代意识的表达与传递。在具体改编过程中，剧作者从适应中国民众趣味等方面，开掘主题，增加新意，保持了话剧的民族特色。强调民族意识的叙事策略，紧扣时代问题的改编。如太平天国题材和李自成起义题材改编话剧，剧作家在作品中都较为明确地指出失败的重要原因在于内部分裂——以此来映射国共合作抗日的关键时期，国民党屡有破坏合作之举。而许多历史故事浓厚的封建礼法思想，在改编中则会被改造和转化，如陈学昭赋予卓文君现代的女性意

1　阿英.阿英剧作选［C］.北京：中国戏剧出版社，1980：461.

识、郭沫若赋予王昭君反抗帝王的思想。

现代剧作者改编历史题材时，形成了稳定的叙事模式，在处理历史与话剧、艺术与现实、传统题材与民族特性及现代品格等方面趋向成熟，这推进了历史题材话剧的迅速发展。

第三节　戏拟历史的反向叙事
——以卫聚贤的《雷峰塔》为例

现代文学时期出现了一些戏拟历史[1]（传说）的改编话剧，这类剧作没有按照以往的叙事脉络推演故事、设置人物，而是采用了反向思维重新评估历史（传说）事件、人物。如卫聚贤的《雷峰塔》[2]是1943年改编自白蛇许仙故事的话剧，剧作重新组建了传统白蛇——许仙故事的情节和构架，将带有神异色彩的传说处理为现实男女的婚恋事件，勾勒出一幅迥异于传统的全新图景。通过《雷峰塔》改编的个案研究，探究剧作反神话叙事背后含蕴的正史意图和现代价值，可以更好地理解当时剧坛中戏拟历史的改编作品。

1　来自英文parody，即滑稽的模仿，又翻译为戏仿，即戏谑性的仿拟。卫聚贤等剧作者对已经程式化的历史故事进行戏谑化处理，但其目的不在于博人一笑，获得滑稽的效果，而是别有深意。因此本文使用“戏拟历史”一词来描述当时的这类改编，以别于单纯为滑稽而变更历史故事的改编。

2　《雷峰塔》的作者，有论者认为是陈白尘，而卫聚贤不过署名而已。如卜仲康：《陈白尘生平纪略》中记：“代洪深为山西人卫聚贤作独幕剧《雷峰塔》。”（卜仲康编.陈白尘专集［C］.南京：江苏人民出版社，1983：25.）陈白尘于1983年5月重庆剧协召开的座谈会中说：“1944年，在写剧本热潮中，洪深应卫聚贤之请，由陈白尘用三天时间写成《雷峰塔》，署卫聚贤之名”。（石曼.重庆抗战剧坛纪事［M］.北京：中国戏剧出版社，1995：181.）马俊山指出：“《雷峰塔》署名卫聚贤作。卫系某银行高级职员，爱好演剧，经朋友作伐，转请陈白尘捉刀代笔。陈两三天即草成该剧，送卫排演”。（马俊山.论国民党话剧政策的两歧性及其危害［J］.近代史研究.2002（4）.）但“代笔”之论似可探讨，卫聚贤在《雷峰塔》序言中详细介绍了《雷峰塔》创作到修改的经过。他写的《雷峰塔》曾给郭沫若、洪深看过，洪深认为卫聚贤的《雷峰塔》“趣味甚好，就是离戏太远了，我替你改过”后，“洪深先生在江津戏剧学校授课，来渝编戏排演大忙特忙，将雷峰塔的修改一推再推，终于荐举了一个朋友修改”。（卫聚贤.雷峰塔［M］.重庆：说文社，1944：13.）另，王修明《锦香囊》的考据指导为卫聚贤，似也可说明其在当时剧界的影响。

一、白蛇故事的变异脉络

白蛇许仙爱情故事一直是戏剧改编中重要的题材类型，这一题材蕴含着中国人所热衷的神话结构及蛇妖与人的关系纠葛，由此形成的开放结构，适合于不同主题的延展。白蛇类妖异故事开始进入文学史，肇始自《博异志》，文中记李琯、李璜为蛇妖幻化的白衣女子魅惑而亡，由此开启了承续千年的白蛇妖邪害人的叙事脉络。其后杭州《净慈寺志》载宋代该寺山阴曾出现一条蟒，时常变作美女出来蛊惑害人；宋代词话《西湖三塔记》和元代邾经的同名改编杂剧，记述了西湖边的三妖：乌鸦精白卯奴、獭精与白蛇精，白蛇精以男子为玩物，玩腻后取男子性命，被奚宣赞叔父镇于塔下。在叙述中，白蛇妖与恐怖的关联及故事警惕的寓意被强制性地扭结一处。至冯梦龙的《白娘子永镇雷峰塔》白蛇妖异害人的叙述成规被打破。冯梦龙将前代轮回、报恩与因缘际会等要素统合一处，凸现了白蛇的人性之媚，替代了白蛇的妖性之害。小说中虽也有许仙为白蛇惊死一节，但重点却是白蛇（白娘子）贪恋红尘的人性，着力于白娘子楚楚可怜，娇美贤能，及对许仙真挚的感情。而后明朝陈六龙的《雷峰记》、清朝黄图珌《雷峰塔》（二卷三十二出）延续了冯梦龙的叙事结构，不断丰盈情节，完善故事。至方成培改编的《雷峰塔》（三十四出）故事得以定型。形成了白蛇故事神话性、情感性与伦理性的多元交叉题旨，构成了一条荡人心魄的叙事脉络。

现代剧作家对白蛇故事的兴趣与当时的社会思潮有关。经辛亥革命、五四运动后，政治社会思潮有了很大变动，如洪深所言："凡是发挥爱情……是人们所要看的。"[1]从蛇妖害人到蛇妖人性的渐增，再到蛇妖贪恋人伦之乐，为爱情而抗争，白蛇故事的现实化、日常化和情感化，符合了现代文学时期人们的爱情理想。此外，也与剧作者借重释传统故事启发民智，传播新知的理念有关。即如向培良的《白蛇与许仙》、顾

1 洪深.洪深文集（四）[M].北京：中国戏剧出版社，1959：20.

一樵的《白娘娘》等改编话剧，无不以颂扬爱情为命意，注重神异中的人性，以神化的叙事外壳凸现情爱的真挚；以法海的介入，写为爱情的反抗和斗争。这类改编剧已显露出剧作家以变更关键情节，获取新题旨的意图。

向培良的《白蛇与许仙》创作于1930年（民国十九年三月二十三，初稿），[1]剧中许仙、白娘子只在剧末登场。剧本的题旨是他们作为爱情与抗争化身的影响力。因之剧作渲染了一位如林黛玉般女子的忧郁，对许仙、白娘子爱情的渴慕，她怒斥法海、随白素贞而去，正代表了以反抗求自由精神的播散。

> 法海　我是金山寺的法海和尚。
>
> 女儿　你走开！我不要你理会，也不要你治我的病。
>
> 法海　你不是正想要活下去吗？
>
> 女儿　我想要活下去，我想要吃药，希望有人给我治好，但不是你。你走开！
>
> 法海　为什么这样蠢呢？
>
> 女儿　我并不蠢，你才是蠢呢，因为你不知道人们的感情。他们到那里去了？呵，在那里了！呵，你湖山的主人，慢一点走呵，等着我！[2]
>
> 白素贞的声音　来罢！我们是多么欢迎着你来，我的妹妹！
>
> 女儿　我已经来了。
>
> （女儿急急下桥去了，听见船开走的声音。）[3]

顾一樵的《白娘娘》则仿拟了《红楼梦》开篇补天石央求和尚老道到人间一游的模式，写白蛇与青蛇修炼已久，希望到人间做一个女人。

1　向培良.白蛇与许仙［J］.北新，1930，4（7）.

2　同上。

3　同上。.

“你就去做女人吧。世界上一切的情绪一切的欢乐一切的痛苦，只有女人最尝得透！……你应当预备牺牲，你应当接受痛苦。但是，不要怨恨，勇往地做人去吧。”[1]白娘娘以生命轮回的方式化身为人，在遇到许仙前她并不知晓蛇妖的身份，而梦中被点破后又痛恨于妖的事实。顾一樵把人与妖的身份矛盾、爱情与死亡的无奈、难以拥有儿子的苦楚以及法海以佛报镇压白娘娘的“险恶”之外的慈悲，一一凸现。

白　青青，告诉你吧。我们原在山中修仙，动了凡念，来到世间。同仙官定情之日，我昏倒了，梦里重新认识了自己。端阳节我现了本来面目，才相信梦里是真。

……

法　下面听着：你妄自兴风作浪，你知罪吗？

白　（声甚细小而凄惨）我要我的儿子！

法　儿子虽是你的，你要晓得你只能生不能养。

白　难道我只能生不能养？

法　（一语道破）你试看看你的本来面目！

［白羞缩无言］

法　（接着说）凡人总要晓得自己的本来面目。你本不晓得，直到捡了那颗明珠我就在梦魂中点化了你。你也经过一度内心的挣扎。但是情网难逃，你们终成眷属。去年端阳，我想指引许仙脱离迷津，哪晓得不但没有，反添了小青的纠缠看，许仙也就此牺牲。但是这所留下的一点种子，我只得在清明时节，设法将他抱走，免得再染妖气难以成人！

哙，领会没有？快快忏悔吧，愿你回到这金钵来重新潜修千年！

……

1　顾一樵.白娘娘［M］. 长沙：商务印书馆，1938：8.

法（指塔）唉，这矗立的雷峰塔，代表着慈母亲子之爱和牺牲。他日山纵崩，塔纵倒，这做人的悲剧将永远流落在人间。[1]

在顾一樵的笔下，法海的形象得到了适度调整，将传统戏剧中的金山寺困住许仙、合钵等展示法海恶的桥段，转换为保护许仙、保护许仙之子的大慈悲。而白素贞则成为因为情欲而在不自觉中害人性命的“妖”。为此，关于爱情的反思，就从简单的爱情与压制——把爱情面临的困境限定于封建法权人物的干涉，拓展为爱情中的欲望伤害与自我伤害，使得作品的主题得以在更为多维、立体的层面铺展。

但向培良、顾一樵等人的改编都只关注神话故事中彰显的爱情主题，而卫聚贤则另辟蹊径，追问神话故事与现实事件存在的可能联系。在《雷峰塔》中，卫聚贤抛弃了爱情——压制的改编结构，而着力于神话故事中被嵌入的核心要素——欺骗。欺骗是白蛇类故事一个至关重要的要素，即蛇妖对妖的身份的刻意遮掩。无论李管、奚宣赞，还是许仙与蛇妖相遇时，蛇妖都以美艳的白衣女子示人。在骗术揭破之前，无一不是相谈甚欢，情意绵绵。而妖的身份显露后，才有李管之死，奚宣赞之惧，许仙的逃避及道士和尚的介入。但卫聚贤关注的不只是故事中的欺骗，更着意于对神话故事的现实伪饰可能的揭破。在改编中，卫聚贤斩断了传统白蛇许仙

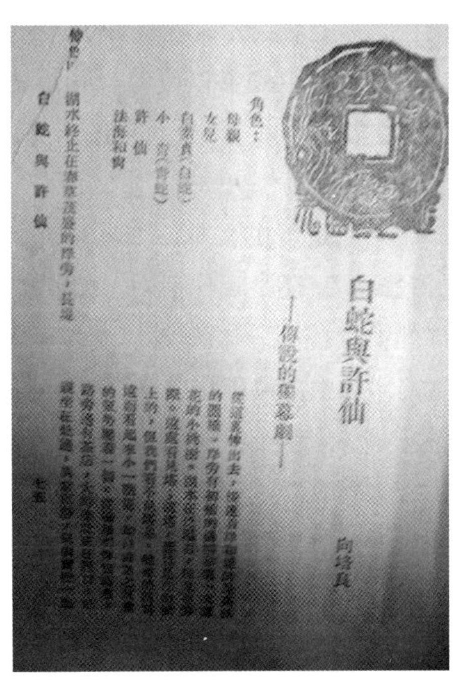
白蛇與許仙
—傳說的獨幕劇—
向培良
角色：
母親
女兒
白素貞（白蛇）
小青（青蛇）
許仙
法海和尚
白蛇與許仙

1930年 向培良《白蛇与许仙》发表

1　顾一樵.白娘娘［M］.长沙：商务印书馆，1938：65-67.

故事中哀婉动人的叙事脉络，将舟遇、端阳惊死、求草、水漫金山等重大关目加以戏谑处理。抛弃了传统故事情爱的圣洁化、深挚化的书写，将被忽视的欺骗作为内核，写白素贞欺骗许仙，许仙瞒哄白素贞，白素贞戏弄李仁，许仙捉弄法海等，撕破白素贞与许仙的传统形象及两人的爱情神话，极写内中的骗、淫与谋略。剧作刊出后虽备受争议，却自有其独到处。其立意虽未必高远，但确实抓住了当时剧作家忽略甚或漠视的主题，展示出前所未有的、既新且奇的景观。

二、《雷峰塔》的反向叙事分析

卫聚贤的《雷峰塔》在初创时为六幕，包括：一、家变；二、西湖巧遇；三、端节醉酒；四、大闹金山寺；五、雷峰塔生子；六、祭塔。后经人修改后将“家变”和“祭塔”两幕删去，调整了其余四幕的情节结构，加上对状元祭塔前知情人揭破白蛇神异故事的序幕与尾声，而成六幕话剧。卫聚贤以改编变异传统故事的神异性，恢复现实本相的意图，主要通过白素贞、许仙的出身、性格及关系的重新设定来实现。

1. 白素贞

无论是历史文本，如冯梦龙的《白娘子永镇雷峰塔》、方成培的《雷峰塔》，还是现代话剧，如顾一樵的《白娘娘》、向培良的《白蛇与许仙》，白素贞（白娘娘、白娘子）都是蛇妖的身份，如《白娘子永镇雷峰塔》中白娘子自道：“我是一条大蟒蛇。”[1]方成培《雷峰塔》描写的是：“今日慧眼照得震旦峨眉山，有一白蛇，……被他窃食蟠桃，遂悟苦修，迄今千载。”[2]顾一樵在《白娘娘》中虽有了很大的改动，将白娘娘描画为人，但却依然是蛇妖下凡的设定。因为白素贞蛇妖的身份，与许仙的爱情才会被视作违逆天理，而遭法海干预、破坏。而在卫聚贤破除了白素贞、小青或蛇精或青鱼精的定规，将白素贞作为一个彻底的凡人刻画——“白素贞的父亲是个武举”，黑而壮的小青则是她的丫环。白素

1 ［明］冯梦龙.警世通言［M］. 西安：陕西人民出版社，1985：444.

2 王季思主编.中国十大古典悲剧集［M］. 上海：上海文艺出版社，1982：952.

贞因犯了家法，性格粗豪的白父本想将其杀死，却被白母偷偷送走，才有了后来与许仙的相遇、结婚、被许仙抛弃后随母亲归家等现实化的摹写。

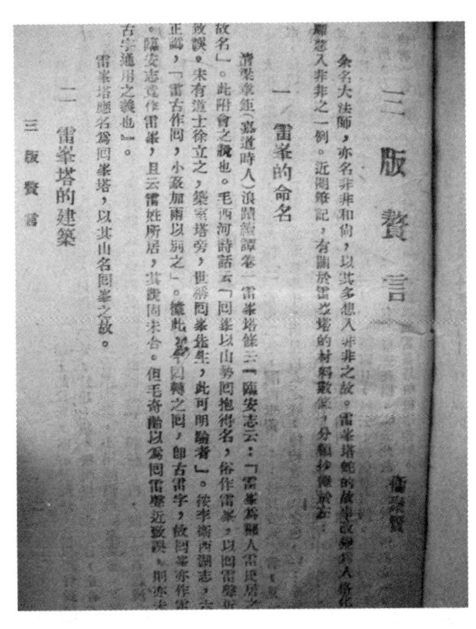

三版贅言

衞聚賢

余名大法師，亦名非非和尚，以其多想入非非之故。雷峯塔蛇的故事改編

離想入非非之一例。近閱筆記，有關於雷峯塔的材料數條，分類抄錄於右：

一　雷峯的命名

清梁章鉅（嘉道時人）浪蹟叢談卷一雷峯塔條云：「臨安志云：「雷峯爲郡人雷氏居之

故名」。此附會之說也。毛西河詩話云「回峯以山勢回抱得名，俗作雷峯，以回雷聲近

致誤。宋有道士徐立之，築室塔旁，世稱回峯先生，此可明驗者」。按李衛西湖志，

正爲，「雷古作回，小篆加雨以別之」。據此說，回轉之回，即古雷字，故回峯亦作雷

。臨安志竟作雷峯，且云雷姓所居，其說固未合。但毛奇齡以爲回雷聲近致誤，則亦未

古字通用之義也」。

二　雷峯塔的建築

雷峯塔應名爲回峯塔，以其山名回峯之故。

三版贅言

1944年，卫聚贤出版“白蛇与许仙故事”的改编话剧《雷峰塔》，作品从历史的维度审视神话，将神话内容进行现实化阐释，具有极大的独特性。

相较于传统故事中白素贞形象，卫聚贤只保留了白素贞万人空巷、“绝色无双”的美艳，而颠覆了传统白素贞娇柔、贤惠、忠贞于爱情的性格特征，舍弃了偶尔显现妖性的狠辣，如水漫金山中化身为蛇无视涂炭生灵的决绝。在《雷峰塔》中白素贞的性格发展既不是依从爱情逻辑也不是遵循佛报因果的逻辑，而是顺着爱情神话破灭的逻辑发展，将她塑造为一个娇柔却不贤惠，天性淫荡、贪慕虚荣且善于欺骗的女子。白素贞待字闺中时，即与“家中的仆人发生了关系”；[1]流落杭州的白素贞以美艳、“清纯”骗取了许仙的爱慕，因过去的不贞之事败露被许仙驱出家门后，迅速觅人再嫁。卫聚贤甚至还提到了白素贞与小青之间颇为暧昧的同性情感。如此连篇累牍的事件都是为了突现白素贞喜好男色、不拒女色的淫。她对爱情的态度也全无传统文本执着与坚贞，而是带着游戏的意思。或许，在传统故事中，白素贞因为有妖的法术，金钱对她是无味的东西，卫聚贤却要写出无法术的白素贞现实中对金钱的贪恋，以金钱度量一切的价值准则。她于塔中产子后，一定要许仙交纳50万白银的赔偿金。而在镇江洪水到来白素贞匆匆逃亡之际，一直爱慕她的管家以爱情挽留时，她拒绝并嘲笑

1　卫聚贤.雷峰塔［M］. 重庆：说文社，1944：2.

的理由同样是：你有五十万两么？可以说，卫聚贤以淫、贪、骗的性格摹写，颠覆了传统白娘子的完美形象。

2. 许仙（宣）

许仙是白蛇故事系列中极重要的人物，无论在冯梦龙的《白娘子永镇雷峰塔》、方成培的《雷峰塔》或者顾一樵的《白娘娘》中，许宣或许仙都不过是个经济困顿的青年，依附于他姐夫的药铺——“先君在日，曾为药材生理，不幸椿萱见背，只得依傍姐夫身畔，今权在铁线巷生药铺中勾当。”[1]在冯梦龙笔下，白娘子求亲之时，许宣即以穷困推诿：“多感过爱，实不相瞒，只为身边窘迫，不敢从命！”[2]，而在方成培笔下，许宣的理由同样如此：“仔细寻思，铭感在衷，只家徒四壁，实难承奉。”[3]这推辞一方面是明示许仙经济上的困顿，延续穷男子遇仙怪的传统。另一方面则在言词中透露许仙面对艳遇的惶恐，显示其性格的懦弱。

卫聚贤出于解构神话叙事的考虑，改变了许仙家境贫寒——性格懦弱为基点的故事格局，为许仙设定了一个新出身。许仙的父亲是药材商人，许仙继承父业，药材生意遍布江南各省，成为富可敌国的商人，既不依附于人，也没了惨淡度日的凄惶。各省皆有女子相随，周围有管家李仁、黄秀才打理事务。可以说，该剧中的许仙是白蛇故事系列中身份最为显赫，经济最为富足的一位。卫聚贤这样改编应该别有深意，以许仙的富足配白素贞的美艳，以富商佳人的搭配叙写混乱的情爱：为富的不仁，绝色的不贞。因之，相较于传统故事中许仙的懦弱，《雷峰塔》中许仙的性格是强硬的，外向的，为人决断有谋，且思虑颇深致周密。他渴望爱情，却害怕欺骗，如在西湖聚会时，借众人之口即说出许仙不娶本地女子的信条，许仙所担心的是倾慕财产而非因为爱情的婚姻。商人的身份也使许仙更多巧智，多诈谋。他会寻找机会囤积居奇，发灾难

1 王季思主编.中国十大古典悲剧集［M］.上海：上海文艺出版社，1982：963.

2 ［明］冯梦龙.警世通言［M］.西安：陕西人民出版社，1985：421.

3 王季思.中国十大古典悲剧集［M］.上海：上海文艺出版社，1982：964.

财，这也暗示着其冷漠。这冷漠使许仙行事决断，而非传统故事中的懦弱、游移和躲闪。端午一幕，许仙得知白素贞酒醉后就会说真话的信息，强逼白素贞饮酒；听到白素贞说出过去的淫靡事端后，许仙决然离家到金山寺；在金山寺，他得知白素贞怀孕时决然放弃出家；塔内生子一节，许仙在白素贞生子后夺子休妻；在水漫金山寺一节，法海劝导许仙出家，许仙以言语戏弄法海，转身而去。在卫聚贤的笔下，许仙是一个具有智慧和决断的人，许仙不再是一个被动的接受者，没有主见的承受者，而是事件的主宰者。

3. 许仙（宣）与白素贞（白蛇）关系

如果仅从冯梦龙《白娘子永镇雷峰塔》算起，两人的关系大约三种：1. 西湖偶遇而成爱恋。在冯梦龙的笔下，两人是偶遇，白娘子自道："因为风雨大作，来到西湖上安身，同青青一处。不想遇着许宣，春心荡漾，按纳不住，一时冒犯天条"。正因为偶遇，许仙对她并无多少情分，在法海授意他收妖时，他才能如此决绝。"往白娘子头上一罩，用尽平生气力纳住。不见了女子之形，随着钵盂慢慢地按下，不敢手松，紧紧地按住"。[1]2. 白蛇报恩下凡许配许仙。这明显受到了佛教中的因果报应观念的影响，认为凡事因果相承。在方成培的《雷峰塔》、顾一樵的《白娘娘》等作品中，都赋予两人一种宿命式的联系，即许宣曾救过的一条小白蛇，经过修炼得道，返回人间报答当年的救命之恩，而婚姻则是古代女子最为经常的报恩方式。如方成培所记："那许宣原系我座前一捧钵侍者，因与此妖旧有宿缘，""缔成婚媾"。[2]而在顾一樵的《白娘娘》中，虽开篇先写白蛇思凡，但在两人偶遇后使白娘娘在梦中知道许宣曾经救过她，两人的婚姻同样带有报恩的色彩。3. 家长约定的婚姻。卫聚贤在剧本的改编过程中，全然抛弃了带有怪诞色彩的要素，而为之寻得现实的解释。许宣与白素贞虽然也在西湖偶遇，但早有双方父亲的婚约在身。这层关系使两人的偶遇、结合成为对既往婚约的背

1 ［明］冯梦龙.警世通言［M］. 西安：陕西人民出版社，1985：444.

2 王季思.中国十大古典悲剧集［M］. 上海：上海文艺出版社，1982：952.

弃，与全篇充斥的欺骗与隐瞒、爱情的随意态度相契合，由此导引向对于爱情神话的嘲讽。

从《雷峰塔》改编中的几个重大关节的变化来看，虽然剧作情节结构与传统故事一一对应，却因其舍去了传统妖、人爱恋的矛盾冲突，全以现实矛盾重新勾勒，因之每一情节与传统相差甚远。从《白蛇与许仙》到《雷峰塔》，前者是根据民间传说而进行充实、丰盈，具有延续传统等特点；而后者，改编者破除了白素贞、小青由人们习惯的蛇人形象的定规，不仅通过知情人李仁曝出了她们是人而不是蛇的事实，且通过对两人同性恋以及淫荡本性的披露否定了其纯情、圣洁的特质。两种叙事方式是不同的，前者注重与传统的承续关系，而后者注重对旧有观念的质疑和否定，以调侃、戏谑的方式把“真实”悬置。原作与改编剧作之间只存在情节上的仿真，由于原作的角度和改编的角度构成了一种反向意图的对照，改编剧立意不在爱情，而是揭破谎言的叙述，使剧作在主体形象、思想意义及哲学旨归等整体上与传统故事形成了反向差异。差异构成了文本意义上的冲突和张力。

三、反向叙事与正史意图

《雷峰塔》的主体形象塑造、思想意义及哲学旨归与传统故事大异其趣，呈示出另类的品质和让人瞠目结舌的力量。卫聚贤未采用郭沫若为曹操翻案的依从史载的方式，而是以调侃、戏谑的方式把“神话”悬置，把一段神话故事现实化，将剧作处理为“一个传说，一个预言，一个荒唐无稽的讽刺趣剧”。[1]这或许与卫聚贤的性格有关，他在《雷峰塔·三版赘言》称：“余名大法师，亦名非非和尚，以其多想入非非之故。雷峰塔蛇的故事改变为人格化，即想入非非之一例。”[2]也与当时的历史翻案风潮有关，即针对历史家歪曲历史的现象，“抓住历史或传说中某

1 卫聚贤.雷峰塔［M］.重庆：说文社，1944：15.

2 卫聚贤.雷峰塔（三版赘言）［M］.重庆：说文社，1944：1.

一点，大做文章，将整个历史都抹煞掉”。[1]但无论何种原因，剧作都以娱乐化、荒诞化的处理方式摆脱历史传统的重压，展示了传统故事背后可能的现实。

《雷峰塔》的戏谑是表面的，其深层含义则是严肃的，卫聚贤意在以戏谑凸现神话故事的人为伪饰，显示其背后遮蔽的历史本相。在剧作构思时，卫聚贤以历史学思维而非戏剧家的眼光，关注白蛇许仙故事生成的原因。他的推测是：“在妇女贞操严重之下，儿子对于他母亲被人叱骂或指责为不贞节，是儿子的大辱，在平民中遇有此事，往往起了纠纷……在知识阶级，他就想将这故事掩饰使人将故事的观点改变。白蛇传于最后由许仙的儿子许龙中了状元去祭塔，我就想着故事，是状元许龙捏造的，即是他们乡间人指责他母亲不贞为掩饰此种事实。”[2]因之，在卫聚贤两个版本的《雷峰塔》草稿与请人修改的《雷峰塔》中，始终把许仙与白素贞处理为现实男女，以对两人婚恋关系的历史想象质疑神话的真确性。在《雄黄酒》中，卫聚贤用直白的对话复现了制造神话的过程。当许仙出家，白素贞并青儿被其母带走，留下了刚生的儿子。许仙姐姐为了遮人耳目与丈夫想设计一个骗局，遮蔽家丑。

> 许姊夫：……这个孩子长大，别人谈及他父母的故事，不觉丢人吗？
>
> 许姊回答：这不妨，你不是说她们都好像蛇精吗？我们这就造出些神话来，说许仙前世放蛇还生，白蛇今世转报，就把他们自由结婚的丑遮住了。法海识妖，叫许仙出家，就把端午酒醉吐真言也遮盖了。
>
> 许姊夫：雷峰塔内生子呢？
>
> 许姊：这！这也放在法海和尚身上，说法海以法力将白氏镇压在塔内，鼓励着孩子读书，说他中了状元，好去祭塔。状元祭塔，

1　陈白尘.太平天国［M］. 上海：生活书店，1937：3.

2　卫聚贤.雷峰塔［M］. 重庆：说文社，1944：1.

端節

三種短劇——雄黃酒，粽子，鍾馗捉鬼

端節在民間有三個故事，一爲雄黃酒，一爲粽子，一爲捉鬼。

雄黃酒的故事，放在白素貞身上，說她在端節吃了雄黃酒，現了白蛇原形。是以在端節飲雄黃酒，以防毒蛇等。粽子的故事，放在屈原身上，說屈原在端節這天跳湘江死的，後人以粽子拋入水中祭他。捉鬼的故事，放在鍾馗身上，以鍾馗能捉鬼，各家在端節那天畫他的像懸掛以僻邪。

雄黃酒的故事，我已經編成雄黃酒獨幕劇，說是白素貞在酒後吐真言，將許仙氣死了；不是現了白蛇原形嚇死許仙的，而且白素貞根本不是甚麼蛇精，而是一個青年女子，這劇曾經在重慶各地上

一

《雷峰塔》话剧曾引起了极大的轰动，于是说文社1947年又出版卫聚贤的《端节三幕短剧》，其中《雄黄酒》是《雷峰塔》中的部分内容，但略有改动。

护塔的神就放白氏出来，好让他母子见面。

许姊夫：将来如祭塔祭不出来白氏，将如何？

许姊：鼓励儿子读书成名，祭不出白氏，也可掩护他父母这场大闹，家破人亡的丑剧！[1]

虽然相比《雷峰塔》，《雄黄酒》因匆忙抛出主题的直白，失去了品咂的意味，却体现了卫聚贤改编的轴心思想。但卫聚贤立意揭破爱情表象后遮蔽的欺骗，以寻绎神话背后的历史真实状况的用心，却在很大程度上违逆丁现代文学时期宣扬爱情彰显人性的取向，一些剧作家因此对《雷峰塔》的改编评价颇低。

1　卫大法师.端节三幕短剧［M］.重庆：说文社，1947：10.

田汉在《金钵记》后记中指出："有的把故事完全改成现实的东西，白娘娘成了一位白将军的女儿，那剧本据宋云彬先生说却是不大有趣的，因为这故事原是从佛教传说变化来的，中国封建势力强大的时候，青年男女不敢正面反抗，便以这样非现实的形式出之，而它的美丽凄婉也在这里。"[1]田汉的观点在于"非现实的形式"是故事固有的，卫聚贤复归现实的改编，则抛弃了青年男女因反抗而形成的"凄婉"魅力，因之也失掉了趣味。刘念渠则从另一角度，指摘《雷峰塔》："今天不少像许仙与白素贞的人存在着，却有牠的社会原因，这不是用'讽刺'可以解决的问题。"[2]他并未指责卫聚贤的现实取向，只是认为《雷峰塔》的讽刺力度因忽视了社会原因而有所欠缺。而极端的批评者则从剧作的艺术水准上考虑，认为该剧不过是草草之作，制作上粗糙，旨趣上低劣。如现代论者指出："陈白尘捉刀代笔。陈两三天即草成该剧，送卫排演，其粗糙可想而知。"[3]时人与后人对卫聚贤的讥讽，与其说是对卫聚贤剧作的不满，不如说是对揭破传统爱情神话、暴露伪善情爱的不满，是固守传统而生出的拒斥。此时，他们所维护的并非剧作改编的法则，而是道德成规与情节成规的圣典地位。

相比而言，民众对这一剧作却大为认同。如《剧刊》第八号登载的新闻中称："万忠师管区剧团，目前正在万县演出卫聚贤编的古装剧'雷峰塔'，观众均呼'安逸'。"[4]可见剧作在民众中印象颇佳。而《雷峰塔》剧本也成为当时的畅销之作，至1944年已有三版。而在1945年"重庆初版的话剧剧本单行本影响较大者"的总结中，卫聚贤的《雷峰塔》赫然在列。[5]这实际的效果与民众的接纳，应归因于剧作反神话与求真实而生的魅力。

无论从何种角度评判，卫聚贤的《雷峰塔》都是白蛇许仙故事中的

---

1 田汉.田汉文集（十）[M].北京：中国戏剧出版社，1983：438

2 刘念渠.歉收的一年［J］.时与潮文艺，1945，5（4）.

3 马俊山.论国民党话剧政策的两歧性及其危害［J］.近代史研究，2002（4）.

4 卫聚贤.雷峰塔（三版赘言）[M].重庆：说文社，1944：6.

5 石曼.重庆抗战剧坛纪事［M］.北京：中国戏剧出版社，1995：194.

一个异类，但这份独特却为历史传说题材话剧的改编提供了一种新的史学思维。即把人妖的奇情诡恋拉回到历史维度进行考虑，将词话、传奇、杂剧及梨园本中各种妖异的要素去神魔化，以戏谑叙述扭曲既有的故事框架和成规观念，以史学家的客观眼光推证历史的真实向度，将凄美爱情与美好向往中可能潜藏的伪饰给暴露出来。而这恰符合于现代历史启蒙的未来规划，即打破幻象，重新找回被抛置的历史。

虽然卫聚贤在剧作中使用了反向叙事的手法，为观审历史提供了新的思维，但这一努力却并未得到剧界的认同。这首先是因为这类悖逆历史的剧作在现代文学时期数量较少，卫聚贤的历史题材剧仅有《雄黄酒》和《雷峰塔》两部，并从此收笔。因而影响不大。其次，这类作品更多在趣味、阅读表演效果方面被强调，而其艺术价值和颠覆历史成规的价值则少人关注。而从对《雷峰塔》的批判来看，当时剧界更多强调尊重历史记载和维护传统，从而限制了以求异思维重新审视神话、传说等并由此思考历史的剧作产生。这导致了现代文学时期立意于“反历史”的话剧叙事上难以为继和浅尝辄止。甚至到了当代文学时期，大多作品也是按照白蛇故事传统结构“接着说”。倒是在其他题材的创作/改编中，当代一些受后现代主义思想影响的剧作者开始采用“反着说”的方式营构剧作。

第三章　富有时代特色的语言与戏剧结构

现代文学时期的历史题材改编话剧以英雄人物的历史书写作为重点，在英雄人物的豪杰英气与衰落败亡的二元设置中，呈现历史中无法湮灭的伤痛与哀叹。历史题材改编话剧的创编者总是站在历史之后，包蕴深情地回望这些英雄及其末路，并以此警醒20世纪的现实观众，或者意图在新时代的民众身上激发英雄精神的复活，或者让他们了解已往之不谏，来者之可追，更或者渴望通过逝去英雄的“天亡我，非战之罪”的原因探寻，为新时代、新生活、民族、民主、自由的征战提供借鉴的因子。因此在20世纪20年代到40年代的30年的历史中，岳飞、项羽、史可法、光绪、大铁椎、西施、李香君、葛嫩娘、荆轲、聂政等各类历史中熠熠生辉的人物出现在话剧世界中，他们在剧作家的笔下似乎都承载着阐发义、烈、刚、勇、韧的使命，都以悲伤的人生结局展示个人或者社会悲剧的原因。因为意在陶冶或者净化，这一时期的历史剧带有极为独特的壮美气韵。不仅用笔简洁，而且用语直切，决不陷于古代语言的繁缛之中，而是利用白话文，融合着或悲切、或欢悦的情感，使剧作形成了鲜明的时代特点。

第一节　语言的时代性和个人化

语言是社会的产物，附着时代的信息与特定的语言风格，但作为富有个性的话剧创作，剧作语言的使用带着剧作者的个性色彩与语言使用习惯，既顺应着社会语言的变化与进步，又有个人的创造和调整。富有时代性与个性色彩的语言，对于历史题材话剧的创作带来了极富意味的新变化——既富有情感，又蕴含理性；既带有程式色彩，又富含功能意指；带有强烈的象征或隐喻色彩。

一、充满激情的诗意表达

完稿于1928年的剧作《爱神的箭》取材于薛仁贵与王宝钏的故事。这一故事本来是颂扬王宝钏苦守寒窑十八年的忠贞不二，然后以十八天的荣华富贵显示天意昭昭，报应不爽的天命思想，在传统社会中传播极广。但袁牧之在改编时采用了截然不同的思想重新审视传统故事，将故事的重点转移到了薛仁贵的嫉妒——对于儿子的嫉妒。从心理学维度探究人在爱情方面的反应，涉及精神心理方面的知识，在剧作中表现为适度的癫狂，而语言中轻度的偏执、过度的热情之呈现就成为重点。

柳金花　转身，见仁贵大惊。谁！

薛仁贵　勉强应出，我……

柳金花　疑惑自己是在梦里。谁？

薛仁贵　哭了出来。金姐……你不认识我了吗？

柳金花　也哭。啊！仁哥！

薛仁贵　唉！分别了十三年工夫，竟会使你不认识我了！

柳金花　不！仁哥！我怎么会不认识你？但是这十三年的投军，真比阎王的油锅还厉害！你看：你从前那样又方又白的脸，现在变成这样黑这样黄了；你从前那样又胖又结实的身体，现在变成这样消瘦了！唉！我梦中遇见底你，从来没有这样怕过，也从来没有这样长的胡子

薛仁贵　金姐！我梦中遇见底你，也不想今天这样消瘦！今天这样憔悴！

柳金花　我知道你见了我，会说我消瘦！会说我憔悴的！

薛仁贵　不！你虽然比从前消瘦，比从前憔悴，但是你并没有

失掉你从前的美丽！

柳金花　不会吧！我怕我已经老得不成样子了！

薛仁贵　真的你并没失掉你从前的美丽，你只有使我更加怜爱你。握住她的手无限怜惜。

剧作以嫉妒作为营构语言的重心，用语言写出男子的期待，对于母亲爱儿子的愤懑地嫉妒。薛仁贵的语言带有病态人格的特征，激情、诗意却充满着人格的扭曲。作者的本意是通过这种扭曲的语言呈现在民国时代爱的病与爱的痛，彰显爱情是薛仁贵的灵魂，可以自私到否定母子之爱、父子之爱。

与这种挣扎的语言相对比的是柳金花的语言，柳金花则充满着理性，带着明显的日常色彩。即如薛丁山外出骑马时，薛仁贵与柳金花的一段对话：

柳金花　望着窗外。已经看不见了！

薛仁贵　唉！金姐！你真这般爱着孩子吗？

柳金花　自然！

薛仁贵　你不能把你的孩子稍微丢下一忽儿吗？

柳金花　你让他骑着马去，教我怎么丢得下？

薛仁贵　但是你也不能和你刚从战场回来底丈夫谈谈心事吗？

柳金花　谈心事？哼！有什么心事可谈！你的新不说我就看透了！你的事不做我就知道了！你的话不谈我就明白了！

薛仁贵　唉！从前真实这样的，就怕现在……

柳金花　从前？你倒还记得从前！我怕你都忘得干干净净了！

薛仁贵　我怎么会忘记？嘎！我们从前过的是怎样一个快乐的生活？我们每天要对着痛苦几次；我们每天要抱着亲几十次嘴；半个时辰底不见就好像半年的分离；早上起来若不是你替我扣扣子，我就会生起气来；吃饭底时候若是你不喂我菜，我就会咽不下饭；

睡觉底时候若是你不让我睡在你的怀里，我就会合不上眼！

柳金花　以后不要再提这种话！给孩子听见了好听？

1928年，袁牧之《爱神的箭》，采用了弗洛伊德的理论，重新解读薛仁贵与柳金花的爱情故事。

作为特定时代的剧作语言，带有强烈的时代印痕。在爱情表达上呈现出迷狂的色彩，并用语言中强烈的攻击性和排他性，强化爱情的伟大与自私性。

薛仁贵　那就是因为你的心在他身上，不在我身上，在屋外面，不在屋子里。

柳金花　不！也一半在屋子里。

薛仁贵　一半？不过一半！伤心。唉！至多不过一半了。是的，将来若再有两个孩子，那就只有一般里的一半了！若再有三个，四个……那就……唉……

柳金花　我真不懂，丁山也是你的孩子，为什么你一点不能爱他，反这样地恨他？

薛仁贵　就是因为他把我十三年来底好梦全行打破了！就是因为他从你身上把我的爱夺去了！

柳金花　难道做娘的不应该爱她亲生的孩子吗？

薛仁贵　难道做丈夫的不要恨夺走他妻子的爱的对头吗？

可以说，诗情加心理病态、诗意加浓烈情感成为现代文学时期部分历史题材剧语言的重要特点，创作者借助这种带有明显创造性的新型语言传播着爱情的热望、苦痛。并用理性衬托感性，用正常反衬病态。

而有的剧作家在强化“诗语言”的基础上，善用修辞激发更为浓烈的情感，让其背后的思想更富有冲击力。即如立足为貂蝉翻案的王独清，他在《貂蝉》中创造了吕布与貂蝉的爱情，并在“凤仪亭”这一传统戏中的离间董卓与吕布的场所，呈现吕布与貂蝉内心的相互依恋。为此，王独清多用排比句式显示吕布与貂蝉内心的渴望、爱情中的疯狂与忘我、内在压抑中的渴望，使剧作中的人物在对白的过程中直接呈现心理。如吕布与貂蝉的爱情表达：

> 吕布　啊，貂蝉，你真使我惊异了！你底思想和睿智竟然这样的驾乎一般女子之上——啊，我真是怎样的羞愧我自己呀！……我一定听你底话，我一定照你所说的努力做去…啊，你放心罢，我一定这样做，一定这样做…
>
> 貂蝉　好的，这才是你爱我的最可靠的唯一的证据。来罢……（她用手挽他。）我已经是你底人了……我在这儿等着：只有三天，我就要当场看你做那伟大的事业……只有三天，我便完全属于你了，我便完全完全属于你了，属于你了…
>
> 吕布　我底貂蝉！我底貂蝉！[1]

历史题材话剧中诗意性感语言的使用带来了极为奇特的效果，现代人在作品中既在叙事中沉入历史，又在对话中感受着现代浓烈的自由、爱情、民主意识，这种情感或历史与现实的错乱感，使剧作总是亲近现实而间离于历史。应该说，着力于这种语言创造的剧作，其历史题材的改编侧重于现实功能，而不是扎根于历史复现。也就是说，他们笔下的

1　王独清.独清自选集［C］.上海：上海书店，1989：254-255.

肉体是历史人物，但精神却已经被改编为现代青年了。如顾毓琇《项羽》中虞姬与项羽的对话，其中充满着现代的意识与精神。

女　我们怕，我们怕这个力能举鼎的项羽比秦王还要变得强暴！

项羽　不会！项羽起义便是为着杀除强暴，他哪里会自己强暴起来呢！

女　我知道——我知道大家这样拥戴他，他便觉得自己是诸侯的王！从此西去灭了秦国，那更是不可一世。我从他打破秦兵的时候起，我就为他担忧。我不怕他不打胜仗，我怕他是以暴易暴。

项羽　对了，我也相信作恶的引诱非常的大。他可以自己毫不觉得地做出强暴的事来，这实在是人的弱点，我相信他假使能听你的话，一定很愿意时刻留心着。

女　我私下心里羡慕项羽这样一个不怕死的勇士，我从前一向总称赞他，佩服他，但是现在我怕，我怕他就要变坏，怕他就要变成万人唾骂的秦王第二！

项羽　假使他能答应不变坏，你就能喜欢他吗？

女　那他就是天下的英雄——除强暴锄奸贼的英雄，我自然喜欢他。

项羽　姑娘，项羽必不变坏，我希望你不再怕他。

女　不晓得项羽这个人是不是象平常人一样？

项羽　我想完全是一样，就象我一样。[1]

诗意的表达在剧作语言中的使用不仅让情感表达得更为直接，而且承继了传统戏曲中的叙事与抒情结合的优点，叙事中带着情感，抒情中交代故事。如顾毓琇《白娘娘》中白娘娘哭诉许仙一段：

1　顾毓琇.顾毓琇戏剧选［C］，北京：商务印书馆，1990：87.

白（哭诉）仙官，你害得我好苦啊！前年今日，正是我们定情的日子，直指望青山常青，我俩的恩爱地久天长，想不到如今你已长眠泉下，又谁知明年花开时，妾身又在何处？

仙官，你不想想着可怜的孤儿？仙官，你也该可怜可怜这无父的孤儿？

想我们未订婚前，我已经痴做着小衣裳；想我们未相识前，我也曾呆望着送子观音无限出神!世上一切原是梦，我们的恩爱本是痴。但是谁又想到这两情相爱的结晶品，这天真烂漫的小宝贝，要你的生命做代价？

儿啊，我愿你不要来到世上来受苦吧，世界是怎样的无情！

儿啊，我要你，我又没福要你，还是你自己命苦，还是我命苦，害得你的前途也孤苦伶仃？……[1]

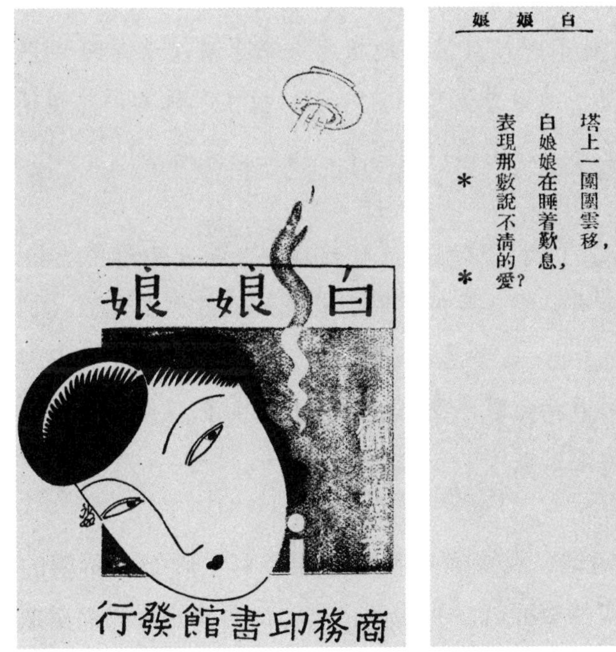

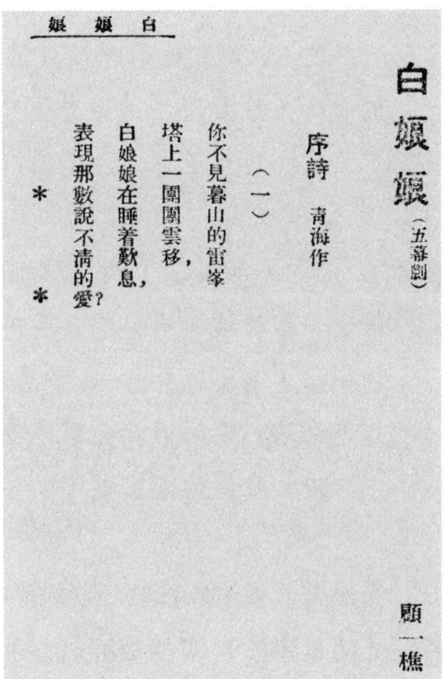

白娘娘

白娘娘（五幕劇）

顧一樵

序詩　青海作

（一）

你不見暮山的雷峯

塔上一團團雲移，

白娘娘在睡着歎息，

表現那數說不清的愛？

＊　＊

顾一樵（顾毓琇）的《白娘娘》带着浓烈的"爱情即自由"之早期民主思想。

1　顾毓琇.顾毓琇戏剧选［C］.北京：商务印书馆，1990：250.

诗意语言不仅是为了表达情感，强化爱情或者自由。剧作家还会在理性叙事中通过作品人物诗性语言的植入，拓展作品的表意空间，建构与现实世界迥异的理想世界。《清宫怨》是姚克以光绪与慈禧太后的帝后之争及百日维新为题材改编的剧作。但这一剧作将帝后之争放在现实维度，而将光绪与珍妃爱情甜蜜梦想中“自由的小船”设计为理想的世界。

> 光　（幻想着）绿油油的江水，这么一只小船，船头上晾着衣服，船艄上做着饭，中间是小小的船舱，只有你我两个人……要到西就到西，要到东就到东，咱们既不用搬家，又不用跟谁请示，自由自在的，（向四面一看似乎在找什么东西）可是我们就短了一支桨。
>
> 珍　假使皇上要的话，桨是可以用手造的。
>
> 光　（低头喝了一杯，慢慢地抬起头来念着）桨是可以用手造的……（珍妃盼切地望着光绪，光绪忽然拉住了她的手热烈地说）那么我一定为了你，为了咱们的国家，造起这支桨来！
>
> ……
>
> 光　（沉毅地）我又这个决心！我现在就要抓回这个大权。（停顿——幻想地）有了权，我就可以用着两只手造那支桨了。（回头向珍妃看）有了桨，（一只手握着珍妃，一只手比着）我们那只船要到东就到东，要到西就到西，我们可以自由自在了。
>
> 珍　我们的国家也可以不受人家欺负了。[1]

光绪与珍妃的对话，充满着明显的理想色彩。珍妃是希望的编织者，光绪是惨烈现实的直面者。光绪性格懦弱，而珍妃果决而勇敢。两人的相处是故宫中最为美好的画面，因为只有两人在一起才使两人感觉

1　杨村彬.清宫外史［C］.北京：中国戏剧出版社，1082：39-43.

杨村彬的《清宫外史》历史性和现实性更强，避免了姚克《清宫怨》的浪漫性。

中故宫惨烈、阴寒中有温暖。两人的语言即是匹配于这种设置而营构的。因此两人的语言以爱情作为中轴，以国家作为目的，互相扶持建造一个可以追求的未来希望。他们的对话带也只有两人了解的含义。

由于目的不同，杨村彬的《清宫外史》更侧重历史复现，呈现慈禧的阴狠、权谋，光绪的懦弱、稚嫩，珍妃的纯情与臣服，作品的语言更重视个性化，而忽视诗意化。更重视现实性，而弱化浪漫性。如慈禧太后对于珍妃的打击，一方面呈现其霸道，另一方面则展示珍妃的懦弱。

［慈禧这一回头，看见珍妃，一肚子气，可找到发泄的对象。

慈禧太后　（撒气）你还站这儿干什么？

珍　　妃　（莫名其妙地，左右看看）您说我？

慈禧太后　不说你，我说谁？

珍　　妃　（低了头）……

慈禧太后　站那边克！

［珍妃垂着头走到宫女一边去。

慈禧太后　下站！你现在已经不是妃子，已经降为“贵人”了，你不知道？

珍　　妃　（忍气吞声）是。（要拭泪）

慈禧太后　你哭！（珍妃的手立刻放下来）看见你我就生气！[1]

而在慈禧太后与光绪的争论中，慈禧太后的语言呈现出极强的力量，其中含蕴着霸道、权威。相比而言，光绪的言语极不流畅，折射出其紧张、懦弱的性格，以及被慈禧太后长久压制之下的卑弱。

慈禧太后　你别想你是皇上，我让你当你才是皇上，我要不让你当啊……

光绪皇帝　（十分紧张地，抖擞起来，甚至有些口吃）亲爸爸，您放我出、出去吧，我情愿不、不当皇上。

慈禧太后　啊呀！越说越不像话了！

光绪皇帝　亲爸爸……我真……

慈禧太后　你真？你真没这福分！[2]

虽然这些话语大多为虚构，但又是紧扣历史真实的创造。杨村彬曾在创作谈中提及这种虚构，“不少事件的发生和发展，人物的出没，尤其语言的运用，可以说，句句是虚构。这当中，有时从材料中摘取当时曾经说过的话，如慈禧‘凡令吾不欢者，吾必令其终身不欢’！在剧种反复运用，成了这个人物的中心句读。但大部分是根据人物当时的思想感情进行虚构……艺术需要这个，写作和表演都需要这个。如临其境，如闻其声，如见其人，要钻到她或他的心眼里去，囊括整个事件，任我摆布，这才是艺术创作。”[3]

1　杨村彬.清宫外史［C］.北京：中国戏剧出版社，1082：200.

2　杨村彬.清宫外史［C］.北京：中国戏剧出版社，1082：157.

3　杨村彬.清宫外史［C］.北京：中国戏剧出版社，1082：23.

剧作无论是围绕着自由，或是颂扬着爱情，都带着民国时代特有的气质，充满激情、直抒胸臆，表达苦闷、向往自由，对未来充满热情。相比于之前的历史题材剧，这一时期的作品个人化色彩浓郁。即使在历史的框架中进行编演，其语言也带着充沛的热情。最为典型的是郭沫若的《屈原·雷电颂》。

屈原手足已戴刑具，颈上并系有长链，仍着其白日所着之玄衣，披发，在殿中徘徊。因有脚镣，行步甚有限制，时而伫立睥睨，目中含有怒火。手有举动时，必两手同时举出。如无举动时，则拳曲于胸前。

屈原　（向风及雷电）风！你咆哮吧！咆哮吧！尽力地咆哮吧！在这暗无天日的时候，一切都睡着了，都沉在梦里，都死了的时候，正是应该你咆哮的时候，应该你尽力咆哮的时候！

尽管你是怎样的咆哮，你也不能把他们从梦中叫醒，不能把死了的吹活转来，不能吹掉这比铁还沉重的眼前的黑暗，但你至少可以吹走一些灰尘，吹走一些沙石，至少可以吹动一些花草树木。你可以使那洞庭湖，使那长江，使那东海，为你翻波涌浪，和你一同地大声咆哮啊！

啊，我思念那洞庭湖，我思念那长江，我思念那东海，那浩浩荡荡的无边无际的波澜呀！那浩浩荡荡的无边无际的伟大的力呀！那是自由，是跳舞，是音乐，是诗！

啊，这宇宙中的伟大的诗！你们风，你们雷，你们电，你们在这黑暗中咆哮着的，闪耀着的一切的一切，你们都是诗，都是音乐，都是跳舞。你们宇宙中伟大的艺人们呀，尽量发挥你们的力量吧。发泄出无边无际的怒火，把这黑暗的宇宙，阴惨的宇宙，爆炸了吧！爆炸了吧！

屈原既是理想主义的高标，也是历史文人中最具浪漫主义情怀的诗人。他的情怀、被弃与决绝在郭沫若的笔下成为新时代知识者的楷模。历史人物在现代剧作家的笔下承载着现实的功能——戮力前行、引领时代、开启一代艺术之新风。所谓“宇宙中伟大的艺人们呀，尽量发挥你们的力量吧”。理想主义的激情滋养了这一时期的剧作，使剧作语言形成了独特的表意模式。而其脱离于日常语言模式的表达，背后既折射出剧作家对于爱情、自由的特别的渴望，也呈现着明显的社会变革之印记。

二、以史为鉴的口号式语言

话剧是较为平实的艺术，语言追求的是素朴典雅，契合于人物性格。而现代文学时期的历史题材话剧，或许因为题材的独特性，尤其在历史兴亡变迁题材类作品中，人物的语言往往带有口号式的特点。虽然从话剧史的角度看，这种语言带有明显的刻板性与程式化弊病。但在特定时期，在特定语境中，口号式语言具有很大的鼓动力量。

由于话剧强烈的指意性特点，功用性被强化。人物实则成为主题的符号化身，难免带有强烈的程式化色彩，使得语言相应的个性色彩突出，为凸显性格或情感，语言较为直白。抒情时带有浓烈的张扬性和主体性。如阿英《洪宣娇》的结尾部分：

> 洪宣娇 （缓慢）是的！五十年后，这大好的汉族河山，依旧是我们汉人的！（边说边起，至此已立在左台角。自语）十四年了！我们太平天国，死的人也实在太多了！……
>
> 洪宣娇 （转强）死的都已经死了，活的还是要活着，前一代并没有死完，后一代已经跟着起来了！
>
> ……
>
> 洪宣娇 （独白）明天……！鸡叫了！天亮了！（急）明天已经来了！（轻）一个梦！（重）一个现实的梦！（顿，轻）天兄没有了，幼主也没有了！（急）太平天国完了！（轻）一个可怕的梦！

（重）不！一个宝贵的教训！（顿，轻）十四年！（重）十四年血的教训！（较轻）教训了我们，（重）只有一德一心，和衷共济，我们的民族才能有望！（顿，轻）我们没有灭亡！（重）我们还有更多的力量，（渐高）散布在四方！我们一定能够联合起来，把鞑子妖赶出去，（重）恢复我们汉族的旧山河！[1]

洪宣娇在现代文学时期话剧舞台中较为重要的形象，剧作者一般都会强化这一形象精神上的迷狂或者迷乱，无论阿英的《洪宣娇》，阳翰笙的《天国春秋》，洪宣娇都在剧作末尾承担着挣扎、反思或者忏悔的功能。因此，这一形象的语言充满着神经质，但同时兼具着现实批判的锐度与力度。在这一段舞台表演中，洪宣娇面对着一个一个的鬼魂，她的灵魂是崩溃的，每一个死魂灵都以自己的方式反思着太平天国走向覆灭的问题，而洪宣娇则要见证最终的灭亡。但从社会功能的维度看，单纯的灭亡与消极无助于当时中国的革命形势，因此，“联合起来”“更多的力量”“恢复山河”就成为用历史鼓动现实的隐喻词汇。这种立足历史，指向现实的功能性的诉求，也是剧作中口号式语言产生的最重要的原因。

洪秀全临死前的大声疾呼：

洪秀全　无论你们竭怎样大的赤诚，因为根基腐烂得太厉害，太平天国，朕恐怕是无望了，不可挽回了！不过，这样也好，这样的灭亡也好！（站起，李秀成、洪宣娇忙分扶左右，至台口）也可以让我们后世的子孙知道，（大声）在大敌当前的时候，自己的内部要是不互相团结互相谅解，顾到共同的利益，在共同的愿望底下竭其赤诚地向前进，前途——实在是可怕得很！

……

洪秀全　（继续）成败，是要看你们最后的挣扎了！不过，也

1　阿英.阿英剧作选［C］.北京：中国戏剧出版社，1980：460-462.

不要紧，你们放心，即使这回失败了，朕还是能以深信，（大声）这大好的汉族河山，在五十年之内，只要我们再接再厉地干下去，一定仍然是为我们汉族所有！我们的子孙，一定能承继我们的遗志，把鞑子妖打出去！[1]

宋之的创作的话剧《武则天》用安息与征服作为作品的主旨，在武则天带有迷狂的语言中既展示武则天的强悍与不屈精神，又以孤单、同伴等话语，暗示当时中国女性权利斗争的艰难。

上官婉儿　夜深了，陛下也请回宫安息吧。

武则天　不，有什么安息呢？我怕我合起眼来，会一睡不醒的！

上官婉儿　陛下！

武则天　（咳嗽）要是我一睡不醒，他们会笑了！他们会站在我的坟上大笑，他们要胜利了！

［上官婉儿沉默不语

武则天　不，我不会死的，我不愿死的！我要征服他们！可是，可是……我太孤单了，谁是我的同伴呢？谁会了解我呢？

上官婉儿　陛下，我！

妙　玉　还有我！

［一个空漠的声音："还有我！"[2]

口号式语言虽然有些程式化，甚或带有刻板的缺陷，但在艺术之外，其促动的是对革命的反思，是对民众的期望，是对自由的向往，是对王朝覆灭的反省及对未来之路的赞叹。这使得口号式语言在特定的时代充满着其他语言形式所不具备的浓烈的力量。

语言背后折射着现实的无奈，带着对现实的疑虑，并对意在为未来

1　阿英.阿英剧作选［C］.北京：中国戏剧出版社，1980：450-451.

2　宋之的.宋之的剧作全集［C］.北京：中国戏剧出版社，1986：241-242.

提供警示。如阳翰笙《天国春秋》中洪宣娇对暗杀杨秀清、导致天国内乱的忏悔。

> 洪宣娇　你们听！她还在骂我呢！什么？你说什么？我们自己人杀自己人！自己弟兄杀自己弟兄！咸丰那狗贼子在说痛快痛快，曾国藩在放声大笑，清廷的大兵就要乘机杀到我们的天京来了！什么？你说什么？大敌当前，我们不该自相残杀！是的，是的，大敌当前，我们不该自相残杀！啊，国舅！你听到吗？善祥的话，是一句有一句地刺痛着我的心呀！我们为什么要杀秀清？为什么要杀善祥？为什么要杀那几万同生共死共患难的兄弟姐妹？我们真是罪人！真是罪人！真是十恶不赦的罪人啊！[1]

阳翰笙采用语言重复的方式呈现洪宣娇心理上的恐惧、慌乱与神志不清，并借助她的语言，反思太平天国覆灭的原因——“自己杀自己人”。这些语言虽然依然带有明显的程式化特点，但因为句式结构的调整与重复语言的使用，使洪宣娇的恐惧与疯狂和太平天国面临大敌的恐惧与内部互杀的恐惧融合，成为呈示现实状况的象征语言。洪宣娇的个人慨叹，从迷乱中认为傅善祥骂她，到被指责为自己人杀自己人，转而呈现仇人、满清的欢悦。最终从神志迷乱中回到现实，忏悔杀人的罪，忏悔灭国的罪！

人物语言的暗示性和隐喻性特色明显。在每一幕中几乎都有关键话语带动情节，并暗示变化。篇末的象征意味更为明显。如阿英的《李闯王》则同样反思大顺政权在崛起之时，对于民众的忽略，义军对于百姓的骚扰，将领对于官员的压榨和虐杀，最终导致了民怨沸腾，不得已离开北京，且战且退。

1　阳翰笙.阳翰笙剧作集［C］.北京：中国戏剧出版社，1982：397.

奉天玉和尚 （无限感慨地）顾院长！愚兄身担了百世莫赎的罪愆，还有什么配说呢？只望你们把愚兄的一生行为作为殷鉴！三十年面对青灯，深觉对不住百姓。我李闯王，我大顺皇帝，是从百姓中来，但没有回到百姓中去。到了北京，虽没有把百姓忘记，但李制将军的话是对的，一道宫墙，把愚兄和百姓们隔开了。愚兄只算是假借了百姓的血，达到了帝王的梦，何尝是为着他们。这就必然弄到民心尽失，民怨沸腾，李闯王、大顺皇帝就再做不下去了。[1]

李闯王临终的语言，与其说是自省，不如说是转换了创作者对特定时代的反思对共产党政权的警醒，对高层的呼吁。带有明显的劝谏与警世的意味。这实际在阿英《〈李闯王〉编演纪事》中曾有交代："我是根据郭沫若同志《甲申三百年祭》一文，编写话剧《李闯王》，是由于张爱萍同志的提议……转告了旅首长的意思，为着给部队作协进入城市的思想准备工作，希望我能写一部李自成的剧本。"[2]

第二节　富有特色的戏剧结构

戏剧改编侧重对历史的认知，解释之后的重塑文本，所形成的话剧剧本在这一意义上，既带有历史的印记，呈现浓郁的历史性，又带有现实的诉求，呈现明确的现实性。以史为鉴，借古讽今成为当时改编话剧最突出的特点，并直接影响到剧作改编中的结构设置及表意倾向。

一、顾毓琇剧作的人性结构

顾毓琇是中国较为重要的剧作家，他早年留学美国，自20世纪20年代即专注于历史题材话剧的创作，在20世纪20至30年代的创作中，顾毓琇的历史剧创作可谓丰富并集中。他选择的历史人物或者事件也极富有

1　阿英.阿英剧作选［C］.北京：中国戏剧出版社，1980：123-124.

2　阿英.阿英剧作选［C］.北京：中国戏剧出版社，1980：167.

品鉴意味。他不仅创作了《项羽》《荆轲》《苏武》《岳飞》，还创作了《白娘娘》等历史传说等话剧。这类作品虽然并不改变基本的历史事实或者传说的整体样貌，但更突出的是人物气质与内蕴的刻画，更着力于精神与品格的塑造。在一定程度上可以说，顾毓琇的历史题材改编话剧呈现出当时文人的西化色彩，以及以西方现代的自由思想改易或者重述中国传统历史的倾向——他的作品中“个性”“自我”成为极为惹眼的主题词。

如《项羽》《荆轲》《岳飞》《苏武》，这四部作品所涉及的都是慷慨悲歌式的人物，项羽的力拔山兮气盖世，以武力征战灭掉秦，但最终在乌江自刎，让人慨叹“项羽不肯过江东”。荆轲是历史上最为知名的刺客，他临危受命，在太子丹的礼遇之下，妄图以个人之武力扭转燕国被暴秦压制乃至覆灭的命运，虽然最终以失败告终，但那“风萧萧兮易水寒，壮士一去兮不复还”的豪迈及由此形成的悲壮之美，流传千古。岳飞是宋代抗金的名将，带领着将领杀破金国军队的屡次侵犯，阻挡侵略于国门之外。其治军之能在历朝历代都是受到赞颂的，但在他正鼓动将士一鼓作气“直捣黄龙”的时候，却触犯了皇帝与和议派的利益，最终因“莫须有”之命被杀死于风波亭。他作为忠臣的代表，民族英雄的象征符号一直被传颂并艺术化。但他的结局是悲惨的，民众自觉地将之作为权奸迫害的象征，始终保持着对岳飞的敬重，并每每在民族国家被侵略的危难之时作为激发民族斗志的楷模。与以上的历史人物不一样的是苏武，他的人生并没有太多的亮点——作为使节，他被单于拘禁于北海，并以公羊下奶作为允许他归国的条件。苏武作为文臣并没有太多勇力，他的反抗也仅止于绝食。但他在数十年的拘禁中，始终手持汉朝的节杖，始终守护着国家的尊严。仅这一点，使苏武成为守护国家气节的代名词，尤其对比于当时的被俘而变节的李陵。顾毓琇笔下的四个人物，每一个人物都可以彪炳青史，都是因为他们身上带有中国人最为看重的精神，或者是勇力和知耻而不过江东的决然，或者是守护国家荣誉的气节，或者是知其不可为而为之的英勇赴死，或者是临危受命，抗击外敌的能力和忠而被诽谤但不造反的忠诚。在这几个人物身上同样都带着一种让人极为感慨的命运的印记——每个人物都曾盛极一时，但都因为不同的原因走入了人生的衰败。岳飞在打败金兵，正要一鼓作气直捣黄龙，迎接二帝的时候，被十二道金牌召回朝廷，他的事业由此戛然而止。苏武作为国家的使节，可谓风光无限，却被失信的单于拘禁于北海不能与汉人接触，卧冰饮雪，苟延残喘。他的苟活于世，不仅为汉朝的官员误解，甚至为匈奴人耻笑。荆轲，这一本来自由自在的刺客，受到太子丹的礼遇，却在刺杀秦皇时，被斩断胳膊和腿，倚着柱子怆然而逝。岳飞、荆轲、苏武他们的盛衰带有强烈的社会原因，也有着个人的性格原因，顾毓琇在塑造他们时，都有所批判，比如愚忠，比如个人与社会大势的对抗。从历史维度上看，他们似乎并不代表先进的历史观，但从精神上，却显示着熠熠生辉的品格。

但顾毓琇对于项羽的反思，在一定意义上超越了对于历史人物精神的关注，而是从王朝更迭的维度，从盛衰变化中去呼吁一种思想，一种对于当时现代中国发展最为重要的国家理念——否定武力统治，而宣扬自由、民主的精神。

《项羽》不能算严格意义上的遵从历史本原的历史题材话剧，因为顾毓琇的文人气质，作品对于史料的使用并不严格。甚至在一定程度上可以在作品中看到很多想象的成分，比如虞姬的形象，虞姬对于项羽的莫名的爱，以及项羽天生具有的感伤而忧郁的气质。甚至在历史剧最为关注的“乌江自刎”部分，项羽的表现也迥异于历史记载和以往

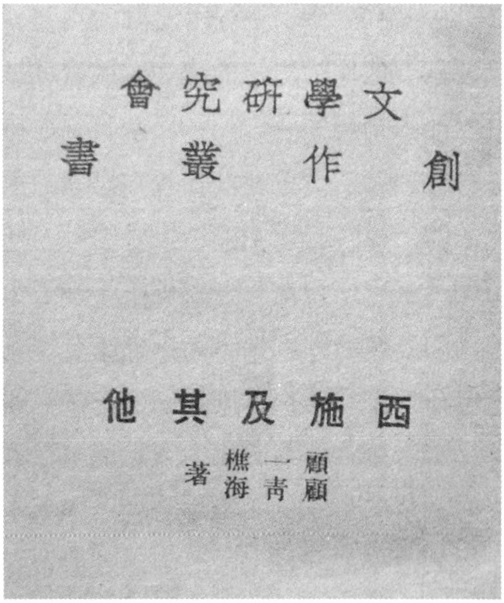

顾一樵（顾毓琇）《西施》改编最大的是西施爱上了夫差。

的历史剧。顾毓琇对于历史的态度更多是借助历史的事件，谈自己的理解。在这部作品中，与其说是展示项羽的历史，不如说是以项羽与虞姬的情感作为发展线索，重新解读项羽与刘邦的楚汉争霸为何最终失利？项羽最终乌江自刎提供的是什么样的信息？

关于项羽的话剧在现代文学时期并不太多。吴我尊曾创作《乌江》写的是项羽被逼退到乌江，面对追来的汉将，项羽杀进杀出，以此证明自己的失败不是个人之过失，而是“天亡我”。作品实则并不关注项羽的败亡，而是突出项羽的勇力和作为楚霸王在历史上被传唱的豪迈。从严格意义上说，这部话剧是楚霸王末日败亡的悲剧素描。极力凸显他的义气、高傲、勇气和魄力。因此，楚霸王项羽最终的死亡，充满着诗意，也带着悲壮。

> 项王　你这力量，也要与项羽为难吗？
>
> 吕马童　楚王乃天下英雄，你何敢无礼。
>
> 项王　（顾吕）我听见汉王出千金赏万户侯买我头，你是我的熟人，我把这人情送给你吧。
>
> [吕马童、王翳相视莫敢动。王视二人，复仰天大笑，疾引剑自刎。汉兵始集，吕、王率之向王尸跪行敬礼。]

简简几笔，写出了项羽杀战之慷慨，赴死之从容，气魄之雄大，凸显了其精神气度中之豪迈风采。与开篇写的寂寥之景、落寞伤感之情相比照，使“项王之末路”更为震撼和伤感。因为吴我尊的目的是“演历史上事迹，以表彰中国古英雄侠义”。[1]

相比而言，顾毓琇笔下的项羽虽然依然勇猛，但更多诗人气质，并带着一些莫名的知识者之忧伤。顾毓琇的历史剧带有浓郁的文人气质，无论《苏武》还是《岳飞》，无论《荆轲》还是《项羽》，他的谋篇布局

1　王卫民编.中国早期话剧选［C］.北京：中国戏剧出版社，1989：693.

虽不脱离历史之面貌，但具体行文时并不在乎史实的准确，而是着力于情感的表达，以及由情感基础上呈现的某种人的气度、风度。因此顾毓琇的话剧中，对于结尾处理与史实派的剧人并不相同，在20世纪20年代的作品中，写中国传统中的悲壮英雄，构造一种诗意的悲壮美是作品的落脚点。因此，《项羽》在写项羽的豪迈之外的文人雅气，败亡之中的英雄豪气，并以死前的凛然不可侵犯、威猛，塑造不世英雄之形象，作品中充满着一种倾慕之情，也带有惋惜之色彩，但由于基于人性，而非谋略，项羽败了，但赢取了生命的尊严，宣扬了“应天理，顺民情”的治国之道。

剧作分为四幕，第一幕写秦国攻打赵国，赵国危亡；而楚国上将军宋义坐观赵国之危，因私心拒不出兵，项羽杀之获取兵权。第二幕则是以钜鹿城外的山中小屋为场景，设计项羽与虞姬的相遇。虞姬劝说项羽以天下为公，不崇尚武力，做一个“正直无私的英雄”。第三幕则是取材鸿门宴的史实。展示项羽的兵力与谋士的谋略。但项羽徘徊于“天下为公”与“一己之私”的思想冲突中，让刘邦避过杀劫。第四幕则选择乌江之滨作为场景，写项羽节节败退到乌江边，亭长要送项羽“渡乌江”被拒。项羽在与虞姬的死别之时，再次慨叹不能有一己之私，而要以“天下为公”。这四幕话剧采用项羽获取兵权到乌江遇难逐渐衰败的层次结构，其主旨既不是表达项羽“竖子不足与谋”，也不是表达历史的兴衰变迁。而是以项羽与虞姬的情感作为线索，用人性作为评价历史的尺度，颂扬失败的项羽对于“私心”的扼制。因此作品由盛到衰的结构设置，是为了呈现公心的胜利、自由的精神。虞姬对于项羽的败亡充满着愧疚，而项羽则笑对虞姬。

虞姬　大王，也许都是我的过处。我总劝你不要自私，才弄到这步田地。要不然鸿门宴时你要狠心杀了刘邦，再不会有今天的末路！大王啊，这都是我害了你了啊！

项王　我一声纵有数不尽的错处，但是我始终自己高兴我真真有一刻时光听从你的劝告，没有自私，没有杀了我终身的敌人！

《苏武》初创作于民国十五年——“1926年1月，我写《苏武》初稿。费城（Philadelphia）于7月4日庆祝美国独立纪念一百五十周年，时昭瀛兄特函约我到费城去排演《苏武》，他答应译成英文。可惜我夏天在工厂工作，不能分身，错过了机会。”[1]写的是苏武牧羊的故事。苏武的记载最早见于《汉书·苏武传》。

> 律知武终不可胁，白单于。单于愈益欲降之，乃幽武，置大窖中，绝不饮食。天雨雪，武卧啮雪，与毡毛并咽之，数日不死。匈奴以为神，乃徙武北海上无人处，使牧羝，羝乳始得归。别其官属常惠等，各置他所。
>
> 武既至海上，廪食不至，掘野鼠去草实而食之。仗汉节牧羊，卧起操持，节旄尽落。
>
> ……
>
> 单于召会武官属，前以降及物故，凡随武还者九人。 武以始元六年春至京师。武留匈奴凡十九岁，始以强壮出，及还，须发尽白。

在《汉书》中，讲述的是苏武出使匈奴，被匈奴拘禁，逼迫投降。但苏武有铮铮傲骨，品格高洁，先以绝食抵抗，后吃毡毛，饮冰雪自保。匈奴人对其敬重，不杀不关，许诺公羊下奶之时才能返回汉。苏武虽然衣服破败，但始终手握出使时的汉节。在这则记载中，立足苏武对汉的忠贞结义，重点放在威逼与不屈上，秉承的是孟子“富贵不能淫，贫贱不能移，威武不能屈”的儒士之思想。在结构上，表面写身体困苦，内在写心志不灭；表面写苟延残喘，内在写汉使之忠烈。此种精神

1　顾毓琇.顾毓琇戏剧选［C］. 北京：商务印书馆，1990：356

在“仗汉节牧羊，卧起操持，节旄尽落”一句中尽显，成为中国面对外侮，决不屈服的象征。

顾毓琇的《苏武》虽然在基本情节和叙事并没有脱离《汉书·苏武传》，同样写苏武“持节牧羊”，同样有李陵向苏武哭诉，但剧本为作品植入了新型的人性结构。

> 苏　我苏武生为大汉的人，又是奉命出使，遭遇不幸，原也无话可说，怎能贪图富贵，屈节辱命呢？（越说越激昂）
>
> 王　你这种坚决的精神，实在教人佩服。尤其奇怪的，当我们单于把你幽闭在地窖里头，什么东西都不给你吃，你和着雪花吃毡毛，好几天竟没有死，好像有天神保佑似的。

作品的情节推进中创造性地以苏武的情感孤独与爱情婚姻作为其主导元素。作品浓烈的忠义节烈思想由此有了一个新的参照点。顾毓琇为《汉书》中苏武的气节精神的关照维度之外，增加了心理的、人性的维度。

二、由盛到衰的结构设置

现代文学时期的历史题材话剧并不单纯是艺术品，而是与社会时代变迁，尤其是政治国家的建构有内在一致性的功能性作品。剧作家虽然没有将剧作直接政治功能化，但总是寄希望于能够通过话剧的表演实现启蒙、呼吁或者批判、警醒民众的目的。因此在这一时期的历史题材话剧创作中，关于盛衰变迁的历史事件或历史人物成为剧作家笔下的重要题材，并通过适度的改造，抽离出其由盛到衰演变的轨迹，以达到鉴古至今的目的——这在一定意义上契合着《资治通鉴》的意图，即“鉴于往事，资于治道”。

在顾毓琇的剧作中，自由的精神与人性的光芒使项羽成为虽败犹荣的“正直无私的英雄”。但随着社会的发展，国家的动荡与频仍的战乱，更多的剧作家在回顾历史时不再流连于“自由”“人性”，而是掘发历史事件中潜藏的历史经验。毕竟，现代文学时期是中国近代以来变革最速，思想更迭最具特征的时期，人们既迷醉于西方的“民主”“科学”，又留恋于中国的历史，总是渴望用中方之事融合西方之用，用中国历史的兴衰故事提醒当时的人们以史为鉴，审时度势，避免历史悲剧的重演，或颂扬历史英雄的气节、精神，以鼓与呼当时的民众，砥砺前行，因此，现代剧作家对历史的态度，充满着现代色彩，且尤其关注农民起义的成败与盛衰变迁。

阿英在历史流变中为人物立传，从人物的变迁中探究人的精神，如话剧《碧血花》，突出的是大义、眼光、忠勇与不避死难的节气；如《杨娥传》则是“以奇女子杨娥为主角，来写永历朝悲痛的历史”[1]（柳亚子），颂扬诛杀逆贼、保护祖国的巾帼英雄之精神、努力奋斗的节气与勇力。这些话剧中都以人物的个人生活变迁，显示从优渥、从容的生活状态到动荡、抗争生活的转变，而转变的原因不是因为个人的遭际，而是因为痛心于民族国家的变动，而主动放弃个人闲适的生活去战斗。阿英的历史题材话剧众多，笔下描绘的历史人物也林林总总，但在众多作品中，他着力最多的应该是《李闯王》。

阿英对于李自成评价甚高，“无论是在军事上、政治上，都足以说明他的优秀处，绝不是一种‘寇乱’的行为。在文化程度上……他是进不到能写诗勒石，虽然那些诗还只能说明他是一个小知识分子。”[2]这是李自成之所以能够起兵造反并最终攻占北京的原因。阿英并不认同“过去的戏剧作者，无批判地依据正史，把李闯王写成‘暴戾’、‘无赖’的人物”。[3]但李自成具有浓厚的“‘农民思想’、‘流寇思想’、‘帝王思想’”，在礼贤下士的同时又“忌贤忌才”，[4]具有“天无二日，国无二主”的观念，这最终导致了轰轰烈烈的李自成起义最终失败。阿英创作《李

1　阿英.阿英剧作选［C］.北京：中国戏剧出版社，1980：360.

2　阿英.阿英剧作选［C］.北京：中国戏剧出版社，1980：146.

3　阿英.阿英剧作选［C］.北京：中国戏剧出版社，1980：141.

4　阿英.阿英剧作选［C］.北京：中国戏剧出版社，1980：146.

闯王》强化由盛到衰的变化，这导源于作家很强的政治意涵和现实需求——“《李闯王》这个剧本，实际有很多缺点的，所以仍能有这样一些成就，主要是由于郭沫若同志原本《甲申三百年祭》，对李自成及其事业分析得深刻全面。尤其是一九四四年六月七日中央宣传部、总政治部的通知，指出此文的教育意义，使我们有更清晰的了解。当时适值文艺整风，对我们文艺工作者，也是一帖增强认识的清凉剂。”

阿英在1944—1945年根据张爱萍的提议创作了《李闯王》，几易其稿，在作品中李自成的前后差异明显，既有伟业，也有缺陷，这与阿英的理解紧密相关。《李闯王》虽以李自成的名号为题目，但重点并非李自成，而是李自成的义军以及义军衰败的原因。李闯王带领义军攻占北京，拥兵数十万，但大顺政权不过匆匆数月，即陷于内忧外困的困境之中，民众背离，百姓怨声载道。最终李自成只能逃离北京，且战且退，辗转数省，败落不过数月，最终一代英雄李自成消弭于在天地间。作为灭掉明朝、建立政权的农民起义，如此快速的衰败是可惜的。因此阿英对其即崇仰又愤恨。

《李闯王》分为五幕，第一幕写的是义军气势如虹，过关斩将，直捣燕京。作品中不仅写出了军队的士气之盛，也写出了军力之盛。

> 顾君恩 （继续着）从此，我们闯王的力量就更大了。十四年，攻下了南阳。十五年，占领了开封。十六年，下承天，破潼关，一直进到西安。在西安久了王位，做了奉天倡义大元帅，就又达到这里来了。你们朝廷，不知用了多大力量，想消灭我们。我们的闯王，由于十五个年头的苦战——从二十六岁一直达到四十岁——却百炼成了钢，我们的队伍，也扩张到了一百万人以上了。[1]
>
> ……
>
> 李闯王 （大笑）哈哈哈哈！（向着火光）你们听到胜利的号

1 阿英.阿英剧作选［C］.北京：中国戏剧出版社，1980：9.

角吗？强中自有强中手，周遇吉到底给我们打垮了！宁武关给我们拿下了！（更大声）宁武关给我们拿下了！

更为关键的是写出了义军与民众的鱼水一家亲。阿英选择了民间艺人花鼓女作为重要的代言人，通过民谣显示民众的苦难、民众对义军的认同以及对义军的信心。

花鼓女　（响鼓，唱）

十年倒有九年荒，
崇祯登基也不安；
关外兵祸连年结，
关内岁岁苦旱蝗。（过场锣鼓）

宋献策　（有感地）内忧外患，真是好词儿！

花鼓女　（响鼓，调子转入悲凉，唱）

关内岁岁苦旱蝗，
嗷嗷难过饥饿关；
宛转沟壑相向哭，
骷髅遍地积如山。（过场锣鼓）
骷髅遍地积如山，
纵得偷生何能安？
官吏征粮若猛虎，
豪家索债似豺狼。（过场锣鼓）

李岩　（向花鼓女）娘子！这就是我们闯王所以要兴兵之故了！

花鼓女　（欠身）奴家知道。（响鼓，唱）

吃他娘，穿他娘，
求生求合都无望；
不为荒旱苛政死，

只有开门迎闯王。（过场锣鼓）
宋献策　（自语地）迎得好！迎得好！
花鼓女　（响鼓，调子转激昂，唱）
迎闯王，不纳粮，
闯王仁义震四方；
不杀不掠济贫寒，
饥民纷纷归虎帐。（过场锣鼓）
迎闯王，不纳粮，
豪贵暴政一扫光；
辗转直把燕京捣，
打定天下好还乡。[1]

第一幕呈现着一种积极上进的情绪，士兵、民众、李自成及其手下人等，都一心拥护李闯王杀到北京，把“豪贵暴政一扫光”。而此时的李自成则指挥者百万大军“直扑北京”，要开启一个新的盛世。

第二幕选择的场景是北京皇宫偏殿。此时义军攻克北京，四处烧杀劫掠，搜集金钱，抢夺女人。而影响吴三桂是否归降的重要人物——陈圆圆，正是在这样的背景下被刘宗敏抢到府中。第三幕选择的场景是刘宗敏府第，承接上一幕中的陈圆圆事件，呈现围绕着权力与美色，牛金星与刘宗敏的矛盾；吴三桂本打算投降，但因为陈圆圆被刘宗敏抢走，宣布与李自成开战，并投降鞑子。期间，展示出李岩的民心为上与诸多只考虑私欲的义军将领的冲突，义军处境开始变得不妙。第四幕主要写两种结果，一是闯王兵败，节节撤退；二是牛金星进谗言，李闯王杀李岩。阿英《李闯王》讲故事的方式忏悔误杀李岩，反思义军的错误，找寻败亡的原因，展示出义军的内在问题，以及受小农影响的内部分裂，此时李自成及其义军走入了穷途末路的时期。

1　阿英.阿英剧作选［C］.北京：中国戏剧出版社，1980：15-16.

第一幕到第四幕是典型的盛极一时到衰败寥落的变化，抓住了李自成的义军从为民到为己的变化，以及逐渐脱离民众导致失败的结局。第五幕则重在反思——强调奉天玉和尚（李闯王）内心如死灰的平静，平静背后隐含的悔恨。因此在这一部分，首先写李闯王的悔恨与淡然。借周施主治病，赠送银两，写李的济世扶困的热情与前面的李闯王风度呼应，但由于时移事往，转向了"我佛慈悲"的佛教思想。在宝母一段，则是以叙述者，义军主干的参与者，失败的旁观者，指责分析义军失败的原因。李闯王的表现，为在显示不安，其中有悔恨、惭愧的意味。而以救书生，呈现李闯王的"勇"与以往的威猛。最后则以别离，反思"自己离开了人民"而导致失败的根源，作为未来的借鉴。第五幕充满着悲悼的气氛，以一代英豪李自成的逝去，哀婉英雄的衰败，慨叹大顺的最终消逝，但结合中国当时的时政，意在对中国共产党的胜利做了必要的警示。对此阿英曾经在《关于〈李闯王〉的写作技术》中特意指出："无论是结构，抑或是其他方面，差不多是成了'话剧'与'平剧'的混血儿……以第二幕作例，若照话剧的习惯写法，就可以无须乎'尾声'……第四幕的数番'战斗'，更不必要逐地逐场的交代……然而为着观众，为着企图扩大《李闯王》的教育意义的影响，却不得不这样做。"[1]

盛衰转变是中国农民起义的大态势，现代文学时期的剧作家紧扣这一转变，目的既是反思历史，也是指向当下。在这类历史题材话剧中，盛衰变化的结构成为主导的结构。如阳翰笙的《李秀成》《天国春秋》以洪宣娇与傅善祥的冲突，呈现天国儿女的私欲；杨秀清与韦昌辉的冲突，呈现的是意气之争与权力之争；结尾洪秀全与韦昌辉的冲突，展示了一种惨烈的末路，带有浓郁的批判色彩——私欲而影响太平天国的蠹虫。而如阿英创造《洪宣娇》时，写洪宣娇的较弱，写其柔情，也写其威武，写其短视，由此作为眼睛，着力点在以洪宣娇作为视角，去关

1 阿英.阿英文集［M］. 北京：生活·读书·新知三联书店，1981：501–502.

注太平天国由盛转衰的节点，反思总结失败的原因，显示太平天国盛转衰的另一种原因——“话剧、电影《洪宣娇》的主题，是号召‘团结御侮’，反对破坏团结的反动集团……我的力量，是否圣人的完成了我的企图，我不敢说。但太平天国领袖们之间的混乱、不统一、山头主义、宗派观念、个人英雄主义、狭隘、腐化，诸多不正常的现象，我相信是已经清晰的指了出来。”[1]因此，洪宣娇的疯癫成为独特的视角，也是审视与反思的视角。或许如阿英所说，在匆匆的时间中，无法让剧本完善，作品的结构并不紧密，尤其在结尾的处理中，根本无法摆脱曲终奏雅的套路，但正是在这种结构设置潜含着浓烈的悲剧，而又在悲剧中寄希望于未来，呈示着希望。

三、抒情结构的隐喻

改编中最能呈现主观情感的是抒情结构的设置及抒情要素对客观历史的调整，使作品不仅能够阐释历史，而且能够通过抒情表达使作品富含诗性的意蕴，即在人物的语言中，实现言此意彼的指涉，实现“化虚为实”的转换，而以情境的设定，最集中展示剧作的思想内涵。

在历史剧中，特定历史环境中的历史人物发生了什么事情是剧作的重点，无论采用戏仿、实录或文人修饰等方式创作，场景及其他环境的选择都是首要的，因为历史情境中的场景是构建人物、显示情节变动、揭示题旨的基础要件。在这一方面陈白尘的天平天国题材历史剧有其独特性。在《金田村》中，陈白尘的结构设置较为独特——他没有按照单纯的盛衰结构叙述天平天国的故事，而是注意每一部分的情绪及不同时间、地点、事件中的情绪变化，并以情绪的抒发作为结构中心——即场景/情绪匹配的抒情结构。这种结构处理既没有顾毓琇在历史题材话剧创作中以情感压制历史的弊端，也没有阿英等人以由盛到衰的变化映射当下的直白。而是重视事件与民众情感、太平天国的开创者们之情感的结

1　阿英.阿英文集［M］.北京：生活·读书·新知三联书店，1981：510.

合，瞩目于历史中的细微变化及背后的隐含——这在当时的历史题材话剧中是富有特色的。

《金田村》第一幕故事发生的地点是“桂平紫荆山某炭窑旁”，炭窑中的工人群情激奋，等待着“打江山”。第二幕故事发生的地点是“桂平金田村，韦氏祠堂”，杨秀清运筹帷幄，用计谋迫使洪秀全、韦昌辉“杀进桂平城”起义。这一幕中情绪抑扬顿挫，充满悬念，最终在“打江山”的浓烈气氛中收尾。

杨秀清　（欣然跳上桌子，向外叫）兄弟们，各军各营，要队伍整齐！上阵杀妖，要义气拼命！男女病伤，要各个保齐！还有孩子们，都要好好保护，不许丢掉一个！——兄弟们，放胆杀妖！

众　人　（欢叫）杀妖！杀妖！……

杨秀清　兄弟们！排好队伍！——打江山去！

众　人　（齐应）打江山去！

［金鼓大振，号角齐鸣。全体合唱“打江山”。[1]

第三幕的故事发生地点是“永安州城内，某庙”，核心事件是太平天国的封王。但这一幕中穿插着杨秀清对洪宣娇的倾慕，韦昌辉、石达开、冯云山等与洪秀全隐含的隔膜和冲突。虽然“开幕前歌声盈耳：到处都唱着《打江山》及《炭夫歌》，夹着各种叫喊、笑骂声”，但陈白尘在事件中加入了很多消沉、低迷的情绪，作品的情感不再如第二幕中带着积极的昂扬，而是在欢乐中充满着猜忌、迷惑。

余廷璋　第一是东王，封给……

李以文　是冯先生？

余廷璋　是封给杨大哥的；第二西王……

1　陈白尘.陈白尘剧作选［C］.成都：四川人民出版社，1981：243.

杨二姑　该是冯先生了？

余廷璋　封给萧大哥；第三是南王，才是封给冯先生的。

……

杨二姑　怎么着？冯先生比杨大哥、萧大哥小？

［众人都睁着眼发愣。

余廷璋　是啊！我也不懂。说道冯先生，还不是诸葛亮一样的大军师？——谁比他强？

［冯云山上，闻声止步。

曾天养　这是什么玩意儿？太不公平了！

杨二姑　冯先生在我们紫荆山多少年啦！

魏超成　冯先生跟我们在山上滚稻草铺的时候，别说杨大哥，连洪先生还不晓得在哪儿哩！[1]

第四幕故事发生的地点是“湖南湘江沿岸，离蓑衣渡约百里的一个村庄”，核心事件是杨秀清制定法度过于严苛，民怨沸腾；南王冯云山因杨秀清调度失误，死难蓑衣渡，韦昌辉、石达开、萧朝贵、洪宣娇对杨秀清多有不满与猜忌，整部作品因为蓑衣渡战败、死难的阴影陷于低沉的情绪之中。尤其第四幕采用了与第一幕相似的义军士兵群戏的方式，但第一幕是展示斗争渴望，无惧生死；第四幕是暗示杨秀清为代表的太平天国高层逐步脱离民众，让民众怨气冲天。而石达开的消沉成为一种标志性的情绪。

韦昌辉　……进来，你何以如此颓唐呢？

［石达开微笑不答。

韦昌辉　军机大事，你都不赞一词，莫非是……

石达开　（怫然）大丈夫不能一展自己的怀抱，难道学妇人孺

1　陈白尘.陈白尘剧作选［C］.成都：四川人民出版社，1981：262-263.

子，向他人哓哓不休吗？

韦昌辉　（笑）然则你就整日的吟风弄月，了此一生吗？

石达开　（勃然）道不同，我就飘然引去！——我绝不会老在这儿尸位素餐的！

韦昌辉　（立刻严肃起来）但是“如苍生何”呢？

石达开　（仰天长嘘）嘘！……

对于杨秀清的专权，义军士兵表现的是抱怨；石达开呈现的是意志消沉与文人的清高而想悄然隐退，带着明显的消极情绪；萧朝贵则表现出焦躁、冲动与愤怒，甚至因为南王冯云山的死亡失去了理智。

洪秀全　（温和下来）朝贵，我（声音嗄哑）还能忘了南王的仇吗？——可是此刻得听东王的命令。

萧朝贵　你们怕死，退到道州去；让我替南王去报仇！（转身就走）

洪秀全　（严厉地）西王！军有军法！——你违抗军令吗？

萧朝贵　（暴叫）我要报仇！（走）

种种情绪都折射着背后的冲突，关于制度的怀疑、关于权力分配的不满以及权力集团内部的潜伏的矛盾。情绪成为冲突的外在表征，而表面的冲突推动着情绪的极端化，剧作在这相辅相成的情绪变动中，呈现出义军在上升期的复杂情势。

第五幕故事发生的地点是“长沙城外一庙宇——天王洪秀全的临时行辕”。这一幕的核心事件是杨秀清假借“天父”之名，赐下太平天国玉玺；在太平天国胜利的大形势下，各种矛盾与冲突得到了和解。作品再一次在群情激昂的氛围中结束。

石达开　走！岳武穆痛饮黄龙，我们来个痛饮黄鹤楼吧！

韦昌辉　好！来个痛饮黄鹤楼！

杨秀清　达开老弟，洪山还有妖兵，就在这儿吧！——拿酒来！

……

洪秀全　好个“人头做酒杯，饮尽仇雠血！”（举起酒杯）宣娇，这就当做咸丰的狗头吧！

杨秀清　（抓起酒杯）宣娇，放心吧，打下南京，就直捣北京，替你活捉咸丰，为南王、西王报仇！

［众人举杯

［舞台渐暗，花园里火把通明，“打江山”歌声震动天地。

陈白尘通过场景的调度匹配事件与冲突，并以内中人物的情绪变化为主导，展示他所理解的太平天国运动及内部的复杂状况。这一探索在一定意义上使戏剧作品的情感表达不再局限于人物慷慨激昂的话语，或者是低头啜泣的悲伤，而是通过事件激发不同人物、阶层的情感变化，在情感变化中呈现内在的意蕴——比如对权力的思考、对制度的反思、对义军内部分裂的探讨等等。从陈白尘的场景设置中，可以清晰地看到从炭窑到行宫的变化，显示出义军力量的变化，同时显示出从昂扬的斗志到渐趋消沉革命热情的转变，以及从颓废到重振精神的奋发。

情境的选择在戏剧中尤为重要，因为每一个场景的选择都要承前又要接后，更重要的是剧作者要在创作中将场景隐喻化或者多元化，从而在简约的时空中提升戏剧的表意难度及张力。

如姚克的《清宫怨》，场景全部放在皇宫之中，实际上作者腾挪空间并不大，但作者抓住了慈禧与光绪关于权力的争斗或冲突，慈禧与光绪共处的场景就成为呈现慈禧的霸道、光绪软弱的平台。光绪办公的场景在剧作中占比很小，暗示光绪权力被架空。只有与袁世凯密会一场戏，安排在御书房——以袁世凯的变节告终。而作为个体意识明确，敢于反抗的珍妃，她所居住的地方就成为带有多种含义的场景——珍妃

太平天國

陳白塵著

上海生活書店發行

中華民國二十六年六月

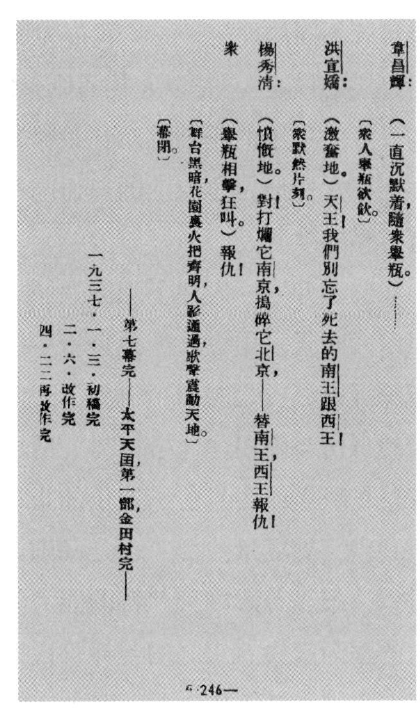

韋昌輝：（一直沉默着，隨衆舉瓶。）……

（衆人舉瓶欲飲。）

洪宣嬌：（激奮地。）天王！我們別忘了死去的南王跟西王！

（衆默然片刻。）

楊秀清：（憤慨地。）對！打爛它南京，搗碎它北京，——替南王，西王報仇！

衆　（舉瓶相擊，狂叫。）報仇！

（舞台黑暗，花園裏火把齊明，人影遍過，歡聲震動天地。）

（幕閉。）

——第七幕完——太平天国，第一部，金田村完——

一九三七·一·三·初稿完

二·六·改作完

四·二二再改作完

—246—

现代文学时期，陈白尘的“太平天国话剧”影响很大，其最早的一部为《金田村》

宫、北三所，两处场景的前后设置，一方面显示着光绪的爱情，另一方面则显示珍妃与慈禧斗争中的突出地位，及辅助光绪皇宫的惨淡经营。对于光绪来讲，珍妃住的地方即是他力量的源泉，珍妃不仅是他的知己、爱人，更主要的是珍妃是光绪懦弱人生中难得的鼓励着。这一场景同时是珍妃与慈禧的伪善、毒辣、善于权谋、做事果断，没有大局观。

在现代文学时期有众多的历史改编剧带有明显的创新色彩，剧作家不再醉心于历史人物传记式的话剧转述，而是立足于主观的偏好、历史材料的再读，给出独特的评判，呈现出一个新颖而独特的历史样态。在这一形象中附着了编创者的新观念和新思想。由此在话剧结构的设置上，适度的增删情节，适度的虚构设定，形成了既有历史印记又有现代思维的逻辑结构。人物形象的设定、主题的指向虽然带有明显的现代色彩，这得益于话剧改编中的表层结构与深层结构的呼应，并呈现出独特的历史风味。即如宋之的《武则天》，即基于反思武则天，希望给出一个与传统不同的评价——“我很为那女杰的倔强性格所感动”“做了一个不尽忠实的描绘”“是以无损武则天的精神为原则的”。[1]为此，宋之的在结构设置中采用的是情感对比策略，凸显武则天在权力争夺中的冷血、理性，在女性地位争取上的热血与感性——为冰冷、复杂的历史植入了富有情感的维度。

地位上升——人性下降的映照式结构是宋之的设置的隐喻结构，是为展示武则天一生设计的独特叙事结构，其中潜含着对武则天的权力欲望与深沉的心机之关照，也为呈现武则天形象的多元性埋下了伏笔。武则天的身份与陈白尘《金田村》的场景，在设计上有异曲同工之妙，都不仅仅是环境或者身份、地位的指涉，而是标记人性消长的工具。从尼姑庵到皇宫的场景演变，也是武则天从尼姑到辰妃，从天后到皇帝的演变过程，彰显着武则天独特的能力与运筹帷幄的智慧，同时呈现武则天人性的逐渐丧失。宋之的曾评价武则天“以李逵式的反抗姿态”出场，但终“不过是封建社会下产生的一个较强的变态女子”。[2]

在尼姑庵中，武媚娘以红叶传诗，戏弄男子作为挣扎与纷争的要素，显示自由及压抑的对抗，以皇权之下的欲望“阉割”写媚娘的人性之乐，随意从容，深处写她的心计、谋略与野心——“皇后有什么稀奇”既显示着她的个性，也为后来与皇后的冲突埋下了伏笔。

在皇宫中，孩子是重要的道具，展示估计皇宫的欢声，衬托皇宫的无趣寂寞，同时是武辰妃恃宠而骄的砝码。她在与高宗的对话中，处处充满算计，时时有所谋划。即使高宗与韩国夫人的偷情，对于武则天也不过是利用的工具，武则天充分利用了高宗的昏聩、失德、倦怠与庸碌，逐渐抓住权力，并掌控男人世界的权力的分配与控制。

而最为极端的则是与王皇后的冲突，如武则天与唐高宗的冲突，带有争宠的意味，属于后宫争斗的范畴，与韩国夫人的冲突则带有争权的机心，一跃而成为女子掌控权力的转折点，在这两种冲突中，武则天首

1 宋之的.宋之的剧作全集［C］.北京：中国戏剧出版社，1986：139.

2 宋之的.宋之的剧作全集［C］.北京：中国戏剧出版社，1986：142.

先否定的是男女的爱情，其次否定的是夫妻的情义，而与王皇后的冲突中，武则天为了清除权力之路中的障碍，决然抛弃的是母子的亲情，她以孩子作为算计王皇后的道具，亲手扼死孩子只为了诬陷王皇后，并将之打入冷宫，辰妃成为天后，而武则天人性之恶达到极致。

宋之的勾勒的是武则天权力崛起到最终死亡的历史脉络，但内中显露出人性的残忍与悲凉，即权力对于人性的扭曲和变异。但从女性维度来看，宋之的则是通过武则天谱写了一首关于女性抗争的赞歌，和为女性斗争暂时的失败而慨叹的悲歌。人情、人性、女性与权力等关键词，历史中的武则天、武则天形象背后呈现的历史状况，尊重、失落、悲怆、焦虑等多维情感，这些在历史构架中推动着叙事，提升着内涵，并从最丰富的维度呈现着一个特立独行的“武则天”——一个渴望自由的女性。

四、太平天国历史的权欲与反思结构

现代文学时期的剧作家对历史事件的理解和判断是不一致的，在话剧创作中表现为同一历史事件的不同表述。即如对杨秀清的历史评价——阳翰笙的《天国春秋》中，杨秀清忠勇保国，为太平天国鞠躬尽瘁，却被权奸韦昌辉残忍杀死，导致太平天国最终走向没落。而阿英《洪宣娇》中，杨秀清则是刚愎自用、自私贪婪，对于权力有无限的热望，在收拢权力的同时用血腥的手段排除异己，最终导致殒身的结局。而如光绪皇帝和珍妃，在姚克和杨村彬的笔下差异同样明显。在姚克的《清宫怨》中，光绪皇帝性格懦弱，但充满着奋进的斗志和一定的谋略，尤其珍妃，不仅是他宠爱的妃子，更是他改革旧的体制、改革前行的谋划者和改革伙伴。珍妃相比光绪更为积极、阳光、充满着斗志和活力，既能审时度势，又懂得屈伸之道。而在杨村彬的《清宫外史》中，光绪皇帝完全就是一个没有长大的孩子，虽然有年轻人的冲动，却缺乏谋划的能力和决然抗争的勇气，懦弱、卑微，任性。他身边的翁同龢则是坚守“国故”的“清议派”，呆板、保守、盲目抵制洋务，虽为帝师，却目光短浅。在姚克笔下光彩夺目的珍妃，在杨村彬的笔下则黯淡无光——珍妃不过是一个受到光绪宠爱的妃子，受到她姐姐瑾妃的嫉妒，李莲英的打击、慈禧太后的羞辱，但珍妃从不敢反抗。被设计遭到诬陷前，缺乏判断力，被惩罚时，没有自辩能力——全然是一个宫廷斗争中的牺牲品。

剧作家的人物设计上的差别，并非仅仅是历史解读和判断上的差异，更多体现的是历史观的差异，以及历史剧创作的意图指向的差别。有的剧作家意图通过历史题材的话剧，唤起革命内部团结的意识，比如通过杨秀清的被杀就警醒当代的革命案。有的剧作家意图通过历史题材话剧，唤起改革的决心和勇往直前的精神，比如光绪皇帝和珍妃化身为“知其不可而为之”的象喻符号，通过两人热烈的爱情和对未来无尽的希望，消除民众对于传统势力的畏惧，培养抗争的精神。正是因为历史观念与创作意图的不同，剧作家设置的戏剧冲突成为不同话剧的特色，并且彼此之间形成多元共生、杂语喧哗的奇特景观。

（一）太平天国题材话剧的多元戏剧冲突

太平天国运动是中国最大规模的农民起义运动，持续时间达到14年，其影响力不仅停留在当时，而且一直延伸到以后的新民主主义革命。太平天国运动早期几乎是战无不胜、攻无不克，但随着势力的强大，内部出现了各种冲突和矛盾，而且似乎都不可调和。可以说其内部的分裂是天国王朝走向最终毁灭的内在因素之一。陈白尘是较早关注太平天国题材并进行创作的剧作家，他曾经试图创作《太平天国》三部曲，虽然最终只创作了第一部《金田村》，但其对历史题材话剧的探索影响深远。他在一定程度上避免了宏大叙事，而是关注个人性格、遭际如何影响到天国最终的命运。在这部话剧中，洪秀全的优柔寡断，杨秀清的足智多谋，冯云山的大局为重、过多退让，萧朝贵的性格暴烈、缺乏理性等都表现的恰如其分——陈白尘用这些人性格上的缺陷，隐约间展示人性中些微的自私与贪婪。在他的笔下，杨秀清从出场开始，就带着特有的算计。

杨秀清　你不是说：缺少粮饷吗？

冯云山　对。

杨秀清　（站直了）留着韦昌辉兄弟的百万家财干嘛的？

冯云山　（摇头）万一他不愿意，不是全功尽弃吗？

杨秀清　（不服）不愿意？这叫做“逼上梁山”，不愿意也得愿意！

[外面欢声四起

杨秀清　你想我　干嘛今天　起事？——昌辉　兄弟今天出牢！

——马上就到！

冯云山　“逼上梁山”，时候怕还没到！

杨秀清　各处人马一到，竖起旗杆来，“生米煮成熟饭”，怕他不答应？

冯云山　（惊）不行！万一他不答应，那……

杨秀清　你放心,（拍胸膛）他的事放在我身上！

冯云山　（按住他）不是这么说，秀清！事到如今，已是骑虎难下，势在必行！但要想个万全之策，不能叫昌辉兄弟有一点儿寒心！——此刻，我们要的是同心合力、和衷共济！

杨秀清　（有含义地笑）这就是万全之策。——你瞧着吧！[1]

相比于冯云山的持重和谨慎，杨秀清的智谋中充满着算计。虽然冯云山与杨秀清的冲突设计极为简单，但暗示的却是杨秀清一旦决定了某件事情就不可更改，无论对错——这既是为以后杨秀清的性格呈现做一铺垫，也是为杨秀清的大权在握、内部的冲突众多做了伏笔。

比如杨秀清与洪秀全的冲突：

1　陈白尘.陈白尘剧作选［M］. 成都：四川人民出版社，1981：227–228.

石达开　对！马上杀进桂平城去！

洪秀全　且慢！各位兄弟都在这里。就此商量一下。

杨秀清　（跳起来）还有什么商量？马上动手，替昌辉兄弟报仇！[1]

杨秀清　（笑）眼下一定要封王吗，（拍冯云山）我不当面恭维人，我们兄弟里面，除了你，还有谁称得起这个？（举大拇指）

冯云山　（大笑）我？算什么！讲带兵打仗，你比我强；讲道德文章，我不如洪大哥！

杨秀清　（惊）怎么讲？

冯云山　我说在收伏人心这一点上，我不如洪大哥。

杨秀清　（不服）云山，你说，汉朝的江山就一定要姓刘的坐吗？

冯云山　（微笑）我们此刻谈的是上帝会。

杨秀清　那你说吧，兄弟们心眼里倒地真正信服谁？

冯云山　（严肃地）上帝！

杨秀清　（神秘地笑）上帝？——云山，（拍他肩）要讲上帝会，当然是你跟洪大哥两人创出来的。[2]

杨秀清无论在运动的开始还是在分王的时候，都显示出独特的能力和掌控全局、运筹帷幄的本事。于洪秀全的不满——他从根本上并不认可洪秀全的优柔寡断和书生气，——这也成为杨秀清独揽大权、逼迫洪秀全、导致内讧的重要原因。相比其他剧作家，陈白尘对于太平天国的理解更为个人化。

杨秀清在阿英笔下是一个阴谋者，专权者和天国内讧的发起者。他喜欢洪宣娇，但洪宣娇却嫁给了萧朝贵，这让杨秀清非常都不舒服。他

1　陈白尘.陈白尘剧作选［M］.成都：四川人民出版社，1981：239.

2　陈白尘.陈白尘剧作选［M］.成都：四川人民出版社，1981：247-248.

总是在与洪宣娇独处时，表达他的情感。也因此对萧朝贵充满着不满和嫉妒。他能抓住萧朝贵的性格弱点，适度激发，导致萧朝贵孤军深入，最终兵败。而杨秀清却拒不发兵增援，致使萧朝贵兵败而亡。

洪宣娇 （悲痛激愤地）西王萧朝贵战死长沙，真是天国的不幸。他以一千人，当妖军两万以上，亲自领队登城，致遭妖军暗算，被击殉国。这样壮烈牺牲，宣娇毫无怨怼。不过，东王在郴州的时候，他答应应援。后来妖兵太重，朝贵屡次求请援兵，他竟置之不理，致陷朝贵于死地！这一点，小妹深望国史馆，能在朝贵的列传里写进去！

洪秀全 （踌躇）这个——

杨秀清 （有怒意）天妹！我看你伤感太甚了吧！说这些话，未免颠倒是非！当初朝贵出征，他说只要一千人就可以打下长沙，并不是我不接济！

洪宣娇 妖军在两万以上，又是以逸待劳，你不接济，叫他怎么能战胜？

杨秀清 即使不能战胜，只要审慎应付，也不会那样惨败！这完全是朝贵恃勇轻进，以至身殉长沙！（重）不是我的责任！

洪宣娇 东王，你不要忘记，朝贵当时见长沙妖军过重，曾经一面应战，一面飞马到你东王面前请援的！

杨秀清 事情诚然是有，不过那时期朝贵已经大败，就是驰援，也是来不及了。

洪宣娇 恐怕在郴州的时候，你的理由不是这个吧！东王，你虽然贵人多忘事，我却记得清楚，在我几次三番替朝贵催援的时候，你说：（慢）“让萧朝贵打打败仗也好，给他援兵，反而滋长他的骄气！”你总该没有忘记吧！

杨秀清 （大惊）

（二）阿英笔下的权欲结构

阿英在冲突设置上侧重用杨秀清作为冲突发起者，从情爱、权力、刚愎自用等不同层面呈现矛盾，并以此串联太平天国的盛转衰的变化。之所以选择《洪宣娇》作为题目，据阿英所言，是因为洪宣娇“在太平天国的女英雄中，是最杰出的一个。她富有民族思想，又是英勇的战将，且擅长医术，能治伤兵。在政治上，也是个有机智的人物。她的头脑很清醒，当她发现秀全一般人腐化，苟安，倾轧，不可与有为，他就‘退处于民居’，随‘朝臣尼之’，亦‘不能止’。她的性格又是很果决的。因此，洪宣娇的生活及其转变，完全契合了太平天国的成长与毁灭过程。”[1]而另一个原因，或许是因为一直以来各种关于洪宣娇的记载多诋毁、妄议之言。如阿英所言：“李吁二传，则因袭旧说，不加抉择，往烈遗行，时遭丑诋。虽及异代，犹复含冤，心窃非之。”[2]在阿英的理解中，洪宣娇是“领女馆，佐朝治”的辅佐之臣；在兄弟阋墙之乱时，则是“为全大局，周旋抑谏，降志辱身，备极悲苦”的周旋者；在天京失陷，洪宣娇“知势无可挽，始易樵服……不知所终”，她作为天国王朝的早期建构者，经历了太平天国的兴衰变迁，见证了其最终灭亡，是天国灭亡的见证者和退隐者。但从剧作改编的层面看，洪宣娇在剧作中主要是矛盾冲突的承载者，也是天国巨变的见证者，而不是各类矛盾冲突的发动者和终结者。《洪宣娇》的剧作意在“涂抹出一幅太平天国的画图”，而不是为洪宣娇写一部详细的传记。因此，剧作冲突的核心在于权力及对权力热切的欲望，而洪宣娇对于权力并不渴望，她的思维始终停留在兄弟姐妹的情感状态。因此，在各种冲突中她即使身在其中，实际却是置身事外的。

洪宣娇对于萧朝贵的死，耿耿于怀，但慑于杨秀清的权力又无法直面对抗。……阿英通过这种设置展示出天国内部的分裂。萧朝贵、冯云山的死亡，洪宣娇的消沉，杨秀清逐渐集中的权力借助杨与洪的对话逐

1　阿英.阿英剧作选［C］.北京：中国戏剧出版社，1980：465.

2　阿英.阿英剧作选［C］.北京：中国戏剧出版社，1980：466.

一揭示。

洪宣娇　是的！你现在是只图安富尊荣、尽情享乐，把我们兴汉灭胡的责任已经忘掉了！

杨秀清　最先忘掉兴汉灭胡责任的，恐怕不是我。

洪宣娇　是谁呢？

杨秀清　（不假思索地）是天王，是天兄！

洪宣娇　（不解地）是天兄？你这句话是什么意思？

……

洪宣娇　……天兄诚然也不免有些错误。但是，当时你为什么不挺身而出地纠正他呢？你为什么只是集中精力夺取天国的兵权呢？到了天京以后，你抢夺民间妇女，掳劫民间财富，上欺天兄，下压小民，这又是不是你东王应该做的事呢？

杨秀清　（有怒意）宣娇——！

洪宣娇　你不要不高兴，这都是一些事实！（顿）你，说下去吧！

杨秀清　（按捺下自己的愤怒）因为天兄连做了这几件事，我的心就变了。我想，他洪秀全能做皇帝，我杨秀清为什么不能做皇帝呢？我杨秀清既有那么大的力量，为什么不自己起来干呢？

《洪宣娇》中洪宣娇的质疑侧重杨秀清贪婪权力，忘记了太平天国建立的初衷，这一设置一方面顺承了杨秀清对萧朝贵的拒不增援，另一方面顺承了历史上对杨秀清专权误国的评价。洪宣娇与杨秀清分处于矛盾的两端，而洪宣娇似乎站在了正义的立场。但杨秀清一旦反驳时，矛盾的天平不仅发生了一定的偏转，而且从新的维度补充了太平天国内部权力争斗的惨烈。杨秀清指责洪秀全“把一班主张恢复明室的弟兄们全都杀了，杀得是那么多，那么惨！……要我们弟兄替他洪秀全一个人夺取天下”——洪秀全为了权力杀掉了“复明派”，杨秀清不满主张天下也可以“归于杨家”。杨秀清和洪宣娇的冲突，在剧作中表面上是情感冲突，实则是内部分裂的集中展示。

权力冲突的集中展示是杨秀清与洪秀全之间。洪秀全的性格及能力，导致杨秀清对洪秀全的不满，并在与洪秀全分庭抗礼。剧作第二幕关于北伐问题，杨秀清坚持不能北伐，李开芳在朝堂之上抗辩。杨秀清刚愎自用，自视甚高，导致他在言语上引发了韦昌辉的戾气。

洪宣娇在陈白尘、阳翰笙、魏如晦的剧作中都有塑造

杨秀清 ……同道出来的兄弟，西王、南王全都死了！北王韦昌辉，他算做什么东西，居然也称为天王党——！

［韦昌辉在里面劈啪二声，声音很大。……

［就在杨秀清下场的时候，韦昌辉怒气冲冲地从内出，石达开拉住他的衣襟。

石达开 （急）昌辉！你不能这样莽撞！

韦昌辉 （想）你别拉！我非杀掉他不可！他居然骂我是“什么东西”！

……

韦昌辉 难道象这样的家伙，还不该杀吗？

石达开 东王兵权太重，羽毛丰满，就是杀也不是容易的事！

韦昌辉 你怕他吗？我一点也不怕！我不但要杀他，就是他的家门，他的左右，我韦昌辉也有力量，能把他们杀个一干二净！

他不仅杀了杨秀清，还杀光了杨家的所有人，并所属的部队数千人。个人恩怨背后是权力分配上的算计，以及对权力的贪欲。

石达开 （大声）你太不应该！（更大声）你太残忍！

……

韦昌辉 石达开！你别放肆！放明白一点！你这一回晋京，究竟带了所少兵？

韦昌辉与石达开的冲突，表面上是残忍与仁慈的观念差别，实则是权欲的贪婪与诛杀异己的狠毒。

石达开 （反感，冷然地）你以为你杀了东王，就什么都征服了吗？就谁都怕你了吗？

韦昌辉 （拾剑）也不假！现在是只有我北王，我韦昌辉了！你翼王怎么样？

［韦昌辉逼近一步，石达开抽检半出鞘。

萧三娘 （急）昌辉——

洪宣娇 昌辉！东王不对，你杀了他，你现在可不要步他的后尘呀！

韦昌辉 我就是步东王的后尘，难道他翼王能对我怎么样吗？

韦昌辉“现在是只有我北王”“我就是步东王的后尘”的话语，在呈现太平天国内部冲突的基础上揭示出症结所在——是无限生长的权力欲望，导致了内部的杀戮。东王专权是因为不服洪秀全的“家天下”的皇帝梦，北王被杨秀清刺激后诛杀东王后，他内在的野心同样被激发到最高点。威胁石达开，实则是韦昌辉的清除异己，为最终更高的权力服务。在这一层面上阿英的眼光具有独到之处，阿英借助杨秀清、韦昌辉、石达开、洪宣娇等人之间的多重矛盾，揭示出农民起义军在发展壮大过程中无法控制权力欲望必然导致的结局。而在剧作展示中，权力的贪欲呈现为语言上的嚣张，行动上的果决，杀戮的残忍——每个人都有可能成为东王，如果不控制对于权力的欲望。

在这一层上，韦昌辉、杨秀清都不过是权力欲望的跟从者。莎士比亚的《麦克白》揭示人的野心和欲望，但重点在欲望实现之后内心的恐惧。在太平天国类剧作中，这种恐惧的反思很少。因为作品的冲突带着强烈的指向性和功能性，即如洪秀全与李秀成的冲突，同样是围绕着权力产生的。李秀成战功赫赫，洪秀全由此畏惧李秀成功高盖主，成为另一个东王。作品设置李秀成与洪秀全的矛盾冲突时，矛盾的焦点在于李秀成的战略思想与洪秀全的王权思想对立，而冲突的性质由权力欲望转换为“王位”更替的恐惧。

洪秀全 （向李秀成）忠王，朕以为玕王的话是没有错！天国既已定鼎金陵，这是天命有归，决没有搬迁的道理！朕也有一点疑心，就是贤卿既已领带重兵前来，是天京将更加稳定，为什么你反而奏请迁都呢？

李秀成 （惶恐地）臣实在是为天国永久的安全着想！请万岁放心，臣绝不是东王，也不是北王——！

……

洪仁轩 （奸）掌兵权，专征伐，都是一样的！

洪秀全 掌兵权，专征伐，都是一样的！对了！忠王，你恐怕是变了吧！你恐怕是不再“万古忠义”了吧！东王、北王，他们都是掌管兵权的人！（变态）你要朕迁都，你要朕丢掉这天命所归的帝王之都，你——（大声）又是一个东王，要来篡夺朕的王位了！（逼近一步）

……

洪秀全　（变态地）你不要再抗辩了！你的心思，朕已经完全懂得了！迁都，（大声）朕一定不迁都！朕要解除你的兵——柄！

（三）结构背后的现代思维

在改编中，作者因为对历史事件的前因后果有自己的判断，因此在作品中预置了一种全新的历史结构，即谷剑尘所言的：植入一种新的历史观，凸显作者认同的主体事件，呈现历史变动之中的人与事，形成既具有历史意味，又带有现代色彩的历史剧。而舒湮同样有类似的表述：“历史是不会重演的。但这里面有许多教训却是值得我们学习的。把历史与现实的相似之点集中扩大，这是我们写作的任务。眼看着目前有一群死去的魅影又活动起来，想把民族的生命重蹈前人的覆辙。这时我禁不住愁然心忧，我愤恨，我控诉！”[1]

阿英的《葛嫩娘》写的是南明王朝的历史，采用的类似桃花扇，以离合之情，写兴亡之感。孔尚任采用的是忠奸并举的写法，一方面写李香君与侯方域的爱情，一方面写马士英，阮大铖的权臣弄权，奴颜婢膝。对清廷臣服，拉拢投降，失节失义。而李香君一个妓院中的女子反倒是保持气节，不失民族之节义。孔尚任因为父辈都为明朝官吏，亡明之后的心态可谓悲痛，乡试不中的郁闷可谓巨大，因此，笔力所及，句句都是哭诉，字字都是惋惜。

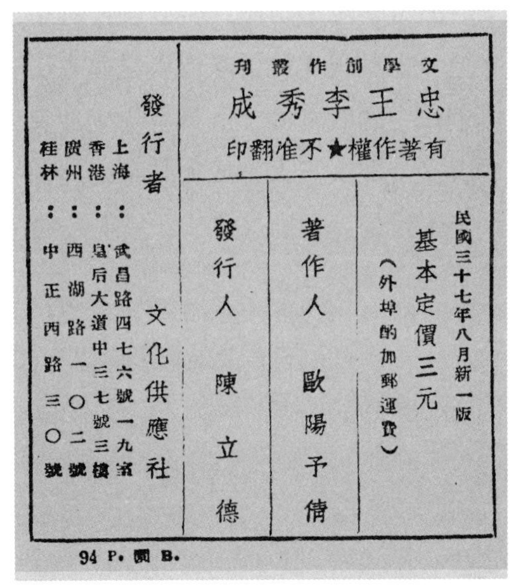

文學創作叢刋

忠王李秀成

有著作權★不准翻印

民國三十七年八月新一版

基本定價三元

（外埠酌加郵運費）

著作人　歐陽予倩

發行人　陳立德

發行者　文化供應社

上海：武昌路四七六號一九室

香港：皇后大道中三七號三樓

廣州：西湖路一〇二號

桂林：中正西路三〇號

94 P. 圓 B.

欧阳予倩笔下的李秀成更具忠义精神，折射着人文精神超越历史理性的思想。

1　舒湮.精忠报国［C］.上海：光明书局，1944：152

阿英的创作在基本构架其极为相似。相似的爱情，相似的投降，相似的逼迫以及相似的抗争。但作品的立意不是辨别忠奸，而是以葛嫩娘的精神鼓起中国人的士气，投身到民族战争的洪流。

但重点不是这些冲突与事件，而是在这种结构中隐隐地形成了葛嫩娘的人生变革图。葛嫩娘的身份从妓女到将领，从女子到烈士。这一层在结构中被凸显，使作品的意蕴一下子丰富起来。而从隐含结构的层面看，葛嫩娘与投降者，分别从历史的规定中带着现代的色彩和意识，成为现代抗争派和投降派的象征。他们的嘴脸就是投降者的嘴脸，他们的恐惧就是当时中国芸芸众生的恐惧。因此，葛嫩娘的设置不仅是为了展示中国背后更多的抗争者，而是呈现着民众选择的可能：是慷慨赴义，青史留名，还是如投降者奴颜婢膝，遗臭万年？隐喻结构在这一意义上成为历史剧的主导结构和决定性结构。因为阿英的《葛嫩娘》不是为了单纯纪念一个刚烈的明代女子，而是用她作为现代抗争的一面大纛。

因为来源于历史，所以剧作对于冲突的设置既要考虑到历史事实，又要考虑到现实的诉求或者是站在历史之后对历史的评价。由此，在话剧创作中的戏剧冲突既具有历史冲突的性质，但更多带有隐喻或者象征的含义。即人与人，或人与事之间的冲突，带有明显的复义色彩。戏剧冲突不仅是为了推进情节、呈现人物性格，而且是为了突出意蕴。

第四章　人物的重塑与虚构

作为叙事类艺术，是否塑造出成功的人物形象直接决定着话剧作品的艺术价值及其成败。由于历史人物、事件有特定的历史关系脉络，在历史流变中形成了较为稳固的社会认知和评价，因之，剧作家塑造历史人物时不仅要考虑形象的艺术完满程度，还要结合历史话语特质及人物所处的社会关系，综合史载或历史艺术文本中的人物性格设定、评价等，兼顾人物的历史品格与真实度。

现代文学时期剧作家在史剧改编理念上存在差别，在人物如何塑造方面难免有许多争论。谷剑尘针对当时的状况曾有一总结，“大家都喜欢利用现代剧的技巧去写出历史上的人物……但是拿历史上的人物作题材去写成新的文艺作品的企图，却有两种极端的方法：一是造成翻案，即是以利用原有的题材，给主人翁以一种新的灵魂和思想，而这种改变不妨是由作者的主观产生出来的。二是依据史实和一般人的共通观念而客观地保留原来的人物典型。”[1]这些争论焦点在于：是根据历史记载原封不动地塑造人物，还是创造性地融合史载和现实功用性目的，赋予历史人物新的灵魂？前者类同于《史记》《资治通鉴》等史传的方法，在史实的基础上适度艺术化。如陈白尘在《太平天国》中因为“洪大全这人物为了没有更可靠的史料证明其存在，便不让他在这剧本中出现了”。“我想与其画蛇添足，毋宁缺着。”[2]而后者首先考虑的是话剧的艺术特点，而历史记载不过是辅助材料。如洪深《汉宫秋》中的王昭君、陈学昭《文君

1　谷剑尘.岳飞之死［M］.上海：中华书局，1936：9.

2　陈白尘.太平天国［M］.上海：生活书店，1937：11.

之出》中的卓文君、郭沫若《棠棣之花》中的聂政、聂嫈，无不是被吹入了新的灵魂的人物，剧作家在旧的历史人物的基础上，重新择取、组合、阐释事件，重新推导、设定人物的性格、身份等，创造出与传统颇有差别的人物形象。两者各有特点，各有优势，共同建构着现代历史题材话剧中的人物长廊。

但我们也应该看到，现代剧作家塑造历史人物，无论以史为本，还是以剧为本，剧作呈现出的历史人物相较史载总是显得鲜活、生动，性格也更为丰满和多元，当然也无可避免地印着现代时期的痕迹。而更为重要的是剧作家重塑历史人物，其意都不在历史而在现实，以历史人物及事件影射当下，传递与表述新的观念。

第一节　历史人物形象的反定型化建构

现代历史题材改编话剧中的人物基本上都带有反定型化建构的特点。反定型化是针对元杂剧、明清传奇、传统戏曲中已程式化的历史形象，或历史人物的民间形象定位而言。如对于曹操的奸诈、吕布的刚愎、好色、易变，范蠡的忠义、多谋、为大局牺牲小我利益，现代剧作家或多或少地进行了改变。他们在广涉资料，拓展想象的基础上，开始将这类人物从戏曲、史载中抽离出来，为之重新敷粉着色，使之既合于传统，又显示新的命意。比如阳翰笙对李秀成的正面处理，在当时的社会，勇力杀敌，以死亡报效太平天国比降清失节更有鼓动性。反定型的塑造在很大程度上是剧作家清理历史流弊，以话剧为工具行历史记述之功能的尝试。

一、人物多元性格塑造

虽然现代时期不是所有剧作都能做到典型环境与典型人物的完美结合，但确实在人物塑造方面有所突破。现代剧作家笔下很多历史人物的身份、性格、思想都发生了不同程度的变化。

（一）人物的反程式化塑造

历史人物的性格、主要事件往往在传播过程中被强化，如提到项羽，一般就会想到鸿门宴和“不肯过江东”的事件，而凸现的也是其犹豫、豪迈、不擅权变等性格。而提到妲己，马上映现的即是炮烙之刑、剖腹验子、敲骨验髓，而少有人关注妲己的其他方面。这种观念影响至深，一些现代剧作家在改编时也难免会承续成规。以妲己为例，妲己事出自《史记·殷本纪第三》中的记载，“爱妲己，妲己之言是从。于是使师涓作新淫声，北里之舞，靡靡之乐。”[1]现代话剧《纣王宠妲己》和徐葆炎的《妲己》基本采用了这一结构模式。但现代剧作家运用历史题材，塑造历史人物，似乎更强调于史料中读出新意，寻找历史中潜藏的复杂的表意可能。如徐葆炎等人都避免了传统戏曲中关于妲己乃妖精下凡，蛊惑纣王的情节，而突出描摹妲己的言行举止、其在政治上的恩怨与性格的关系——即从人性角度写出妲己人性中的恶。在这一过程中，剧作家往往会植入个人好恶，这决定着人物性格发展的重点和取向。如陈白尘塑造石达开时即是“根据我的‘认识’——不如说是根据我的‘好恶’吧，编定了一顶帽子给他戴上，比如自私呀，任性呀，妇人之仁呀，背弃革命呀等等”。[2]这虽然使历史人物的主观色彩多了一些，但人物也因此呈示出其多元的方面，且更为人性化、情感化。

如洪深《汉宫秋》中王昭君，不再是“生乏黄金枉图画”被毛延寿画笔压制而哀怨的宫女，而是汉元帝的明妃。她之所以远赴匈奴，是因毛延寿向单于赞叹王昭君的美，于是单于索要王昭君作为与汉朝相安无事的条件。在她身上少了一些怨恨，多了一些女子的柔情蜜意和为国尽忠的豪迈。——“陛下待妾，恩深似海。妾闻，女子爱人，希望她所爱者获得幸福。妾去和番，真是最爱陛下的地方！望陛下舍妾一人，暂时避免人民的涂炭吧！”[3]陈学昭《文君之出》中的卓文君，相较传统形

1　司马迁.史记［M］.长沙：岳麓书社，1988：18.

2　陈白尘.历史与现实——史剧《石达开》代序［J］.戏剧月报，1943（4）.

3　洪深.汉宫秋［J］.东方杂志，1936，33（1）.

象，则更为激进、愤慨和敏感，她没有安于与司马相如相守的快乐，反而在怀疑司马相如与茂陵女子有染后，毅然决然重新离家出走。这类人物不仅避免了传统的人物程式，而且因时代的理解，承载的观念和信仰更趋丰满。剧作家随社会的实际问题而应机而动，通过不同类型的冲突、矛盾刻画人物被忽视的其他方面，为人物重新定位，这甚至对变异历史事件的题旨有极大影响。

（二）人物主次性格的层次化处理

为了更好地塑造历史人物，很多剧作家采用多幕剧的形式，在不同幕中分述人物不同的人生阶段，不同的境遇，以此尽可能从多侧面显示人物的风神气度。即如现代剧作家对史可法的塑造。他是明朝著名的忠臣，史料中多记载他的忠义之行。如《明史·史可法传》记载："廉信与下均劳苦……可法为督师行不张盖食不重味夏不箑冬不裘寝不解衣年四十余无子其妻欲置妾太息曰王事方殷敢为儿女计乎岁除遣文牒至夜半倦索酒庖人报殽肉已分给将士无可佐者乃取盐豉下之可法素善饮数斗不乱在军中绝饮……"[1]也是侧重写史可法的廉信，治军有方，自律严格，一切为国的品质。陶秦的《史可法》虽然没有变更史可法的性格主线，但由于时间、事件及冲突的择取，对史可法的书写也就更为细腻。不仅突现了其在军中之事，而且择取了师生对谈、告别家人、处理士兵杀害百姓及兵变等事件，从不同侧面勾勒史可法的为人、性格、气度。

如序幕化用了《左忠毅公逸事》中史可法狱中探望左光斗一段，以师生之情与国家之义的冲突，彰显忠义传承。史可法去狱中探望被奸臣陷害的左光斗，左光斗见到史可法不喜反怒，责备史可法顾及小情，却忘记了大义和肩负的责任——"区区师生之情会把你胡涂到这个地步！（咬牙切齿）国家之事已经腐败到这个田地，朝廷里太监弄权，百姓中盗贼蜂起，这许多治国安天下的责任，都在你们年轻人的身上。老夫是完了！命在旦夕，不能再看到国家的复兴，而你又这样的不懂大义，为

1 二十五史·明史［M］. 上海：上海古籍出版社，1986：8537-8538.

了我这样一个人，冒着这样大的危险来看我，天下的事还有谁来管？还有谁来支柱。”[1]序幕部分不仅交待了左光斗的忠义为国，太监的专权骄横，而且明确了史可法承继老师的嘱托完成大业，为后面的事件做了铺垫。而第二幕则突出史可法心系百姓的治军之严和从谏如流。当时一秦晋地域的士兵到百姓家讨酒未遂，用弓箭射杀一老妪，史可法诛杀此人，引起秦晋地域士兵的兵变。出于自责，史可法要移兵城外，汤开远则从百姓和战略角度反对——“大人如果真的为民，应该仍回城内，办理乱后各事，以慰民心，要知道大人今天一走，城内民心纷乱，乱民如果乘机而起，那时候，民无护安之军，城无指挥之主……”——使史可法避免了错误的决定。[2]第三幕则以王位继承问题，写史可法在君王存废上表现出的矛盾。他开始反对福王继位，原因是其贪、淫、酗酒、不孝、虐下、不读书、干预有司。但后知事不可为时，他没有象钱谦益一样退隐，而是坚持“君虽不是贤君，臣却不能不尽忠”。[3]这一幕强化了史可法作为遗臣的忠贞，也写出了他不可避免的迂腐。这在很大程度上改变了以往一味赞颂的模式。

历史人物不仅有主导的性格，也有次要的性格，比如史可法温情、平凡的一面。陶秦在剧作中特意设置了史可法离家远赴池州做官的一幕。这一幕虽是以孝与忠冲突中的抉择，衬托史可法为国尽忠的心志。但更折射出史可法普通人的喜忧哀愁、儿女情长。陶秦的处理颇为细腻。史可法清晨要离家赴任，或许五年、十年不能返回。因此史可法四更即起，与妻子相互交待话语，“二人相对视，黯然魂消”。转而写与女儿照儿话别，女儿涕泣。后写嘱托弟弟史可谟照顾家小。进而与母亲、父亲一一话别，言语方面显得絮絮叨叨。诚如史可法所言：“一个要出远门的人，尤其像我这样不知道何日是归期的人，总觉得家里的事，难

1　陶秦.史可法［J］.大众，1944（6）.

2　同上。

3　陶秦.史可法［J］.大众，1944（9/10）.

以放心的下。”[1]虽则刘承差和家人李书几次催促，依然举步难行，真正写出了英雄史可法日常的一面。

通过细节写出人物性格的层次，不仅有助于丰满人物形象，而且有助于剧作在冲突、结构和衔接上有所突破。如彭子仪改编的《文天祥》第四幕第三场《博罗文天祥卫士四人》与镜秋的独幕剧《文天祥》，都写元丞相博罗（孛罗）与文天祥见面一事。彭子仪基本“据《纪年录》己卯所载，与博罗抗论一段”，[2]但从演出角度考虑将狱中相见改为在丞相府相见，通过博罗的倨傲、无知、骄横，反衬文天祥“宋存与存，宋亡与亡”的操守与唯求一死、别无他念的决绝。相比而言，镜秋的《文天祥》则更注意从多个层面塑造文天祥，分别以降宋的士兵、元丞相孛罗的角度，以敬仰、佩服、遗憾、悲怆等感受折射文天祥的凛然正气。剧作开场即以狱卒（降元的宋兵）曾二与姜四的对话，交代文天祥三年牢狱生活中的坚持，如拒绝留孟炎和被元封为瀛国公的德佑皇帝的劝降；紧接着写元丞相孛罗到狱中劝降，他首先以丞相之位相赠拉拢文天祥，被拒；其次以共同治理中国，发扬王道劝说文天祥，再者，则借古人批判的愚忠影射文天祥，希望文天祥就范。三是文天祥死后藏于衣带的绝笔：“孔子成仁，孟曰取义，惟其义尽，所以仁至。读圣贤书，所学何事？而今而后，庶几无愧！”以及孛罗丞相的感慨：“文相公，我大元上上下下，谁不崇拜你，爱护你！希望你为我大元国做出一番事业！唉！唉！”[3]而正是在文天祥的感召下，狱卒曾二随之自尽，将这种影响加以扩展和深化。

现代剧作在人物刻画上着力颇多，由此塑造出了众多个性鲜明，形象丰满的历史人物。使史载或传统艺术中单薄的人物变得鲜活而生动，并带着新社会的气息。

1 陶秦.史可法［J］.大众，1944（6）.

2 彭子仪.文天祥［M］.上海：国民书店，1940：128

3 镜秋.文天祥［J］.广播周报，1936（85）.

1940年彭子仪《文天祥》，着力塑造“忠烈”之德。

二、历史人物的权奸化塑造

如果将历史人物从道德评价的角度进行分类，一般分为正面人物、反面人物。正面人物一般是指具有高尚品格，在行为、言语上显示出人的尊严和正义，并体现着人类积极、正向价值的人物。如文天祥、岳飞、关羽、梁红玉、花木兰等英雄人物。反面人物一般指在道德人格上有缺陷，损害他人、伤害弱小，以武力或计谋剥夺他人权益，以谋取个人私利或有变态倾向的人物。如商纣、妲己、曹操、秦桧、吴三桂等。但还有一类人物，他们处于道德法则容忍范围内，无大善、无大恶。如牛金星、严仲子、侠累等。在现代话剧改编中，正面人物的反面化塑造相对较少，而反面人物的正面化重塑和历史人物的权奸化改写则相对较多。

现代剧作家将历史人物进行权奸化改造，原因不过有几个：一是根据多种史料的记载，在重新组合、勾勒人物时推测人物，为人物造出一个真实的历史画像，并以此献之于观众，以正视听；二是根据史料中的争白处，意见不一致的人物评价的悬疑处，为人物安置一个权奸的身份，从而突出忠臣义士，增加戏剧冲突。如郭沫若在《棠棣之花》（独幕剧）《聂嫈》《棠棣之花》（五幕史剧）中，通过侠累与严仲子的权奸与忠臣的对立，写出了国家危亡的原因以及聂政刺杀行为的伟大。为了现实的目的，当时的剧作家一般会发挥其主观能动性，变异历史人物的性格甚至历史地位。如郭沫若在塑造夏完淳时，就明言靠着“非常勉强的证据，在剧本中和剧本的后记中，公然把夏完淳写成了那样进步的一位人物”。因为“夏完淳的民族性的强烈，倒依然是值得我们颂扬的”。[1]历史人物的新面孔不仅避免了历史人物性格的定型化、脸谱化，而且在旨趣上也更为深而有味。

（一）郭沫若《棠棣之花》中的侠累

郭沫若塑造了一个独特的侠累，他根据《战国策》中的记载：“严遂政议直指，举韩傀之过，韩傀以之叱之于朝；严遂拔剑趋之，以救解”，推测“严遂是站在公正的一面，而且性格相当直率，侠累则不免是怙过拒谏，跋扈飞扬”。这也就为侠累的奸相形象提供了一个理由，而“为要增加严仲子的正直性，同时也是增加聂政姐弟的侠义性，我把三家分晋的事情联合上”。[2]在这种历史的解读中，郭沫若将严仲子设计为代民立言，为国请命的忠臣形象。为了形成戏剧张力，自然需要提供一个与之对抗的反面角色。而侠累则应该是残暴的、为民厌恶且是破坏国家，勾结外国的“国贼”形象。如此，严仲子与聂政的交往才不会限于睚眦之怨的淡薄和促狭中。

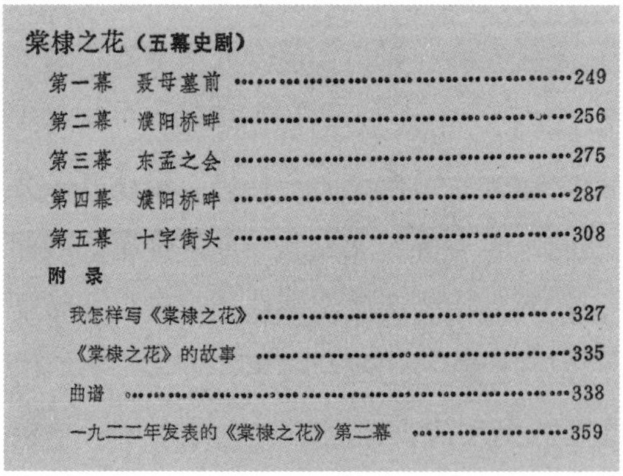

棠棣之花（五幕史剧）

第一幕　聂母墓前 ……249
第二幕　濮阳桥畔 ……256
第三幕　东孟之会 ……275
第四幕　濮阳桥畔 ……287
第五幕　十字街头 ……308
附　录
我怎样写《棠棣之花》……327
《棠棣之花》的故事 ……335
曲谱 ……338
一九二二年发表的《棠棣之花》第二幕 ……359

郭沫若《棠棣之花》（五幕史剧）与1922年的剧作在思想上有较大差别。

在《棠棣之花》（五幕史剧）中，郭沫若通过四个场景描摹侠累，其中两处为

1　郭沫若.郭沫若论创作［M］.上海：上海文艺出版社，1983：463

2　郭沫若.郭沫若剧作全集（第一卷）［M］.北京：中国戏剧出版社，1982：333.

侧面描写，即通过严仲子的表述和对韩哀侯在侠累的挟制下的唯唯诺诺进行刻画，另外两处为正面描写，即通过侠累与韩山坚的对话及侠累临终前的告白，展示其害国卖国的奸臣形象。

第二幕《濮阳桥畔》写聂政与严仲子的会面，其核心环节即在严仲子对聂政的表述。在严仲子的表述中，不仅改易了《史记》《战国策》中侠累与严仲子之间记载不详的冲突，而且将两人的矛盾由睚眦之怨，上升为严仲子与侠累在民族国家层面上的忠奸冲突。郭沫若借助一段长长的告白清楚地交代出侠累的“国贼”形象。

> “我从前和韩国的丞相侠累是曾经同过事的，我们同是韩侯的家臣，也可以说是韩侯的左右手。那时候晋国的大权操在韩、赵、魏三家的手里，晋国的公室是微乎其微。我主张三家不要分晋，应该协力把晋国保持起来，即使晋君不够英明，我们尽可以恢复古代的选贤制度，选出贤者能者来代替晋君，但是三家千切不可分裂。分裂了，我们便不足以抵抗那西方的强敌——秦国，和那北方的异族——犬夷。然而侠累偏偏和我立在反对的地位，他极力煽动着韩侯，和赵、魏两家，实行三家分晋。三家把晋分了，他又怂恿韩侯，与赵、魏两家不睦，时常闹着内讧。像他这样的人，我觉得简直是一个国贼！（稍停）因此我有一次在韩侯面前竟拔出剑来，（做出拔剑姿态）想要斫他，却不幸没有斫中；（纳剑入鞘）但我就因为这样得罪了韩侯，才逃到这濮阳地方来，徐图后举。三年前我去找你的时候，便是希望你帮助我，来铲除这个国贼！……但这三年来，侠累那家伙，是愈闹愈不成话了。他竟主张和秦国勾结，借秦国的力量来压迫自己的兄弟赵国和魏国，更想进而压迫齐国和燕国，与南方的楚国争雄。你想，这样的人，我怎么能够忍耐呢？（又略停顿一会）强暴的秦国，一天一天地跋扈起来，把六国的力量联合在一道，恐怕都还不足以抵御它。而侠累那家伙，偏偏要兄弟阋墙，引狼入室！弄到现在的中原，年年争战，民不聊生。像这

样的人，岂不是不仅是三晋的罪人，而且是天下的罪人吗？”[1]

为了剧情的需要，郭沫若在第三幕《东孟之会》中的第一场以侠累与韩山坚的对话，刻画侠累的性格气质，更点明了侠累之所以卖国的原因——秦国答应侠累打下魏国后，让他做“魏国的国君”。而第二场则以侠累与韩哀侯的对话，强化了严仲子口中侠累作为奸臣卖国的形象，完全是“挟天子以令诸侯”的权臣形象。这一场戏主要写韩哀侯在见秦国使者前，请教侠累如何应答，以韩哀侯的唯唯诺诺显示侠累的专权、强横。当韩哀侯问如何对秦国使者谈秦、韩两国的关系时，侠累的回答是：“说到秦、韩两国的关系上来的？是不是说：‘我在名分上虽然是韩国的君长，但在事实上实在是秦国的外臣’？”[2]这呼应了严仲子对侠累的评价。而在侠累被聂政刺杀后，则以侠累的自我反省完成刻画。“那刺客说的话，……一点也不错。是我……是我把晋国害了，也把中原害了。……我……我……是失败了。”[3]侠累形象的现代改写有其深刻的政治蕴含，郭沫若以之影射当时国民党政府腐败、独裁，一味逢迎美国，而对日本采用绥靖政策，在国内挑起争端，导致国势衰微，民不聊生。

（二）阿英《李闯王》中的牛金星

牛金星在史载中形象不佳，史家一般认为他是个“阴险毒辣、又贪又诈的小人”。[4]但这种定位应该与牛金星的农民起义军丞相的身份有关。从牛金星的经历来看，他是大顺政权建立的功臣之一，是个颇有政治远见、极具才略的知识分子。《謏闻续笔》曾记载牛金星对李自成言：“若欲终为贼，则无所事我。若有大志，当从我言。”他为李自成出谋划策，“禁淫掠，据中原，收人心云云。”又建议李自成“少刑杀，赈饥

1 郭沫若.郭沫若剧作全集（第一卷）[M].北京：中国戏剧出版社，1982：265-266.

2 郭沫若.郭沫若剧作全集（第一卷）[M].北京：中国戏剧出版社，1982：281.

3 郭沫若.郭沫若剧作全集（第一卷）[M].北京：中国戏剧出版社，1982：286.

4 秦伯益.《甲申三百年祭》的一点警示［J］.同舟共进，2004（9）.

民，收人心”，[1]使义军迅速发展壮大。而从其官职跃迁来看，他是文臣之首，智识当有过人之处。阿英《杂考三题》中指出：“李岩推荐了牛金星到李闯王帐下以后，经过一个过程，就逐渐地被‘冷遇’了……牛金星、刘宗敏都跑到他的上头去了。”[2]而郭沫若也指出：“牛本李岩所荐引，被拜为‘大佑阁大学士’，官居丞相之职……而李岩的制将军，只是二品。”[3]这也可推测出牛金星在政治才能外，处事上也应该比李岩圆滑通透。

牛金星为人所诟病的原因，一是义军进京后牛金星的残忍，如《燕都日记》中载：牛金星“将缙绅便览乱点，一唱不应，即以军法定罪。”[4]但据《謏闻续笔》卷一载：“伪国公刘宗敏……广斥刑夹，累累塞满”，“贼辅牛金星闻诸将酷比状，入言于闯。闯驰入宗敏第……令行审释。”明代遗民的著录尚且写牛金星不满酷刑，看来残忍一说，并不足取。二是他进谗言杀李岩。《明史》对李岩之死的记载是：“定州之败河南州县多反正自成召诸将议岩请率兵往金星阴告自成曰岩雄武有大略非能久下人者河南岩故乡假以大兵必不可制十八子之谶得非岩乎因谮其欲反自成令金星与岩饮杀之”[5]《明亡述略》《明季北略》的记载与此几无差别，但《明季北略》多了“牛金星见势渐失，有他志，忌李岩、李牟得军民心，欲去之。”[6]由此突出了牛金星奸诈、狡猾、嫉妒的性格。据此来看，李岩之死他难辞其咎。阿英在改编中即认为：“李岩被杀……就现有的文献推测，牛金星的‘谗言’，当然是主要的因素。”[7]

但谗害之说颇有争议，主要有三种观点。一，牛金星代李自成受过。郭沫若即认为“谗害他的牛金星也不过说他不愿久居人下而已，实

1　转引自阿英.阿英剧作选［M］.北京：中国戏剧出版社，1980：151.(以下《謏文续笔》引文皆出此处。)

2　阿英.阿英剧作选［M］.北京：中国戏剧出版社，1980：159.

3　郭沫若.郭沫若全集·历史编（第四卷）[M].北京：人民出版社，1982：192–193.

4　冯梦龙编著.冯梦龙全集（17）[M].南京：江苏古籍出版社，1993：107.

5　二十五史·明史［M］.上海：上海古籍出版社，1986：8646.

6　（清）计六奇撰.明季北略［M］.北京：中华书局，1984：677.

7　阿英.阿英剧作选［M］.北京：中国戏剧出版社，1980：159.

在是杀得没有道理。但这责任与其让李自成来负，毋宁是应该让卖友的丞相牛金星来负。”[1]在此，郭沫若憎恶牛金星并认为他要替李自成负责的原因是“卖友”。但如据《謏闻续笔》，牛金星并非李岩引见，而是“与邑医尚绱善。绱为贼得，以医亲幸，介金星于自成”。但这并非关键。据清毛奇龄在《毛翰林集·后鉴录》卷五记载：“自成乃杀岩。至是金星、献策皆道亡。自成无与谋。”[2]由此推断，牛金星并非意欲杀李岩，而是提醒李自成要多加防备，否则也不会“道亡”。当代学者曾指出很多史载“突出了牛金星的一个‘谮’字，而回避了李自成的一个‘令’字”[3]二，编纂附会。牛金星谗害李岩的前提是李岩实有其人。但据抱阳生《甲申纪事小纪》初编卷八《李公子辨》，李岩不过是《樵史》捏造出的人物，其意在于“欲掩滔天，不惜吊诡”。[4]当代学者如顾诚、戴福士同样质疑李岩的真实性，并认为李岩很可能是一个合成的英雄，李岩“事实上是李自成”。[5]如果此说成立，牛金星谗害李岩也就无从说起了。从这一角度来看，牛金星不应该被视为非反面人物。三，牛金星为大顺政权诛杀李岩。据抱阳生编辑的《甲申纪事小纪》初编卷三《李自成始末》载，李岩入京后实际上已心怀异志。因为“宗敏日夕杀人，惟李岩于士大夫无拷掠……人多称之。”因此，宋献策劝李岩：“十八孩儿之谶，得毋为公乎？”当是“岩虽不应而心甚喜，牛金星闻之侧目。”[6]因此，当“传言河南全境皆反”，“李岩自请率精兵二万驰复中州”时，牛金星劝李自成杀之，在牛金星看来李岩“国兵新败，人心摇动，欲乘机窃柄。若不早除，必有后患！”[7]如从此说，结合牛金星为政权建立的种种贡献，应被看作忠臣良辅。

---

1 郭沫若.郭沫若全集·历史编（第四卷）[M].北京：人民出版社，1982：204.

2 谢国桢.明代农民起义史料选编［C］.福州：福建人民出版社，1981：172.

3 秦伯益.《甲申三百年祭》的一点警示［J］.同舟共进，2004（9）.

4 抱阳生.甲申朝事小纪［C］.北京：书目文献出版社，1987：206-207.

5 戴福士.李岩故事的起源及其研究意义［J］.郝玉生，秦新林，译，殷都学刊，1998（1）.

6 抱阳生.甲申朝事小纪［C］.北京：书目文献出版社，1987：81.

7 抱阳生.甲申朝事小纪［C］.北京：书目文献出版社，1987：82.

在阿英的《李闯王》中，牛金星是次要人物，也是其中的大反派。剧作是受张爱萍将军委托创作的，在《〈李闯王〉编演纪事》中阿英回忆说："首长的意思，为着给部队做些进入城市的思想准备工作，希望我能写一部李自成剧本。"[1]剧作的重心不是表现历史人物的奸诈或忠贞，而是义军进京后的混乱无纪导致了大顺政权在短短的时间即走向覆灭。因之剧作"第三幕中，主要叙述牛金星、刘宗敏、宋献策和李岩诸重要人物出现的矛盾冲突，同时暗示着义军正在分裂和出现危机……一步步将义军由胜利走向失败的各种矛盾线索及过程交待出来，为最终的内部分裂冲突烘托了气氛"。[2]为了剧作的需要，设置进步与落后、为民与害民等多重矛盾以推进情节，以忠奸的方式表现不仅能更有效果，而且能得到民众的认可。

因之，牛金星作为大顺政权的丞相，更易于改造为进谗言和误国的人，毕竟他不仅没能帮助李自成稳定政权，反而与刘宗敏共同破坏这政权的根基。牛金星对于财富的贪婪与刘宗敏对于女色的无度，以及虐杀明朝官员、侵扰百姓等，导致了民怨沸腾。作为大顺政权高层官员，牛金星软刀子杀人的阴毒与刘宗敏刚烈的残暴成为拆掉政权根基互补的力量。剧作中虽然屡屡涉及刘宗敏的残暴和贪淫，但更多是为了突现农民将领缺乏远见，一朝得志便忘乎所以。而牛金星则被塑造成了奸臣和祸乱大顺政权的罪魁。李岩被处理为居安思危的忠臣，心系百姓，深谋远虑，对义军及将领的暴行敢于直谏，代表着人民、正义的一方，而牛金星则是奸臣，代表着残暴、失控和远离人民的一方。

李岩与牛金星的矛盾从第二幕开始。矛盾一，起于李岩进谏李自成："我军纪素称严明，想不到进了北京，违反军纪的事，竟不断发生，"[3]这实际上是指责牛金星。矛盾二，牛金星劝李自成迅速登基，李

1　阿英.阿英剧作选［M］.北京：中国戏剧出版社，1980：167.

2　王家康.抗战时期农民战争历史剧写作与现代中国政治［J］.中国现代文学研究丛刊，2004（1）.

3　阿英.阿英剧作选［M］.北京：中国戏剧出版社，1980：47.

岩则认为：“局势安定之前，王爷登大宝，还不是急急之图。”[1]矛盾三，牛金星认为吴三桂的归顺已成定局，而李岩则认为吴三桂还在“踌躇之中”。[2]由此，牛金星对李岩的态度开始变化，对于李岩，从第二幕李岩进谏开始，牛金星对李岩的态度，由“不快地”到“冷然地”，在杀李岩前则是“盛气凌人地”到“恶狠地”再到“厉色地”，最后随着李岩被杀，牛金星“露着胜利的笑意”。[3]

阿英强化了牛金星的谗、阴、狠和行为上的骄横和霸道，并将牛金星与李岩在民众问题上的分歧加以提升，牛金星对于李岩的嫉妒和冷血的杀戮，则正是这类性格延续而出的必然结果。剧作者以迎合李自成以牟利的小知识分子心态和隐有他志、逃跑的墙头草行为，写出牛金星的破坏革命，以之暗示国家内部、农民起义军内部的裂变与斗争的根源。这种处理比照历史进行塑造，更能够显示隐藏于历史角落的多层历史面相。

三、历史反面人物的翻案

现代剧作家在突破传统人物定型化、程式化的描写上着力颇多。这与当时社会革新求变的思潮有关，也与社会价值系统的变化有关。对历史人物进行迥异传统的重塑，尤其对“反面”历史人物的翻案处理，对于传统成规具有很大的冲击力。但关于翻案式的改写历史人物也是意见纷纭。陈白尘在提到自己的《汾河湾》和《虞姬》时，将其视之为一个特定时期风行的潮流，实际上有倾向吸引、娱乐观众的目的。但同样有很多剧作家不以为然，历史题材话剧为了戏剧性特质，人物处理和设置自然更重视性格上的完整，而不必完全依赖历史，去追求原真性。另外，历史记载之间的种种矛盾处，也为翻案提供了理论上的支撑。当然，对人物的改写有时并不是简单改变既有历史人物的外貌、性格、气

1 阿英.阿英剧作选［M］.北京：中国戏剧出版社，1980：49.

2 阿英.阿英剧作选［M］.北京：中国戏剧出版社，1980：67.

3 阿英.阿英剧作选［M］.北京：中国戏剧出版社，1980：106.

质，而是要契合于剧作的整体旨趣，将改编的新历史人物与新理念结合起来。如欧阳予倩写潘金莲，“既不是有什么主义，也不是存心替潘金莲翻案”。他是希望通过适度的改编让读者能深深了解潘金莲，“对于她的犯罪，应加以惋惜，而她最后的被杀，更是当然的下场。”[1]

在现代文学时期，为历史反面人物翻案的剧作并不多，其中颇有代表性的是宋之的的《武则天》和阳翰笙的《天国春秋》，前者为武则天翻案，后者为杨秀清翻案。两部剧作分别代表着当时改写历史反面人物的两种方式：前者是在合于传统成规的基础上，进行新的阐释，后者是将权奸化人物进行正面塑造。

翻案如果仅仅为了噱头和娱乐的需要，当然有媚俗的嫌疑，但如果意在探查历史中可能的真相，或者校正传统中被扭曲的视角，从而为历史人物描摹一幅较为真切的画像，那其效果与历史学家以考据复现真实则颇为相似。在翻案过程中，复现历史情境，给欣赏者一个重新观审历史人物的平台，提供新的解释，反而能够破除在整一化思维中的历史观念。因此，在历史材料基础上的另类解读与改编，必然带来积极的效果。

即如阳翰笙在《天国春秋》中对杨秀清的改写，其意在于提醒国人要避免内乱，确保革命成功。他在《风雨五十年》中曾谈到其创作动机：“皖南事变发生后……我内心充满着对国民党反动派的仇恨，决心通过戏剧形式来揭露蒋介石集团对外投降、对内残杀的罪行。在法西斯白色恐怖笼罩的日子里，写现实题材是不容许的。我在三十年代初曾打算写作太平天国三部曲，搜集了大量材料。这时，我便想到从我熟悉的历史材料中选取题材，准备通过描写太平天国的内乱来体现我的创作意图。”[2]因此，阳翰笙基于政治方面的考虑，改写了杨秀清权奸的一面，而将之塑造为鞠躬尽瘁、忧心于太平天国前途、尽心于太平天国发展的形象。

1　欧阳予倩《潘金莲》自序//周靖波.中国现代戏剧序跋集［M］.北京：北京广播学院出版社，2003：178-179.

2　阳翰笙.风雨五十年［M］.北京：人民文学出版社，1986：296-297.

（一）宋之的《武则天》中抵抗男权的武则天

武则天是历史上最有争议的人物之一，她之所以饱受贬抑大约有四宗罪：一、乱伦。据《旧唐书》卷六本纪第六载：武则天“年十四时，太宗闻其美容止，召入宫，立为才人。及太宗崩，隧为尼，居感业寺。大帝于寺见之，复召入宫，拜昭仪”。[1]《新唐书》《唐会要》的记载与此相近。也就是说她本来是唐太宗李世民的老婆，却又做了唐太宗之子唐高宗李治的皇后。作为后母的武则天嫁给了儿子，不符合于封建礼法，因此，颇受当时士大夫及后世民众的诟病。骆宾王《代李敬业檄》第一条罪责即是讨伐她的乱伦之罪——“昔充太宗下陈，曾以更衣入侍。洎乎晚节，秽乱春宫。密隐先帝之私，阴图后房之嬖。”[2]不过，骆宾王隐匿了唐高宗的“复召”，而突出了武则天的“阴图”。勾引而至乱伦更显武则天的罪责。二、残忍。武则天颇有心计，而且性格强悍，在宫闱斗争中，她“入门见嫉，蛾眉不肯让人”，[3]先封皇后，继而代唐高宗处理国事、垂帘听政，最后称帝。她总是以强硬的手段排除异己。据林语堂在《武则天正传》中的统计，武则天共杀九十三人，其中她自己的亲人二十三人，唐宗室三十四人，朝廷大臣三十六人。这也就是为什么骆宾王指责她“近狎邪佞，残害忠良。杀子屠兄，弑君鸩母”。[4]此外，为了加强统治，她还任用如来俊臣等酷吏，以严刑峻法治理国家。三、荒淫。这主要指责她晚年宠幸男子，供其淫乐，而这方面的描述也最为多见。如明代李廷机在《鉴略妥注》中称其“淫乱无所规，宠爱曾怀义。昌宗张易之，出入皇宫里。内臣不敢言，外人以为耻”。[5]把武则天写成一个至六七十岁依然宠幸男色、淫乱无度的女人。四、专权、称帝。古代篡夺帝位而新建王朝的不乏其人，但因武则天是女子，不仅专权而且竟然成为中国第一位女皇帝，这也是后世对其侮辱、损毁的最重要的原

---

1 （后晋）刘昫等撰.旧唐书［M］.上海：中华书局，1975：115.

2 骆宾王.骆宾王集（第十卷）.［M］.北京：中国书店，1988：1.

3 同上。

4 同上。

5 ［明］李廷机编著.鉴略妥注.［M］.长沙：岳麓书社，1988：104.

因。关于专权，《旧唐书》中称：武则天“素多智计，兼涉文史。帝自显庆已后。多苦风疾，百司表奏，皆委天后详决。自此内辅国政数十年，威势与帝无异，当时称为‘二圣’。”[1]《新唐书》中则在武则天智谋之外，突出她的狠辣。废王皇后、杀上官仪、羞辱唐高宗，使当时大臣“道路目语”，“则政归房帷，天子拱手矣”。[2]而称帝一事，《旧唐书》将武则天放在“本纪”中，强调她“革唐命”而称帝[3]；《新唐书》则将之放在后妃列传中强调“太后知威柄在己，因大赦天下，改国号周”。[4]而司马光编撰的《资治通鉴》则突出“表请”称帝——“秋九月丁亥朔日有食之，魏王承嗣等五千，表请加尊号曰‘金轮圣神皇帝’。”[5]因此，无论当时还是后世众多人等批判辱骂武则天，着眼点往往不离这几个方面，而

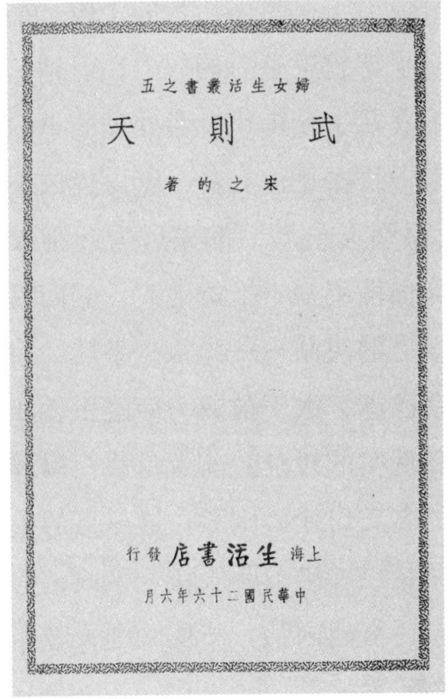

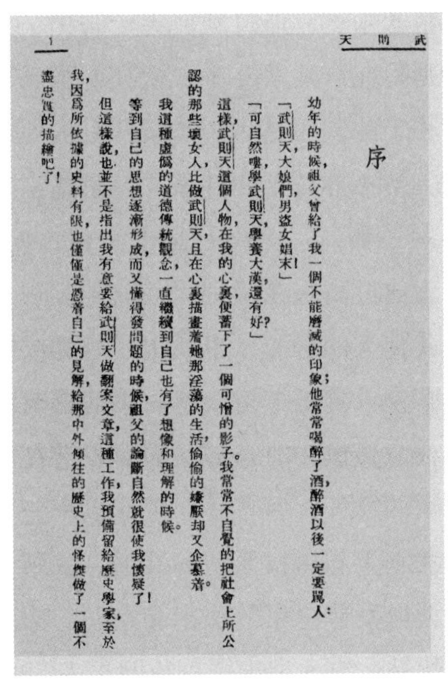
武則天　1

序

幼年的時候，祖父曾給了我一個不能磨滅的印象；他常常喝醉了酒，醉酒以後一定要罵人：

「武則天，大娘們，男盜女娼末！」

「可自然嘍，學武則天，學養大漢，還有好？」

這樣，武則天這個人物，在我的心裏，便蓄下了一個可憎的影子。我常常不自覺的把社會上所公認的那些壞女人，比做武則天，且在心裏描畫着她那淫蕩的生活，偷偷的嫌厭却又企慕着。

我這種虛僞的道德傳統觀念，一直繼續到自己也有了想像和理解的時候。

等到自己的思想逐漸形成，而又懂得發問題的時候，祖父的論斷自然就很使我懷疑了！

但這樣說，也並不是指出我有意要給武則天做翻案文章，這種工作，我預備留給歷史學家，至於我，因爲所依據的史料有限，也僅僅是憑着自己的見解，給那中外傾往的歷史上的怪傑做了一個不盡忠實的描繪吧了！

1937年，宋之的话剧《武则天》立足历史，指向翻案

1 （后晋）刘昫等撰.旧唐书［M］.上海：中华书局，1975：115.

2 欧阳修，宋祁.新唐书［M］.上海：中华书局，1975：3475.

3 （后晋）刘昫等撰.旧唐书［M］.上海：中华书局，1975：121.

4 欧阳修，宋祁.新唐书［M］.上海：中华书局，1975：3481.

5 （宋）司马光，（元）胡三省音注.资治通鉴［M］.上海：中华书局，1952：6492.

且尤以詈骂其淫荡、祸国为甚。宋之的曾谈到一般民众心目中的武则天——“幼年的时候，祖父曾给了我一个不能磨灭的印象；他常常喝醉了酒，醉酒以后一定要骂人：‘武则天，大娘们，男盗女娼么！’‘可自然喽，学武则天，学养大汉，还有好？’”他为改变民间的认识偏误，借助改编话剧《武则天》为武则天的伟大做“不尽忠实的描绘”。[1]

剧作结构基本上与《旧唐书》《唐会要》等叙事结构相似，择取了武则天人生的几个重要身份：感业寺妙常（武则天的法号）——走向权力的武宸妃——专权独断的则天皇后——晚年的金轮圣神皇帝。第一幕写感业寺中的妙常至妙常入宫结束，以老尼姑、妙真写出了男权系统对于女性的戕害。通过老尼的视角写出了妙常的心计、通过妙玉等写出了妙常的乐观，通过戏耍男子写出了其仇恨男子，善用巧智的手段。第二幕则写在宫廷争斗中，武宸妃虽已拥有了超越王皇后的权力，但她却不甘心于此，而是运用计策，以扼死亲生女儿去获得代皇帝处理政事的权力。第三幕写了两件事，一是高宗与太子哲密见徐有功，密谋释放王皇后，一是高宗深夜召见上官仪，要废除则天皇后，都先后为武则天察知。通过高宗在武则天面前的表现，即佯做不知、推诿他人，侧面写出了武则天的势力，也写出了她为维护权力的决断——先杀王皇后，后杀上官仪，真正把持权柄。第四幕写高宗已逝，太子被贬为庐陵王，武则天权力盛极一时，却又面对着潜在的和现实的叛乱。前者是武三思和武承嗣的算计，后者是徐敬业以庐陵王的名义讨伐武则天。这一幕的重心是武则天与男权系统的冲突。武则天总是以冲破、驯服作为手段，为女性博取女尊男卑的法则和空间。第五幕写宫廷内乱，凸现武则天晚年时的忧愁，再次突出了“征服男人”的题旨。

20世纪60年代郭沫若曾在《我怎样写〈武则天〉》中称：“以前的人爱说武后淫荡，其实是不可尽信的。薛怀义被委任为白马寺主，在垂拱元年（公元六八五年），于时武后已六十二岁。张昌宗、张易之被优

---

1 宋之的.武则天［M］.上海：生活书店，1937：1.

遇，在圣历二年（公元六九九年），时武后已七十六岁。武后管教子女相当严，她的外侄贺兰敏之，韩国夫人的儿子，在男女关系上胡作非为，她索性把她杀了。如果到了六七十岁她自己还在逾闲荡检，她怎么来管教她的子侄，怎么来驾驭她的臣下呢？”[1]可见，武则天的荒淫并不尽实。但宋之的并未从史料中得出这一结论。他的方法是为武则天的荒淫提供新的解释。宋之的采用的措施是以玩弄、戏耍男子改易淫荡，也就是说武则天之所以宠幸薛怀义、张易之、张宗昌，是因为她希望通过这种方式征服男人，并进而抵抗千年男尊女卑的定规。因此剧作四个部分都有武则天对男性的戏耍。第一幕感业寺中对爱慕她的吹笛男子薛怀义的戏弄，第二幕则是玩弄唐高宗，并由此巧夺唐高宗的权力，第三幕则是打压唐高宗，杀王皇后、上官仪、威慑太子哲，巩固其威权。第四幕中，薛怀义被设计为一个色厉内荏的小丑。武后与薛怀义后宫一场，武后因薛怀义醉酒而罚他跪着面壁思过。为了强化是玩弄、征服男人而非淫荡，剧作设置了研读了四十年礼法的、遵从男尊女卑思想的徐有功——“作为正统的男性代表人物：徐有功和太子哲（即中宗皇帝）这两个人物，在我的写作中，无疑是失败的。因为太偏重了封建社会下的必然产物”。[2]——在武后的威压下屈服。武则天有两段表述：“我方才已经晓得了，你有胆量，是一个很好强的人！越强的人，我越喜欢！”“有许多男人，等待着我来征服！这位徐有功先生，是男人里面最强的一个，可是我很高兴，他到底在我面前屈服了！”[3]

宋之的在这一线索外，更通过不同时期武后面临的不同问题、处境，揭示武后性格上的硬朗、果决和智慧及权变之术。剧作在每一幕都凸现出武后宁为玉碎，不为瓦全的性格，以解释武后如何进宫、夺权、清理异己、最后称帝、平定叛乱。这种强硬的性格来自于对传统封建礼教的蔑视，对男尊女卑思想的仇恨。宋之的不仅为骆宾王《代李敬业

1　郭沫若.郭沫若剧作全集（第三卷）[M].北京：中国戏剧出版社，1983：268

2　宋之的.武则天[M].上海：生活书店，1937：4.

3　宋之的.武则天[M].上海：生活书店，1937：123，133.

檄》中“秽乱春宫”一语进行了新的阐释，而且对“豺狼成性”“杀子屠兄，弑君鸩母”给予辩护。在剧作中他用了一段颇有争议的史料，即武则天亲手扼杀襁褓中的女儿，以此写她的心肠之硬和超常权力欲。——“如果瞎一只眼，我可以获得权力，我愿意的！如果断一只胳臂，我可以获得权力，我愿意的。如果斩断我的腿，却让我获得权力。我也愿意的！”“让我先杀死她，让她的血先染在我的手上，我再为她复仇吧！”[1]她获取权力的目的是出于对女性千百年为男性压制地位的不满，而以权力去改变传统。

宋之的以新的阐释创造了一个偏执、狂热而孤独的武则天。他笔下的武则天并不可爱，她为赢得女性超越男性的使命而搏杀；她孤单、忧郁，并且因抵抗的压力而心理扭曲。即使与她同甘共苦的妙玉——最应理解她的女子，也因一个卑琐的薛怀义而憎恨她、诅咒她。但他笔下的武则天是值得尊重的。她是一个孤独的英雄，一个悲剧的化身。她在暮年时最为痛苦的就是她死后，一切压制女性的力量将重新复兴。因此，她不愿言败却无法摆脱死亡，她因痛苦而呐喊：“我不会死的！我不愿死的！我要征服他们！可是，可是——我太孤单了，谁是我的同伴呢？谁会了解我呢？”[2]

但这一翻案形象却因立足点的选择，而在很大程度上贬损了武则天。即如郭沫若对剧作的评价：“作者是想替武则天翻案，但他却从男女关系上去翻，并明显受了英国奥斯卡·王尔德的《沙乐美》的影响，让武则天以女性来玩弄男性。这，似乎是在翻倒案了。”[3]因为他弱化了武则天的治世才能。他根本忽略了武则天执政期间“海内晏清”的政治伟业，也忽略了其以民为本政治家的风度。剧作中仅有几处提到武则天的为民施政思想，比如第三幕中她对唐高宗提出的《建言十二事》：“劝农桑薄赋徭”“给复三辅地”“息兵以道德化天下”等。第四幕中从民间收

1　宋之的.武则天［M］.上海：生活书店，1937：62.

2　宋之的.武则天［M］.上海：生活书店，1937：165.

3　郭沫若.郭沫若剧作全集·第三卷［M］.北京：中国戏剧出版社，1983：268.

集百姓的问题和意见，并及时给予解决。但她实际上却是鄙视民众的，视他们为愚笨的。——“我是比你们更清楚的，人民像一匹无知的驴子，不走，用绳子牵；牵不动，用鞭子抽；抽也不行，用锥子刺，只要用草料把他们喂饱，他们是不会埋怨的！”[1]相比郭沫若20世纪60年代塑造的武则天，宋之的笔下的武则天显得激愤、锐利、性格极端，但因限于男女对抗的窠臼中，有些单薄。

（二）阳翰笙《天国春秋》中忠心耿耿的杨秀清

杨秀清毫无疑问是太平天国的功臣，但也是太平天国覆灭的关键人物，称他为奸臣是因为他对权力的觊觎导致了盲目北伐，损耗了义军的力量，且导致了众王分裂，天京事变使太平天国走向衰落。杨秀清虽然不识文墨，但心思缜密，善于用谋，在早期他即借宗教蛊惑人心，获取了比洪秀全更高的地位。虽称东王，却每诈称天父下凡附体，“每登教坛，作天父俯身状，数天王过恶，令跪前，以神道示人，行赏罚，诟骂挞楚备至，天王不敢有违言。[2]他出入侍从动辄千人，“威风张扬，不知自忌，一朝之大，是首一人”。[3]而据记载，东王府曾贴一副对联：“参拜天父，永为我父；护卫东王，早作人王。”[4]道出了杨秀清对于权力极强的欲望。导致太平天国走向衰败的天京事变，即与杨秀清逼迫洪秀全禅让其位有关。李法章在《天王洪秀全传》中简要地描述了杨秀清夺权、阴谋篡位到被诛杀的过程——“天王遂志得意满，日事骄淫，不复有进取志。秀清乃潜夺政权兵柄，威福自专。……自是秀清益骄横，而天王畏之如虎，东王党众日盛，不复可以力制……六年，江南大营溃，秀清日谋篡位。天王惧，召韦镇诛秀清，秀清死，镇尤残酷，天王密谕东王党杀镇。”[5]看来，洪杨两人的矛盾并非一日，一个维护自己的王位，一个觊觎且妄图篡夺。虽然史学家对此争论颇多，但杨秀清觊觎权力这一点

1　宋之的.武则天［M］.上海：生活书店，1937：157.

2　魏如晦.洪宣娇［M］.上海：国民书店，1949：8.

3　罗尔纲.李秀成自述原稿注［M］.上海：中华书局，1982：114.

4　张德坚.贼情汇纂//太平天国丛刊（三）［C］.上海：上海国光出版社，1952：247.

5　魏如晦.洪宣娇［M］.上海：国民书店，1949：8.

阳翰笙的《天国春秋》在京演出

阳翰笙同志于1941年所作的历史剧《天国春秋》，最近由中央戏剧学院话剧艺术实验室在京演出。

《天国春秋》是阳翰笙的代表作之一。1941年初，蒋介石发动震惊中外的皖南事变，第二次国共合作面临破裂的危险，为此，周恩来同志在《新华日报》上写了“同室操戈，相煮何急”的警句。郭沫若和阳翰笙决定以戏剧为武器，借古喻今，反击国民党反动派。郭沫若写出《屈原》，阳翰笙写出《天国春秋》，成为两颗投向反动派的炮弹。

“天京内讧”是太平天国革命中惊心动魄的一幕，北王韦昌辉利用天王洪秀全和东王杨秀清之间的矛盾，扩大事端，屠杀两万多革命军官兵，引起一系列连锁反应，使革命军受到极大挫折。阳翰笙抓住历史和当时现实的惊人相似之处，愤笔五十天，以这一历史事件为线索，成功地刻划了在典型环境下的杨秀清、韦昌辉以及西王娘洪宣娇、女状元傅善祥等人物形象。剧本写得很有气魄，冲突尖锐，人物鲜明，寓意深刻，激起人们对当时现实的联想。当年由中国剧艺社第一流演员演出此剧，引起观众强烈的共鸣。当洪宣娇悔恨交加，惊呼“大敌当前，我们不该自相残杀”时，场上掌声雷动，情绪激昂。

历史已翻过了一页。今天重演阳翰笙同志这个戏，意义与当年自然有不同之处，但人们仍然可从历史中得到鉴戒。阳翰笙驾驭历史事件和历史人物的才能，构筑激烈戏剧冲突的本领，善于揭示人物内心世界的技巧，重视发挥话剧战斗传统的风格，是值得认真学习的。

这个戏由何之安、金乃千导演；特邀当年扮演韦昌辉的项堃同志仍饰韦昌辉；其他的主要演员有赵奎娥、鲍国安、麻淑云等同志。（思　宁）

阳翰笙《天国春秋》中的杨秀清是一个鞠躬尽瘁、心怀天下的英雄。

应该比较一致。杨秀清的人生走过了入伙、利用宗教掌控权力、独断专权、威胁洪秀全、最后被韦昌辉诛杀等阶段，有功有过，但过大于功。

杨秀清的性格复杂，也为剧作家所青睐。魏如晦（阿英）、陈白尘、阳翰笙都在剧作中将之作为重要人物刻画。但陈白尘由于希望写出《太平天国》的变化，因此涉笔杨秀清，仅用几个场景、几个冲突写出了其阴冷、狠毒，将之作为威胁太平天国的罪魁祸首。相比而言，魏如晦在《洪宣娇》中虽然以洪宣娇为中心，但在根据历史写杨秀清阴谋篡权时，注入了关于皇权对人性变异的思索。

剧作第三幕写天京事变，通过洪宣娇向石达开、韦昌辉的抱怨，写出杨秀清在西王、南王死后，权力日炽后的变化。一、刚愎自用，荒淫、贪婪、残暴。——“比以前是更加糜烂。成千的女人被他掳在府里，日夜地荒淫！民间的财宝，也差不多给他抢尽了！杀人更不算一回事！只要拂逆他东王意旨的，就是死！民怨已经沸腾得很！”[1]二、阴谋篡位。“东王的野心，近来愈益显露了。所谓金田村时期弟兄们的义气全都

1　魏如晦.洪宣娇［M］.上海：国民书店，1949：55.

没有了！简直不把天兄放在眼里，甚至借口天神附在身上，几番地要鞭打天兄，还是我们弟兄姊妹们请求，才免了！”[1]三、为篡位排除异己，派兵北伐，置国难于不顾。如洪宣娇所言：“明白得很，他要叛变！他要篡夺！他要去掉北王留在天京里的力量，除掉有兵权在手反对他的人！他是要把李开芳、林凤翔一班人赶开，好动天兄的手！他一点都没有意思北伐！他忘记掉我们的敌人还没有去掉！”[2]当李开芳等人为清兵所困时，他更是拒不发兵。而更通过杨秀清的话——“不归于姓杨的一家，看来是不可能了！天国的兵权，捏在我杨秀清手里。金银财帛，我有的是。”[3]——凸现杨秀清的异心。

魏如晦并未改易杨秀清阴谋篡权的记述，但他深入探寻了杨秀清为什么会篡权。天京事变发生于1856年，魏如晦在第一幕（写1851年事）中就写出了杨秀清对洪秀全做天王心怀不满，为后面的剧情铺设了伏笔。当韦昌辉问：“洪大哥做天王，难道你不高兴吗？”杨秀清当时即回答：“我是有些不高兴！洪大哥他当初扮做看相的，来劝我入会，说我龙眉凤目，两耳垂肩，是一派帝王之相，怎么现在他倒自己做起天王来呢？”[4]如果说这一描写，凸显的是杨秀清的私心和不成熟。那第三幕中杨秀清对洪宣娇质问的回答，则不仅显示了其思谋深远和蓄谋已久，而且一定程度上为杨秀清的行为做了解释。杨秀清反洪秀全的两条理由：一是金田起义的目的是还天下于汉人，而非洪秀全；二是洪秀全将主张恢复明室的人都杀了，以确保王位。因此，杨秀清认为：“他洪秀全能做皇帝，我杨秀清为什么不能做皇帝呢？”相比而言，洪宣娇的回应则显得脆弱：“即使不应该归于姓洪的一家，但也不应该归于姓杨的一家！”[5]在这一对话中，魏如晦将历史中杨秀清的篡位变更为洪杨两家之争，在很大程度上削弱了杨秀清权奸的形象。

1　魏如晦.洪宣娇［M］.上海：国民书店，1949：54–55.
2　魏如晦.洪宣娇［M］.上海：国民书店，1949：51.
3　魏如晦.洪宣娇［M］.上海：国民书店，1949：61.
4　魏如晦.洪宣娇［M］.上海：国民书店，1949：7.
5　宋之的.武则天［M］.上海：生活书店，1937：157.

相比陈白尘和魏如晦的剧作，阳翰笙的《天国春秋》重心是杨秀清，但他的解读恰恰相反。在《天国春秋》中韦昌辉是奸诈的代表，危害天国的罪臣，而杨秀清是忠义的化身，为天国鞠躬尽瘁的典范。围绕着两人忠奸冲突，阳翰笙塑造了四个人物，即东王杨秀清、北王韦昌辉、女状元傅善祥和女元帅洪宣娇。强化了三重矛盾：杨秀清与韦昌辉的矛盾——韦昌辉荒于军事，专心私财积累，耽于女色，他不仅为运私货抢夺军舰，而且没有察觉手下的清军奸细张子朋妄图与清兵里应外合的阴谋。杨秀清第一次斥责韦昌辉，第二次杖打韦昌辉，韦昌辉表面信服，内心忌恨。洪宣娇与傅善祥的矛盾——这是被韦昌辉挑拨起来的矛盾。洪宣娇爱慕杨秀清，但韦昌辉却告诉杨秀清与傅善祥关系暧昧。杨秀清与洪秀全的矛盾——这一矛盾是在韦昌辉的设计下，很大程度上借助洪宣娇的嫉妒实现的。韦昌辉的谣言使昏聩的洪秀全认为杨秀清心怀异志，而且不得不除。

此外，阳翰笙运用多人物、多视角去塑造杨秀清。在韦昌辉的眼中，杨秀清有能力、有权威、让他又惧又恨。在洪宣娇眼中，杨秀清则是薄情寡义的家伙。而作为杨秀清的近臣，傅善祥清楚地看到杨秀清的尽忠职守、为天国的忧心忡忡。她对他尊重、崇拜。而最后是杨秀清自己的角度。在被韦昌辉诛杀时，他“怒指韦昌辉，很愤恨也很痛苦地”：“你为什么竟对我下这样大的毒手，你竟一点儿也不念兄弟的情份，一点儿也不顾天国的前途！”[1]以韦昌辉作为串联，剧本得以深化，在深层结构，韦昌辉成为腐败、分裂的隐喻符号，洪宣娇成为不顾大局，意气用事的隐喻符号，而杨秀清则是鞠躬尽瘁的符号。

剧作设计了杨秀清与傅善祥的一段对话，以突现杨秀清为太平天国而至心力交瘁。

傅善祥 （温情地）这几个月来，你实在太辛苦了，你瞧，你

1 阳翰笙.阳翰笙剧作集［M］.北京：中国戏剧出版社，1982：386.

又比从前瘦得多了啦。

杨秀清（忽然转身，很感动而又很吃力地）　啊！善祥！我心里闷得很，我的头有点痛，你快去跟我开开窗，让我透一口气吧！

……

傅善祥　（回身转来）殿下！你就在这儿躺一躺好吗？

傅善祥　（柔情地问）你要喝茶吗？我去倒！

杨秀清　（无力地）不，我不要！

傅善祥　那就请静一静吧！[1]

通过剧本表层的情节叙事，我们不仅了解杨秀清的脾气及与洪宣娇、韦昌辉、傅善祥的瓜葛，而且明白杨秀清被诛杀的前因后果。阳翰笙笔下的杨秀清性格虽然带着阴冷的成分，却并不热衷权力，而是为太平天国的大业思虑筹划，他劳累、焦虑、兢兢业业，忠心耿耿。剧作中以他的勉力为国和冤屈被杀暗喻着政权维护中的种种艰难。

但这一人物的塑造也有其缺陷，即如老舍所言："但有故作惊人之笔处，欲求奋进，反庸俗矣。"[2]这种改编确有其"庸俗"的一面，但结合于当时的社会环境，"奋进"是当时所急需展示的。阳翰生强化了杨秀清的忠诚、谋略与顾全大局，遏制了历史记载中的贪慕权力、挑起内部争端，并将之与韦昌辉的奸臣形象和洪秀全的昏君形象并置，这在很大程度上符合了当时中共批判内部分裂，谋求革命军队内部团结的要求。

四、女子群像的塑造

现代文学时期话剧改编中大量的历史女性成为剧作的核心人物。刘念渠曾这样解释："在封建社会的压迫下，妇女几乎毫无例外的做了悲剧的主角，虽然他们会挣扎过，反抗过。为了同情他们的命运，为了表现他们的反抗和挣扎，为了召唤妇女觉醒和奋斗，剧作者们会以历史上

1　阳翰笙.阳翰笙剧作集［M］.北京：中国戏剧出版社，1982：345.

2　老舍.看戏短评［J］.天下文章，1943（1）.

的妇女为典范，送出了一批历史剧。郭沫若的《三个叛逆的女性》（聂嫈，王昭君，卓文君），王独清的《杨贵妃之死》和《貂蝉》，徐葆炎的《妲己》，以及取材于传说的，袁昌英的《孔雀东南飞》，熊佛西的《兰芝与仲卿》和向培良的《白蛇与许仙》等等，都是算有积极意义的作品。这一传统被保留到抗战前宋之的写的《武则天》和抗战后杨村彬写的《秦良玉》。"[1]但表现女性的反抗和挣扎，召唤觉醒和奋斗不过是部分原因，此外，剧作家对历史女性理解基点的变化及不同维度的解读，应该是大量以历史女性为主人公的话剧出现的重要原因。

或许是历史记述中对女性的处理过于单一的缘故，现代剧作家笔下的女性人物比男性人物更为栩栩如生，性格丰厚。而且涉及了更多层面，如爱情层面、政治层面、国家层面等。每一层面上剧作家对她们的塑造都有新意。如作为政治牺牲品的杨贵妃，王修明在《锦香囊》中将杨贵妃刻画为孤傲、自私和愚蠢的人物，以其心理、性格揭示杨贵妃的另一面。如王修明所言："从本剧题材里透露出来的主题——杨贵妃的本质并不坏，她的堕落与毁灭，是因为她太肤浅，太怕死。'肤浅'和'怕死'者的结局是'堕落'和'毁灭'。"[2]。而颇受争议的西施和貂蝉——她们出卖色相、诱人耽搁国事，无疑是为了国家的使命。剧作家从红颜祸水或误国误民的单一评判中跳脱出来，开始关注她们在国家败亡中的真正角色及她们的无奈、苦楚。现代剧作中的历史女性呈现出前所未有的、被歌颂也被叹惋的多重形象。这无疑是现代文学时期历史题材话剧改编独特于其他历史时段的重要特点。

（一）巾帼英雄

现代剧作家对有气节、有勇力的女性青睐有加，如花木兰、费宫人、杨娥、西施、梁红玉、王昭君等，都因其在国难之时表现出的战斗精神被大书特书，由此也形成了一条颇为壮观的女性英雄脉络。女性英雄的刻画基本上有一套程式，即先写其从军、参战前的生活，展示其志

1 刘念渠.论历史剧［J］.戏剧月报，1943（4）.

2 王修明.锦香囊［M］.重庆：说文社，1947：1.

气和抱负；后写战场上的智慧与勇敢。为了突出女性英雄的能力，往往会设置男子与女子的对立，通过在同一事件中女性的深谋远虑与男性相对的目光短浅，凸显女性对男性的超越。但这类剧作仍然没有脱离男性的视点，以超越男子作为高扬巾帼英雄形象的轴心。从改编角度看，在这组女英雄系列中，以女性为主人公，展示其超越男性的刚性品格、为大义赴难、献身的精神，以花木兰和梁红玉较为典型。

现代文学时期以花木兰为主人公的历史题材改编剧约有七部，即左干臣的《女健者》（又名《木兰从军》（1928）、郑文蔚的《花木兰》（1931）、计志中等的《木兰从军》（1936）、龚炯的《木兰从军》（1939）、易乔的《巾帼英雄》（又名《木兰从军》，1940）、周贻白的《花木兰》（1941）和赵清阁的《花木兰》（1943）。虽然都是写花木兰，但关于花木兰的朝代各剧略有差别。郑文蔚、计志中及易乔的剧作，将花木兰放置于北魏时期，突出她代父从军的传奇性，继而将之处理为反抗异族侵略的象征符号。而左干臣、周贻白则将之处理为隋炀帝时的女英雄。在周贻白看来花木兰作为北魏时人的证据不足，他引证了清代姚莹《康輶纪行》的记载："木兰盖古武威今凉州人也。其从军事，在孝文帝太和二十年后，宣武帝景明正始年间。"但周贻白的论断是："木兰若果为北魏时人，其言自亦有据。但其说无他旁证，似未可信。"[1]后他根据明代朱国桢《涌幢小品》的记载："孝烈将军，隋炀帝时任，姓魏氏，本处子，名木兰。……时方征辽募兵。孝烈痛父老羸，弟妹皆稚騃，怃然代行。"[2]剧作"以突厥与占城相继作乱，则系以隋炀帝时史事为背景。而以炀帝大业初年当之。"[3]而龚炯和赵清阁的剧作中花木兰是唐太宗时的人，唐太宗要立木兰为妃遭拒绝，关注花木兰对皇权的拒绝。而易乔的《巾帼英雄》没有明确交代朝代，且事多为虚构。

易乔的《巾帼英雄》分为三幕，第一幕写晚秋的黄昏，花木兰千里

1　周贻白.花木兰［M］.上海：开明书店，1948（再版）：4.
2　周贻白.花木兰［M］.上海：开明书店，1948（再版）：5.
3　周贻白.花木兰［M］.上海：开明书店，1948（再版）：9.

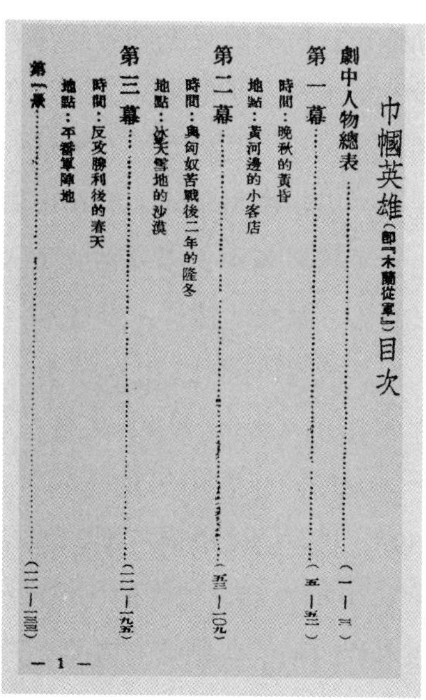

巾幗英雄（即『木蘭從軍』）目次

劇中人物總表……（一—四）
第一幕……（五—五二）
時間：晚秋的黃昏
地點：黃河邊的小客店
第二幕……（五三—一〇九）
時間：與匈奴苦戰後二年的隆冬
地點：冰天雪地的沙漠
第三幕……（一一〇—一九五）
時間：反攻勝利後的春天
地點：平番軍陣地
第四幕……（一九六—二四〇）

— 1 —

易乔的《巾帼英雄》（又名木兰从军），程式化意味较浓，形象塑造稍弱

奔雁门关从军，落脚黄河边的小客店。通过对话中以金钱躲避兵役的描写，突出花木兰的忠勇可嘉。剧作者并没有对躲避兵役铺开描述，而是通过刘老板与地保的对话呈现，以此作为木兰从军的背景。

刘老板　地保爷，这次抽征，听说咱们这儿很少，这是什么道理？

地保　这个——？这个也难说，唉——也难说——

刘老板　（会意地）如今这个年头儿，总还是有钱的好。

地保　当然啦，有钱能使鬼推磨！

刘老板　如今有钱的可以用钱买官。也可以贴钱把当兵的差使卖掉了。

地保　这，这，这些是爷儿们的事情，咱管不着。唉——唉——，咱们管不着。[1]

1　易乔.巾帼英雄［M］. 上海：潮锋出版社，1940：12-13.

一方面展示了国家危难时一些人舍弃国家自保的卑劣，另一方面则展示了木兰从军的孝义与忠勇。

> 苏必孝　……唔，——唔，小兄弟的衣服倒还是不错。
>
> 木兰　这是家父的戎装。
>
> 苏必孝　咦！怎么穿到你的身上呢？
>
> 木兰　因为家父年老多病——
>
> ……
>
> 木兰　……这一回边关紧急，可汗点兵，十二卷军书，卷卷都有家父的名字，家父没有大儿（忽觉失言，很快的补上一句。）咱没有兄长，因此替父从军。[1]

在第三幕中加入了花木兰与王校尉的冲突。王校尉是元帅的亲戚，没有多大本事，却忌恨花木兰屡屡战功。他私会番邦的石子郎，希望能够顺利议和，获得大功，不想中了番兵的缓兵之计。后花木兰率军打退了番兵，抢了他的风头，他认为花木兰与他争功，因此收买花木兰的属下李仁富刺杀花木兰。易乔通过这一设置映射现实：

> 木兰　众位，这正足以表示你们的忠诚，我非常感激。不幸在自己帐中发生此等事情，实在令人可恨。这件事情就可以证明我们自己内部的团结，还没有巩固，我们如果再不团结，恐怕前途的困难还要多。谁能保得定我们日后没有挫折？谁能保得定我们日后没有困难？[2]

《巾帼英雄》虽然是以“中国第一女豪杰女军人家花木兰”为核心人物，但从第一幕的从军，到第二幕的抓刺客，第三幕与原谅刺杀主谋

1　易乔.巾帼英雄［M］.上海：潮锋出版社，1940：33–34.

2　易乔.巾帼英雄［M］.上海：潮锋出版社，1940：176.

王校尉，呼吁王校尉以民族为重，团结对敌，作品在女性英雄塑造之外，更关注的是现实境遇的展示：是抗击外侮的压力，敌人议和背后的狼子野心及内部权力争斗导致的混乱。如果说第一幕侧重展示战争中的各种嘴脸，勾勒的是社会的背景，第二幕则是以李仁富刺杀事件，揭示汉奸在财富诱惑下的变节和无耻，同时折射即使如花木兰般治军，依然会有不可防备的漏洞。此外以花木兰与元帅的话语，暴露番兵议和背后的狼子野心——这一点在第三幕中被呼应，且强化。

> 木兰　那里来的喊声？
>
> 杨　好像是番兵。
>
> 探子　（匆匆上.）报告王校尉，番兵人马进攻来了。
>
> ……
>
> 探子二　（匆匆上.）报告王校尉匈奴番兵大举进攻，离我军只二十里路。
>
> ……
>
> 探子三　（上.）报告王校尉，番兵已经迫近了。为首的是石子郎。[1]

三次探子的报告，不仅在强调战争的紧迫，更重要的是展示番兵石子郎议和之后的背信弃义的无耻和卑劣，同时再一次强化以王校尉为代表的“抢功”者的愚蠢。因此，番兵到来后，花木兰不断呼吁：“王校尉，你不能再迟疑了，现在外敌正紧，敌人眼看就要到来，我们的国仇还要我们来报，我们的国耻，还要我们去洗涮。”不断催促：“王校尉你我都是中华的军人我们都是杀敌卫国的中华男人……你赶快法令啊！”[2]并号召全体将士：“现在我们只有团结一致，才能够挽救目前的危险，

1　易乔.巾帼英雄［M］.上海：潮锋出版社，1940：192-193.

2　易乔.巾帼英雄［M］.上海：潮锋出版社，1940：194.

我们只有同心协力才能够应付目前的困难。"[1]在此，花木兰与其说是一个女军人的形象，毋宁说是一个宣传者的形象。因此，剧作者虽写花木兰抵抗匈奴事，但在第二幕与第三幕之间并未详细交代各种矛盾，而是通过抑制矛盾，凸显花木兰在各幕情节中的抗击番兵的热情与坚韧，用积极来压制消极抗战，以服务于团结抗战的目的。易乔作品中的花木兰形象虽然比较饱满，但由于过于重视宣传积极抗战、团结抗战的题旨，围绕着忠于国家的主题塑造，性格方面虽突出了其强硬，却相对单一，缺乏立体多元的性格塑造和心理挖掘。因此，作为服务于宣扬抵抗外侮，奋勇杀敌的时代代言者和宣传者，花木兰的塑造是较为成功的，但从艺术维度看，则是有缺陷的。

周贻白笔下的花木兰则带着更多的悲剧性。在《花木兰》中，木兰是一个有独立思想，敢为人先的具有强烈自主意识的女子。在代父从军的问题上，她不是偷偷跑去战场，而是以理服人。

花弧　你能够说出这种话来，总算你有胆子了，可是，能够说，就要能够做。

木兰　我做不到就不会说。

花弧　你纵然做得到，可是从古至今没有这个例子。

木兰　为什么一定要有这个例子？只要我能够这样做，我就是例子。

花弧　假使真是这样！（摇头）那真是太荒唐了！一个未出闺门的女子，怎么好夹在许多男人们中间去打仗呢？

木兰　我以为爸爸不应该是这样想，我虽然是一个女子，可是我的想法和别的女子并不一样。

花弧　你怎样想法？

木兰　我觉得一个女子，不应当专门将就打扮得好看，而去博

1　易乔.巾帼英雄［M］.上海：潮锋出版社，1940：195.

> 得男人们的爱慕。男人们能够做的事，也应该去做做，不然，说起来总是妇人女子！妇人女子！好像做女人的生来只好依赖男人，这话我却有点不相信。[1]

具体处理上，针对陈蝶仙《花木兰传奇》“所传事迹，实偏重于木兰代父出征之前种种情节，出征以后，则惟建功受赏而已”，[2]周贻白转而着力塑造出征归来时的花木兰。他采用了余正燮《癸巳存稿》的记载，指出隋炀帝欲留木兰“以兵部侍郎留京任职”，但木兰几次推辞不就。“辩诘之下，木兰始自称为女子。帝本一好色之徒，闻而心动，乃思收为后宫妃嫔，木兰不从，炀帝怒欲斩之，木兰仍无允意”。[3]欧阳予倩曾指出：“我们单以木兰词为根据便写成那样一个喜剧，但若以这一记载为根据大可以写一悲剧。”[4]但周贻白并没有在《癸巳存稿》的基础上将之改编为一个悲剧，在改编中周贻白保留了隋炀帝逼迫花木兰入宫为嫔妃的一段，但抛弃了花木兰拒皇命而自杀的结局，把重点集中于花木兰的反抗。因此在第四幕中，剧作者将花木兰置于多种矛盾冲突之中，花木兰与杨素的冲突，花木兰与苏威的冲突，花木兰与炀帝的冲突，在不同的冲突中深化花木兰的性格，更为立体地塑造花木兰，并暗喻着征战前方的将士所守护的王侯大臣究竟是一幅怎样的嘴脸，其中确实有一种“浓重的悲凉”。杨素与花木兰的冲突是因为主帅辛平，贪生怕死弃城而逃，花木兰率领将士杀败敌兵并抓获他们的酋长。两者的冲突带有明显的忠奸冲突——杨素代表的奸佞，花木兰代表着忠良，而苏威则是花木兰的保护者。而这种冲突的设置一是为了呈现花木兰面对权威的淡定从容，二是塑造花木兰在军事才能之外的政治智慧。

---

1 周贻白.花木兰［M］.上海：开明书店，1948（再版）：14.

2 周贻白.花木兰［M］.上海：开明书店，1948（再版）：8.

3 周贻白.花木兰［M］.上海：开明书店，1948（再版）：12.

4 诸家（黄旬记录）.历史剧问题座谈［J］.戏剧春秋，1942，2（4）.

炀帝 这次讨平突厥，倒很亏了你们，不过，主帅既已阵亡，为什么不等朕的诏旨到来，就擅自代行职权，指挥兵士？

杨素 （厉声）花弧！你可知罪！

木兰 （歪过头看看杨素）臣知罪！可是，其罪并不在臣。

炀帝 说吧！

……

木兰 启奏陛下，当日臣等所守的城池，因为没有救援，早已成为一座孤城，依臣之见，本来主张死守。可是主帅辛平，一定要出城迎战，以致中了敌人的奸计，中箭身亡。那时候臣等就是派人申请朝明，也来不及了。

杨素 你就凭这一点理由，可以不奉诏旨，便宜行事吗？

……

苏威 （躬身）陛下！听花弧所说，主帅辛平，因为不听谏阻，才弄得轻敌致败。代行职权，似乎情有可原，何况他们还打了胜仗！[1]

“代行职权”的问题是杨素拿捏花木兰的重要依据，但花木兰在解释中不仅交代了突厥进攻时的情景，并顺带交代了主帅辛平的草率。而这一点足够朝中大臣苏威引导隋炀帝取消花木兰的罪责。但花木兰的智慧更在于适度展示着将士的勇气，并不贪图杀敌败将的功劳，这一点不仅得到了苏威等人的认可，更关键得到了隋炀帝发自内心的认同。

炀帝 ……你主张死守，未免也太呆板了，倘或没有救兵，那又怎么办呢？

木兰 如果没有救兵，为将帅者，守土有责，那怕战到最后一个人，也应当与敌人周旋到底。

1 周贻白.花木兰［M］.上海：开明书店，1948（再版）：111.

炀帝　（赞叹地）好，有勇气！……

……

炀帝　（微笑）照这样说，当主帅的人，倒不及你有见识了。

木兰　（躬身）如果按照理由说，主帅虽然阵亡，这功劳应当是属于他的。假使他不出城迎敌，不中计丢命，敌兵也不会这样疏于防备，臣等纵然有勇气，也没有这样容易得手了。（低头）

炀帝　（顾杨素）朕瞧他，不但具有将才，而且很知道礼法。[1]

花木兰与苏威的冲突是忠臣良将之间的矛盾，苏威不知道花木兰为女子，一心希望花木兰入朝为官，从而巩固朝中的力量，而花木兰则一再推脱。此时花木兰展示出了战时保家卫国、平时醉心田园的超越名利的气度和风采。

炀帝　……朕以为花弧有勇知方，就让他在尚书省做一名兵部侍郎罢！

苏威　（躬身）陛下恩典！（向木兰）花弧赶快谢恩！

木兰　（略一踌躇，躬身）臣不敢拜领！

苏威　（诧异）为什么？

木兰　因为臣从军的目的，并不是为功名而来，现在突厥既已荡平，臣只求回家，侍奉父母，以了心愿。[2]

相比而言，左干臣《女健者》中的花木兰形象更为饱满，且性格充满着张力。左干臣的剧作旨趣颇为不同，他虽写出了花木兰的英勇善战及不让须眉的巾帼气概，但其意更在于写出花木兰的斗争、反抗精神，将之塑造为一个不屈服者，一个斗士和理想主义者。可以说，左干臣笔下的花木兰与古典戏曲中的形象迥然不同。《女健者》情节比较简略，剧

1　周贻白.花木兰［M］.上海：开明书店，1948（再版）：113-114.

2　周贻白.花木兰［M］.上海：开明书店，1948（再版）：117.

作分为四幕，第一幕和第四幕对花木兰进行正面描写，其余两幕基本上为侧面描写。但左干臣在花木兰从军为国之外，更为其注入了代女性立言的内涵。如第一幕按照《木兰辞》的叙述，写到了皇帝征兵，花弧年迈但意气风发。花木兰男扮女装为汪将军回家试探父亲，未被发现，从而代父从军。在突出花木兰的调皮、可爱和智慧外，写出了花木兰从军的另一目的——女性意识的觉醒和女性权利的争取。在木兰与父母的对话中，一个具有独立自我与女性人格的形象跃然纸上。

花弧 木兰！你要知道这是去争战呀！

木兰 当然！我自己相信我的东西并不见得不如一个普通的男子！

秦氏 我说，木兰！你总是一个女孩儿家，在军营中那里会方便？譬如……

木兰 那我自有办法的。妈，望你准我去吧，我去不单是救国，并且还要救自己。唉！我们也是人，同男子一样的是人，我们为什么甘心接受与男子不同的待遇？妈妈！我这去要为我们自己洗雪奇耻大辱，我要使一般人也知道女子的爱国，并不见得下于男人，也使他们知道，女子要求救国，并不下于男子。[1]

花木兰与秦氏的对话呈现的是木兰对于男女不平等的质疑，甚至在爱国、救国的问题上，女性都被歧视且被加诸各种传统的枷锁——“救自己”“与男子不同的待遇”“洗雪奇耻大辱”等词语充满着愤怒、不敢与一种抗争的力量。而花木兰“替父从军”的孝与忠之外的女性思想得以凸显。

花弧 ……为了你的忠孝求光明我也不想来阻挡你了。但是战

1 左干臣.木兰从军［M］.上海：启智书局，1935：26.

争，战争是要断头流血的事，你自己应该明白这层。

木兰　这我当然明了，我虽死我也是愿意的，只要从一堆死尸里被人发现还有一个女尸睡在当中，同时因为这样引起历来轻视女子的男子们的惊诧，和女同胞继起的努力，那我就满足了，我虽死也是满足了。[1]

在花木兰与父亲的对话中，左干臣借助了极为强烈的“死尸”意象，强化女性“救自己”的决心与紧迫，强化女性意识强化的不易。因此，这一立足于是否允许花木兰“替父从军”的对话，实际上成为花木兰女性独立、女性自由、男女平等、女性抗争等思想的表演场与宣传台。这一部分为剧末花木兰最终拒绝了嫉妒的陆医生的爱，与“爱着木兰的女子”一共离去的“惊世之举”做了铺垫。

此外，左干臣的《女健者》化用了徐渭的《雌木兰》《花木兰征北》等作品中花木兰与番邦女子的情节，后者写花木兰为番邦女子擒获，并逼迫成亲，在洞房中花木兰坦陈自己为女子。左干臣借这倒错的汉族英雄与异邦女子爱恋的情节，不只是为凸现花木兰为女子着迷的英雄气，而且为写其渴望独立、自由、被尊重的灵魂打下伏笔。剧作从内外两个层面塑造花木兰，在外在层面上，剧作依据传统写她超越男子的英勇、十二年军营生活中的韧性和坚执。剧作对比了同样征战沙场的贺元帅，但在花木兰看来，“在这同行的十二年里，我无处不感觉得他的庸懦，无能，我当初很奇怪像他这样的一个东西，那里有资格做到元帅，更那里有资格去征番？”[2]在内在层面上，剧作以花木兰爱情婚姻上的态度、观点为依托折射其内心对男性秩序的不满、反抗，并以寻找“光明的世界”的出走暗喻。

木兰　不错，起初倒很想同你一道走的，但是现在可以不能

1　左干臣.木兰从军［M］.上海：启智书局，1935：27.

2　左干臣.木兰从军［M］.上海：启智书局，1935：100.

了。你爱我，（指女）她也爱我，我爱你，同时又爱她。起初我倒想在这压迫的下面我们三个连着手离开这地方，去度我们神仙似的生活。然而你来的时候就好像无形中拒绝了我这意思，现在我也不想要你参加我们这中间了，好在并不如妈妈所说女人定要又一个丈夫。

……

木兰　妈妈，留住我将来只有更痛苦的，在这种压迫的下面，我是不能够生存的。妈妈！让我走了，再过几年，我也许又能够转来，……呵呵！[1]

这一层面下的花木兰，痛苦、敏感、决绝且极端。当花木兰以嫁给贺元帅试探陆医生时，陆医生显得极度自卑，他的侮辱伤害了花木兰。花木兰由此喊出："我们不须要丈夫，如果是有了丈夫而只仅能在我们头顶上加一道枷锁，或者仅是多添一个比较亲近的虚假的朋友，那我们又何必定要有丈夫呢！"[2]如果代父从军是外在的勇力，抛弃传统成规携番邦女子出走则呈示其内在力量的强大，这一形象包蕴着现代的女性主体意识，是独特、丰满、真正的英雄。

以梁红玉为主人公的作品有两部，一是顾仲彝的《梁红玉》，一是周剑尘的《梁红玉》。后者虽然题目是梁红玉但实际上却是写韩世忠与梁红玉抗金失败后的一段。剧作中梁红玉虽然通晓大义，也上阵杀敌，但几乎是韩世忠的翻版。韩世忠说什么她只会随声附和。这部剧作由于情节择取粗率，且以宣传为旨归，因此，梁红玉不仅性格单一，而且人物单薄。相比而言，顾仲彝的剧作更重视人物完整形象的呈现，而且避免了作为理念传声筒的弊病。

顾仲彝的剧作从斗智、防奸、联合抗战、激发民众力量等几个方面写民族战争，并以梁红玉与韩世忠的爱情作为副线，在爱情与军事交织

1　左干臣.木兰从军［M］.上海：启智书局，1935：115-116.

2　左干臣.木兰从军［M］.上海：启智书局，1935：116.

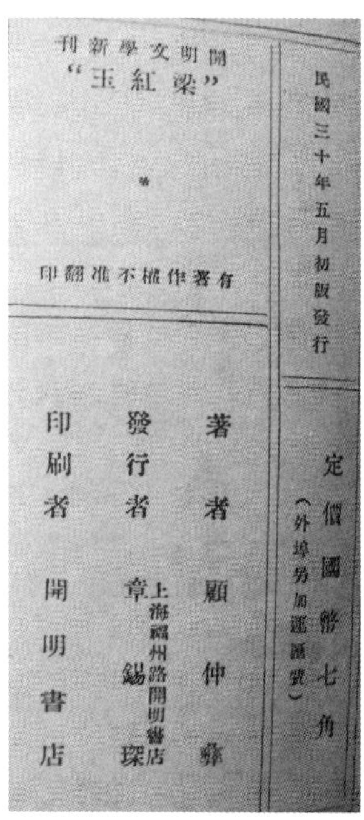
開明文學新刊
"梁紅玉"

有著作權不准翻印

民國三十年五月初版發行

著者 顧仲彝
發行者 章錫琛 上海福州路開明書店
印刷者 開明書店

定價國幣七角（外埠另加運匯費）

顾仲彝与周剑尘都创作了话剧《梁红玉》，梁红玉成为一种抗击外族的符号。

的矛盾冲突中刻画梁红玉。因此，相比周剑尘笔下的梁红玉要丰满、多彩，少了些刻板的口号，而多了因细节刻画而生的细腻。剧作分四幕，第一幕用京口府尹范宗尹宴请枢密使魏良臣和御史大夫罗汝楫开篇，范宗尹命令韩世忠、梁红玉舞剑，两人的拒绝、回应反映出两人洁身自好的修养，不甘屈辱的性格，为国尽忠的渴望。作品通过梁红玉被魏良臣在酒宴上欺负，韩世忠挺身而出，将两人联系在一起。

良臣　宗尹兄，不要急，对付女人不能太凶，这个我有经验。让我来，让我来。

宗尹　那末有劳了。

良臣　（走进梁红玉拉梁红玉的手，梁红玉摔掉，又用臂包梁红玉，梁红玉逃开）惹得老子生气，老子就不得不生气了。梁红玉，过来，过来，过来。

宗尹　还不替我快快滚过去。

（梁红玉无奈，只要好慢吞吞的过去，魏良臣伸出手来就是一个巴掌，梁红玉急忙躲过，魏良臣几乎摔了一跤，于是大怒，追上去打。）

良臣　混账贱人，你一定要惹我生气，我要……（追上去，梁逃过台来，韩世忠走前来擒住魏良臣）[1]

通过韩世忠与梁红玉的交谈交待各自的身世和抱负，并将范宗尹与他们的私人冲突转化为国家层面的贤愚、忠奸的斗争。第二幕，主要写梁红玉在军事上的谋略，侧重刻画她的军事形象。这一部分写梁红玉运用反间计，主动暴露军情、伪装投降，卖国的范宗尹、魏良臣将获取的"军事机密"向金兀术报告，宋军大获全胜。在此，剧作通过韩世忠发自肺腑的敬佩，折射出梁红玉从容调度的军事才能。而第三幕则写梁红玉赴京，韩世忠自大骄矜，忘记梁红玉的交代，致使被围困的金兀术突破重围。该幕以梁红玉与韩世忠的矛盾为核心，写梁红玉的指责、韩世忠的辩白到完全的信服、认错。

红玉　不要紧，我只不过肩上中了一箭。元帅，我们不能作无谓的牺牲。请卫将军传令退兵。再传令战船上一半人救活，一般人抵抗。

世忠　我悔不听夫人之言，致有此败，实在懊悔极了，再要活下去不但对不起夫人，也对不起国家，还是自刎了罢。（拔剑自刎，梁红玉阻住）

红玉　世忠，你发疯了么？在这样紧急的时候，应该更加奋发起来替国家出力。怎么可以拿死来逃避责任呢！

世忠　夫人的话说得很对。我应该更加奋发起来，将功赎罪。夫人，你好好休息一下，我去杀敌去。[2]

1　顾仲彝.梁红玉［M］.上海：开明书店，1936：25.

2　顾仲彝.梁红玉［M］.上海：开明书店，1936：143.

顾仲彝通过韩世忠的冲突、梁红玉冷静，面对敌人的沉着镇定，深化了梁红玉的将才和谋略。相比于第一幕中梁红玉与韩世忠接触时的羞怯，相比于第二幕中初掌兵权的英武，更突显了危急关头梁红玉的决断、维护大局的能力。

第四幕是剧本的高潮，作品在梁红玉的人格、智力、决断力之外，突显她的德性与宏远的谋略筹划能力。梁红玉与女兵金小梅的对话，呈现士兵对梁红玉的敬佩和崇拜。梁红玉与韩世忠的对话，突显梁红玉的忠君爱国思想的同时，宣扬其军事思想，即“真正的武人不能全靠两条臂膀，最要紧的还是头脑，智慧可以胜过一切的武力”。而作品的亮点在于梁红玉设计的两件武器：一是狻猊鳌，一是掠阵斧。

> 红玉　这叫做掠阵斧。金人善骑马，所以冲锋陷阵，他们都用骑兵。我们的兵将骑射不及他们好，所以每次交锋，我们总是占下风，败多胜少，现在我们用一队步卒拿着这样的斧，戴着这样的鳌，进可以斩马足，刺马肚，退可以守战阵，挡枪和箭。
>
> 世忠　这像锅子一样的东西有什么用处？
>
> 红玉　这叫狻猊鳌，戴在头上挡箭的。[1]

在强化兵器，加强装备的同时，梁红玉对外采用间谍战，除掉内部奸细，利用民众传递金国的信息，实现了军事防备与进攻的全面建设。剧作中，梁红玉利用金国的奸细王秀才和李绅士，捉住了全部奸细，并带动了民众到金国进行间谍战。凸显了梁红玉的思虑深远。

> 红玉　我要你们派两个胆大的跟我们去，你们对于帮助军队的事已有了很多经验，很好成绩，我要你们两位一同过江去，担负训练民众的事，教他们如何做探子，如何去运粮这一类的事，有人肯

1　顾仲彝.梁红玉［M］.上海：开明书店，1936：159.

去么？

民甲　我去！

民乙　我去！因为我胆子最大！

民丙　不，不，还是我去，我一点儿没有牵挂！

民丁　我去，我气力最大。[1]

剧作者以民甲到民丁代指民众对于梁红玉所呼吁的抗击金兵的人情，从侧面展示了梁红玉对民众的重视，以及对于民众力量的最为完善的利用和把握。应该说，在民众力量的重视和利用方面，历史题材话剧缺乏这种相关的人物形象，在这一意义上，顾仲彝笔下的梁红玉极富新意。而从一个人成长的维度，则是顾仲彝塑造梁红玉的另一重要特点。剧作以梁红玉为轴心视点，刻画了她由一名歌伎成长为统领军队、抗击金兵的女将军的变化，凸现了其运筹帷幄，决战千里之外的才能，更重要的是呈现其爱国献身的品德和精神，并以之作为鼓动战乱中国民众积极对抗外侮的力量。

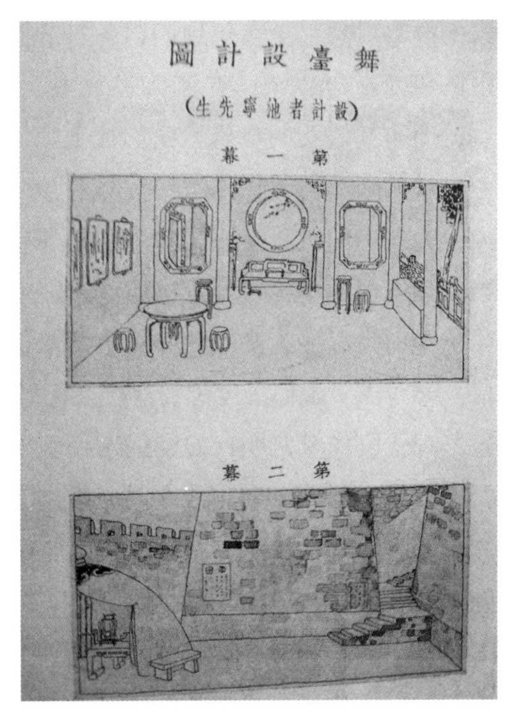

《梁红玉》的舞台设计图

（二）明末清初妓女

现代文学时期以妓女为主人公的剧作约有10部，如赖子英的《李师

1　顾仲彝.梁红玉［M］.上海：开明书店，1936：178.

师》（1933）、夏衍的《赛金花》（1936），熊佛西的《赛金花》（1937），周贻白的《李香君》（1940）、蒋旂的《陈圆圆》（1940），孔另境的《沉箱记》（写杜十娘，1944）、周彦的《桃花扇》（写李香君，1940），田汉的《陈圆圆》（1946）、欧阳予倩的《桃花扇》（1946）及舒湮的《董小宛》（1947）。除了李师师、杜十娘为宋代名妓，赛金花为清朝交际花外，其余6部话剧剧作都是写明末清初的妓女。这些妓女之所以成为现代剧作家的改编对象，全在于她们以各自的性格魅力成为历史记载、民间传说中的英雄。可以说，在流传过程中，民众更感佩于她们勇于反抗的品质，而非其妓女的身份。比如杜十娘，冯梦龙在《杜十娘怒沉百宝箱》中已经将她的经历写得颇为详细，基本勾勒了杜十娘性格上的柔媚可人，为人上的机智有心，对爱情的渴望和追求及对李甲的全心付出。而当猥琐懦弱的李甲背弃爱情盟约将之卖与他人时，她没有出示其私藏的珍宝，而是以最为决然的方式自沉水中。而《沉箱记》等作品更借助爱情框架写出了她们的梦想、尊严及刚烈的气质。

现代剧作家对明代妓女的改编大多避开了淫色描写，而侧重写民族国家败落之际、王朝衰颓之时，这类女子凛然大义的品格，面对强权时的镇定与赴死的决然，在民族大义上表现出了超乎一般人想象的坚定。她们的魅力不在于以才色媚人的生存法则，而是国破之际献身国家的“节烈”品格。周贻白曾写《李香君》，意在将之刻画为一个“活色生香的人物，风尘中的奇女子，划时代的巾帼英雄”。但对李香君与侯方域相逢的处理，却较为失败。诸葛蓉指出李香君“该厉言正色的责其悖犯大义。可……香君却口口声声的怪方域背盟结婚，这不是香君重儿女之情，轻社稷之志？”[1]

周彦的《桃花扇》同样写李香君，但塑造的重点却是与侯方域的变节相比衬的节烈。这与剧作者周彦的观念有关，他认为：“一个没有气节的人，在他个人的利害关头上，他必然会忘祖先，背道义，做出若干

1　诸葛蓉.半月剧谭［J］. 天下，1943（3）.

利令智昏，寡廉鲜耻的事的。”因此他在评价孔尚任的《桃花扇》时，对他偏袒侯方域的艺术处理虽然理解是时代的原因，但实则是不同意的。因为周彦认为“不管侯方域有任何籍口，以他这样一个人，在明朝亡了以后，出来应清朝的考试中了副贡生是不可原谅的”。而同样的，“李香君的节烈，柳亭敬（应为柳敬亭，原文失误），苏崑生的义侠”都是在“标榜气节”。[1]当侯方域中了清朝的副贡生，穿着“清朝服装”来看李香君，这一部分以身体生病的李香君对“精神生病”——变节的侯方域，呈现李香君的痛苦。当侯方域穿着清朝服装来见李香君：

香　（也跑着往外迎）在那儿？侯——（看到侯穿着这身服装，愣住了，）你——你是谁？

侯　我，朝宗，侯方域，你看，我和桃花一块儿回来了。（以手中的桃花示香）

香　你是侯方域？

侯　你不认识我了吗？香君！

……

香　他，这是人——是谁？

翠　他是侯公子呀！……

香　他变了！

侯　我变了？小崔，你说我的相貌是变了吗？

……

香　（暗暗的向自己说）原来他是投降了！

侯　香君，你住在这山上的庙里，你也许不知道，现在的朝廷改了。

香　（始终在低低的念着，）他竟然投降了。[2]

1　周彦.桃花扇［M］.上海：建国书店，1946（沪初版）：2–3.

2　周彦.桃花扇［M］.上海：建国书店，1946（沪初版）：124–126.

面对穿着清朝官府的侯方域，李香君的反应是“愣住了”问：“你——你是谁？”对于侯方域的回答她并不入耳，而是通过质问——“你是侯方域？”否定——“不，不，侯方域不是这样的人。”向丫鬟确认——“他，这是人——是谁？”最后意识到——“他变了！”[1]周彦在两人十年后相见的短暂场景中，通过几句对话，写李香君对侯方域变节的愤怒、痛心、绝望，最终以落发为尼明志。在民族气节与爱情的争斗中，李香君选择了出家为尼的方式，决然割断与侯方域的关系。

相比李香君独善其身的气节守护，魏如晦（阿英）《碧血花》中的主人公葛嫩娘，则更为积极，以其武艺、勇力和果敢征战沙场。《碧血花》中第一幕写她的舞剑，暗示其武功与抱负。“我的父亲，他本来是京里的一个武官，他顶会斗剑，我是受的家学。不幸，清兵打到北京，他竟在那时战死了！”“家里，除掉父亲，是没有第二个人的，母亲在我很小的时候就过了世。这时我没有办法，只得依靠我叔叔过活。却没有想到，我那叔父，竟是一个狼心狗肺的人，把我带到南方，就卖到这儿来。”[2]一句写出了她误落红尘的过去。而从军中葛嫩娘作为元帅则突出了其果敢、坚决与远见，绝无半分娇弱气。而死难部分，则写得更为精微。葛嫩娘最终怒斥、嚼舌。难怪秋蝉在序言中称：“以一个出身于伎流的女子，都有杀敌报国之志。难道当时的士夫，便没有杀身成仁的，而出于一个女子，便值得表扬吗？这是叫人知道一个女子，一个出身于伎流的女子，尚且能深明大义。何况堂堂须眉，自命为士林中人，却不惜奴颜婢膝，降身媚敌，愈见其可耻了。”[3]

在塑造这类明民族危亡，识国家大体的妓女时，剧作家往往采用情爱的轴线串联故事，在情节推进中逐渐凸现人物在民族大义上的凛然之气。如董小宛，其事在余怀《板桥杂记》中有简略记载，“董白，字小宛，一字青莲，天姿巧慧，容貌娟妍……后卒归辟疆为侧室，事辟疆

1 周彦.桃花扇［M］.上海：建国书店，1946（沪初版）：124-125.

2 魏如晦.碧血花［M］.上海：国民书店，1939：21.

3 魏如晦.碧血花［M］.上海：国民书店，1939：3.

九年，年二十七，以劳瘁死，”[1]此处董小宛因劳而死。而舒湮在《〈董小宛〉本事》中则指出董小宛死于忧愤——“卒逮辟疆以去。小宛愤极为赋咯血，自知不起，与辟疆诀别，勉以洁身自好，毋负国家。”[2]突出其强烈的民族意识。而从吴梅村《题冒辟疆名姬董白小像八绝》：“念家山破定风波，郎按新词妾按歌。恨杀南朝阮司马，累侬夫婿病愁多。”一句，也能见出董小宛的丈夫气与不平意。舒湮在《董小宛》中以董小宛旧友顾横波向清廷屈膝投降作为反衬，写其大义。当顾横波携信到来劝降之时，董小宛严辞斥责。——“横波姊，我问你，你们在北京过的日子好受吗？我很知道，你不必瞒我了。我相信你仔细想想也会失悔，也会惭愧的。”“鞑子难道真看你们当人吗？这个你自己应该最明白。我不说了。”[3]

同样，葛嫩娘、美娘则受到微波的劝降，同为当时的青楼名妓，选择上却有巨大差异。

微波：（哀求地）嫩娘姊姊，你为什么现在这样对待我呢？我可以对天发誓，我对你是一直爱着的。我没有做对不起你的事！

嫩娘：（转身，严肃地。）微波，你没有做对不起我的事，可是你做了比对不起我更大的事，你知道吗？

……

嫩娘：（严肃地）你对不起我们的国家！

微波：姊姊！我一个女人，有什么对不起国家呢？

嫩娘：我问你，微波，你知道蔡如蘅现在是做什么？刚才这个家伙，他又是什么人？

……

微波：姊姊，我总舍不得这样舒服的日子，虽说有时我也觉得

1　余怀，唐志孝标点.板桥杂记［M］.上海：上海扫叶山房，1925：20.

2　舒湮.董小宛［M］.重庆：光明书局，1944（渝一版）：4.

3　舒湮.董小宛［M］.重庆：光明书局，1944（渝一版）：145-146.

痛苦。

……

微波：嫩娘姊姊，你想想看，你现在就是死了，有什么用呢？皇上已经没有了，也没有人能替你表扬，替你报仇？你死了，岂不是白白地死掉吗？如其那样的死，何必不留在世上，痛痛快快活一下呢？

美娘：微波姊姊，我们的话，是没有法子说得通的，我看你还是少说吧。

嫩娘：（紧接）让我们痛痛快快地死掉！[1]

剧作家通过这种差别显示她们在气节上的超拔。相比董小宛的悲愤而亡，葛嫩娘的死亡则更为壮烈、豪迈。葛嫩娘被俘后，博洛威胁道："你现在只有两条路，一条是从，一条是死！"葛嫩娘回答："我要死！""（激昂的）我为什么不要死？你以为我会向你投降吗？老实说，我葛嫩娘办不到！""我们大明朝的人，是不会向欺负我们的强盗屈膝的，也不会和你们这些禽兽为伍的！"[2]剧作通过各种激烈的冲突刻画人物，完全变更了人物的身份标识，使历史人物的性格特征得到强化。而借助言语、行为的细化处理，则使历史人物形象生动、鲜活，且较为清晰地表达了剧作家的主观好恶，使剧作的功能指向也更为明确。

第二节　虚构人物的塑造

虚构叙事是与历史叙事相对的概念，历史叙事"有构筑真实叙事的雄心"，[3]即复述历史，指向真实。相比而言，虚构叙事则在"虚假叙事"中寻绎历史内在延展为艺术的种种可能。对于两类叙事的内容，海

1　魏如晦.碧血花［M］.上海：国民书店，1939：146-147

2　魏如晦.碧血花［M］.上海：国民书店，1939：160.

3　保尔·利科.虚构叙事中时间的塑形［M］.北京：三联书店，2003：2.

登·怀特曾指出："历史故事的内容是真实的事件，实际发生的事件，而不是虚构的事件，不是叙述者发明的事件。这意味着，历史事件向一个将来的叙述者呈现自身的形式是被发现的而不是被建构的。"[1]这也意味着，虚构叙事中的人物、事件是被建构的而不是被发现的。

虚构是叙事类艺术大为倚重的人物塑造手法。如传统艺术文本即有乌有先生、甄士隐等虚构人物，是创作者在虚构基础上的再虚构，以打破既有情节或情感发展逻辑，拓展情节、深化主题，或者借虚构以避现实的是非。而在历史题材艺术文本中，创作者也往往会采用虚构人物、事件的方式。有的以超验逻辑作为支撑，意在将历史神秘化，如对张良遇仙人的虚构，是为了烘托历史人物人生际遇的传奇或强化人物某种强势的性格或独特气质；有的依照生活的逻辑，如司马相如遇茂陵女子，此类虚构穿插于历史脉络中造成了历史与虚构的人为混融。后者较容易为人所接纳和认同，并在承传中被赋予了历史气质，甚至由虚构转化为"真实的存在"。具体到历史题材话剧而言，即在史剧框架中，历史虚构演变为被认可的历史真实，合理地欺瞒着欣赏者去观赏和认知。剧作者以这种方式补足历史的空白，并突破史实对话剧艺术自由空间的限制。

一、失事求似

现代剧作家在历史题材改编问题上对于虚构叙述历史故事，塑造人物，组织情节，存在两种倾向：一是反对虚构，主张剧作中的人物、事件皆有所本，将历史题材话剧作为历史展演的平台，强化历史现场感。唯有如此才能真正发挥以史为鉴的意图。周贻白"写作剧本之主张"的观点颇具代表性："凡取材历史者，必先征之正史，正史不足，始旁及其它记载。尔后小说也，杂剧也，传奇也，择其可从者从之。但能不被大旨，仍于其中自留回旋余地。所谓死躯壳中注入新生命，原不必以违

1 海登·怀特.形式的内容：叙事话语与历史再现［M］.董立河，译，北京：文津出版社，2005：35.

背史实为能。”[1]在他看来，避免虚构才能使剧作中的历史人物成为民众凭吊的对象，而免生虚妄导致的错谬。这类剧作家往往以史学家的谨慎改编历史题材。如舒湮于《精忠报国》中点明：“剧中人物大部分见诸正史本传者外，其余的也都依据说部或传说。”[2]而赵循伯在《民族正气》中同样宣称：“此剧写法，完全依照历史，平铺直叙。只有几处为便利舞台，稍稍改动。”[3]但剧作家无论如何考据，也无法获得历史人物、事件的全部，完全根据史载难免会在人物塑造时出现捉襟见肘的局促，致使人物性格、情节、关系脉络的设置难以取得鲜活和生动的效果，进而影响剧作意义的表达。傅谨曾对“所谓历史题材创作的‘历史主义原则’”提出批评，认为：“它之成为后来的编剧创作历史题材剧目的基本的艺术立场，导致原本应该在知识学范畴之外确立其人类价值的戏剧创作，被严格地局限在知性的范围之内，戏剧创作中想象和虚构的存在空间与意义，也就因之遭受到最大限度的挤压。”[4]而这种“挤压”不仅影响了剧本的可读性与表演的可欣赏性。而且因历史教科书或掉书袋式的局促，使剧本缺失了创造的自由和历史的意趣。

舒湮的《精忠报国》虽然有很多虚构人物，但中心题旨依然是“忠国”之大义。

1 周贻白.连环计［M］.上海：世界书局，1945：1-2
2 舒湮.精忠报国［M］.上海：光明书局，1947（战后一版）：153.
3 赵循伯.民族正气［M］.上海：商务印书馆，1946（上海再版）：1.
4 傅谨.影响当代中国戏剧编剧的理念［J］.粤海风，2004（4）.

另一类是着意于中心思想，视表达社会题旨或历史精神为第一位，剧作家在创作时总会从历史语境出发虚构一些事件和人物，以填充历史场景，使之更有戏剧味或更具现实指向性。洪深曾借欧尼尔之口说出："一出戏最主要的，是中心思想……简单的讲就是他对于大众要说的一句话。"为此，剧作家处理故事时就变得更为自由，"或者将若干件毫无关连的人事集凑而成（这样工作的方式比较困难）；或者将前人已经记录下来有首尾有层次的人事纠纷，如前人所著的历史传记小说戏曲等，借来使用（这种创作的最多最普通）；只要他能将他自己要说的话，用戏剧的方法表达清楚，利用别人的现成故事情节。一个创作的戏剧作者向来是有这个权利的。"[1]这种权利在姚克的表述中，即是冲破历史真实原则对话剧改编的规约——"把史实改编为戏剧，并不是把历史搬上舞台；因为写剧本和编历史教科书是截然不同的。历史家多讲究的是往事的实录，而戏剧家所感兴趣的只是故事的戏剧性和人生味"。[2]而郭沫若则更为细致地区分了历史叙事和艺术叙事——"我是喜欢研究历史的人，我也喜欢用历史的题材来写剧本或者小说。这两项活动，据我自己的经验，并不是完全一致的。历史的研究是力求其真实而不怕伤乎零碎，愈零碎才愈逼近真实。史剧的创作是注重在构成而务求完整，愈完整才愈算是构成。"因此，"说得滑稽一点的话，历史研究是'实事求是'，史剧创作是'失事求似'。史学家是发掘历史的精神，史剧家是发展历史的精神。"[3]郭沫若因此确立了史剧创作的原则——"失事求似"，主张只要在历史精神上不相违逆，大的改变并无不可，这是历史剧虚构理论的重大突破。

基于史剧自身特性及适应现实要求之上的"失事"，受到了一些理论家的质疑，如郭沫若在《棠棣之花》中让聂政承担了更多的国家理

1　洪深.欧尼尔与洪深——一度想像的对话//周靖波.中国现代戏剧序跋集［M］.北京：北京广播学院出版社，2003：6–13.

2　姚克.清宫怨［M］.北京：人民文学出版社，1980：1.

3　郭沫若.历史・史剧・现实//沫若文集（第十三卷）［M］.北京：人民文学出版社,1961：16.

念，在《王昭君》中让王昭君痛斥汉元帝。在一些人看来，这不过是郭沫若适应政治的一种盲目的跟从。即如顾仲彝，对历史剧的意识形态书写及根据时代变迁而改变历史人物、事件的做法，进行了批判。他在《今后的历史剧》中指出："编剧最忌有明显的道德或政治的目标，而尤其是历史剧。……历史剧所描写的是过去的事实：一时代有一时代的思潮，嬗演变化，须用考据的功夫找出来。甲时代讲乙时代的话，已于剧艺上违反切真的原理，何况带着偏见激论而借古人作传音机呢；这个毛病由于作者不能认清艺术是超脱社会和政治的。艺术而为社会政治的工具，则已不是艺术。"[1]这里顾仲彝把历史剧仅仅视作历史的映照和再现，而忽视了史剧的现代价值和指涉当下的功能。这实际上是混淆了实事求是——发掘历史精神和"失事求似"——发展历史精神的两种取向。发掘历史精神是从客观出发，从历史现场出发，借细碎的材料复现历史；而发展历史精神则是从当代出发，从社会具体问题出发，以历史作为借鉴，解决当代的人生、社会、政治的困惑。因之，在剧作中无论是秉持客观，还是侧重主观观念的展演，或是客观和主观交相融合，只要没有违背历史的精神，即是尊重历

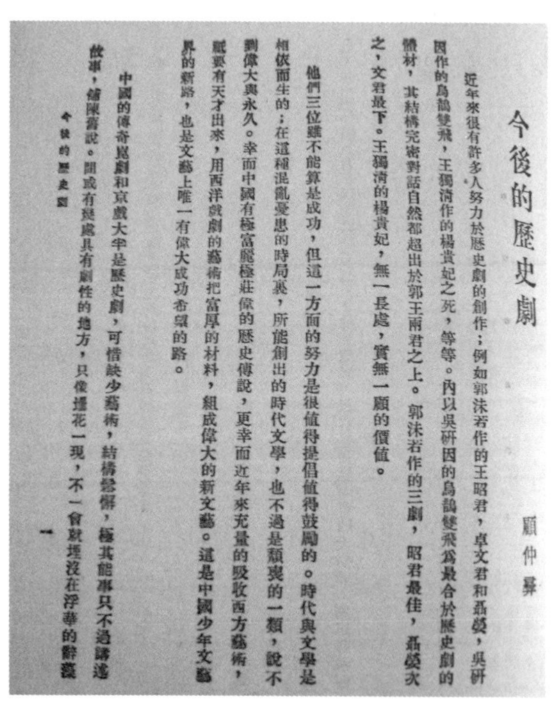

今後的歷史劇

顧仲彝

近年來很有許多人努力於歷史劇的創作；例如郭沫若作的王昭君，卓文君和聶嫈，吳研因作的烏鵲雙飛，王獨清作的楊貴妃之死，等等。內以吳研因的烏鵲雙飛爲最合於歷史劇的體材，其結構完密對話自然都超出於郭王兩君之上。郭沫若作的三劇，昭君最佳，聶嫈次之，文君最下。王獨清的楊貴妃，無一長處，實無一顧的價值。

他們三位雖不能算是成功，但這一方面的努力是很值得提倡值得鼓勵的。時代與文學是相依而生的；在這種混亂憂患的時局裏，所能創出的時代文學，也不過是頹喪的一類，說不到偉大與永久。幸而中國有極富麗極莊偉的歷史傳說，更幸而近年來充量的吸收西方藝術，祇要有天才出來，用西洋戲劇的藝術把富厚的材料，組成偉大的新文藝。這是中國少年文藝界的新路，也是文藝上唯一有偉大成功希望的路。

中國的傳奇崑劇和京戲大半是歷史劇，可惜缺少藝術，結構鬆懈，極其能事只不過講述故事，舖陳舊說。間或有挺處具有劇性的地方，只像曇花一現，不一會就埋沒在浮華的辭藻

今後的歷史劇　一

顾仲彝的《今后的历史剧》。

1　顾仲彝.今后的历史剧［J］.新月，1928，1（2）.

史，推动历史的。

正如一时代有一时代的思潮，一时代亦有一时代对历史的态度和认识，郭沫若通过现代改写，赋予历史人物现代色彩。如王昭君的塑造，由王昭君对毛延寿的拒绝、远嫁匈奴等，发现其性格中的刚烈，行动中的反抗，张扬其被遮蔽于史载的各种可能。使王昭君的形象不再被拘囿于凄婉、柔弱的性格阈限内，也不再仅仅沿承封建社会中无助的牺牲者的定位。作为叛逆的女性，她不仅有自己的主张，而且因性格的刚烈而去斥责汉元帝，成为反抗王权的象征。这种基于想象的虚构/创造契合于当代历史学的新思想，如海登·怀特提到虽然历史学研究有其学科规训，即追求历史的客观性，但他借用利科的分析指出“事件的‘历史性’“再现却需要情节。[1]而罗兰·巴尔特则在《历史的话语》中暗示出历史学同样存在“虚构的叙述”。[2]在这一层面上，相较于借助历史编纂中的情节叙述，剧作家笔下的历史情节更为鲜活。他们借助适度的想象将事件串联为完整的故事，并通过形成的生活

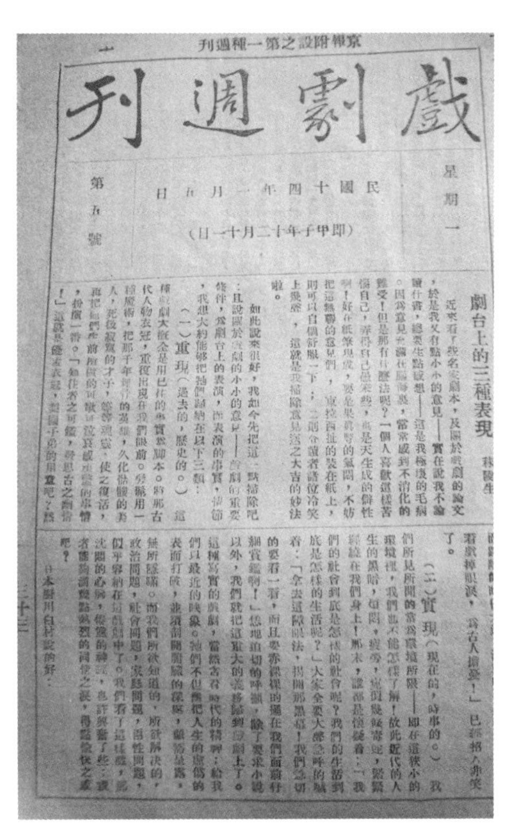

京報附設之第一種週刊

戲劇週刊

第五號　民國十四年一月五日（即甲子年十二月十一日）　星期一

劇台上的三種表現　秫陵生

1925年秫陵生的《戏台上的三种表现》，提出来“重现”“实现”“表现”的观念

1　海登·怀特.形式的内容——叙事话语与历史再现［M］.董立河，译，北京：文津出版社，2005：71.

2　海登·怀特.形式的内容——叙事话语与历史再现［M］.董立河，译，北京：文津出版社，2005：50.

意象建构意义。在这一过程中，剧作家不是去照搬历史，而是展示出历史的种种拟态，这种种拟态正因为多元、不同、混杂才更接近历史。而如顾仲彝不违背历史人物与事件传统记忆的观点——“不论谁提起了关云长就有个揪髯俊视，肝胆照人的英雄，出现在我们的脑中。”[1]——则折射着他的历史前见。正如关云长的忠君思想在现代人看来是需要批判的，很多历史前见随着时代的变迁也需要新的定位。此外，顾仲彝对历史定型化的描述中潜藏着悖论，即他在追求客观否定想象的过程中，认可了想象对历史的介入。

实际上，顾仲彝所坚持的此类观点在1925年即已有论者着文批判。秣陵生在《戏台上的三种表现》中，指出重现历史、以使现代观众“知往者之可鉴，发思古之幽情”的迂腐，他说历史与现代“距离的时代太远，激刺的功用减少，所以‘看戏掉眼泪，为古人担忧！’已经招人非笑了。”[2]秣陵生批判的是以史为史，没有将历史进行现实化、现代化、功用化的剧作。而所谓的“重现”“尊重历史记载”等不过使历史陷入了故纸堆中，全不如结合现实，发挥作用的好。而在《中国戏剧与小说之关系》中，论者同样指出，戏剧在改编过程中，即使是历史上著名的人物或演义、小说中的人物，在改编中也会有新的变化，而一些事件“完全是编戏的人就他所处的环境所见所感的借着一点小事实而发挥实在的现状。戏剧已成之后，便与它所根据的历史或小说没有甚么多大的关系了。所以看戏的人都发生一点现在的事实的联想。决不至把眼光专拘束于‘彼时的古人的一段小事实’之范围以内。”[3]田禽在《评〈正气歌〉》中也对照搬历史，缺乏时代的血液提出了批判，称之为“仅仅为了迎合观众的心理把一般活死人原封不动的搬上了舞台的庸俗的历史剧的圈套里。”[4]

秣陵生、田禽等人的观念颇合于现代历史学家的观念，即如以“元

1　海登·怀特.形式的内容——叙事话语与历史再现［M］.董立河，译，北京：文津出版社，2005：50.

2　秣陵生.戏台上的三种表现［J］.戏剧周刊，1925（5）.

3　胥.中国戏剧与小说之关系［J］.戏剧周刊，1925（7）.

4　田禽.评《正气歌》［J］.天下文章·战时教育问题特辑，1943（4）.

历史”理论享誉世界的海登·怀特在其《形式的内容——叙事话语与历史再现》中，就把历史作为一种叙事资源，资源如何运用取决于时代、人物以及需要。“实在的事件不应该说话，不应该述说他们自己。实在的事件应该只是存在；他们能很好地充当一个话语的指涉物，能够被谈论，但他们不应摆出叙事主体的样子”。[1]海登·怀特明确指出了“历史”在历史叙述中主体地位的丧失，而这却为历史的延展提供了空间。从另一意义上看，历史的资源价值而非客观存在的本体价值得到了凸现。在现代文学时期，剧作家在历史题材改编过程中，所重视的正是历史的资源价值，因为对于历史题材的适度处理，适合于意识形态上的传达。

二、虚构人物的类型

读者在读剧本或者欣赏历史题材话剧的过程中，采用何种立场去思考，取决于剧作家对人物关系的设定、人物对话、动作中的信息倾向及情感指向。依靠它们，历史向观众开启不同的门，展示不同的内容。但历史题材话剧改编不可能做到无一字无来处，也不可能完全复现历史。菊池宽在《历史小说论》中有一段表述：“同时代的他人的生活记录也是有限的。纵然不是有限的，但除了这种生活记录外，还有历史上几千年以来各色各样的人的生活记录流传给我们。如像《圣经》啦，《论语》啦，《孟子》等，无一不是很好的生活记录。而且这种历史的生活记录，是经过了年代的洗练，只有真美的高贵的才能流传我们的手里来。”[2]历史的记录是有限的，而留存的只能是一些“真美的高贵的”事件，这造成了后人解读历史、把握历史的困难，也为后人的想象历史提供了空间。为确保史与剧的融合，虚构也就成为必不可少的中介，剧作家按照历史逻辑与情感逻辑，通过想象、虚构等手法，以文学叙事性弥补历史记述、传播过程中的裂痕和缝隙，补足历史断裂的链条，构造相对完整的

1　海登·怀特.形式的内容——叙事话语与历史再现［M］.董立河，译，北京：文津出版社，2005：5.

2　菊池宽.历史小说论［J］.洪秋雨，译，文艺创作讲座，1931（1）.

历史序列。因此，改编中虚构的介入不仅服务于艺术，更服务于历史。

（一）"有限制"的人物虚构

与自由的虚构相比，现代文学时期历史题材改编话剧中最多的是有限制的虚构——即如菊池宽主张的"虚构可以的，但有限制"。[1]而如《风波亭》的作者在解释剧作虚构岳飞被杀情节时，提出"合情合理"的主张——"作者写武穆临终这一段又悲壮又凄惨的情节，虽不能全部合乎史实；然在处处想顾到当时的环境，使其合情合理。"[2]"有限制"的虚构、合情合理的虚构等提法，实际上都是谈历史题材改编中虚构的"适度"，即虚构人物、事件要符合历史情境的规定性，具有可能性。从而保证剧作在整体上保持着历史的特色。如老舍在谈到自己的《张自忠》剧作时提到，之所以删除虚拟的墨先生，正是因为这一人物与剧作之间的分离，与历史气质的不合。

"有限制"的虚构是"处处想顾到当时的环境"的历史虚构，需要现代剧作家具有深厚的艺术修养和历史功底。符合于历史环境的虚构人物大量出现于改编剧作中，他们大多是在历史中的籍籍无名者。剧作主要用他们补足历史中一些不为人知的细节。但这类虚构人物往往为剧作所左右，虽然各有特点，但有时也会带着模式化的痕迹，以达到折射历史信息的效果。即如镜秋的《文天祥》中的曾二和姜四两人，代表着有尊严地活着和苟活的两种生命态度，代表着反抗和麻木两种状态。剧作中曾二虽是虚构人物，却是剧作的二号人物，他身上映射的是宋朝遗民的不甘心和不屈服，折射的是尚未消失的亡国后的耻辱和仇恨。而当文天祥死难后，曾二紧跟着自杀，一方面强化了文天祥的人格魅力和精神感召力量，另一方面也凸显了曾二的果决。

而如王修明的《杨贵妃》(《锦香囊》）中定慧的塑造和周剑尘的《西太后》中老宫人（瑛姐姐）的塑造，则是重要历史人物某段隐秘历史的见证者。前者联系于杨贵妃，后者联系于西太后（当前还是宫女），在

1 菊池宽.历史小说论［J］.洪秋雨，译，文艺创作讲座，1931（1）.

2 志.风波亭［J］.广播周报，1936（82）.

庙宇或宫廷的特定环境中，为她们排解精神的苦闷。而无论是定慧还是老宫人都在很大程度上起到了开导、鼓励的作用。

《杨贵妃》中定慧是一个通达世事，冷静和蔼的老人。她对太真（杨贵妃）总带着无尽的宠爱。为的是排解太真的忧苦。定慧虽然口念佛号，宣扬人生悲苦，宣扬情爱如幻，让大家看透天下万事。但时时显露着母性的慈善。比如她喜欢太真叫她妈妈，为太真的身体考虑而阻挡杨剑、寿王、高力士与太真见面。为太真端饭，为饭盆跌落在地心疼不已。将定慧作为佛门中人的淡定、尚空与作为长者的慈祥、善解人意等并置一处。使之成为太真的精神依托和休憩港湾。虽然只出现于第一幕中，但她的尼姑与"母亲"的双重性格塑造，给人的印象非常深刻。因为她的出现，庙宇对于太真呈现的是温暖、真诚，这恰与宫廷内部的惨烈、阴冷、伪善形成鲜明的对比。

相比于定慧，《西太后》中老宫人的塑造则相对复杂。那拉氏与老宫女虽身份都为宫女，但一者老迈，一者年轻；而且她们未来的命运也不同，一者注定无法得到咸丰皇帝的宠幸——老宫女属于"白头宫女"（进宫"三十多年"[1]），只能"闲坐说咸丰"（"三十年中只见过咸丰一次"[2]），一者则有才有貌，咸丰未加宠幸只因缺乏机会。因此，剧作塑造老宫女时，写那拉氏的快乐无忧，是比衬老宫女的寂寥、伤感。在不多的话语中，剧作从不同层面展示她内心隐秘的情感。比如她对那拉氏说："你姊姊是没有用的啰！（用手摸发，现出颓唐的样子）人老珠黄不值钱"，[3]暴露了其幽微内心世界的哀伤。当那拉氏抱怨："什么叫宠幸，我根本不想做这种梦。"她总是以赞叹的语言给那拉氏希望——你"真是了不得的人才，临幸承宠的事不过是迟早吧了。"[4]显示了其善良的一面。老宫人出场不多，剧作主要以她映衬那拉氏的性格、才能等。但周剑尘却在不

1　周剑尘.西太后［M］.上海：上海剧作协社，1940：5.
2　周剑尘.西太后［M］.上海：上海剧作协社，1940：6.
3　周剑尘.西太后［M］.上海：上海剧作协社，1940：3.
4　周剑尘.西太后［M］.上海：上海剧作协社，1940：4.

多的几个场景中，以其复杂的表情和话语，写出了老宫女的不幸。如日常生活的玩闹、咸丰驾到等。尤其咸丰即将要来的一段，写出了老宫女前后的变化。当她听到咸丰要来宫中见那拉氏，她先是面露喜色地问："真的吗？"然后帮那拉氏选衣服，"很忙地整理房间"。但当咸丰即将出现时，她开始"坐立不安""局促不安"，后"抽身出门"躲了起来。[1]前后有差别极大的行为态度，话语上也从流畅到结巴（那拉氏请求她留下陪她，她变得局促，说："待……待一会，我再来。"[2]）这些既暗示了老宫女的渴望，也暴露了她在风韵逝去后的自卑。从老宫女对年轻时见咸丰的回忆，到老迈时的避而不见，其中包容着她一生所有的苦乐，而她的不幸也正折射出历史上所有未得皇帝宠幸的宫女一生的不幸。而在剧中，周剑尘也暗示出这种不幸与老宫女的善良、单纯有关，从而凸显了那拉氏的心理。那拉氏在美貌、才情之外，正是凭借她的心机获得了咸丰的眷顾和宠幸。

这类虚构人物虽然人数众多，但限于剧作的题旨，他们的性格、气质只能得到片段的或某一侧面的展示，并掩蔽于剧作主要历史人物的光芒之下。从当时的剧作来看，剧作者大多对这类虚构人物用得功夫不深，因此他们大多形象模糊，艺术价值不高。

（二）违背常理的自由虚构

如同历史与虚构的争论一样，剧作家在虚构问题上也各有观念。一些剧作家有时会根据自己的认识去自由地创造虚构人物，而将史载等搁置一旁。剧作家虚构人物时侧重于"借他人之酒杯，浇自己之块垒"，以虚构为本，历史为副。王独清在《貂蝉》《凤仪亭》（此剧为《貂蝉》的一部分）中创造的貂蝉和郭沫若在《王昭君》和洪深在《汉宫秋》中塑造的王昭君，即属于这一类别。

郭沫若塑造的王昭君注重历史与虚构的结合。比如王昭君远嫁匈奴本于《资治通鉴》，而毛延寿在画中丑化王昭君则源自一些野史、诗

1 周剑尘.西太后［M］.上海：上海剧作协社，1940：11-13.

2 周剑尘.西太后［M］.上海：上海剧作协社，1940：13..

文。剧作大部分都希望依据常情写出王昭君特定阶段的特定状态，如她进宫后渴望见到皇帝，希望得到宠幸；她得知要被送到匈奴和番后的担心和畏惧。剧作的违背常理处在于：一、王昭君处于男子爱恋的中心；二是王昭君对汉元帝的怒斥。话语中完全没有封建礼法的约束，而充斥着现代观念和批判意识——“你深居高拱的人，你也知道人到穷荒极北是可以受苦的吗？你深居高拱的人，你为满足你的淫欲，你可以强索天下的良家女子来恣你的奸淫！你为保全你的宗室，你可以逼迫天下的良家子弟去填豺狼的欲壑！如今男子不够填，要用到我们女子了，要用到我们不足供你淫弄的女子了……你究竟何所异于人，你独能恣肆威虐于万众之上呢？你丑，你也应该知道你丑！豺狼没有你丑，你居住的宫廷比豺狼的巢穴还要腥臭！啊，我是一刻不能忍耐了。”[1]在此，郭沫若借由王昭君母亲的突然离世作为她突变的理由，由此出现了她对汉元帝一种弃绝生死的反抗。这种处理虽然迥异于一些记载，但其基于情节层次上对王昭君的虚构较为合理。相比而言，王独清笔下的貂蝉则是全新的，他对其进行了全面的改造。

貂蝉是否为历史人物历来争论不断。认为貂蝉为历史人物的一般依据两个材料，一是清代梁章钜《浪迹续谈》所记的《汉书通志》一段话：“曹操未得志，先诱董卓，进貂蝉以伙其君。”认为：“刁蝉之即貂蝉，则确有其人矣。”这一材料因为是孤证，说服力并不强。二是1971年在成都北郊青龙乡出土的一块石碑，但此碑遗失，而所刻文字为“貂蝉墓”还是“貂蝉长女墓”也众说纷纭。[2]而大多数学者认为历史上并无貂蝉，如明代胡应麟认为：“斩貂蝉事不经见，自是委巷之谈。”而当代学者，如沈伯俊也曾专门撰文指出貂蝉不过是文艺作品中的虚构人物。[3]但从另一角度看，貂蝉作为艺术的虚构人物却能混淆历史视听，引发史学界的争论，从反面证明了艺术虚构的价值和意义。

1　郭沫若.郭沫若剧作全集（第一卷）[M].北京：中国戏剧出版社，1982：146.

2　李殿元，石瑜.貂蝉是历史人物的依据[J].文史杂志，2005（5）.

3　沈伯俊.再谈貂蝉是虚构人物[N].人民日报·海外版，2000-08-25（9）.

周贻白即受此迷惑，他在创作《连环计》时，即认为自己的剧作是“取材三国史事”，并据此批判王独清“盖取材历史，而不为历史所拘”，“悍然创造其心目中之貂蝉”指责“王独清之貂蝉，实代作者本身狂呼口号之宣传员也。历史云乎哉！戏剧云乎哉！”[1]如果抛开貂蝉于史无证的虚构身份，周贻白的指责不无道理。因为王独清曾自谓：“我这个剧本中的许多情节都没有完全照历史上所留下来的那些死的遗迹去映写。我只是把历史当成一块被火山倾陷了的名胜的土地，我要在牠上面用我的情热从新地建筑一所有生气的建筑物出来。”[2]他塑造的貂蝉，一如他曾经塑造杨贵妃一样，都没有依从历史留下的“死的遗迹”。因此，虽然违背“常理”，但更为鲜活生动，性格也更为立体。

周贻白《连环计》中的貂蝉是一个心系汉朝兴亡的女子。第一幕中貂蝉花园求天拜月，祷词即为：“但愿上天庇佑，汉室重兴，扫灭奸邪，廓清海宇！”[3]而且她的见识也非同一般，评价吕布“并没有什么了不起”，[4]而董卓“野心虽大，可是眼光不远！”[5]但她成为连环计的重要棋子并非主动，而是被动——先是无意听到王允与士孙瑞谋杀董卓的计划，王允逼迫她自杀以保守秘密。后王允为剑上的连环启发，才设连环计——让貂蝉用她的美色“去钩引那吕布董卓，然后再于中取事！”[6]而在《貂蝉》中，王独清着力描画貂蝉性格、思想的变化。

第一个阶段她的性格较为阴郁、敏感，思想单纯，且柔弱而哀伤。第二幕第三场也写貂蝉拜月，但这次拜月却隐含着少女怀春的意思。而从她的语言中也暴露出其单纯——“今夜月亮的面色像是渐渐地变成忧郁的了……这正和我现在的心情一样……月亮底面色怎么大变得这样的可怕了？……——哦，月哟，月哟，快转换你底面色罢……我怕呢，怕

1 周贻白.连环计［M］.上海：世界书局，1945：1.
2 王独清.貂蝉［M］.上海：江南书店，1929：3.
3 周贻白.连环计［M］.上海：世界书局，1945：41.
4 周贻白.连环计［M］.上海：世界书局，1945：44.
5 周贻白.连环计［M］.上海：世界书局，1945：45.
6 周贻白.连环计［M］.上海：世界书局，1945：47.

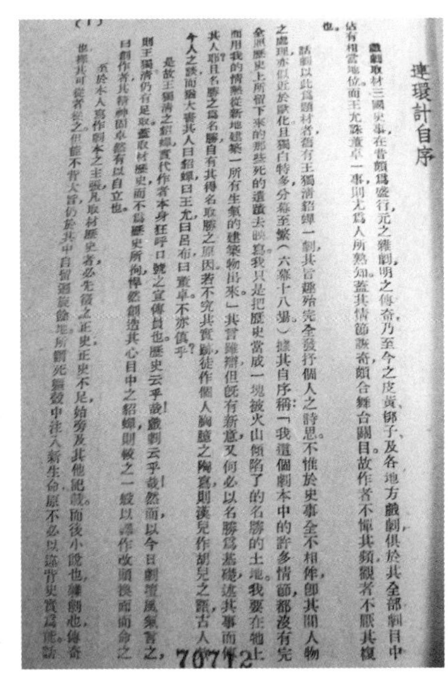

連環計自序

戲劇取材三國史事，在昔頗爲盛行，元之雜劇，明之傳奇，乃至今之皮黃、梆子、及各地方戲劇，俱於其全部劇目中佔有相當地位，而王允誅董卓一事，則尤爲人所熟知。蓋其情節離奇，頗合舞台關目，故作者不憚其煩，觀者不厭其複也。

話劇以此爲題材者，舊有王獨清貂蟬一劇，其旨趣殆完全發抒個人之詩思，不惟於史事全不相侔，卽其間人物之處理，亦似近於歐化，且獨白特多，分幕至繁（六幕十八場）。據其自序稱：「我這個劇本中的許多情節，都沒有完全照歷史上所留下來的那些死的遺蹟去臨寫，我只是把歷史當成一塊被火山傾陷了的名勝的土地，我要在地上面用我的情緒從新地建築一所有生氣的建築物出來。」其言雖辯，但既有新意，又何必以名勝爲基礎，述其事而傳其人耶？且名勝之爲名勝，自有其得名取勝之原因，若不究其實蹟，徒作個人胸臆之陶寫，則漢兒作胡兒之語，古人作今人之談，而猶大書其人曰貂蟬，曰王允，曰呂布，曰董卓，不亦傎乎？

是故王獨清之貂蟬，實代作者本身狂呼口號之宣傳員也。歷史云乎哉！戲劇云乎哉！然而，以今日劇壇風氣言之，則王獨清仍有足取。蓋取材歷史而不爲歷史所拘，悍然創造其心目中之貂蟬，則較之一般以譯作改頭換面而命之曰創作者，其精神固卓然有以自立也。

至於本人寫作劇本之主張，凡取材歷史者，必先儘之正史，正史不足，始旁及其他記載，而後小說也，雜劇也，傳奇也，擇其可從者從之，但能不背大旨，仍於其中自留迴旋餘地，所謂死軀殼中注入新生命，原不必以違背史實爲能

（1）

周贻白《连环计》中貂蝉是“心系汉室”、具有远见的女子

呢……”[1]在此，花园不再是连环计的生发地，而是貂蝉爱情火花迸发的生长地。她在吕布近乎迷狂的赞美中，对吕布说：“你快下去罢！……要是有机会，我们再会……。”[2]而正是因为这段爱情，导致了王允与貂蝉的矛盾。王允几次欲对貂蝉行不轨之事，都被貂蝉拒绝。王允恼羞成怒，怀着对貂蝉爱吕布这一事实的愤恨，将貂蝉送给董卓。

在第二阶段中，貂蝉的性格、思想发生了“突变”。第五幕写貂蝉见到了众多被董卓抢来的侍妾，每个人都凄凄惨惨，这触动了貂蝉。她开始由个人感伤、自怨自艾走向坚强。——“我想我现在应该要学得坚强些才行！我要为我自己底生命去奋斗！我不能在这儿等死！是的，是的，我要为我自己，为在这儿囚着的这些姊妹，并且为长安为全中华，去打一条出路来才是正常的办法呢！……我从此要做人了……哦，我底灵魂！我底生气，这样，我好像已经不是奴隶了！来罢，光明，我生命

1　王独清.貂蝉［M］.上海：江南书店，1929：38.

2　王独清.貂蝉［M］.上海：江南书店，1929：41–42.

我用我熱誠的忱悃
把我這個劇本
獻給
我面前的時代
和
是這時代中為自由鬥爭的人們。

獨清

王独清笔下的貂蝉，迥异于其他，她既有自由之心，也有自由之力，并非傀儡。

前途底光明呀！”[1]为了比衬貂蝉，王独清对王允联合吕布杀董卓的算计进行了戏谑和虚构。两人的出发点不是为国锄奸，而是除掉情敌——“你爱貂蝉，我也爱貂蝉，现在我们两个合起来同声叹口气罢：‘咳！我们底人被别个夺去了！’现在我们要这样！现在我们合起来去除我们共同的情敌！”[2]一者为全中华，一者为私欲，从而突现了貂蝉走向“为自由斗争的勇士”[3]的光辉，而这种光辉照耀着吕布并改变了他。

第三个阶段，貂蝉为除董卓，先饮毒酒以消除董卓的疑虑，最终殒命。这种牺牲自我的精神，使她成为“一个为自由牺牲的圣者”。[4]

剧作经过一系列的事件虚构和人物虚构，写出了貂蝉由懦弱到坚强，由顺从到革命，由个人感伤到关怀民众等多层次的变化。这一剧作虽然违背历史常理，但王独清在这一人物的虚构创造过程中，以貂蝉与吕布的爱情为轴心线，不仅将爱情升华，而且将人物与社会变革和新时

1　王独清.貂蝉［M］.上海：江南书店，1929：145.

2　王独清.貂蝉［M］.上海：江南书店，1929：108.

3　王独清.貂蝉［M］.上海：江南书店，1929：5.

4　同上。

代的到来相联系，将之提升到一个新的高度。这种“自由”虚构的尝试，在很大程度上提升了剧作的价值。

历史题材话剧中对人物违背常理的虚构，侧重点在作者完全忽视历史特定情境的大胆假设。因为迥异于传统，且不受局限，具有较大的独创性，更能呈现作者的灵魂。但这类虚构同样存在优劣之分。如袁牧之的独幕剧《爱的面目》可以说是一反例。虽然剧作也以唐明皇、杨贵妃的爱情为轴心，但其虚构完全天马行空，唐明皇成了大学生，杨贵妃与西施竞争皇后的头衔，孔夫子成了低俗的逢迎者。在剧作中采用历史时空交错的方式，变异场景与人物、重新组合情节的方式并不稀奇。如茨荪的《汨罗江畔》，但茨荪是借屈原与李白的对话，写各自在历史中面对的不公与失意，抨击权贵朝臣的腐败与庸碌，为屈原与李白的落水而亡寻一个诗意的解说。而《爱的面目》却不过是借了历史人物的名字，失去了历史特有的结构和味道。

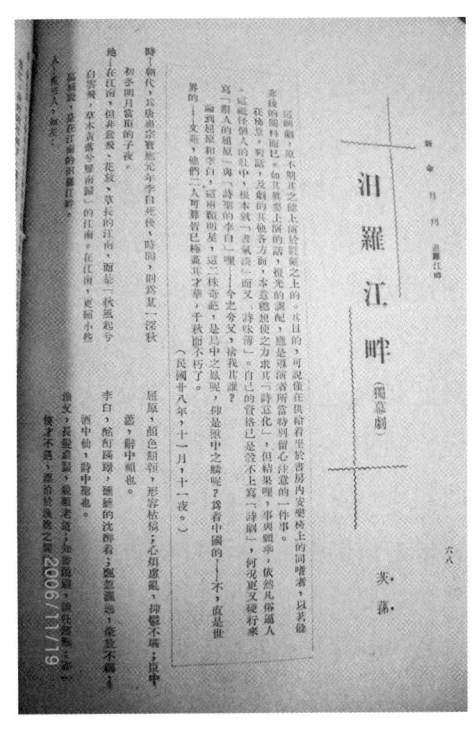
新命月刊　汨羅江畔　六八

汨羅江畔（獨幕劇）

茨蓀

這齣劇，原不期其之能上演於氍毹之上的。其目的，可說僅在供給着坐於書房內安樂椅上的同嗜者，以茗餘茶後的閑料而已。如其欲要上演的話，燈光的調配，應是導演者所當特別留心注意的一件事。

在佈景，對話，及劇的其他各方面，本意總想使之力求其「詩意化」，但結果哩，事與願乖，依然凡俗逼人。這祗怪個人的肚中，根本就「書氣淡」而又「詩味薄」。自己的資格已是發不上寫「詩劇」，何況更又硬行來寫「騷人的屈原」與「詩聖的李白」哩——今之夸父，捨我其誰？

論到屈原和李白，這兩顆明星，這二株奇葩，是鳥中之鳳呢，抑是獸中之麟呢？為着中國的——不，直是世界的——文苑，他們二人可算皆已極盡其才華，千秋而不朽了。

（民國廿八年，十一月，十一夜。）

時——朝代，為唐肅宗寶應元年李白死後，時間，則為某一深秋初冬明月當頭的子夜。

地——在江南，但非鶯飛、花放、草長的江南，而是「秋風起兮白雲飛，草木黃落兮雁南歸」的江南。在江南，更縮小些——是在江南的汨羅江畔。

人——凡三人，如左：

屈原，顏色顦顇，形容枯槁；心煩慮亂，抑鬱不滿；臣中藎，辭中賦也。

李白，酩酊蹣跚，醺醺的沈醉着；飄忽灑逸，豪放不羈；酒中仙，詩中聖也。

漁父，長髮蓬鬆，[illegible]

1939茨荪刊发于《新命月刊》的《汨罗江畔》充满着浪漫主义的诗性色彩。

（三）历史真实人物的虚构再造

相较于前两类虚构人物的塑造，历史人物的虚构再造在现代文学时期的历史题材改编话剧中数量最少。从目前掌握的资料看，只有彭子仪在《文天祥》中虚构的刘英属于此类。在此，彭子仪基于历史语境和剧作中人物调度及戏剧冲突的需要，将历史人物刘兴进行了虚构再造，将之改造为一个女间谍。他指出：“她就是刘兴的化身。因为刘兴明是陈懿的党羽，被天祥擒斩的。我为增进剧情的兴趣起见，所以把他女化了。因为我想，黎贵达会有异志，一定受了某种诱惑，不是为利，便是为欲，所谓利欲令人智昏，所以他变节了。历史上虽没有说他如何变法，但他总就是个罪人，我们加他一个为女色所迷的罪名，想也不会怎样冤枉他罢！”[1]虽然是虚构人物，而且是刘兴的女化，但作者并未将之简单化，符号化，而是通过短短的五场剧，写出了她作为女间谍的计谋与胆量。

在彭子仪的《文天祥》中，刘英只出现于第三幕一至五场中，她的目的是通过策反成功的黎贵达，拉拢邹沨，斩杀文天祥，作元军的内应。剧作第一场写刘英与黎贵达密谋杀文天祥，但文天祥未归。刘英为此焦躁不安，——“这样，我们的计划不是完全失败了吗？”“我们不是要束手被擒吗？”“这样叫我怎样回去报告！”[2]但又时时小心谨慎——当黎贵达要她留宿时，她虽然半推半就，但不断提醒黎贵达“我们事前，总该秘密些才好”。[3]

而第二场据彭子仪交代，事件发生的时间与第一场相差一年，“但为热闹剧情，不得不如此凑合”。[4]这一场写黎贵达与刘英夜宿营中被归来的邹沨发现，面对邹沨对刘英身份的质询的问话，刘英反应机敏，以黎贵达的夫人身份相欺骗——“我是他的……（频视贵达）妻子。”[5]合理地欺蒙了邹沨，度过危机。

第三场通过黎贵达的犹豫，侧面写出刘英的机智和魅惑之能。邹沨的出现让刘英有些惶恐。她的这种惶恐促动着她进一步强化可能出现的危险。在这一部分，刘英责怪黎贵达没有直接拉拢邹沨，担心计划失败，对黎贵达说的话都是问句？“你为什么不对他说呀？”（拉拢邹沨）“计划不是完全失败了吗？”“你是不是……？“不是也……？”“难道还怕没有……？”“难道你愿意……？”连续的六组问句从担心到刺激黎

1 彭子仪.文天祥［M］.上海：国民书店，1940：4-5.
2 彭子仪.文天祥［M］.上海：国民书店，1940：88.
3 彭子仪.文天祥［M］.上海：国民书店，1940：89.
4 同上。
5 彭子仪.文天祥［M］.上海：国民书店，1940：91.

贵达，涉及计划、杀文天祥的方法、可能遇到的障碍以及许诺加官晋爵等几个层面。转而用两组叹号，表达其施展手段“使黎贵达反意更决”[1]的喜悦。而为了凸显刘英的魅力，剧作还从黎贵达的视角写：“因为我没有你，我便活不下去了。”[2]而在邹沨的眼中，刘英也是“轻佻妖娇”。[3]

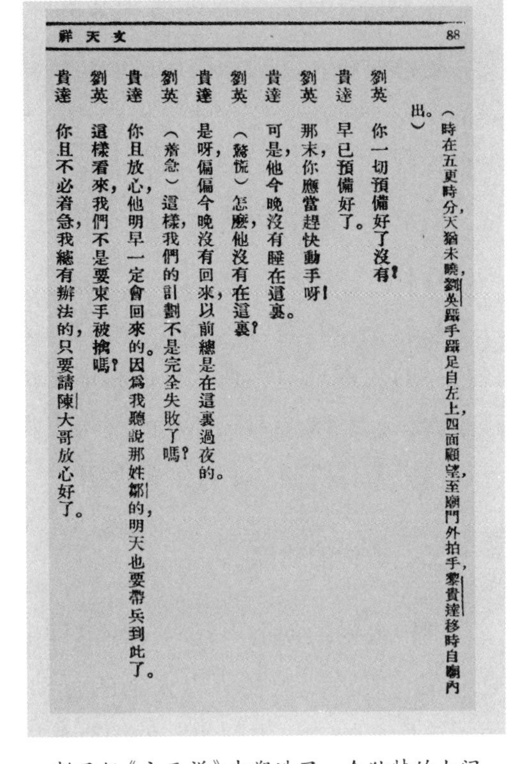
文天祥　88

（時在五更時分，天猶未曉，劉英躡手躡足自左上，四面顧望，至廟門外拍手，黎貴達移時自廟內出。）

劉英　你一切預備好了沒有？

貴達　早已預備好了。

劉英　那末，你應當趕快動手呀！

貴達　可是，他今晚沒有睡在這裏。

劉英　（驚慌）怎麽，他沒有在這裏？

貴達　是呀，偏偏今晚沒有回來，以前總是在這裏過夜的。

劉英　（着急）這樣，我們的計劃不是完全失敗了嗎？

貴達　你且放心，他明早一定會回來的。因爲我聽說那姓鄒的，明天也要帶兵到此了。

劉英　這樣看來，我們不是要束手被擒嗎？

貴達　你且不必着急，我總有辦法的，只要請陳大哥放心好了。

彭子仪《文天祥》中塑造了一个独特的女间谍——刘英

第四场意在写邹沨的大义凛然，但也折射出刘英作为女性和女间谍的特质。这一部分主要通过刘英的表情写诱劝邹沨谋反的波折。听到文天祥回营正在检阅军队，刘英先“呆若木鸡，焦急”，[4]后“惊魂渐定”，进而想对邹沨施展娇媚的伎俩却总为其威严震慑。但在谈宋军失败的不可避免，需要另谋新的路途时，她现出了“女间谍的本色”。而从第四场末尾的被抓到第五场写正法，刘英共有四个表情动作。被抓时“反抗”，面对女奸的指控，“（急剧）邹将军怎么说我是女奸？”事情败露，面对黎贵达因惧而颤抖，刘英却“鄙夷反而泰然”。当黎贵达下跪求饶时，刘英“（更鄙夷）哈哈，好男儿，一人做事一人当。我真把你看错了。”[5]

1　彭子仪.文天祥［M］.上海：国民书店，1940：92.

2　彭子仪.文天祥［M］.上海：国民书店，1940：94.

3　彭子仪.文天祥［M］.上海：国民书店，1940：96.

4　彭子仪.文天祥［M］.上海：国民书店，1940：95.

5　彭子仪.文天祥［M］.上海：国民书店，1940：98-100.

作者以不同的场景塑造刘英的性格，利益诱惑，美人计，善于应变，把握时机，和被识破后的顽抗。虽然刘英是间谍，但作者并没有将之简单化为阴冷、狡诈的人物符号。尤其在被抓之后，没有将之处理为卑躬屈膝、贪生怕死的形象，而是显示了其刚烈的一面。相比黎贵达来说，刘英这一虚构再造的女间谍形象，无论从性格，智慧、气度都更具层次性和立体感。

总之，三类虚构人物是当时历史题材改编话剧中的重要类型，它们在具体的艺术呈示、观念表达和审美价值上各有优劣。从当时的改编实践来看，这类基于不同理念的虚构人物，有时不仅不影响剧作的价值，反而提升了其格调，丰盈了其内蕴。

三、虚构的功能

虚构人物的创造不是为了使事件走向虚假，而是为了使历史看上去更真实、鲜活，是在历史人物的行动、语言、关系的“客观”展示之外，被植入的“以虚写实”的中介，以达到完整话剧的功用。虚构人物不是为了“述说他们自己”，而是为了“讲述历史人物”，从这一意义上说，他们都是观念化的符号。虚构的介入形成了剧作虚实共在的格局，有利于历史事件的叙述，有时虚构人物甚至更能体现剧作家的思想，是剧作题旨延展的核心要素。因为剧作家要根据历史想象虚构人物的语言，设置与历史人物的关系，确立虚构人物的身份、地位。或承担着民众的群体指涉，或承担着评论者的角色，或担负着在历史记载缝隙中“知情者”的角色。虚构人物是观察者、表述者还是历史的回忆者，这取决于剧作家历史表述的需要。

（一）侧面描写功能

对于剧作而言，除了对话和行动显示之外，别人的评述显得至关重要。虚构人物是在人际关系维度中作为陪衬去映照历史主要人物，以多种视角展示其多元的性格，并尽可能将历史记载中的全知视角通过虚构人物，将之适当限制，从而增加其真实感和可信度，并多角度地显示社会对历史主要人物的评价。如《太平天国》第一幕中，当洪秀全在城隍庙借杀城隍，以上帝冲击传统神教，宣扬教义时，陈白尘依靠几个不同身份虚构人物的对话，表述时代的氛围与人们支持、反对、疑惑的声音。

香客甲：（是商人模样。）简直是妖言惑众！快走！不要看出祸事来！（拖乙下。）

香客乙：该到团练局去报告，他是扰乱市面吗！（下。）

香客丙：（同时。——是个念书的。）浑账！浑账！这是伦常大变！（摇头。）真是天下将亡，必有妖孽呵！（下。）

女香客：（同时。）哎呀呀！阿弥陀佛！雷打火烧的呀！菩萨怎么不打死他呀？

……

卖香烛的：怎么？怎么啦？

卖水果的：那个洪先生说要杀城隍老爷的头哩！——乖乖！这能杀的？——我不敢看！

卖香烛的：哎呀呀！他不要命啦！

测字的：怕什么？洪先生有上帝附在身上的！上帝是真神，城隍是妖魔，上帝不能杀他吗？[1]

而如杨村彬在《秦良玉》中，为了凸显秦良玉，在第一幕中，先让几个虚构人物出场。一是写女兵与男兵比武，显示秦良玉强将手下无弱兵，侧面映射秦良玉的治军之能。二是借来狩之口说出："元帅是英雄可又有女人气，你说她女流，可又有英雄气！"写秦良玉的脆弱和坚强。三是借一名妇人写出秦良玉在百姓中的威信："秦元帅这人真了不起，说不定是天王星下界。女生男像，必有贵样。"[2]而秦良玉出场后，又借侃侃而谈、纸上谈兵的秀才与之形成比较，言简意赅地揭示了当时的

1　陈白尘.太平天国［M］.上海：生活书店，1937：26–27.

2　杨村彬.秦良玉［M］.成都：四川省立戏剧教育实验学校出版课，1939：8–11.

社会矛盾。凸显秦良玉为民请命，心系百姓的抱负和胸襟。

（二）代言功能

历史剧不是为了记录历史，而是解释历史，传递历史精神，或昭示历史的经验教训。虚实共在的格局，有利于历史事件重述，历史人物性格的多元展示。相比历史人物，虚构人物的创造更能体现剧作家的思想。如王修明在《锦香囊》中指出："剧中人定慧、太空、赵无敌等是著者创造的代言人。"[1]

现代剧作家创造几个不存在的人物，虚拟一些事件，不仅能更好地解释历史，而且能借虚构的人、事融入剧作者的历史态度、趣味，显示不同时代艺术者对历史理解的差别。剧作家往往对虚构人物有特别交待，一方面因历史剧的独特身份，交代虚构人物可避免历史真实人物与虚构人物的混淆，有以正视听的意思。如郭沫若从不避讳历史剧中虚构的各种人物，如在《屈原》中"造出了一个婵娟"，[2]在《虎符》中"杜撰地安了一个师昭"，[3]"在书上没有根据的人，我造出了好几位，便是信陵君的母亲魏太妃和侯生的女与朱亥的女。"[4]另一方面，则是突现虚构人物在剧作中的作用。虚构侧重于以"未有"事件的构造去展示改编者的观念，是改编者基于认可、否定或探讨的基础上，以虚构将其态度具象化、历史化。即如郭沫若笔下的王昭君对汉元帝的怒斥，写的是王昭君，表达的却是郭沫若的观点。他痛恨于女性的被压制，故而借王昭君的行为对之加以批判。此外，他认为王昭君在历史记载的可能之外，本可以做出另一种选择，而这种选择也契合于反叛的现代精神。而如马彦祥的《讨渔税》中虚构萧恩——"'萧恩'不但历史上没有此人，就是小说（水浒）里又何尝有此人。"目的在于以他生活的凄惨，折射社会的黑暗。"看这一类的戏只看他描写，生计压迫，纳税黑暗。不必管他那

1 王修明.锦香囊［M］.重庆：说文社.1947：1.

2 郭沫若.郭沫若剧作全集（第一卷）［M］.北京：中国戏剧出版社，1982：486

3 郭沫若.郭沫若剧作全集（第二卷）［M］.北京：中国戏剧出版社，1982：118

4 郭沫若.郭沫若剧作全集（第二卷）［M］.北京：中国戏剧出版社，1982：120.

一朝那一代，甚么典甚么书。”[1]

为了更好地表达某种观念，剧作家会为历史人物虚构一些事件，以强化人物的性格，张扬某种精神。如《太平天国》中的洪秀全和《李闯王》中的李自成，他们死亡前的宣言都为虚构。一是为卒章显志，二是攫取了事件中最优秀的精神，以之传流后世。如果按照明史记载，李自成为农民所杀等，虽然契合于历史，但却与剧本昂扬的斗志与反叛精神大有抵牾。因此，若按照历史记载就不能符合于观者的心理与主旨的提炼。

（三）情节推进功能

剧作者改编历史时也渴望一种逼真的效果，而以虚构将有限的历史记载进行串联，则是比较简省和易于操作的方法。即通过人为的修饰和将虚构人物、事件恰切的镶嵌，使虚构貌似历史。即如保尔·利科所说的：“逼真不仅仅像真实，而且貌似真实。”“如果说逼真不过是貌似真实，那么这就是在貌似之下的虚构，甚至是一种令人信以为真的技巧。靠了它，人为的东西被当作现实和生活的真实见证。”[2]如果说，摹写洪秀全、李自成、聂政等历史人物着力的重点是将历史人物戏剧化，那么虚构人物的创造则更要注意在保证其戏剧性特质之外，虚构人物的历史化问题。也就是说，虚构人物和事件在剧作中被历史化，是为使其具有作为环节或要素串联断裂，补足因果的功能。虚构人物、事件有时甚至成为改编剧作中独特的、可辨识的身份表征，为民众认可和接纳，甚至在流传中被赋予了历史性品格。如元明清的杂剧、传奇中的无有先生、茂陵女子、红娘、红箫等于史无据，却在改编中成为重要的人物形象。他们的存在确保了历史与戏剧的融合。

从剧作艺术性的角度看，由于创造性想象的介入，虚构人物、事件与历史环境结合，使为史实所束缚的剧作家有了更大的艺术发挥空间，从而为优秀人物形象的塑造奠定基础。如顾一樵的《荆轲》不仅虚构了一个父亲战死沙场的酒家女，而且将之描摹为苦练剑术，最后男扮女装

1　霄.中国戏剧与小说之关系［J］. 戏剧周刊，1925（7）.

2　保尔·利科.时间与叙事卷二·虚构叙事中时间的塑形［M］. 北京：三联书店，2003：14.

与荆轲一同刺杀秦王的秦舞阳。周贻白在《花木兰》中这样写道：“至于张明，吴成新，王奎，李胜等人，虽出杜撰，就剧中铺设之情节而言，明眼人不难揣知。若谓另具用心，或有所指，则吾岂敢。”[1]而左干臣在《木兰从军》中“为谋剧情生动及近人情计”，“为木兰找了一对男女情人，为木蕙——木兰的阿姊——找了一个丈夫，为木雄——木兰的阿弟——找了一个妻子，这些都是木兰诗所没有的，为谋划剧情生动及近人情计，作者不得不这样创造”。[2]这类虚构配合了历史典型人物的塑造，使之趋向鲜活，使因各种原因湮灭的历史事件的缺环在剧作中能够被补足，从而形成一条历史与逻辑相统一的历史链条。而且虚构在很大程度上使改编剧超越了原本、原作，在叙事上不落窠臼，形成新的审美意蕴。如郭沫若虚构的侯生女和朱亥女，“本来这两位女子，在我开首写出时，只是想把她们用来点缀点缀场面的两个侍女，但由于戏剧发展的必然性，一个人被拉上了场之后，总要让他有些发展，有些交代，便自然地在写作过程中把她们写成那样去了。虽然仍旧不免是点缀品，但是是相当发挥了效用的点缀品，不是徒然虚设的。”[3]

剧作中虚构的成功与否、合理与否等评价并非根据历史史实，也未必全出于审美境界设定的考虑。如果这样的话，那虚构的问题也就变得简单起来了。实际上，虚构在不同的艺术门类、不同题材的剧作中有不同的表现，会产生不同的观赏效果，得到不同的评价。比如《白蛇传》《李寄斩蛇》等作品，其中的事件、人物大多涉及神灵魔怪，并无多少现实依据，但观众欣赏中却绝无半分困难，也很少质疑白蛇何以会变人形等问题。并非观众有多宽容，而是因为剧作很好地处理了虚构在剧作中的作用。对于虚构，不应置于历史与虚构的二元观念中厚此薄彼。对历史题材话剧中虚构的评价，要看剧作中虚构成分是否转化为不可或缺的元素，从而使观者忽略了其虚构的一面。这无论对于何种题材剧作的

1 周贻白.花木兰［M］.上海：开明书店，1948（再版）：9.

2 左干臣.木兰从军［M］.上海：上海启智书局，1935：3.

3 郭沫若.郭沫若剧作全集（二卷）［M］.北京：中国戏剧出版社，1982：121.

改编、创作都是极为重要的。

亚里士多德在《诗学》中曾指出："诗人的职责""在于描述可能发生的事，即按照或然律或必然律可能发生的事……诗所描述的事带有普遍性，历史则叙述个别的事。"[1]在此，亚里士多德明确指出了历史叙述的"个别"性，艺术（诗）叙述的"普遍性"。而以郭沫若为代表的现代史剧作家和理论家对历史虚构观念的认同及理论提升，不仅使历史题材话剧在改编中突出显示出其艺术上的特点，而且通过以具普遍可传达性的历史精神替代个别的历史真实人物、事件，使现代文学时期历史题材话剧创作/改编的空间和审美维度得到了极大拓展。进一步说，也正是在虚构的层面上，历史题材话剧创作/改编由受制于外部的历史逻辑转向了遵从于艺术的内在逻辑。且使之内化为历史流程中的新要素，并由此区别和超越于一般的历史编纂文本。而从艺术塑造角度来看，正是因为虚构，剧作家才能真正地以主动、主导的自由自觉的主体性介入历史，并呈现创造性。

1　亚里士多德.诗学［M］.北京：中国戏剧出版社，1986：19.

第五章　传统主题的重释与改写

话剧作为叙事类艺术要借助情节推进发展，剧作能否设置合理的冲突、紧凑的情节决定着其成败。而剧作之所以能吸引欣赏者，一个重要原因是他们在观赏前不知道情节，观赏的乐趣就在于情节的开端、发展、高潮和结尾渐次展开。这也意味着历史题材话剧在情节方面没有太多优势。因为历史是公共资源，什么人做了什么事基本上都为人熟知。如卓文君私奔司马相如、项羽泪别虞姬不肯过乌江、花木兰代父从军、王昭君远嫁匈奴，已经成为难以变更的固定情节。如果不是以新视角介入或采用新的叙述策略，那么在情节上谋求突破并不容易。因此，现代剧作家改编的重心自然就移到了对情节及主题的思考上，着力于从历史中发现新的命意，提炼出新的题旨。这与现代时期人的文化心态和历史意识紧密相关，渐渐形成了与元明清戏曲、小说不同的特点，并成为改编话剧的重点和新的走向。现代文学时期历史复仇、爱情、兴亡类的改编剧作相对丰富、形成了系列，且艺术水平较高。本章将以三类改编话剧的现代阐释为例，探讨通过改写变更传统主题的趋向。

第一节　复仇主题的现代阐释

一、现代文学时期的刺客、复仇戏

在现代文学时期历史题材改编话剧中刺客、复仇剧数量较大，以刺客为题材的改编作品14部，其中取材于《战国策》、司马迁《史记·刺客列传》的荆轲、聂政和豫让戏有12部。刺客戏以刺杀个人为核心，其动机大约有三：

一、士为知己者死。如聂政刺杀侠累，即为严仲子的真诚所动，代他去报睚眦之怨。在现代剧作中关于聂政刺侠累事件的改编有5部作品，即胡开瑜的《聂政》和郭沫若《棠棣之花》系列作品。根据郭沫若的描述，他在1920至1925年发表的关于聂政的话剧，不过是《棠棣之花》的片段。即如1920年的《棠棣之花》——“在一九二〇年的十月十日《时事新报》的《学灯》增刊上把第二幕发表了。”1922年的《聂母墓前》——“在一九二二年五一节《创造季刊》的创刊号上把第三幕发表了。”1925年的《聂嫈》——“即现在的《棠棣之花》的最后两幕”。[1]最终郭沫若于1941年完成《棠棣之花》。

二、受人之托刺杀皇帝以救国家。如荆轲刺杀秦王、大力士椎击秦始皇；现代剧作家关于荆轲刺秦王事件的改编话剧约有7部：李之常的三幕剧《荆轲之死》（1921年），顾一樵的四幕剧《荆轲》（1925年），林文铮的三幕剧《易水别》（1932年创作，1933年出版），胡开瑜的六幕剧《荆轲》（1934年），张匡的两幕剧《荆轲刺秦王》（1935年），王泊生《荆轲》（1936年）和鲁青的独幕诗剧《易水》（1948年）。而刺杀秦始皇事，只有漫铎改编的《博浪沙》一部。

三、为死难者而刺杀关键人物。如杨娥刺杀吴三桂；阿英的《杨娥传》所写的杨娥，本身即是一位有武功的女子，在闻听丈夫殉难，南明王被鸩杀后，她对于亲人和所忠诚的明皇帝都要有个交待。这里有一个罪魁——吴三桂，因之杨娥凭借着武功化身为刺客，既要去报丈夫的仇，又要去报明王的仇，前者是家仇，后者是国恨。因为这种复杂，杨娥的复仇才少了些稚嫩气，而多了些知其不可为而为的悲壮气。关于杨娥的改编，现代话剧中只有阿英改编的《杨娥传》一部。而豫让刺杀赵襄子，也只有李朴园改编的《豫让》一部。此外，还有剧作家为了推进

1　郭沫若.郭沫若论创作［M］.上海：上海文艺出版社，1983：369

剧情的需要，而在剧作中加入的刺杀情节，如谷剑尘的《岳飞之死》中，加入了“倪狱官的女儿四喜刺秦的一件事”。[1]

这类作品沿用了任侠使气的脉络，采用点对点的复仇原则，如聂政刺杀侠累，是报严仲子与侠累仇怨，而荆轲刺杀秦王，虽然荆轲刺秦背后承载着燕国的兴亡，但太子丹选用的方式不是举国之力，而是刺客挟制秦王的策略。

复仇戏的另一种类型则是将家国之恨结合在一起，采用方式的不是刺杀某一人，而是通过国家政体的颠覆，实现复仇的目的。在现代剧作中有两个题材得到改编，一是伍子胥复仇之事，将杀亲复仇与国家利益相交叉。伍子胥通过别国的力量杀掉楚王，帮太子建重夺王位，这本来有复国的意味在其中，但由于伍子胥用钢鞭鞭尸以泄怨愤，使历史中更关注杀亲寻仇的一面，而忽略了政治斗争的一面。伍子胥之事现代文学时期只有杨晦改编的《伍子胥》一部。二是越王勾践灭吴国事。这一题材由于涉及越王“卧薪尝胆”的奋发之力，献美女以媚夫差的策略，且最终以举国之力灭掉了夫差，其题材具有极大的延伸空间。因之，现代剧作家的改编有6部之多。如熊佛西的《卧薪尝胆》，林文铮的《西施》、舜卿的《西施》，顾一樵的《西施》、孙家琇的《复国》(吴越春秋)、聂绀弩的独幕剧《范蠡与西施》。

现代剧作家对于复仇题材的改编兴趣，大多出于对勇士豪杰的感佩之情，为他们的舍弃生命英勇赴死精神感动。此外，这类刺客戏中除聂政的本事外，刺杀本身都与国家的兴衰有密切关系。联系当时中国积弱的境况与为外强凌弱的尴尬，“敢于直面淋漓的鲜血”的勇士总可以承载知识者的用心，并通过弘扬为国赴难的精神，激发爱国的热情，鼓舞反抗的勇气。

二、复仇主题与民族大义

在历史本事的记载中，史学家最大的限制在于无法对某一历史事件

1 谷剑尘.岳飞之死［M］.上海：中华书局，1936：12.

进行无限阐释，并根据时代精神去发展、推衍其内在情节“可能性”的方面。这种限制一方面保证了历史记载文本关于真实记录的经典地位；另一方面也抑制了历史阐释的进一步发挥。而历史剧的优势却正可以弥补这种限制，与正史、野史的记录形成互补关系。以现代的观念统合不同时期正义观、伦理观、价值观，并延伸为戏剧史中的历史主义线索。变异历史史实的改编理念在复仇剧改编中表现较为突出，剧作家通过调整复仇的英雄所处关系，变更历史事件的主题指向，从根本上改变事件的性质以及其意义。

聂政刺杀侠累之事记载于《战国策·韩傀相韩》。

> 韩傀相韩，严遂重于君，二人相害也。严遂政议直指，举韩傀之过。韩傀以之叱之于朝。严遂拔剑趋之，以救解。于是严遂惧诛，亡去游，求人可以报韩傀者。至齐，齐人或言：“轵深井里聂政，勇敢士也，避仇隐于屠者之间。”严遂阴交于聂政，以意厚之。

在历史记载中不过是“睚眦之事”引起，雇人刺杀的些微小事。在《史记·刺客列传第二十六》中，严仲子与侠累的恩怨属于私人恩怨。“濮阳严仲子事韩哀侯，与韩相侠累有郤。严仲子恐诛，亡去，游求人可以报侠累者。”而聂政因为母亲健在的缘故一再辞谢，聂政母死，聂政接受严仲子的恳求，他对于严仲子与侠累之间的仇怨并不感兴趣，却感动于严仲子“奉黄金百溢”以求的重视——“臣之所以待之，至浅鲜矣，未有大功可以称者，而严仲子奉百金为亲寿，我虽不受，然是者徒深知政也”，[1]“夫贤者以感忿睚眦之意而亲信穷僻之人，而政独安得嘿然而已乎！”[2]从历史记载来看，笔者意在表达聂政的侠士风范，承袭着中国历来所推崇的“士为知己者死”的观念。把历史事实改编为戏剧，这种文类间的转换在清代较为盛行，但在清代传奇中，这类在历史上赫赫

1　司马迁.史记［M］.长沙：岳麓书社，1988：638.

2　司马迁.史记［M］.长沙：岳麓书社，1988：639.

有名的侠士复仇故事开始成为叙事的背景，在这种带着压抑的背景中，文本铺展着一种儒者的精神品格，如清代许善长的《灵娲石·聂姐哭弟》。如果说聂政刺杀侠累后的自残是为了保护亲人，聂政的姐姐当街认弟，则同样带着勇烈之色彩——“是轵深井里所谓聂政者也……政所以蒙污辱自弃于市贩之间者，为老母幸无恙，妾未嫁也。亲既以天年下世，妾已嫁夫，严仲子乃察举吾弟困污之中而交之，泽厚矣，可奈何！士固为知己者死，今乃以妾尚在之故，重自刑以绝从，妾其奈何畏殁身之诛，终灭贤弟之名！”[1]其舍弃自我的精神也震动整个社会，“非独政能也，乃其姊亦烈女也”。

对于聂政刺杀侠累事件的改编，郭沫若侧重其在历史上的地位，其复仇后“自皮面决眼，自屠出肠”，[2]以免连累别人的决绝和死难的勇气。

> 盲叟　……顶奇怪是那位汉子，一面笑着，一面把宝剑来割下了自己的上眼皮，割下了自己的嘴唇和鼻子，两只耳朵也割掉了，一个面孔割得不成了形状了，然后才一刀，（做出手势来）一刀割爆了自己的肚腹，又才倒下去死了。（装着倒了一下）
>
> 聂嫈　（哭叫起来）啊，天呀！天呀！这一定是我的兄弟聂政呀！（余人均惊愕无措）
>
> ……
>
> 聂嫈　（如前）严仲子早就托过我的兄弟，要替他报仇，这一定是他，一定是他了。
>
> 盲叟　先生，你不可这样轻率呢！韩城在悬着告示征求他的姓名，征求他的家族呢！万一果真是令弟的时候，先生是脱不掉干系的。
>
> 聂嫈　是的，他就是顾虑着我，所以才那样残酷地把自己毁坏了。前三年，严仲子就来找过我的兄弟，那时候因为我们母亲还

1　韩兆琦译注.史记［M］.北京：中华书局，2010：5477-5478.

2　同上。

在，所以我兄弟没有立地许他。这回他又顾虑着我，竟那样地自杀了。他的面孔和我相同，他怕的是人家画出图形来寻出了他的姊姊。啊，我难道还要苟全性命，使我的兄弟永远没有人晓得吗？[1]

对于聂政事，郭沫若之所以有如此大的兴趣，一方面是事件本身感发了郭沫若，二是借此事件可以生发出更多的隐喻意义，郭沫若希望通过这一事件去传递“历史的精神”，“具体地把真实的古代精神翻译到现代。”[2]变异事件内部的人物关系，从而使一件普通的刺杀事件转变为涉及国家兴亡的事件，并由此变更了事件的主题。由个人恩怨的受人之托，变为基于国家的为大局计。

聂嫈　……二弟，我也不悲抑了，你也别流泪吧！我们的眼泪切莫洒向此时，你明朝途中如遇着些灾民流黎、骷髅骴骨，你请替我多多洒些雪吧！我们贫民没有金钱、粮食去救济同胞，有的只是生命和眼泪。……二弟，我不久留你了，你快努力前去！莫辜负你磊落心怀，莫辜负姐满腔勗望，莫辜负天下苍生，莫辜负严仲子知遇，你努力前去吧！我再唱曲歌来壮你的行色。

去吧，二弟呀！
我望你鲜红的血液，
迸发成自由之花，
开遍中华！[3]

这可以说是郭沫若在创作于1920年的《聂嫈》改编最富色彩之处。郭沫若在改编中却抛弃了《史记·刺客列传》中记载的关节点，提升了聂政复仇的内在动机，突出了聂政“愿以一己命，救彼苍生起”的刺杀

1　郭沫若.郭沫若剧作全集（第一卷）·聂嫈［M］.北京：中国戏剧出版社，1982：161–162.
2　郭沫若.郭沫若论创作［M］.上海：上海文艺出版社，1983：373
3　郭沫若.郭沫若剧作全集（第一卷）·聂嫈［M］.北京：中国戏剧出版社，1982：13.

动机，主写聂政在母亲墓前的准备，希望通过刺杀侠累这一奸相，“用鲜红的血液”，“迸发成自由之花，开遍中华”。[1]使睚眦之怨上升为忠奸之争。而在1941年创作整理完成的《棠棣之花》中，聂政是承载着民族国家大义的英雄，其人格魅力不在于对仇恨的宣泄，而在于对仇恨的原动力或根基的调整，使仇恨在一种错综复杂的关系链条中，摆脱了单纯个人间睚眦之恨的情绪。

聂政 （略示不满）仲子先生，我此次来拜访，完全是把你看为志同道合的知己的，或许在我是冒昧了吧？

严仲子 子政兄，你怎能说那么多心的话！我有些踌躇，实在是为你而起着的伤感呵。

聂政 怎的？

严仲子 子政兄，你想想看。在你能够挨近侠累的身边之后，无论你除得掉他，或者除不掉他，不是都要把你牺牲了吗？

聂政 （笑出声来）啊哈哈……仲子先生，（拱手）我多谢你的厚意。但要请你原谅，我觉得你还是不十分知道我。

严仲子 （拱手）对不住，对不住。

聂政 （稍激昂）我自己觉得，我并不是那样贪生怕死的人。我是把我自己的生命看得和自己身上的任何物品一样，只要用在得当的地方，我随时都可以送人。何况现在的中原分成了亲秦和抗秦的两派，我素来是主张抗拒秦国的，我十五岁时为什么杀了人，也就是为和一位亲秦的人争论，一时性急，把他结果了。这几年因为我母亲还在，而且自己的修养和本领也太不高明，所以我隐忍着，在屠狗生活中锻炼自己。现在我母亲已经过世，自己没有后顾之忧了，虽然修养还是不够，但杀狗的本领自信是有的了。只要是于人有利，于中原有利，我这条生命并没有看待得怎么宝贵。但只要于

1 郭沫若.郭沫若剧作全集（第一卷）[M].北京：中国戏剧出版社，1982：13.

人有利，于中原有利而使用我这条生命，那我这条生命不也就增加了它的价值吗？[1]

在事件的次第展开，聂政、聂嫈、严仲子、韩山坚、侠累等人物的轮换登场中，酒馆、濮阳桥畔、十字街头成为表征社会情感与社会道德准则的评价之地，成为主战与主和、解放与卖国的审判之所——胡开瑜的《聂政》借鉴了郭沫若剧作中的核心思想，同样将聂政的刺杀定义为"为民除害"。聂政刺杀侠累的历史事件在话剧改编中的主题变异与郭沫若的主观思想有很大关联。更多源于他的天才创造，也基于他对于历史以及历史剧的态度，使他在自由驾驭历史事件的同时，赋予事件更多的现代内涵。

对豫让故事的改编更为典型。元杂剧有杨梓的《忠义士豫让吞炭》，京剧有《豫让桥》《豫让击袍》，秦腔有《豫让剁袍》，剧作都把重点放在赵襄子灭掉智伯，并以智伯头为溺器，而豫让想方设法为智伯复仇之事。在具体的复仇情节上除了吞炭、躲于桥下行刺外，各剧目间略有差别。如《豫让剁袍》中复仇行为包括：一是豫让诈称秦使复仇，二是吞炭躲于桥下行刺，均不成功。而京剧《豫让桥》则更为详细描述了复仇，展示了豫让的锲而不舍的精神。包括：一是盗回智伯的人头祭奠，二是匿于赵襄子家的厕所中行刺被搜获，三是漆身吞炭，藏于桥下行刺，均不成功，后向赵襄子索要袍子用剑刺之，以全心愿。但本剧的处理不同之处在于，赵襄子"取己袍视之，有血迹，昏绝而死"。[2]应该说，以上的诸类剧作基本上依照了诸如《史记》《东周列国记》《战国策》等史书的记载，并且一般突出了豫让所说的智伯以国士待豫让，所以豫让以国士之行为回报智伯的"愚忠""义气"的一面。如元杂剧《豫让吞炭》，"作品对他这种'一片为主，胆似秋霜烈日'的行为大加歌

1 郭沫若.郭沫若剧作全集（第一卷）[M].北京：中国戏剧出版社，1982：269.

2 王森然遗稿，《中国剧目辞典》扩编委员会扩编.中国剧目辞典[M].石家庄：河北教育出版社，1997：954.

颂，对‘背义忘恩，有始无终’的败类则大加贬责。”[1]而从情节设置上，并不改变智伯强大时妄图吞并包括赵襄子的三个小城邦，并百般凌辱的情节，在剧作的内部逻辑上造成了一定的矛盾和不顺畅，影响了其主题。而李朴园改编的三幕剧《豫让》[2]，则避免了其中一些关节性的失误。通过一个小小的置换，颠倒了智伯与赵国之间的强弱关系，使豫让的复仇从开始就成为正义的，从而使刺杀行为不再是狭隘的、没有是非观念的，而是代表正义对非正义的惩戒。从道义上是正确的，但从力量对比上则处于劣势，而这更增加了其行为本身的悲怆力量。但从豫让的历史记载中可以看出，豫让事件本身所折射的在“士为知己者死”之外，并无更为高尚的情操。豫让的复仇以及死亡虽然带有浓重的悲剧色彩，却因为其偏狭性，缺乏与国家意识关联的丰厚支撑，因此在现代文学史上的改编逐渐趋弱。

无论聂政还是豫让的刺杀事件，都难摆脱因个人私怨而生意气的嫌疑，相比而言，《博浪沙》和荆轲戏则因事件本身带有的国家意识，在题材上具有莫大的优势。

《博浪沙》写的是张良谋划行刺秦始皇、大力士用大铁椎实施的事件。在《史记·秦始皇本纪第六》中的记载不过数言，即“二十九年，始皇东游。至阳武博浪沙中，为盗所惊。求弗得，乃令天下大索十日”。[3]在这一段记载中，只简单地交代东游时在博浪沙（地点）发生了惊驾之事。而在《史记·留侯世家第二十五》中，描述得则相对详细，“良尝学礼淮阳，东见仓海君，得力士，为铁椎重百二十斤。秦皇帝冬游，良与客狙击秦皇帝博浪沙中，误中副车。秦皇帝大怒，大索天下，求贼甚急，为张良故也。”[4]文中交代了时间、地点，刺杀的武器和刺杀方式，后世的诸多改编大都没有脱离这一情节模式。后来班固的《前汉

1 商韬.论元代杂剧［M］.济南：齐鲁书社，1986：27

2 李朴园.朴园史剧（甲集）［M］.长沙：商务印书馆，1938.

3 司马迁.史记［M］.长沙：岳麓书社，1988：59.

4 司马迁.史记［M］.长沙：岳麓书社，1988：453.

书·张陈王周传第十》，除删去“为张良故也”外，全文照搬。而从题旨上看，元明清时的知识者已经自觉地把刺杀事件与反抗强权联系在一起，每每将之作为反击统治者威权的象征加以运用。比如元代陈孚《博浪沙》一诗，写道：“一击车中胆气豪，祖龙社稷已惊摇。如何十二金人外，犹有人间铁未销。”在盛赞大铁椎一击的伟力之时，更着意于“犹有人间铁未销”的指涉蕴含。而清代扬州八怪之一的罗两峰也曾作《咏始皇》，其中“焚书早种阿房火，收铁还留博浪椎”，后一句同样蕴含着威权之下反击犹存的含义，提醒着统治者时时警惕，莫忽视威权背后的激变。或许这一题材涉及张良，而张良最终助刘邦灭秦建立汉朝天下，而以留侯之名留存史册。因之，张良的刺杀行动既有叛逆的内涵，同样有警惕统治者的深意，其叙事空间相比单纯的刺杀行为更大。在戏剧改编方面，明朝时张公琬做传奇《博浪椎》（已佚），王万几作《椎秦记》，明末清初王翃也有传奇《博浪沙》（已佚），均是些张良于博浪沙狙击秦始皇的事。但对于事件的阐发大多依从于知己——灭暴——逃或死难的模式。漫铎的《博浪沙》在剧作中丰富了大力士的事件，将之处理为一个反抗者，比如在一年前曾在蓬莱造过反等，使刺杀事件成为造反事件的延续行为，在很大程度上超越了明清传奇中渲染的主题。而张良在失败后“为着祖国还得从大众着手去”的叹息，[1]则从另一侧面对刺杀事件进行了反思。但剧本加入了大力士的孩子向李斯索要父亲，后被李斯命令马踏而死。虽然本意在于突出秦皇治下的暴虐残忍，却削弱了对秦始皇的批判，也在一定程度上损害了主旨。

虽然漫铎扩展了《博浪沙》中的题旨，但张良“从大众着手去”叹息在很大程度上否定了刺杀的行为，抑制了事件悲剧发展中的意义延伸。相比而言，汪笑侬改编的京剧《博浪椎》中，大力士沧海公掷椎中副车，被擒后撞死的处理，其精神的震撼力更大。更多剧作者在改编中将传递抽象思想与掘发历史精神结合在一起，并使之展现无穷魅力。

1 董健.中国现代戏剧总目提要［C］. 南京：南京大学出版社，2003：569.

相比《博浪沙》中模糊的大力士形象，《史记·刺客列传》中荆轲的形象、行动、语言，无不充满着魅力。作为为国赴难的勇士形象，荆轲虽然同样有意在报答燕太子丹的知遇之恩的初衷，但其行为却跳脱了个人恩怨，而是承载着燕国及各小诸侯国的命运，因之，命定地成为国之英雄。荆轲事件背后的弱国与现代文学时期在列强蹂躏中的中国，处境何其相似，因此，荆轲在现代文学时期具有极大的象征蕴含。剧作家往往借荆轲的改编表达一种渴望，一种呐喊，传递一种精神。

荆轲刺秦王事在《史记·刺客列传》中记载已较详细。如荆轲的语言、燕太子的行为、刺秦的过程及后人的慨叹，层次清晰，不乏文学之张力与叙述之美。但每一情节都简略而不铺张，侧重人物行动的结果，抑制了人物行动背后性格的揣摩及内在心理的探索。对阅读者来说，这一记载如索引般，只勾勒出了人物、事件的外在形态，而其内在的精神气脉、性格演进则需要依据自我的理解补足。当然，历史的魅力也部分源于史载的空缺，为后世戏剧家提供了丰富的开掘空间。现代文学时期荆轲剧最多，各剧作家根据自己的理解充实人物的性格、丰盈事件的细节，或者突出刺杀秦王时荆轲的勇、无畏以及悲怆，或通过赴秦前“风萧萧兮易水寒，壮士一去兮不复还”的渲染，增加个人与国家的取舍中的悲剧精神，对于荆轲刺秦的理解及兴趣点不同，造成了剧作家具体改编的处理差别。

现代荆轲话剧一般袭用了三个场景，即荆轲与太子丹的会面、易水别及荆轲大殿刺秦。而一般通过怒斥秦王的罪恶点题，如周阆风、张匡的《荆轲刺秦王》，荆轲在“急急的追着”秦王时，控诉道：“呀，秦王，你逃到那里去？哟，我把你这逼迫弱小国家，罪恶滔天的魔王，今天定要你的狗命！”[1]而顾一樵的《荆轲》中则处理为荆轲“左手把秦王之袖，右手持匕首欲刺秦王”，要挟秦王的一段，加入了一段对话：

1 张匡，周阆风编辑.儿童史剧（下册）[M].上海：新中国书局，1933：102.

荆　强暴的秦王，现在你的性命在我荆轲手掌之中，你的生路只有一条，你还是要活还是要死？

秦王　（哀求。）寡人自然要活。

荆　那么你要答应我！

秦王　答应什么？

荆　我说什么，你就要答应什么！

秦王　好！好！我什么都可以答应。[1]

在这段对话中不仅强化了荆轲的英雄形象，呼应了《史记》中“事所以不成者，以欲生劫之，必得约契以报太子也。”[2]而且显示了秦王在逼迫中的委曲求全的形象。正义的强大和暴政的弱小在此得到了戏剧化的表达。

荆轲的刺客身份在不同社会时代会呈现不同魅力，或者是为知己者死的个人取舍，或者是为国赴难的国士大义，或者是作为反抗暴政的一个象征符号，宣泄着人们对美好、和平、自由和谐社会生活的企慕。但无疑现代剧作者相比元明清的剧作者更强调荆轲作为国家勇士的身份。荆轲的事件在历史的河流中因为带有以弱小对抗强大的意旨，而成为一个象喻符号，成为每个时代关于牺牲个我、献身民族大义的表意符号。

三、刺客之死与功臣隐逸

在刺客复仇戏中，包括杨娥刺杀吴三桂在内，除了聂政顺利杀掉侠累之外，荆轲刺秦王、豫让刺杀赵襄子以及大铁椎刺杀秦王等都以失败而告终，其中刺客或当场而亡，或因刺杀受伤而死亡。死亡在刺客复仇戏中具有轴心作用，在刺客借由武功完成一个嘱托、一份责任，甚至改变国家、民族命运的道义之外，增添了其刚性、烈性。如写豫让屡次刺杀赵襄子，无视身体、生命的坚执，聂政刺死侠累，“自皮面决眼，自屠

1　顾毓琇.顾毓琇戏剧选［M］.北京：商务印书馆，1990：65.

2　司马迁.史记［M］.长沙：岳麓书社，1988：644.

出肠，遂以死”[1]的冷静与决然，荆轲在断左股、被八创后，“倚柱而笑”[2]的潇洒。死亡既是一个结局，也是通过死亡场景的凸现和细化，使刺杀的行动生长为一种精神，侠客的精神、英勇的精神、为国赴死的精神等等。因此，在剧作家改编此类题材的话剧中，重点的场景都放在死亡的部分，通过对于死亡中的语言与行为，彰显刺客不寻常的一面以及作者意欲传递给民众的思想观念。

在荆轲戏中大多通过荆轲的语言传递对抗暴秦、强国的呼吁。在张匡、周阆风的《荆轲刺秦王》中，荆轲在被卫兵刺中后“颓然倒地怒目视秦王”：“呀！便宜了你这恶魔！我满心想要拼我一命来击杀你这恶魔，夺还各弱小国家被你侵略去的土地，那知道事情不成，辜负了燕国几千万人民的期望。（向阶下的秦舞阳）秦兄，我们现在死就死好了，决不要屈伏！决不要屈伏在强暴的魔王的手下！”而秦舞阳同样把死亡视作象征，“荆卿，我们要悲壮的死，我们要轰轰烈烈的死，不要作亡国奴！啊！不要作亡国奴！”[3]在顾一樵的《荆轲》中，荆轲则将死亡与唤起未来的抗争相联系。“我荆轲纵没有能除这个强暴，但是秦王的罪状，必定为天下后世所共晓，暴君的末日，必定很快的到来！我为天地存一息正气，虽死何恨！哈哈！哈哈！（狂笑。）”[4]

《杨娥传》在写杨娥死亡之时，通过隐喻性的语言表达斗争的信念。杨娥虽然在酒店中刺中了吴三桂，但却没有杀掉吴三桂，杨娥在病榻上为这复仇未竟而忧心不已。

杨娥　……吴三桂逆贼，杀害了许多良善的人民，杀害了我的丈夫，我的许多战友，他断送了我们的国家，我和他是不共戴天之仇！（自身边去处剑）我已不可能再参加作战，所以，我保留着这

1　司马迁.史记［M］.长沙：岳麓书社，1988：639.
2　司马迁.史记［M］.长沙：岳麓书社，1988：644.
3　张匡，周阆风编辑.儿童史剧（下册）［M］.上海：新中国书局，1933：103.
4　顾毓琇.顾毓琇戏剧选［M］.北京：商务印书馆，1990：67

> 一把宝剑，等待着机会报仇！我相信我的容貌，我的武艺，可以引他接近我，然后杀死他，因而开这一家酒店！（更激越地）我忍耻自肱，希望老贼把我娶进府！好容易把事情弄成了，不幸，我竟一病至于不起！（伤心地）这是病魔使我不能为人民报仇！（转凄哀）出师未捷身先死，长使英雄泪满襟！[1]

她的痛苦在于："这是病魔使我不能为人民报仇！（转凄哀）出师未捷身先死，长使英雄泪满襟！"阿英通过杜甫《蜀相》诗句的借用，写出了一个女子、一个刺客，一个承载着保护祖国任务的勇士的满腹心事。但她的不屈服也正在于此。在弟弟为她的病痛苦时，杨娥愤愤地说："你是保护祖国的健儿，为什么也要哭！前面的死了，后面的跟上去！（大声）前面的死了，后面的跟上去呀——！"[2]这一段话，几乎成为刺客复仇剧魅力之所以永在的一个总结——前行者与后来人，在快意恩仇中，充满着一种舍生取义的决然的精神和气度。而现代剧作家改编此类题材并变异其主题的目的，正在于这一呼喊，希望民众以一种决然的心，跟进这些勇士。

对于死亡后的影响力，郭沫若在《聂嫈》中通过聂政的姐姐聂嫈的行动、酒家女的行动进行了渲染。在剧作中，郭沫若同样对暴政进行了批判。当卫士长三问："聂政为甚么要杀我们的国王和宰相呢？"酒家女回答："你们晓得不晓得国王和宰相的罪恶呢？……你们假如晓得如今天下年年都在战乱，就是因为有了国王，你们假如晓得韩国人穷得只能吃豆饭藿羹，就是因为有了国王，那你们便可以不用问我了。"郭沫若借这一问答，使刺杀行为与死亡的意义超越了对暴政的抵抗，而提升为对国王及封建君权制度的批判。"我们的血汗成了他们的钱财，我们的生命成了他们的玩具。他们杀死我们整千整万的人不成个甚么事体，我们杀死了他们一两个人便要闹得天翻地覆。"死亡——精神——平等观

1　阿英.阿英剧作选［M］.北京：中国戏剧出版社，1980：348.

2　同上。

念，这一切激发了卫士甲的反思，他“挥拳大呼”：“啊，朋友们！我们来杀死这一些没良心的狗官啊！……朋友们你们有良心的，便请来帮助我把这几位好人的尸首抬进山里去吧！你们有良心的，便请跟着我来，跟着我山里做强盗去吧！”随后众卫士为之响应，“好啊，我们做强盗去！我们做强盗去！……”[1]显示了批判精神由个人而至集体的播散。

相比而言，复国戏的结局则是皆大欢喜。如现代文学时期的越国复国剧。实际上在元杂剧、明清传奇中，吴越春秋的故事即以不同的版本被改编，而因为西施的评价问题，更多的改编者把兴趣放在了西施的塑造上。现代剧作家则在西施的塑造中探问越王复国的关键，并把人民的力量提到了核心位置。复国与民众结合一处，主题也就由卧薪尝胆的皇帝发奋，变为激发国族民心，维系一国之兴亡。如顾一樵的《西施》结尾是：“军乐声，欢呼声，‘越国万岁’声”，[2]虽然有西施死亡的情节，但着力点仍在复国成功的全民欢腾。如熊佛西的《卧薪尝胆》文末，勾践与外侍的对话。外侍：“禀告万岁，营外在开国民庆祝凯旋大会，请万岁发驾！”勾践：“即刻就到！好了，我们大家一齐赴凯旋大会！希望从此国泰民安，风调雨顺！”而剧作也在“万人呼喊越国万岁声中，闭幕”。[3]这样的处理，主要是为呼应当时中国饱受外敌侵略的局势，唤起民族意识和国家观念。

但即使在民众力量——复国成功的叙事框架中，一些现代剧作家也没有一味盛赞复国成功，而是通过复国后功臣命运的反思，探问更深层的封建君权之弊端。如孙家琇即通过范蠡与西施的退隐反思封建君王与功臣义士的关系，揭露越王勾践所代表的封建君王的自私、刚愎及对自己皇权的维护。如果说刺客剧中，死亡是杀身成仁或失败后保留尊严的方式，那复国剧中，功臣隐逸则在达观、逍遥之外，带有畏君如虎，因之以退避求自保的无奈。在传统戏曲、小说中，吴越春秋故事的主角西

1 郭沫若.郭沫若剧作全集（第一卷）[M].北京：中国戏剧出版社，1982：186-188.

2 顾一樵，顾青海.西施及其他[M].上海：商务印书馆，1936：76.

3 熊佛西.佛西戏剧第四集[M].上海：商务印书馆，1935（再版）：214-215.

施一般被处理为三种结局，一、回归越国皆大欢喜，二、为越王所杀，以灭掉这亡掉吴国的红颜祸水，三、与范蠡一道泛湖舟上，过上隐逸避世的江湖生活。第一种处理是将西施作为复国英雄，往往在民族危亡中起到激励民众的作用，而第二种处理则承传了中国古代兔死狗烹的君王立国传统，矛头指向越王，但也隐含着对西施以色相诱惑吴王的不满。第三种处理则是对死亡结局的理想转换。毕竟功臣的死亡不符合民众的情感期待和文化期待，一般剧作因之借助传说与神话的魔杖，使死亡的人或成仙得道，或于传言中出现于彼时彼地，或因缘际会而得以隐遁出世，化解功臣死亡中蕴藏的凄凉。这不仅符合于国人的观剧心态，且在一定程度上使悲态的叙事借由想象转换走向喜态。

在《复国》中，孙家琇通过凸现勾践封建君王的形象，来消弭复国剧作中固有的感奋力量。这一点与一般剧作中将勾践塑造为仁慈、贤能、忍辱负重的形象，从而使之能团结民众，以突出越国在吴国的压制中全民的反抗有别。在第二幕勾践出场时，是一个忧愁而萎靡不振的模样。“越王勾践腌脏，狼狈，忧愁地坐在大树根上，以手撑着头。”[1]他的性格则在外形刻画中给予交待和推测：“他的态度也能由极谦卑变到极刚戾，不过无论在什么时候，他的眼睛总是锐刺地注视着人，使人感觉着一种杀气，感觉他是一个难斗，冷酷，而有条理的人。”[2]孙家琇对越王复国中的动机及民众力量的强调，同样区别于其他剧作。在《复国》中如勾践所言：“寡人一向，对民无恩，对国有罪”，[3]指出勾践与民众的分离。因此，勾践为复仇成功对范蠡许诺：“大夫，有一天真能报复这个仇恨，寡人要平分越国的天下请你享受！”[4]剧作的这一伏笔为后来凸现复国成功后勾践的虚伪做了准备。如上文我们提及的，孙家琇的意图是突出君王的虚伪、自私和刚愎以及对功臣的嫉妒。范蠡在剧作中被处

1 孙家琇.复国［M］.上海：商务印书馆，1946（上海初版）：39.

2 孙家琇.复国［M］.上海：商务印书馆，1946（上海初版）：42.

3 同上。

4 孙家琇.复国［M］.上海：商务印书馆，1946（上海初版）：45.

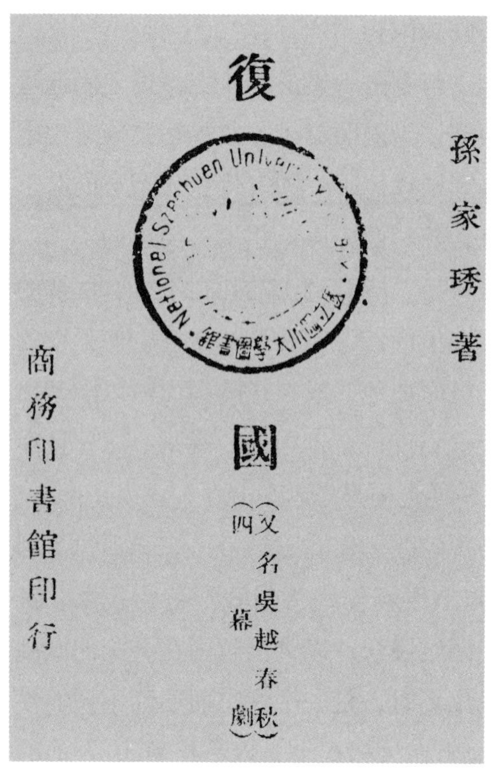

1946年，孙家琇创作《复国》（又名吴越春秋），其中充盈着民主建国的思想

理为一个有抱负、能担当、审时度势且以民为先的形象。他的退隐江湖与一般戏曲中的退隐不同，不只是担心勾践的加害，“越王的像貌——长颈，鸟啄，鹰眼，狼步，他的为人，据我看，多半是可以与共患难而不可以与共安乐。在太平无事的时候我恐怕他会妒贤嫉能。俗语常说，飞鸟散，良弓藏，做人臣子的应该明白进退之道。”[1]而主要是范蠡与勾践在政治观念上的巨大分歧。勾践主张压制吴国以免吴国“恢复国力，又要秣马作乱，对付越国。”而范蠡则认为：“越国要设法求得一个绝对安全的保障是帮助吴国施行仁政，铲除霸道，消灭彼此仇恨”。[2]后者是一种民主国家的思想，通过取法仁政，去消灭霸道。

建构平等、祥和的国家是现代文学时期剧作家的一种渴望，因之借助不同的故事类别，现代剧作家将传统剧目中疏离的题旨进行了强化，并以不同的方式将之凸现。虽然在死亡或者隐逸的处理上，剧作家因思考的维度有别，使主题发生了局部的变异，但在总体向度上却始终没有脱离构建民主国家的理念。

总之，现代文学时期剧作家通过现代意识的介入和服务当下的处理，为传统中国颇为流行的复仇主题植入了新的内涵。或由个人恩怨、

1　孙家琇.复国［M］.上海：商务印书馆，1946（上海初版）：156.

2　孙家琇.复国［M］.上海：商务印书馆，1946（上海初版）：154.

义酬知己扩展为诛杀国贼、为国赴难，或由普通的杀戮行为转化为唤醒危亡意识，使民众觉醒的必要手段。相比传统复仇剧，当时的改编剧涌动着一种不息的激情，具有一种内敛的气质和雄壮的风格，而其审美境界也相对阔大得多。

第二节　爱情主题的现代阐释

传统戏曲中爱情题材的作品一直数量较多，影响颇大的西厢记、卓文君私奔、红拂夜奔、薛仁贵与王宝钏等，在元杂剧、明清传奇中都有很多版本。但在传统戏剧的处理中，此类爱情故事更多是作为一种理想以遮蔽现实中的无奈，而不是作为播散自主精神的资源。戏剧创作者更关注爱情故事的传奇性，比如卓文君的私奔、红拂的夜奔、崔莺莺的幽会，每每以之作为赏玩的事件，加入警世的语句与叹惋的语气，以哀伤之笔渲染爱情的凄美，以落泪的伤情营构苦涩的诗境。剧作往往曲终奏雅，给出团圆的结局，却全以男子得势的角度完满结束离奇的爱情故事，比如卓文君与司马相如爱情的合法化得益于司马相如的辞赋，得到汉武帝的赏识，从而一朝显贵，得以重归家门；红拂夜奔的合法化得益于李靖作为开国将军的伟业；西厢记中张生与崔莺莺的爱情归宿，则得益于张生进京赶考中了状元。女子在传统爱情剧中，无论开初如何的勇猛、如何的激奋而执着地反叛陈规，拥抱爱情，但仅止于佳人慧眼识才子，对于推进爱情的走向女子几乎毫无作为。且女子率性而为的反抗在私订终身后，无一例外演化为贤惠、温良的退守。西施、卓文君、莺莺这些古代的奇女子，无不如此。这种状况正符合于郭沫若在《写在〈三个叛逆的女性〉后面》中总结的：“女人的一生都是男子的附属品，女人的一生是永远不许有独立的时候的。”[1]可以说，在传统爱情故事的叙写中，虽然情节丰盈，但主旨上却差别不大，基本没有脱离封建意识中的

1　郭沫若.郭沫若论创作［M］.上海：上海文艺出版社，1983：353.

女子最终依附男子的格局。

自五四以降，婚姻爱情即已成为启蒙的突破口，一时间各类知识者都以之作为题材写女性的出走、叛家，以勇力和决绝对抗家族的包办婚姻，写自由恋爱的快乐和激情，并以之表征新与旧的对立，现代对封建旧传统的否弃。在西方现代意识的影响下，一些现代话剧家开始重新解读传统爱情题材，探究追求爱情与个性自由、婚姻自主与反抗封建的因子，以之作为启蒙的工具，更新民众的爱情婚姻的观念，建构民众的主体意识。这表现于爱情主人公的变化，改编剧中女性人物开始成为爱情事件中的主体，凸显女性在爱情中的主动、积极、自主，女性在爱情中的掌控力和影响力也就成了当时的重点。如郭沫若、恽涵的《卓文君》、陈学昭的《文君之出》、顾一樵的《西施》、王修明的《杨贵妃》等，都将爱情事件的女主角作为题目，并在传统故事的基础上赋予女性更多的笔墨。

一、女性主体自觉意识的强化

在爱情题材中，现代剧作家将自由作为第一要义，凸现女性意识的自觉。比如《卓文君》《王昭君》、聂绀弩的《范蠡与西施》都是代表。与传统戏曲中的处理不同，现代剧作家侧重以人性的视角品察女性内心的幽微，而不再以伦理等为基点探寻事件的起始、终结。

相比一般的爱情故事，卓文君私奔司马相如更具现代韵味和可拓展的空间。司马相如、卓文君事因其才子佳人的爱情模式，携手私奔的自由大胆，文君当垆卖酒的无所避讳，及最终司马相如得偿所愿为皇帝赏识的美好结局，它的群众基础非常牢固。如本于《史记·司马相如列传》、宋朝的《卓氏女鸳鸯会》、元朝铁叫郎的《卓文君夜奔相如》、明朝朱权的《卓文君私奔相如》、清朝舒位的《卓女当垆》及传统京剧《卓文君》。还有部分剧目本于民间传说，如元朝孙仲章的《卓文君白头吟》，写卓文君与司马相如以及茂陵女子的故事。卓文君是一位为爱而斗争的女性，宋元明戏曲也注意到这一点，但由于封建礼法观念，剧作刻意描述了卓文君的服从、司马相如的厌倦，并将叙事重点放在司马相如得到皇帝重用，两人苦尽甘来上。剧作重心也就由女性爱情的抗争变为对男子才能的鉴识。其潜台词是卓文君依附司马相如而走向喜剧。这类作品重点突出了司马相如的才、汉武帝的贤、卓王孙的愚和文君的慧眼。在此，文君私奔相如与红拂夜奔的写法较为相像。这种写法正如郭沫若所批判的："卓文君的私奔相如，这在古时候是视为不道德的……有许多的文人虽然也把她当风流韵事，时常在文笔间卖弄风骚，但每每以游戏出之，即是不道德的仍认为不道德……决不曾有人严正地替她辩护过"。[1]

现代文学时期以卓文君事为中心的改编话剧约有四部，如寒蝉的五幕新剧《中古时代之文明结婚》（1917）、郭沫若的三幕剧《卓文君》（1923）、（陈）学昭的四幕剧《文君之出》（1929）以及恽涵的七幕剧《卓文君》（1940）。相比刘兰芝的柔弱，卓文君的形象始终带着坚韧和决绝，对各方面的威压她没有丝毫的妥协。从题材上看，如果说刘兰芝与焦仲卿为传统型，那卓文君与司马相如的爱情则为现代型，也正可看作女性自身命运的两种写照。而从结果上看，前者是服从地走向分裂的悲剧结局，而后者则是不屈服地迎接着喜剧式的完满结局。对于刘兰芝，几乎所有剧作者都没有改变其悲剧结局，希望借助悲剧震撼人心，宣扬某种关于爱情、婚姻的现代理念。而卓文君，无论在历史上还是现代文学时期，都是一个独特的自主女性形象。几乎所有的笔触都集中在了卓文君的独立、自由、有思想、敢行动的方面，但这一剧作被现代改编者注入了更多自由意识、民主观念等新元素。

剧作家作为历史的评判者重新审视历史爱情故事，总是要结合当时的社会思潮，调整内在的人物、事件关系，变换戏剧冲突中的核心力量，凸现女性在爱情婚姻中逐渐走向主动的社会变化，同时也是为这种变化摇旗呐喊。剧作家不仅延续了传统爱情故事中女性对爱情的渴望，

1　郭沫若.郭沫若论创作［M］.上海：上海文艺出版社，1983：357.

文君之出

第一幕

（一间陈设简单的客室。靠左的窗边，横一古琴。中设一桌，数椅，桌上摆着煤油灯。文君倚坐着沉思。女侍从右边的门进来。）

女侍　晚饭该端上了么？

文君　什么时候了？

女侍　约有七句钟了吧？我看邻家那小阿荃早已从街上回来了！

文君　怎么今天的日子特别过得快似的！（她转动煤油灯，灯光亮一些，但火花扑扑的跳。）灯火尽是这般飘摇不定的，又是什么气息，要把这阴暗的屋子窒塞了似的！（她抬起头来。）你把这帘子拉下了吧！

女侍　（她走到窗口拉帘子，灯火不再跳了，她向着窗外，且拉且说。）一天的风雨，竟打落了那么多的槐叶，檐前满铺着了！可不是，从春天起，我就巴不得它快些长些叶儿出来，好遮盖这炎夏的烈日，那晒得人热焦焦的太阳光。这真是一个好凉亭！夏天刚过，却又有这般风雨，将它们片片的打落下来了！明年还要长

1928年，陈学昭《文君之出》取材于“茂陵女子”之传说。

而且凸现了女性在爱情中的主动选择。很多剧作更着意于扭转困守于爱情、依附于男子的传统书写模式。

如陈学昭的《文君之出》，选择了出自《西京杂记》的司马相如与茂陵女子相遇之事。本事记载：司马相如奉命开通蜀道，路遇茂陵女子，“相如将聘茂陵人女为妾，卓文君作《白头吟》以自绝，相如乃止。”[1]对司马相如的移情别恋，卓文君的选择只是劝止。元杂剧中有孙仲章的《卓文君白头吟》、明传奇中有朱权的《卓文君私奔相如》写到这一故事，但除了以之讥讽司马相如喜新厌旧外，也隐含着对卓文君所嫁非人的讥讽和感慨。故事中卓文君始终是被动的。而陈学昭则在《文君之出》中将文君的劝止变为决然的指责。“时代的男子！时代的男子！……呀！长卿！长卿！我不料你也受人诱惑到这样！完了！完了！往日的深情哪里去了！可曾还想到我当炉设店的时日，那些患难共处的时日？我不责你没信义，别了！长卿！在你们所认为幸福的幸福，我决不妨碍你们，别了！长卿！别了！”[2]在此，卓文君用感叹的语气显示内在的愤怒，以质问的话语责问背弃，以“别了！”这一连贯的话语显示了对司马相如的失望。卓文君最终走出了家门，抛弃了自己选择的爱情。这一形象已全

1　王森然遗稿，《中国剧目辞典》扩编委员会扩编.中国剧目辞典［M］.石家庄：河北教育出版社，1997：372.

2　陈学昭.蔓草拾零［M］.杭州：浙江文艺出版社，1984：211–212.

然抛弃了元明戏曲中的含蓄和忍让。虽然陈学昭于剧作中仅暗示了司马相如的动摇和思想上的游移，并将茂陵女子描述为“矮胖身材”“带着骄倨的样子”，全然没有传统故事中的才情，但误会本身更加剧了文君主动出走的力量。剧作凸现的是一种心理上的期待、焦灼、恐惧及突然而至的心理崩溃等变化过程。剧作家选择茂陵女子的传说，却抛弃了卓文君“自绝以劝”的“从夫”的贤良，而是一任压抑、嫉恨的心理宣泄，并最终抛弃了背却前盟的“负心男”，走出家庭的拘囿。这种处理虽显极端，却张扬了女性自思、自决的主动意识。虽然剧作简短，却将女性自主的题旨展露地淋漓尽致。

抛弃爱情或者怀疑爱情当然是题材处理中的极端，却反映出现代剧作家在爱情题材处理上的多元倾向。一些剧作家已经不再满足于咏唱爱情的魅力，或者感叹有情人不能终成眷属的悲情，而是希望通过现代西方理念改造传统爱情，使之呈现新的面貌，比如剧作家试图展示为爱情付出代价的受难女性的抱怨，即如袁牧之的独幕话剧《爱神的箭》。

袁牧之《爱神的箭》取材于薛仁贵与王宝钏的故事。在清代有《红鬃烈马》，主要写唐丞相王允因王宝钏抛绣球选中乞丐薛平贵，被逼退婚不从，父女反目。薛平贵参军出征西凉，王宝钏苦守寒窑十八年。“十八年古井无波，为从来烈妇贞媛，别开生面；千余岁寒窑向日，看此处曲江流水，想见冰心。”（西安武家坡供奉薛平贵与王宝钏的祠庙上的对联。）传统故事中王宝钏苦守寒窑十八年，一直被作为从一而终的女子终得圆满而歌颂。即使薛仁贵已娶了异邦女子代战公主，王宝钏依然因这份苦守获得了正房的位置。这一故事源自《说唐后传》，小说与戏曲中的女主人公则有所变化，或为柳金花，或为王宝钏。但小说家和戏曲家都保留了薛仁贵试探妻子十八年是否贞节的一段，薛仁贵通过试探，从怀疑柳金花不忠到满心欢喜地相认。此中虽有讽刺薛仁贵的狭窄、歌颂柳或王的贞节的意图，但受难女子被质询却在封建伦理的框架中得以合理化。袁牧之在改编中正是通过试探去实现其批判。在《说唐后传》中，贫寒度日十八年的柳金花，依然花容月貌，而且打扮虽然朴素，却十分清洁。但袁牧之却写了贫穷度日的柳金花，“消瘦”“憔悴”的面容，柳金花也自言：“我两手做得只剩一张皮了”。[1]这使柳金花对薛仁贵的归来没有半分欢喜，只是满腹怨恨：“我成天整晚地盼你回来，不想你竟会这个模样回来！”[2]抱怨的柳金花不仅责问着薛仁贵，而且也由之否弃了十八年为了爱的等待。

而聂绀弩的独幕拟剧《范蠡与西施》中，西施质疑范蠡牺牲自己去复国的计谋，责问范蠡牺牲爱人的罪过。在范蠡与西施相会的场景中，没有你侬我侬，没有执手相看泪眼的悲切，而是充满着政治智谋的算计，西施作为女子对范蠡的愤恨与无奈。

西　……世界上有两种人最没有真感情。一种是政治家，另一种是市侩，你刚刚又是政治家，又是市侩。

范　骂得好，骂得好，可是我却是个最有真感情的人。

西　你？你好意思说？你为了你的政治活动，为了你的商业，把你的爱人，你的妻子，献给别人；让她去陪伴一个老家伙！

范　那是因为除了这样，在没有方法可以恢复我们国家的地位，打倒我们国家的敌人。报仇，雪耻！

西　不如说，偌大的一个越国，再没有别的女孩子。

范　是的，再没有美丽的，灵巧的，妖媚的女孩子，再没有这样有国家观念的女孩子，再没有这样爱我，这样肯听我话的女孩子，再没有……

西　少说废话。你这回来，有什么事情？[3]

聂绀弩笔下的范蠡虽然带有政治家的身份，但同时兼有市侩的性格，这种独特的处理是为了展示政治阴谋的卑劣，同时为反思西施的痛

1　袁牧之.爱神的箭［M］.上海：上海大光书局，1930：13.

2　袁牧之.爱神的箭［M］.上海：上海大光书局，1930：12.

3　聂绀弩.婵娟［M］.桂林：桂林文化供应社，1943：36.

苦做了铺垫。西施对范蠡的愤恨凝缩为一句话："都是你的好计策，断送了你我的一生。你自然不在乎，可害死我了。"[1]这是较为难得的从人性的维度，从女性自身的角度考量西施的处境剧作。剧作家开始从爱情、国家伦理之外推测为爱付出巨大代价的女性，是否真的如传统描写中那样忍耐、服从且毫无怨言。一些剧作家确实开始运用现代思维和理论，从女性个人的角度，重新思考幸福，独立地评判男性行为中潜藏的狡诈（范蠡，聂绀弩《范蠡与西施》）、嫉妒（薛仁贵，袁牧之《爱神的箭》）、懦弱（焦仲卿，袁昌英《孔雀东南飞》）和无能（唐明皇，王独清《杨贵妃之死》）等。

二、爱情现实力量的强化

爱情题材的改编始终与现实需求相关，并带着明确的现实指涉目的，这也体现了现代话剧改编的一个特点。在传统处理中爱情不是批判时代观念的工具，即使一些爱情悲剧，也是意在劝诫，而非批判。而现代剧作则恰恰相反，剧作家更关注爱情事件的工具性，将之作为载体，使题材承载的观念超越了爱情本身的魅力。

现代话剧史上被改编最多的是古代叙事诗《孔雀东南飞（并序）》，即刘兰芝与焦仲卿凄美的爱情悲剧。改编集中在1922—1935年，有六部之多：1922年北京女子高等师范改编的《孔雀东南飞》，1925年凤汉改编的《孔雀东南飞》（仅发表一幕），1928年杨荫深改编的《磐石与蒲苇》，1929年熊佛西改编的独幕剧《兰芝与仲卿》，1930年袁昌英改编的三幕剧《孔雀东南飞》，1935年季剑改编的《孔雀东南飞》。由于剧作者的时代、阅历、价值观念等差别，他们的改编重点也有所差别，传递在历史情境中被搁置或者潜隐的问题，以新的立场和叙事丰富焦仲卿刘兰芝爱情悲剧的历史意义和价值。

诗歌中焦仲卿、刘兰芝的性格并不十分鲜活，而焦母的形象则更为

1　聂绀弩.婵娟［M］.桂林：桂林文化供应社，1943：37.

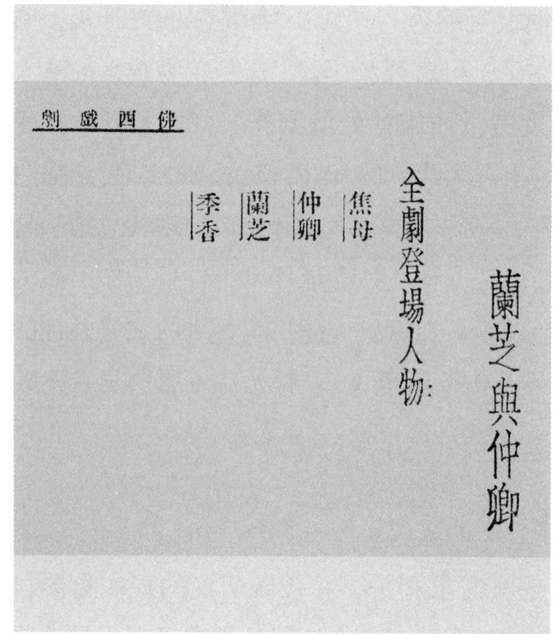

佛西戲劇

蘭芝與仲卿

全劇登場人物：

焦母

仲卿

蘭芝

季香

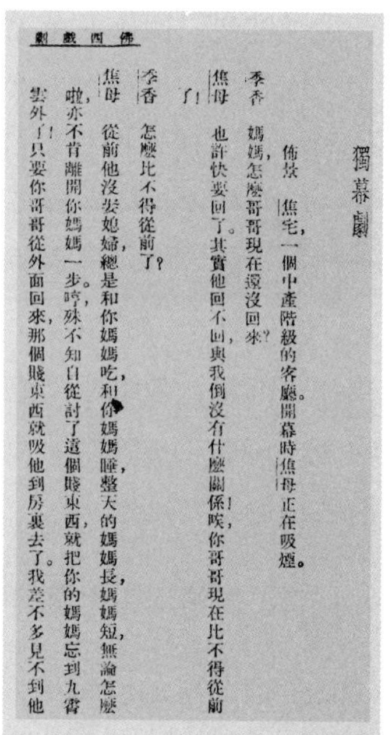

佛西戲劇

獨幕劇

佈景　焦宅，一個中產階級的客廳。開幕時焦母正在吸煙。

季香　媽媽，怎麼哥哥現在還沒回來？

焦母　也許快要回了。其實他回不回，與我倒沒有什麼關係！唉，你哥哥現在比不得從前了！

季香　怎麼比不得從前了？

焦母　從前他沒娶媳婦，總是和你媽媽吃，和你媽媽睡，整天的媽媽長，媽媽短，無論怎麼啦，亦不肯離開你媽媽一步。哼，殊不知自從討了這個賤東西，就把你的媽媽忘到九霄雲外了！只要你哥哥從外面回來，那個賤東西就吸他到房裏去了。我差不多見不到他

1929年熊佛西的独幕剧《兰芝与仲卿》局部

隐晦不明。由于诗歌的体裁限制及浓郁的浪漫主义叙事风格，使刘兰芝为什么被遣返回家、焦仲卿为什么唯命是从，刘兰芝哥哥的势利等都未能展开。而诗末一直广为传颂的劝诫之言，则重其死后的结合而忽视了对现实的批判。从戏剧的角度看，这一故事的戏剧性不是很强。原诗故事中兰芝被逐的动机描述上比较模糊，仅有焦母的“此妇无礼节，举动自专由。吾意久怀忿，汝岂得自由！”指责刘兰芝缺乏礼节且一举一动全凭自己意见。虽然刘兰芝抱怨：“三日断五匹，大人故嫌迟。非为织作迟，君家妇难为！”却主动提出“妾不堪驱使，徒留无所施。便可白公姥，及时相遣归。”没有形成兰芝与焦母之间的正面冲突，缺乏了戏剧应有的张力。另外，焦母将兰芝逐出家门符合于封建礼法。根据《大戴礼记·本命》的记载：“妇有七去：不顺父母去，无子去，淫去，妒去，有恶疾去，多言去，窃盗去。”[1]而焦母“此妇无礼节，举动自专由。吾意久怀忿”使驱逐符合于七去的第一条。因此，这一题材常见于古代

1　高明注译.大戴礼记今注今译［M］.台北：台湾商务印书馆，1975：469.

诗歌、散文，却鲜见于元杂剧和明清传奇，如陈墨香编的京剧《孔雀东南飞》等。但这些导致兰芝被逐而自杀的礼法，却正是五四以来社会所竭力抨击、颠覆的对象，因而兰芝的形象更能得到现代人的同情，契合于五四以来关于爱情婚姻的压制与抗争的脉络，兰芝被视作建礼教迫害的一方，而焦母则代表着泼悍的封建专制一方。

这六部作品在情节结构上基本一致，在保持故事基本矛盾的前提下，写焦母的蛮横、挑刺，写兰芝的屈从、哀求和被逐后的自杀。从人物关系的设计及人物性格的塑造上，剧作者使兰芝呈现出柔弱、贤惠、刚强和反抗的不同侧面。而将原诗中一直处于幕后的焦母的性格进行了更为细微的设计，凸显了焦母对儿子焦仲卿的疼爱：或者是因为爱儿心切，或者是由于嫉妒心理，或者就是封建的喜欢欺压媳妇的婆婆，通过寻衅滋事平衡自我的心态。因此，剧本不单单停留于一种描述，而是关注专制与自由、爱之间的冲突与矛盾、反抗与坚贞以及信念等一系列含蕴的主题。在此，剧作者因受时代、阅历、价值观念差别等影响，会基于各自的立场和兴趣点，通过改编凸显在封建时代被搁置或者潜隐的问题，而以新的视角和阐释开掘焦仲卿与刘兰芝爱情悲剧的历史意义和价值。在杨荫深的《磐石与蒲苇》和袁昌英的《孔雀东南飞》中，两人通过对焦仲卿与兰芝自杀的描写，将爱情与自由并置一处。杨荫深让他们喊出了："牺牲了我们肉体上的快乐，就可以换得我们永远无穷的幸福"。[1]袁昌英让他们喊出："死是永生！死是爱的不朽！"（焦仲卿）"让你我永生！让你我不朽！"（刘兰芝）[2]虽然在情节上相似于原诗，但在题旨上却突出了主体的自我选择，以死亡对抗压制的观念。

以爱情的压制与反抗的模式影射现实社会的悲剧，从而批判现实，推进现实中的变革，在当时比较流行。一些剧作家则在此基础上，寻找爱情悲剧的其他表达，如姚克在《清宫怨》中将爱情处理为政治斗争中的动力。

1　董健.中国现代戏剧总目提要［C］.南京：南京大学出版社，2003：350.

2　昌言.现代最佳剧选·第五集［M］.上海：现代戏剧出版社，1942：58-59.

姚克用了二元对立结构处理人物性格及各方的关系。如光绪/珍妃关系中，光绪懦弱、犹豫、政治上动摇，而珍妃则倔强、坚定、对未来充满信心，她的爱情成为光绪政治变革的动力。珍妃/慈禧的关系中，珍妃代表着自由、民主、新生力量，她进入皇宫后反抗慈禧、保持个我的自由品性，勇于为爱人光绪皇帝献身等生命轨迹，融合了民主、自由的现代个体主义精神。而慈禧则代表着保守、顽固、颓败和挣扎的力量，也成为光绪、珍妃爱情和政治变革的最大敌人。姚克将两人的爱情具象化为“船桨”的约定，（第一幕第二景：舟盟）这支想象中的操控爱情、命运与国家的“船桨”，不仅表征着他俩对爱情的渴望和尽享天伦的憧憬，而且暗示出他们对把握自我命运的期待。既有对自由、国家昌盛的向往，也有对暴虐的、昏庸的、日渐崩溃的“慈禧王朝”的憎恨。

在慈禧与珍妃、光绪的斗争中，后者节节败退，光绪权力旁落，珍妃被打入冷宫。但即使在如此隐晦、黯淡无光的政治岁月中，珍妃对未来依然充满信心且坚定不移。第三幕第二景“冷宫”写光绪密会冷宫中的珍妃，珍妃的话语中充满着希望。

珍　……你一天活着，我一天不肯死。……我情愿受罪，我情愿让人家骂我没出息，没志气。因为我还指望着你——

光　（热烈地）你要我怎么样？

珍　我总指望着你有出头的一天。

光　（抱歉地）咳，我何尝不想争口气？可是我现在是一个囚犯，一个傀儡，睁开眼向前看，只有一条绝路，死路。还说什么哪！

珍　（站起来）皇上，这不是一条死路！皇上今年还不满三十岁，可是太后已经有六十五岁了。太后总不能活一百岁……再等十年八年皇上不是就可以出头了吗？

光　（眼睛里透出了一丝希望的光芒）再等十年八年……[1]

1　姚克.清宫怨［M］.北京：人民文学出版社，1980：114.

第四幕光绪与珍妃再次见面，重新讨论“船桨”，珍妃在她制作小船上的对联别有深意。“君乘破浪风，妾忆西江水”，[1]前句化用了李白《行路难》之一的诗意，“行路难，行路难，多歧路，今安在？乘风破浪会有时，直挂云帆济沧海。”暗指光绪皇帝因维新变法而被幽禁之苦痛与茫然，影射光绪皇帝的政治抱负无法实现而“拔剑四顾心茫然”的心态。“妾忆西江水”则化用了唐朝鱼玄机的诗。在《江陵愁望有寄》中鱼玄机以：“枫叶千枝复万枝，江桥掩映暮帆迟。忆君心似西江水，日夜东流无歇时”，表白痴心等待的心迹。无论时空距离多么远，阻隔多么大，对爱人的思念就如西江水一样日夜东流没有停歇的时候。但珍妃借此诗意表明在惨烈政治争斗中对爱情的执着，并以爱作为光绪在政治上搏杀的动力。

无论是焦仲卿与刘兰芝的分离和殉情，还是珍妃与光绪将爱情作为重新获取权力以革新王朝的动力，都超越了男女之间两情相悦的日常含义，而凝缩为穿越黑暗、冲破传统的象征。这种包孕于剧作的信息如一支春天的响箭，在呼啸声中向现代民众播散启示，给人以希望，并提供生活中奋进的方向。现代剧作对爱情的隐喻化和象征化的处理，使之延伸为社会革新的重要力量。

三、爱情“翻案”与新释

传统历史故事中有许多感人的爱情故事，也由此使中国文学艺术长廊中展示着爱恋与美好的画卷，同样也充盈着伤感与悲怆的情调。我们在上文曾提到，现代剧作家具有强烈的现代意识，其改编剧作有时往往带着强烈的个人感情色彩。由此，也就出现了一些改易旧作，变更历史的爱情剧作出现。为爱情翻案应该说是现代剧作相较于传统戏曲的一大变化。现代剧作家在读解吴王夫差与西施、唐明皇与杨贵妃、貂蝉与吕布等历史题材故事时，在兴衰、忠奸之外，更着意于他们之间的爱情。

1　姚克.清宫怨［M］.北京：人民文学出版社，1980：126.

而正是因为爱情作为历史要素而非情感要素的介入，使得历史事件的传统内涵发生了变化。在这类剧作中，剧作家往往采用新的视角重新观察历史传唱的爱情故事，或者重新审视历史中的一些男女间的关系，表达剧作者的爱情观、历史观。在此，我们重点分析这一时期几种类型的改编。

（一）爱情关系的变更

1. 西施与夫差

西施是历史上著名四大美人之一，她的名气主要在于范蠡将之奉献给吴王夫差，而西施则在吴国采用了美女误国的种种招式，使夫差倦于国事，而使越王勾践得以重整国家，灭了吴国。在一般的历史艺术或野史记载中，范蠡与西施是情人关系，但他们为了国家牺牲了个人的幸福。

孙家琇在《复国》中虽然变更了勾践、范蠡及西施等人的性格、变更了历史事件的种种关系，但却保留了范蠡与西施纯美、坚贞的爱情。在爱情这条副线上，孙家琇通过苎萝村定情、进献、重逢、泛舟湖上几个时间段的描写，继续着传统故事中的爱情传奇，并以之比衬政治的丑陋、残忍。如第一幕中，作者通过《诗经》中《野有蔓草》《关雎》《桃夭》三首诗歌，写出了西施与范蠡之间的爱慕之情，并做出承诺。《野有蔓草》隐指两人邂逅，一见钟情，两情相悦；而范蠡借吟诵《关雎》，表达了对西施的爱慕。当西施因家境贫寒，感觉配不上范蠡时，范蠡则以《桃夭》的“桃之夭夭，灼灼其华。 之子于归，宜其室家”，打消了西施的顾虑。第二幕中写范蠡被囚禁于吴国时吟诵《采葛》，再次强化范蠡对西施的爱情。后为了越国复国，牺牲西施为吴王妃子。当复国成功，范蠡重见西施时有一段对话：

范：……假如你还情愿，我希望我们再续旧好。

西 （忽然很快乐，但是马上又苦笑）范大夫，你的心地真好。可是，我很明白在吴国住了几年的西施，已经不是当年苎萝村的西施。越国的大功已经告成，西施的一生也断送啦！现在的我怎么配同故人再续旧好？……我知道，今后不能跟随故人，我心里不会完全没有痛苦，可是……这天地之间有多少多少人都是痛……苦……的！（以手遮脸）

范：西施，你现在不但是从前的那位美丽聪慧的小姑娘，你更是一位高贵，澹泊，悲天悯人的女丈夫。你虽然久住吴宫，受着君王的宠幸，但是你是湖里的白莲出污泥而不染。你若是觉得配不上我，我更觉得卑贱了。西施……我们是婚缘天成，不必游移啦！[1]

从一见倾情到泛舟湖上，虽然两人都遭际了不同的人生事故，但两人却始终遥相思念。与孙家琇的处理不同，顾一樵在《西施》中抛弃了旧说。他虽然同样以西施与范蠡的两相倾慕入手，却更着意于写出经过诸多变故后，西施心理上的变化，而由此西施与范蠡、西施与夫差的关系也随之变更。

《西施》剧的主线是西施的爱情，但前段写西施与范蠡的爱情，后段写西施与夫差的爱情。顾一樵以范蠡赠给西施的宝玉串联整部话剧。第一幕《浣纱女》以范蠡送玉——西施还玉，写两人的爱情及国难当头时西施对儿女私情的舍弃。剧作按传统故事的叙事脉络交待范蠡与西施的爱情。但当西施为了越国赴吴时，她把越国的责任放在首位，毅然舍弃儿女情长。范蠡在痛悔中表达对西施的不舍时，西施的回答是："国破家亡，我们个人的事都谈不到了呀。"因此，西施返还范蠡的定情宝玉——"（意甚坚决）范哥哥，我今以身许越国，在国难没有挽救以前，我没有爱你的自由。谢谢你一向爱我的好意，我今只得把你的爱和宝玉送还于你！"[2]至第三幕《醉西施》，西施的情感发生了变化。这一幕写范蠡再次赠玉——夫差劈开宝玉与西施定情。第一环节写赠玉。当范蠡为太宰嚭所救，回越国前他托东施把宝玉带给西施，并传话："他说他的

1　孙家琇.复国［M］.上海：商务印书馆，1946（上海初版）：158

2　顾一樵，顾青海.西施及其他［M］.上海：商务印书馆，1936：32.

心亦随着宝玉交给你了。”东施取宝玉授西施时，凸现了一个细节——西施接玉“潜然深思”，[1]为西施对夫差的情感变化埋下伏笔。第二环节写西施在夫差的爱情攻势下的犹豫不决。剧作突出了夫差对西施的爱。比如当太宰嚭祝：“大王万岁，娘娘千岁”时，夫差的反应是：“哦！我要是万岁，她是千岁，那不行。我们要常在一起的，我情愿千岁吧。我们要活在一起死在一起！”[2]随着夫差与西施对话的展开、称谓的变化，西施对夫差的爱趋于明朗。夫差劈玉是一段隐喻描写，暗示西施与范蠡爱情的终结，夫差与西施爱情的开始。

夫　这是什么宝玉？

西　这是我的心。

夫　（攫宝玉，用剑切为两片）好极了，这宝玉便是我们的心。你留这一半，我留这一半，我们从此以后，永远的地久天长不变心。

……

西　哎呀，我的心碎了！

夫　西施，让我的爱来补你的心。

西　夫差，你要牺牲了一切来爱我。[3]

西施是一个冷静的女子，也是一个感性的女子，她时时刻刻感受着夫差的爱恋，但又处于爱夫差与灭吴国的矛盾中。因此在第四幕第二景夫差殉国部分，夫差迎战越军失败后，西施开始向夫差表白爱意。

夫　西施，你快跑吧。我同范蠡打了几个回合，我终于打不过他，他口口声声要我还他的西施！

1　顾一樵，顾青海.西施及其他［M］.上海：商务印书馆，1936：42.

2　顾一樵，顾青海.西施及其他［M］.上海：商务印书馆，1936：43.

3　顾一樵，顾青海.西施及其他［M］.上海：商务印书馆，1936：53.

西 大王，我是你的。

夫 西施，你真爱我么？

西 大王，我爱你，但是我爱你爱得太晚了。

夫 爱永远不会嫌晚，你爱我就够了。[1]

而夫差也成了爱美人而不要江山的痴情种。顾一樵在剧作结尾如此处理两者的关系，并抛出了两人的爱情。夫差在国家败亡之际，也不忘向西施表白爱意。

西："大王，你不恨我么？你不后悔么？你为我放了勾践，你为我杀了伍子胥！"

夫："一切的一切都不要管了，一切都抵不过你的爱。"[2]

西施在爱情面前也丧失了国仇家恨的情绪，不仅劝诫夫差，而且自刎以随夫差——"夫差，西施亦为你而死了。"[3]从而将范蠡与西施的爱情故事与泛湖舟上的浪漫结局一举击碎。顾一樵所依据的是日久生情的原则，但其深意却是以西施与夫差的爱情变更传统中美人计承载的历史信息。夫差、西施等不再是单一的、抽象的，不具有人情味的角色，而是感性的，为爱甘愿牺牲的人。

2. 貂蝉与吕布

西施爱上夫差变更了历史的成规，貂蝉与吕布的爱情同样让人震惊。貂蝉也是历史上美人计的主人公，王允送貂蝉给董卓，却又将貂蝉口头许配给吕布，从而离间这对义父子。最终吕布杀董卓，而关羽杀了吕布。在《三国演义》中只有吕布对貂蝉的爱恋，却没有貂蝉对吕布倾心的叙述。而王独清的《凤仪亭》《貂蝉》（是《凤仪亭》的扩展）同样

1 顾一樵，顾青海.西施及其他［M］.上海：商务印书馆，1936：73.

2 同上。

3 顾一樵，顾青海.西施及其他［M］.上海：商务印书馆，1936：75

王独清《凤仪亭》是《貂蝉》中的一部分，其着眼于貂蝉自由精神的改编独特于他人

改变旧说，将吕布与貂蝉的关系处理为情人关系。这样处理是为了突出貂蝉为了民众，为了杀掉独夫董卓，“她把一己底情爱放在一旁，甚至还借一己底情爱去实现她为民众利益的希望，她便在这种公与私的交错之中作了她底牺牲了。”[1]

《凤仪亭》仅短短的几幕剧，第一幕写吕布夜等貂蝉，向貂蝉表白希望与她私奔。在这一幕中，貂蝉出场后的第一句话，就暗示了她对吕布的暗恋。貂蝉在月夜赏月，“在这儿看月儿比在亭中好多了。——唉，园门开着呢：假使他——假使他现在能到这儿来时，那我一定——”[2]而在吕布向貂蝉表白爱意时，剧作改变了传统中的关系设定，写出了两人的相互爱慕。

吕布　我爱你爱得几乎连生命都要丢弃了，我爱你爱得把我底心脏，把我底血液，甚至于把我全身的筋骨都弄得失了一向和平的作用和一向健康的能力了，我爱你爱得——哦，我不知道怎样说的好！……你，你是我底皇后，你是我底神圣，你是操着我底生存权的主宰，同时你又是我底希望，我底信仰，我底唯一的灵魂……”

貂蝉　（沉醉地）真的……真的你那样爱我吗？”

1　王独清.貂蝉［M］.上海：江南书店，1929：5-6.

2　王独清.独清自选集［M］.乐华图书公司，1933：228.

吕布　……总之，我在全中国底人面前是英雄，在你底面前却是一个寻常的男子！我是再不知道怎样说了……——不过，不过你呢。……你可是也还爱着我吗？

貂蝉　（在沉醉中自然地冲口而出）我也在爱着你呢……[1]

貂蝉对吕布不再是戏弄与玩耍，不是以计谋赚取吕布的嫉恨和董卓的愤怒，而是以爱情刺激吕布的斗志和决心，杀董卓，奉献于国家。在这方面，王独清的改编理念虽然极端，却也能表征现代剧作家求新求变的姿态。在《貂蝉·序》中，他针对别人批评他篡改历史这样回应：“我给了貂蝉些什么？我给了她一个沉思的与殉教的性情，我给了她一个时代底刺激和一个环境底压迫，我给了她一个不安定的生活和一个渴喊着自由的心境，然后，我便给了她一个转变的勇气。……她在我们底眼前竟然变成一个为自由斗争的勇士，竟然变成一个为自由牺牲的圣者。并且，同时她底身旁的人物，吕布，王允，都跟着转变了他们底生命了。”[2]他在《凤仪亭》《貂蝉》的改编中，不仅变更了貂蝉、吕布的爱情关系，使吕布杀董卓由私欲转向了为民众、为国家锄奸，以建立新的世界。而且赋予了貂蝉等人全新的性格和内涵。

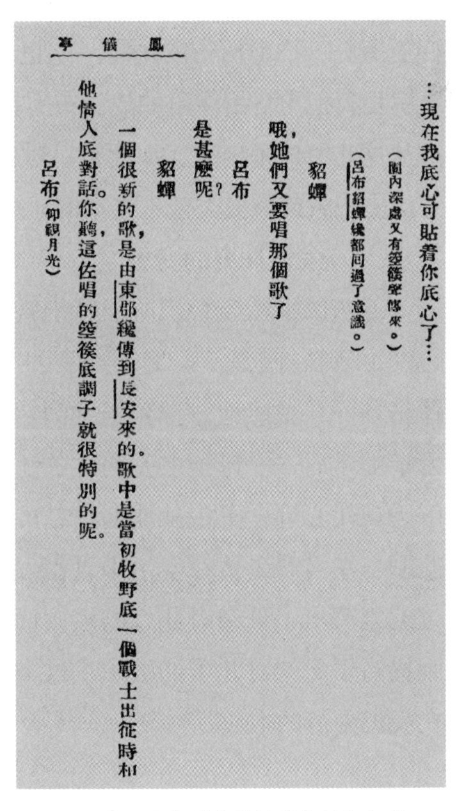
鳳儀亭

……現在我底心可貼着你底心了……

（閣內深處又有箜篌聲傳來。）

（呂布貂蟬幾都同過了意識。）

貂蟬　哦，她們又要唱那個歌了

呂布　是甚麼呢？

貂蟬　一個很新的歌，是由東郡纔傳到長安來的。歌中是當初牧野底一個戰士出征時和他情人底對話。你聽，這佐唱的箜篌底調子就很特別的呢。

呂布（仰覩月光）

1929年，王独清《凤仪亭》部分内容

1　王独清.独清自选集［M］.乐华图书公司，1933：232-235.

2　王独清.貂蝉［M］.上海：江南书店，1929：4-5.

正如张健所评价的："貂蝉等人与董卓的矛盾纠葛就早已超越了历来英雄美人的旧套，而表现出一种崭新的时代精神。"[1]

意在翻案，却非谋得一时的喝彩。这不同于以新奇博取关注，跟随时代风气的改编，陈白尘曾自谓早期的《汾河湾》《虞姬》等作，即为求新、媚俗的幼稚之作。但舍却陈白尘的指责，关注这另辟蹊径的改编，由历史眼光中的爱情到爱情视野下的历史，却实实在在变换了一个面貌，也自成了一个体系。在这类改编剧中，主题自然不在爱情的困苦与争取的艰难，如《孔雀东南飞》等作品中的专制与自由的对立，《卓文君》中反抗与自由的抗衡。王独清通过调整两人的情感关系，突出了爱情的力量，当这种力量涉及国家时则变为一种推动力或者破坏力，可以变更历史，推动历史的进步。这也就是在《貂蝉·序》中所表明的："请看罢！我把为自由斗争的战云布满在这儿。并且又使一个综合的伟大的呼声从这儿突进了出来，那便是：讨暴虐的民贼！"。[2]虽然说这类改编有悖于历史记载或历史类艺术文本的原貌，却透露出一股新鲜的气息。

（二）爱情冲突的变更

五四以来社会智识阶层特别宣扬人有情爱的权利，政府对爱情剧目也"力持精神恋爱"。[3]因此，一些剧作家以历史爱情题材凸显反抗、主体精神外，敏感地意识到男女间情爱悲剧的复杂性，如其他情感与男女爱情的矛盾——母子之爱与之的矛盾，亲子之爱与之的冲突，这可以理解为现代心理学上俄狄浦斯情结的倒错。如何评判不同情感冲突导致的悲剧，左右着爱情在生活中自由发展的程度。如《孔雀东南飞》的部分改编剧写出了母亲对儿媳的嫉妒而致憎恨，薛仁贵、柳金花故事的改编则描写了父亲对儿子的嫉妒。这类作品的重心不在爱情的社会功能，而在反思爱情的本质。

---

1 张健. 中国30年代话剧创作中的人物悲剧［J］. 国际关系学院学报，1999（3）.

2 王独清.貂蝉［M］. 上海：江南书店，1929：7

3 上海市教育局第四科通俗教育股.审查戏曲［M］. 上海：上海市教育局出版，1931：68.

1. 焦母与刘兰芝

《孔雀东南飞》中焦母对刘兰芝的讨厌、憎恶一直为学者所关注，学者从不同角度寻找可能的原因。从封建礼法角度考虑，焦母认为刘兰芝行为自由，使她感到不舒服，仅此即符合《大戴礼记·本命》中的"七去"。但现代剧作家并不满意于从封建礼教角度探讨原因，转而从心理角度探寻。即焦母因恋子而生出对刘兰芝的嫉妒，或焦仲卿与刘兰芝的爱恋导致了焦母的嫉妒。焦仲卿与兰芝过好的感情引起焦母的愤恨，也符合于驱逐的礼法，即如《礼记·内则》中所载："子甚宜其妻，父母不悦，出。"但剧作家们没有依照封建礼法去度量事件，而是将嫉妒变为母子之爱与夫妇之爱的冲突，如熊佛西的《兰芝与仲卿》、袁昌英的《孔雀东南飞》都以嫉妒作为改编的中轴阐释这段爱情悲剧。

《兰芝与仲卿》开篇即写焦母对刘兰芝毫无遮拦的憎恨，而理由是刘兰芝导致了焦母与儿子关系的变化，男女的爱情遮蔽了母子之爱，这让焦母愤恨异常。焦母向女儿抱怨道：

> 从前他没娶媳妇，总是和你妈妈吃，和你妈妈睡，整天的妈妈长妈妈短，无论怎么啦亦不肯离开你妈妈一步。哼，殊不知自从讨了这个贱东西，就把你的妈妈忘到九霄云外了！只要他从外面回来，那个贱东西就吸他到屋里去了，我差不多见不到他的面，这真叫着"讨了媳妇不要娘！"唉！。[1]

如果这种表达还属于常情。那在袁昌英《孔雀东南飞》中，焦母的反应则近乎歇斯底里，对儿子的占有欲也变得异乎寻常的强烈。焦母对仲卿有一种畸形的依赖。袁昌英在改编中填入了焦仲卿未娶妻时的一段生活描写，写病中的仲卿和母亲的对话。焦母对仲卿说：

1　熊佛西.兰芝与仲卿［J］.东方杂志，1929，26（1）.

只要你常常在我身边，让我时时摸抚你这美发，（又摸抚儿子的发）这二十几年来我无日不摸的美发，我一生的精力造出来的美发，我也就心满意足了。[1]

如果说《孔雀东南飞》原作中，焦母说“东家有贤女，自名秦罗敷，可怜体无比，阿母为汝求，便可速遣之，遣去慎莫留”，以印证焦母对于刘兰芝的憎恨纯属个人喜好。改编剧则大多删去了这一伏笔。只写焦母因嫉妒而生的冲突——袁昌英曾推测“焦母之嫌兰芝自然有一种心理作用。由我个人的阅历及日常见闻所及，我猜度一班婆媳之不睦，多半是‘吃醋’二字的作祟。[2]“吃醋”的心理拆散了一对鸳鸯，这种拆散虽然仍带着家长专制的色彩，却将专制及危害从心理学而非社会学意义上考虑，凸现不同性质的爱导致的冲突。因此，爱情至上在各改编剧

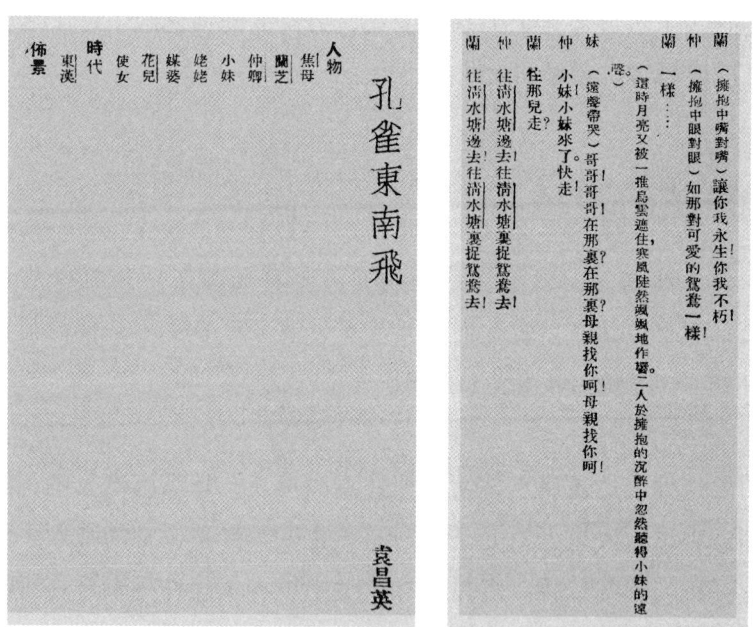

孔雀東南飛

袁昌英

人物
焦母
蘭芝
仲卿
小妹
姥姥
媒婆
花兒
使女

時代
東漢

佈景

蘭　（擁抱中嘴對嘴）讓你我永生！你我不朽！
仲　（擁抱中眼對眼）如那對可愛的鴛鴦一樣！
蘭　一樣……
（這時月亮又被一推烏雲遮住，寒風陡然颯颯地作響。二人於擁抱的沉醉中忽然聽得小妹的遠聲。）
妹　（遠聲帶哭）哥哥！哥哥哥哥！在那裏？在那裏？母親找你呵！母親找你呵！
仲　小妹！小妹來了。快走！
蘭　往那兒走？
仲　往清水塘邊去！往清水塘裏捉鴛鴦去！
蘭　往清水塘邊去！往清水塘裏捉鴛鴦去！

袁昌英《孔雀东南飞》中有浓郁的弗洛伊德心理思想的印记

1　昌言编辑.现代最佳剧选·第五集［M］.上海：现代戏剧出版社，1942：6.

2　浩文.孔雀东南飞及其他［J］.新月，1931，3（3）.

作中都得到了极端的强化，如袁昌英在《孔雀东南飞》中，通过两人殉情前的对话显示一种超越生死的爱情观念。

兰芝：（激昂迷恍）我愿和你吻死在白炎炙骨的太阳光里！我愿和你净化在血样红的火山口里！

仲：骨与肉，血与命，永远……永远化在一起！

兰：正如清水塘里那对鸳鸯颈挽颈死在清流里！[1]

2. 薛仁贵与薛丁山

如果说，《孔雀东南飞》改编侧重家长专制与自由爱情的冲突、母子之爱与夫妻之爱的冲突交错的双重线索，基本上依照着“五四”以降呼吁爱情自由的思路。那袁牧之的思考则较为独特。与改编《孔雀东南飞》相反，袁牧之的《爱神的箭》写父亲由于嫉妒母亲对儿子的爱分享了对他的爱恋，怒而杀死儿子。改编主旨受到威尔斯《世界史纲》一段描述的启发，“长老为群中唯一之丁男，群中有妇人，童男，童女；及童男长大，足以引起长老嫉妒时，往往寻隙加之罪而逐之或杀之。”[2]情爱嫉妒超越父子间的情感，这在中国鲜有记述。在传统观念中两类情感不仅本质上不同，而且往往父子之爱高于男女情爱。比如“人皆可夫”的典故（出自《左传·桓公十五年》），实际指涉的就是基于伦理考虑上的情爱观念。袁牧之借西方思想处理中国传统爱情题材，首先给薛仁贵误杀薛丁山事件赋予了新的动机——起于嫉妒而致疯狂的有意加害，使男女情爱压倒了父子之爱。

离家十三年后返回的薛仁贵没有得到期待中柳金花的热情，他连用了七个“我以为”表述他十三年来所渴望和希望的见面场景，又用了五个“却会”描述柳金花对他的冷漠、抱怨、误会。但袁牧之没有顺着传统的思路去发展剧情，而是把重点转到薛仁贵对柳金花行为的猜测，并

1 昌言编辑.现代最佳剧选·第五集［M］.上海：现代戏剧出版社，1942：58.

2 袁牧之.爱神的箭［M］.上海：上海大光书局，1930：38.

将原因归之于柳金花对儿子薛丁山的关心。薛仁贵毫不掩饰地表达着自己的嫉妒，对一个十三岁的儿子的嫉妒——“最使我妒忌的是见你那样地爱着丁山，那会把我十三年梦一般甜蜜的希望全行打消，他已从你身上把我从前的……唉！金姐……”[1]

传统故事中薛仁贵试探柳金花，是因为不信任柳金花十多年固守贞节、从一而终，在《爱神的箭》中，薛仁贵与虚拟的情敌的矛盾转而为薛仁贵与薛丁山的矛盾。矛盾的中心不是传统故事中的对于贞节的试探，而是能否独占、独享柳金花的爱。因此，袁牧之抑制了薛仁贵作为父亲应有的身份意识，凸现了他作为丈夫的性别意识。当薛仁贵问：“能不能让我们再继续过着从前那种生活？”柳金花否定的回答导致了薛仁贵意识的混乱。

> 薛仁贵：是不是因为有了丁山？
>
> 柳金花：……
>
> 薛仁贵：是的了！是的了！一定是的了！伤心。唉！我十三年来梦一般甜蜜的希望已全被他打破了！他已把你从前爱我底爱完全夺去了！
>
> ……
>
> 柳金花：不。丈夫是夫妻之爱，孩子是母子之爱；各不相犯的。
>
> 薛仁贵：唉！天下没有一个做娘的不是用这样的话去安慰她们的丈夫的……
>
> 薛仁贵：因为天下的爱只有一个，没有两个，母子之爱也是这个爱，夫妻之爱也是这个爱。[2]

薛仁贵渴望独占柳金花爱情的欲念转化为一种破坏力，使他最终射

1 袁牧之.爱神的箭［M］.上海：上海大光书局，1930：30.

2 袁牧之.爱神的箭［M］.上海：上海大光书局，1930：31.

杀了儿子。正如朱穰丞在《代序》中指出的："'爱神的箭'里描写夫妇的性爱与亲子的爱（虽然近世的心理学家说亲子的爱也就是性爱，但他总是第二义的）底冲突——顾全了前者便得牺牲了后者，至少在现世的社会组织里。这里他隐示了一个社会问题，儿童公育问题底袒护，否则真正的性爱得受多大的创伤！"[1]作序者认为这种冲突在"现世的社会组织"里是难以解决的。

无论是变更爱情关系还是变更爱情冲突，都反映了当时一部分剧作者对传统历史编纂与历史艺术叙事的不满。他们努力以符合"人"之常情的改编为历史事件赋予新的含义，这里遵循的是"人的维度"而非封建礼法的维度。对这种超越历史本事的阐释，因视角变化形成了新的剧作景观，创造了一种新的意识形态话语。

第三节　兴亡主题的现代阐释

一、现代文学时期的兴亡戏

观审历史朝代的兴亡变迁，以"鉴前世之兴衰，考当今之得失"，这几乎成为中国传统知识者自觉的追求。元杂剧、明清传奇中不乏国家兴亡剧，但传统剧作在内容、结构、主题等方面不乏雷同。对兴衰之变大多归因于皇帝昏庸或佞臣误国，而忽略或搁置了更为复杂的社会原因。这在现代剧作者的改编中得到了修正。当时中国一直为列强欺凌，后遭日本帝国主义侵略，国人时时有亡国灭种的危机感，剧作者无论以塑造人物为核心，还是以叙述事件为核心，都会从历史中透析亡国的要素和兴国的要素，以兴亡去惊醒民众。这类剧作涉及题材广泛，且数量较多。大约可分为以下几类：

一、美女误国剧。这种剧作包括两类。一类是纣王宠妲己导致商

1　袁牧之.爱神的箭［M］.上海：上海大光书局，1930：3.

朝亡变的剧作，如《纣王宠妲己》（作者待考）（1918）和徐葆炎的《妲己》（1929）。另一类是西施媚惑夫差以复兴越国、消灭吴国的剧作。如顾一樵的《西施》（1932）、熊佛西的《卧薪尝胆》（1932）、林文铮的《西施》（1933）、舜卿的《西施》（1935）、孙家琇的《复国》（《吴越春秋》）（1944）。妲己纣王剧采用的是批判叙事，侧重写妲己的淫荡、凶残和助纣为虐的恶毒，以妲己作为商朝灭亡的核心构件。而西施夫差剧则采用了赞颂西施和批判夫差的双重叙事。虽然西施媚惑夫差亡了吴国，但灭吴是为了复兴越国，西施的媚术也就带有了正向价值。

二、忠臣卫国剧。忠臣卫国剧基本上采用英雄为中心的叙事策略，以彰“明君贤臣，俊功伟烈”，批“昏虐贼乱，祸根罪首”。剧作的重点是写国运衰败之时的英雄，写他们为挽败局的坚韧、处于颓势中的忠贞、宁死不屈的气节。由他们反衬皇帝及奸臣人等的懦弱、摇摆和失去品格的逃避，进而暴露国家败亡的深层缘由。如北宋王朝衰败而近灭亡的岳飞抗金剧——顾一樵的《岳飞》（1932）、谷剑尘的《岳飞之死》、王泊生的《岳飞》（1935）、志的《风波亭》（1936）、江上青的《岳飞》（1941，该剧1944年改为《精忠报国》）。梁红玉抗金剧——顾仲彝的《梁红玉》（1936）和周剑尘的《梁红玉》（1940）。南宋王朝灭亡的文天祥抗元剧——镜秋的《文天祥》（1936）、罗永培的《正气》（1939）彭子仪的《文天祥》、吴祖光的《正气歌》（1940）、王梦鸥的《燕市风沙录》（1944）。明朝灭亡的史可法抗清剧——陶秦的《史可法》（1936）、佚名的《史可法》（1937）、白沙的《梅花岭》（1941）。

三、义士守节剧。写王朝败亡时一些普通人基于民族气节对新王朝的反抗、抵制和不认同。如姚伯欣的《明末遗恨》写王承恩死节，舒湮的《董小宛》颂扬董小宛。而周贻白的《李香君》、周彦的《桃花扇》、欧阳予倩的《桃花扇》都改编自孔尚任的《桃花扇》，但在顺承了“借离合之情，写兴亡之感”的模式外，把重点放在李香君的不妥协上，并以之比衬侯方域的“没有气节”。如周彦所说的：“不管侯方域有任何的借口，以他这样一个人，在明朝亡了以后，出来应清朝的考试中了副贡生是不可原谅的。”[1]

四、农民政权败亡剧。写大顺政权覆亡的——《甲申记》(1945)、阿英的《李闯王》(1945)，写太平天国政权灭亡的——陈白尘的《石达开的末路》(1936)、阳翰笙的《李秀成之死》(1938)、《天国春秋》(1941)、魏如晦（阿英）的《洪宣娇》(1941)、欧阳予倩的《忠王李秀成》(1941)。

此外，还有如伍子胥灭楚的——周近新的《秦庭泪》(1934）和楚国灭国的——杨晦的《楚灵王》(1935)，展示蜀国灭亡的——周贻白的《北地王》(1939)，反映南明政权灭亡的——阿英的《杨娥传》(1941）等政权灭亡剧。

不同剧作虽以兴亡为叙事轴心，但不同时期由于现实需求不同改编重心也略有差别。九一八事变之前，兴亡剧承续着传统叙事结构及主题，但开始侧重以新的历史兴衰观念省察国家衰败的缘由，呼应于社会史观变迁的大潮。1932年后至抗日战争结束，由于受到日本帝国主义的侵略，中国处于亡国的危境中，兴亡剧更关注历史朝代灭亡中英雄义士的奋争、抵抗精神，以期唤醒民众沉睡的民族主义意识，激发民众的爱国主义热情。即如周钢鸣在《民族危机与国际戏剧》中指出：“我们必须采用中外历史为题材，以提高抗敌情绪充实斗争的经验与力量。”[2]第三次国内革命战争期间，则转向写国家兴亡中符合或违背民众意志的正反两种势力的斗争，从政党意识层面以明确的赞扬或贬斥态度，批判国民党的祸国殃民的险恶，并积极探讨农民政权的衰败原因为共产党献策。剧作逐渐走向为生民立言、为国家献策、为胜利宣传等，具有更为明晰的政治功利性。

二、亡国悲剧与社会批判

现代话剧改编中，把政权败亡置于宿命层面探析的模式已经式微，

1　周彦.桃花扇［M］.上海：建国书店，1946（沪初版）：3.

2　葛一虹.中国话剧通史［M］.北京：文化艺术出版社，1990：156.

剧作者认识到神秘主义的遮蔽会影响对兴亡的深层反思。因之，追问兴亡之变的社会原因，寻找其中潜隐的历史必然要素，成为现代以兴亡为主题剧作的主流。而除越国复国剧采用先悲后喜的结构，其余剧作基本上或采用先喜后悲，或全篇皆悲的结构。而配合于败亡主题，剧作也由性格悲剧转向了社会悲剧，这一变化使改编剧充盈着浓烈的批判精神。

皇帝昏聩、奸佞误国在当时的剧作中依然存续，如岳飞、梁红玉等精忠报国剧，一般突出的岳飞与秦桧、梁红玉与主和大臣的矛盾，而皇帝则完全听信奸佞之言，没有主张。但大多数改编视点有所变化，在人们熟悉的忠奸矛盾外，设置了上层权贵与民众的矛盾，并以之作为衰败的深层原因。这在吴越春秋系列剧改编中最为明显。由于其中蕴含着越国失败吴国兴盛到吴国灭亡越国复国的多重线索，在探讨民众与兴亡关系上也就更为深入。如熊佛西的《卧薪尝胆》、孙家琇的《复国》等剧，如果从吴国角度审视，则从越国败落——送钱财与美女贿赂吴国——勾践归国，夫差骄横——吴国败亡。虽然吴国灭亡遮蔽于越国复兴的喜悦中，但在写越国依靠民众复兴时，暗示吴国背离人民导致的灭亡。但有些剧作家并未就此止步，如范廉的《靖康耻》，不仅寻绎政权覆灭的原因，而且把覆灭前后社会的苦难进行展示，将帝王将相失势的悲凉与民众生死无依、饱受凌虐的悲苦并置，剧作由此转向了“兴，百姓苦；亡，百姓苦”的社会批判。

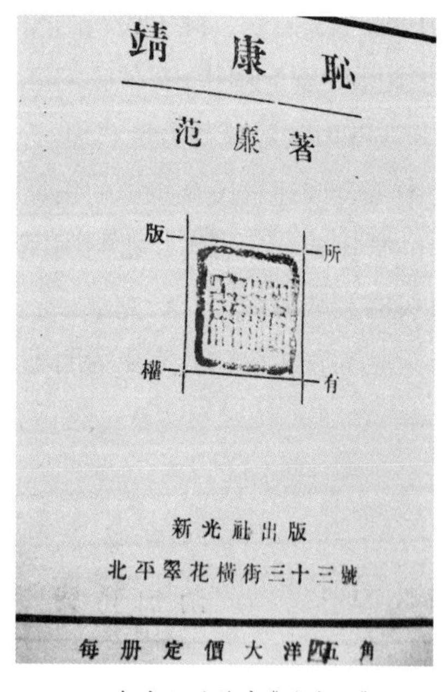

靖康恥

范廉著

版權所有

新光社出版

北平翠花横街三十三號

每册定價大洋四五角

1932年出版的范廉《靖康耻》

范廉的《靖康耻》分四幕，选取了由金兵压境到屈膝投降的几个特定场景、事件。前三幕的场景为北宋宫殿，第四幕为金人大营，前后对比凸显昨是而今非，重点凸显“耻”与此前的妥协和逃避。第一幕写北宋危境，内有江淮水灾，百万流民，外有金兵压境；朝廷有奸佞童贯、蔡京，边关是大将不战而退。而宋钦宗耽于享乐、为取悦朱后不惜耗百万白银购买花岗石。这一幕凸显宋钦宗的昏聩和面对危难的惶恐。剧作先写宦官黄经进谏钦宗把购花岗石的白银用以赈济灾民，宋钦宗斥责黄经造谣，并用笔筒打伤黄经。再写大臣李纲进谏，水灾和金兵压境事实让钦宗惶恐。钦宗惊醒，派李纲赴边关带兵，诛杀童贯、蔡京。第二幕写宋钦宗由主战到主和的变化，暗示北宋王朝在策略上的变化。这一幕以李纲三次边关捷报开场，吴敏、种师道辅政，钦宗情绪昂扬。后接蔡懋不战而逃、李纲后撤求援的边关告急，钦宗为白时中、李邦彦、张邦昌鼓动，以效法勾践、“兵凶战危”等为借口，准备召回李纲，与金议和。这一幕依然采用佞臣与忠良对抗模式，但佞臣的建议契合于钦宗的心意。第三幕写宋钦宗在金人逼迫和佞臣的谗言中，无视李纲的反对和陈东等万民进言，接受金国提出的丧权辱国的议和条件：称金为伯父、缴纳巨额钱币、割让三镇、罢免李纲、皇太子与大臣作到金营作质。北宋放弃抵抗，由之进入败亡边缘。第四幕写北宋皇帝被拘，张邦昌带北宋玉玺返归称“楚帝”，北宋灭亡。剧作凸显了金将军干离不的骄横，卖国贼张邦昌的阴毒，宋徽宗、钦宗的卑微、紧张，将冲突由前三幕的奸佞之争转向金人对北宋人——从皇帝到民众——的欺凌和侮辱。

虽然范廉的剧作中宋钦宗、李纲等人物的性格刻画略微单薄，但在选取戏剧场景、设置戏剧冲突、表现亡国之痛等方面，却极为出色。因此，暴露和呼吁成为两条改编主线。暴露的批判指向权贵，而呼吁的惊醒则更多指向民众。《靖康耻》四幕中始终有民众的影子，前三幕写水灾中流离失所的灾民，尤其第二幕写一对姐妹的遭遇：她们于水灾后流落京城，为生存被奸臣买入宫中。而第四幕与此呼应。剧作没有以北宋二帝被拘结尾，而是以从金营逃出的这对姐妹被宋兵虏获结束。

甲女　妹……妹，我们女子是没有人格的，我们也曾卖给了后宫，受那有权的贵族阶级的人王的玩弄，这回又选送了给这般畜

生——金兀术拐子的蹂躏，我们的人格糟蹋尽了，说不定前途还是很黑黯危险的！我们还再往何处去偷生恩？妹……妹（哭泣）

乙女　姊姊，我看我们横竖是人格蹂躏尽了，还再有颜面见人吗？到不如一死为好。泣！泣！泣！（姊妹抱头大哭）

（此时突自左来一年约三十四五之中国军官，率兵士私人，荷一旗，旗上书，“节度使蔡懋军”六字。见此姊妹，停足注视）

军官　（狰狞面目）你们是那来的？（姊妹惊闻释放，哭声立止，但仍坐未起）

甲女　（拭泪）我们是从金兀术拐子营中逃回来的。（战慄，乙女不知所云）

……

军官　（……明显地认识儿女之美丽，顿起野心，将绸缎等贵重点收后，顾兵士）给我把这两个妖怪拉走。

四兵士　（仝声）著！（四兵士上前，拉住二女，推之前行）

乙女　天呢！天呢！（大哭）

甲女　（厉声）你们不是中国兵吗？你们也是强盗！你们也变了畜生了！

四兵士　（仝声）我们是奉的长官的命的。[1]

从水灾流亡——买入宫中——掳入金营——宋兵虏获，两位姐妹饱受凌辱，言简意赅地写出了亡国之民的悲惨、屈辱的生活。并在达官显贵无视民众疾苦之外，写出了北宋灭亡的重要原因，即与民为恶。

以兴亡为主题的改编剧都有很强的现实功利目的，汉族成为国家的替代符号，而守护汉族统治也就使一些兴亡剧成为民族战争的核心主题，金、满族、突厥甚至清政府在这种语境中都成为异族，丑恶的重心，使朝代更替中的征战上升为汉族与外族的民族战争。这与当时社会

1　范廉.靖康耻［M］.北京：北平新光社，1932：111-113.

受外国侵略的社会语境颇为相近，剧作这种处理不仅能够让人民对社会局势有深刻的理解，对造成危局的原因有清晰认识，而且能够收聚民心，激发斗志。而政权的兴亡废立昭示着历史中两种力量的强弱，强者兴而弱者亡，有其历史必然性。但恰是以弱对强的政权维护者，不甘于衰败的境遇，带着知其不可而为之的决绝。这赋予了对抗浓郁的悲剧色彩。岳飞、文天祥、史可法等民族英雄剧，无不是把节烈与兴亡并举，以其悲怆凸显政权覆灭的悲凉。但现代剧作在塑造民族英雄时，一个积极的变化是留下了更多的笔墨刻画民众在亡国边缘或复兴国家中的积极作用。如孙家琇的《复国》、彭子仪的《文天祥》、吴祖光的《正气歌》、陶秦的《史可法》等，虽然民众的参与未能挽政权于颓败，但却为民众救中国的宣传植入了深切的希望。

此外，现代历史题材改编话剧的另一重要变化是将兴亡思考的重心转向了农民政权。明清传奇和传统戏曲中涉及李自成起义、太平天国运动，考察的都是明王朝和清王朝的覆灭，大顺政权和太平天国政权的覆灭则被搁置一旁。而现代剧作则不仅将之视作重点，而且从中探寻农民革命失败的核心弊端在哪里。即如关于阿英的话剧《李闯王》，国内革命战争时期的西满军区政治部特意发了一个《关于演出李闯王的通知》：

> ……今天我们把《李闯王》演出，对于我们在东北的革命斗争，有实际的教育意义。看剧的干部，一切观众，不要只当剧看，而应当作课上，从历史教训中结合当前新形势，联系个人思想与部门工作，进行严肃的思想教育与反省。并在各地公演时，各级政治机关，应有组织、有计划的组织观众与组织学习，并着重检讨反省……。力求受到教育的实效。[1]

而陈白尘创作《太平天国》时，同样认为“太平天国的革命。不用

1　阿英.阿英剧作选［M］.北京：中国戏剧出版社，1980：169.

说，它自身就是个莫大的教训。这革命的教训直到现在还有人在应用着。但我……想表现这革命的起来和灭亡，它的成功与失败的全貌……”[1]

农民政权与历史各朝代的兴亡交替有相似的特质。只不过亡国的主因由最引人关注的妖女祸国、奸佞误国等变为义军内部矛盾。明末李自成起义的改编魅力在于李自成推翻了明朝，建立了大顺政权，却在最强盛时因内部的混乱及人际纠纷，致使义军变为了匪类，从根本上脱离了民众。而外因则是刘宗敏霸占陈圆圆，导致了吴三桂“冲冠一怒为红颜”，拒绝与李自成的大顺政权合作，甚至作了汉奸引清军入关，把大顺政权推向灭亡。而清末洪秀全领导的太平天国运动的改编魅力则是洪秀全作为一个屡次落第的穷弱书生，凭借“天主”信仰建立了庞大的太平天国，封了王分了地，与清政府分庭抗礼14年之久。但同样是内部问题使如火如荼的太平天国运动由盛转衰，并最终覆灭。

阿英、陈白尘、阳翰笙等人改编时将重点都放在政权走向败亡的过程，用放大、聚焦的方式写农民起义军由反权贵、均民权到背弃初衷的变化，凸显政权建立后随之而来的纷争、明争暗斗、自相残杀，覆灭之际帝王、将军、普通士兵的惶恐、哀伤。如阿英的《李闯王》选取的是1644年2月到7月李自成占领北京——为敌所困——退出北京的由盛转衰的转折时期，而重点在北京城内全军上下渐失民心、走向匪类的变化。李自成与李岩的关系从“李公子”的称谓开始已埋下了悲剧的伏笔，李自成为民众的接纳和崇信得益于李岩的能力——比如李岩以民谣宣传起义，但当李岩威胁到李自成的自信与权威时，也就导致了被诛杀的结局。“李闯王的杀李岩，是由于牛金星的最后的、最可怕的、打中了李闯王心坎的‘谗言’。而这‘谗言’，事实上是在李闯王的‘昏迷状态’中才发生着作用的……依我的推断，李闯王所以下决心杀李岩，实在是由于在巨大的失败状态下的一种变态心理发挥的作用。”因此，阿英在《李闯王》的第四幕凸显李闯王对李岩的厌恶、牛金星的谗言以及李岩

1　陈白尘.太平天国［M］.上海：生活书店，1937：6-7.

的最终遇害，以此与大顺政权的整体覆灭结合成一体。

牛金星（再激）圣上，臣说的话没有错吧！李制将军的心思，是愈来愈明白了！他现在打算回到河南去了，想找一个机会离开陛下了！宋军师为什么推荐他，很明白，他们两个人是莫逆之交，李制将军不好出口，串出他来，想请圣上答应。李制将军大概是看陛下已无可为，想到河南去自力更生了！防患于未然，圣上要慎重地考虑！

［李闯王默然地听，愈听愈愤激。

李闯王（大声）没有什么可考虑的，他李岩能闹出什么名堂来！

牛金星（再进一步地）圣上不能这样想。圣上不应该忘记两件事。宋军师替圣上占的卦说："十八子，主神器"，这个"十八子"，在河南就有两种传说，一说是指陛下，一说是指的李制将军。在老百姓们中间，由于李制将军到处邀买人心，多少年来，也是二李并称的。到了北京之后，他做得是更加露骨，哪个不说李制将军比王爷还要好？陛下！天无二日，国无二主！

李闯王（自语）天无二日，国无二主！

牛金星（更进一步地）依臣的看法，李制将军这一回，他的心肝肠肺，真是司马昭之心，路人皆见！……

李闯王（不可忍的）朕明白了！牛丞相！朕就授权于你，你，斟酌办吧！天无二日，国无二主，朕的大顺皇帝是要干下去的！

而从忠奸角度看，李岩将牛金星推荐给闯王使之才尽其用。但牛金星却对李岩一次次诋毁，他诬李岩造反的话触动了李自成最敏感的神经。杀李岩成为大顺王朝覆灭的导火索。引发了一系列连锁反应：刘宗敏率部出走，牛金星借机叛变，军队凝聚力丧失，民众对义军怨声载道。

而太平天国话剧着力刻画政权转衰的天京事变，如陈白尘的《石达开的末路》、阳翰生的《天国春秋》、欧阳予倩的《忠王李秀成》，写洪秀全的帝王意识、韦昌辉或杨秀清的骄横，诸王的分裂，士兵的哗变。衰变的原因，欧阳予倩认为与帝王意识有密切的关系，他曾指出：“中国历代的皇帝，无一个不会杀戮功臣。赵匡胤杯酒释兵权，不过是一种变相的作法。岳武穆之死是必然的结果。洪秀全虽无过人的才略，他因为读过些纲~，那一套把戏他却先学会了，杨韦不能不死，石达开不能不逃，而李秀成的运命，也就注定了必趋于破灭。”[1]阳翰笙同样颂扬太平天国起义军的革命激情，但他更关注太平天国内部的摩擦之外的领导问题，并认为这是主要的原因之一——“太平天国内部有摩擦，还有斗争，这说明太平天国的失败主要原因之一，是没有一个坚强的革命组织来领导，结果李秀成正确的意见和主张不被采纳，因此终至自促太平天国的灭亡。”[2]而魏如晦（阿英）的《洪宣娇》、阳翰笙的《李秀成之死》则写太平天国政权最后的覆灭。这里灭亡的主因已经不再是外敌入侵与投敌卖国，或者奸佞当道，或者力量上的悬殊。其普遍存在的问题，是农民义军初掌政权时，无法处理内讧，无法遏制内部的堕落等。如论功行赏的争执，对权势的渴望与对金钱、女色的贪欲，嫉妒、报复、刚愎、意气用事等造成的义军内部的分化。《洪宣娇》虽然由封王写起，其中不乏政权盛期的欢腾之象，但其意却是铺垫矛盾，并比衬衰败时的凄凉。

杨秀清　因为我们同道起事的弟兄太多了。如果皇帝给姓朱的做，算是恢复明代的江山，是谁也没有话说的。要是给另外一个人，无论他是谁，都不能说是公平的。

韦昌辉　洪大哥做天王，难道你不高兴吗？他在永安洲接位的时候，你怎么不说呢？

冯云山　你又在多话了！

1　欧阳予倩.忠王李秀成［M］.上海：文化供应社，1948：6.

2　阳翰笙.阳翰笙剧作集（上卷）［M］.北京：中国戏剧出版社，1982：209.

杨秀清 我是有些不高兴！洪大哥他当初扮做看相的，来劝我入会，说我龙眉凤目，两耳垂肩，是一派帝王之相，怎么现在他倒自己做起天王来呢？

冯云山 那倒不是洪大哥的意思，是大家劝他就位的。秀清，你想想看，现在我们不再是藏在金山村山里的时候了，依旧用“保良君大元帅”的名义，是很难号召天下的。“保良”，不过是保护良善百姓的意思。

韦昌辉 （不高兴地自语）龙眉凤目，两耳垂肩，一派帝王之相。要不是洪大哥，老实说你现在还呆在平隘种山烧炭呢！

杨秀清 （对他翻一眼）你也还不是在桂平县监牢里做一个小小的地牢头！[1]

农民政权初步建构时，上层将官因为分王、分权的争斗，不仅展示着杨秀清的“野心”，同时显示着政权内部的多种权力群体的争斗。而王侯间的争斗不仅动摇了士气，而且导致了军事上的整体溃败——韦昌辉诛杀杨秀清、洪秀全诛杀韦昌辉。

洪秀全 （精神有些变态）天后！你想想看，八年前东王杨秀清被北王杀掉了，有如我们天国去了一个左臂；后来北王有想杀掉翼王，虽说翼王在半夜里缒城而出，但他留在天京的全家，都没有了命！从此，他就不再象过去一样对天国矢其忠诚，而去年竟又在四川被害了，这不啻挖掉了我们天国的心脏。北王韦昌辉后来恶贯满盈，朕又不能不把他杀掉，这又算去了一个右臂！左臂、右臂、心脏全都没有了，天国，这还能成什么天国呢？[2]

阿英用“精神有些变态”的动作，“左臂、右臂、心脏全都没有了”

1 阿英.阿英剧作选［M］. 北京：中国戏剧出版社，1980：401.

2 阿英.阿英剧作选［M］. 北京：中国戏剧出版社，1980：440.

的比喻，展示内部混乱导致的太平天国的崩溃。剧作对此没有更多的同情，而激发出由之而生的哀叹不仅带着惋惜的色彩，而且带有憎恶的意味。

现代剧作从多个角度审视不同政权的兴亡成败，扩展丰富了剧作的内涵，深化了兴亡的题旨。剧作的重心由叙事转向达意，复现纷扰芜杂的历史场景，凸显失败的历史记忆。历史的故事层面逐渐从人们的视野中退至远景，而意义层面的关于兴亡的深度反思则得以凸现。

三、悲剧英雄与曲终奏雅

现代兴亡剧继承了传统艺术中以人物写兴亡的写法，但兴趣点由讲故事转化为写人物。在人物性格、事件演进脉络的处理上凸现历史人物而非历史事件，开掘含蕴于历史事件中的人格魅力就成为延伸悲剧蕴含、增强悲剧感染力的着力点。但现代剧作者们更注重将历史人物的悲怆置于社会史观中省察。如塑造范蠡的牺牲儿女私情、岳飞的愚忠、李香君的节烈、侯方域的懦弱等之外，通过历史情境的复现和相关历史关系的建构，反思人物的历史局限性或特定历史条件中的反抗价值。相比传统朝代兴亡的重述，剧作者对农民起义政权的书写更能见出变化。

在以李自成、洪秀全为核心的农民政权剧中，个体作为兴亡之变的承载者和象喻符号，诠释了农民政权走向颓败的历史必然。因之，如李自成、李岩、洪秀全、洪宣娇、石达开等悲剧英雄区别于岳飞、梁红玉、文天祥、史可法等，后者守护千疮百孔的旧政权，而前者则是守护刚刚开创的新政权。虽然剧作都凸显他们的性格、行为及结局充盈着悲伤、无奈，甚至是哀叹的情感，但这些农民义军的英雄承载着更多的含义，他们努力建构的梦想之都的坍塌和覆灭，所埋葬的绝不仅仅是农民起义军的尸体，而是多年的精神希冀。他们的悲剧表征的是群体的失败，信仰的受挫。而在这一系列人物中，李秀成无疑最具代表性。

李秀成是太平天国运动中争议最大的一位。他是太平天国的忠王，被俘后却写了《李秀成自述》。据此有学者认为他有投降的意图，而反对者则指出《李秀成自述》被曾国藩篡改，以造成李秀成投降的假象，瓦解残存的义军。还有论者则推测李秀成运用的是缓兵之计，先保住性命后图大业。如罗尔纲认为李秀成是学三国时的姜维。“姜维伪降钟会这一个故事给他的影响自然更加深重，这个故事给他以一种封建道德的教训：一个身为国家柱石的人物，遇到国破身虏，然而事尚有可为的时候，一死了之，是无补于事的，应该打定主意筹谋出怎样去应付非常之变的策略。只要目的在于复国，‘伪降’乃是用‘权’应‘变’的手段，是无伤大节的。”[1]这一观点也为曾国藩的后人认可。[2]这段历史悬案，从侧面显示出亡国之将的诸多尴尬，其忠勇因清廷的操纵而变得可疑甚至可鄙。而现代剧作家不在投降问题上施展想象，而刻画其勇力护国的悲壮，令人钦佩的忠肝义胆，也有感其境遇，叹其不幸的用心。

当时写李秀成事迹的剧作有以他为主要人物的：阳翰笙的四幕剧《李秀成之死》、欧阳予倩的五幕六场剧《忠王李秀成》，还有以他为次要人物的：魏如晦（阿英）的五幕剧《洪宣娇》。他们据各自兴趣，选取李秀成不同生命的片断，展示其忠（有愚忠的成分），其勇，其智，其刚烈，其气概，及与天国共生死的决绝。阳翰笙的《李秀成之死》截取的是洪秀全逼迫李秀成返京救驾一段，借由士兵之口，写出洪秀全的短视、李秀成的无奈，写出由盛转衰的蜕变中天朝内部人心浮动的状态。而魏如晦的《洪宣娇》则选择了太平天国都城被最终攻陷的时刻。通过洪宣娇移动的视角，写出危亡之时将士大臣的逃跑及恐惧，而以李秀成牺牲自我的表白衬托其忠勇。并用对比的手法描画王朝末期和王朝败落时，洪秀全由骄横、刚愎到失望乃至绝望的变化。而李秀成的叹息、死战与被俘在整个剧作中不仅是王朝覆灭的象征，而且是为了希望牺牲生命的宣告。

1　罗尔纲.关于李秀成写自传问题//苑书义，林言椒.太平天国人物研究［C］.成都：巴蜀书社，1987：470–485.

2　罗尔纲.一条关于李秀成学姜维的曾国藩后人的口碑//苑书义，林言椒.太平天国人物研究［C］.成都：巴蜀书社，1987：500–506.

李秀成是特定历史情境中悲剧英雄的代表，这类英雄及他们的悲情故事为历史点染出悲怆的色调。但中国传统文化中反对过度的欢乐和悲伤可能对反思的阻碍。毕竟剧作者重述历史兴亡故事，不是为了让欣赏者慨叹而消沉，而是意在以兴亡的震撼力引发民众的省思，服务于内忧外患的中国。为了契合时人的心态，以期激发人的心志，剧作家在改编时往往采用“曲终奏雅”的方式，这一方式会在悲态中适当植入一些希望，抑制剧作中浓郁的哀伤，使欣赏者的郁结之气得以释放。

英雄的死亡和临终昂扬的、带着未来希望的呼告，是极具震撼力和灵魂穿透力的，这种设计往往能够扫除因主人公失败或者惨烈的场景而形成的阴霾。无论这种设计是取自史实还是出于虚构都不重要。甚或人物塑造、语言个性化方面也有诸多瑕疵，人物有时简直就是精神理念的传声筒。但因为死亡与希望形成的张力结构，使鬼魂代言、理想化描写、演讲式的宣言，都被吸纳到未来的梦想之都。

比如李自成、洪秀全，作为义军领袖他们犯了致命错误，导致了农民政权的覆灭、惨烈战争与大量的死亡，在很多剧作中他们的死亡是没落、败亡的表征。但阿英在改编中则为他们的死亡赋予了新的含义。改变了以无希望的结局延续悲伤和无奈情绪的格局，而是或以激昂的语言展望未来，或以带着希望的呼告宣传某种理念或精神，渲染悲中蕴藏的力量。如洪秀全临终之际说：“即使这回失败了，朕还是能以深信，（大声）这大好的汉族河山，在五十年之内，只要我们再接再厉地干下去，一定仍然是为我们汉族所有！我们的子孙，一定能承继我们的遗志，把鞑子妖打将出去！”[1]而李秀成与洪宣娇话别时也喊出：“（激昂地）今天，今天就要过去了！明天就要来了！（重）好！看明天的吧！”[2]他们把革命的希望放置于未来，在激昂的语调中死亡，使这些失势的英雄重归反叛英雄的行列，为贫弱的民众代言，因奋斗不息的精神依然居于领袖的位置。这类话语融入整部剧作激情、昂扬的话语流中，透着希望，

1　魏如晦.洪宣娇［M］.上海：国民书店，1941：92.

2　魏如晦.洪宣娇［M］.上海：国民书店，1941：108.

透着对民众觉醒和未来民族力量联合的期待。以光明的尾巴把凄婉悲愤转化为壮烈慷慨，具有宣传性和鼓动性。这使这类兴亡剧既带慷慨悲歌之沉郁，更有昂扬奋争的勇力。

国家兴亡，匹夫有责。积弱已久的中国时时经受着外侮和内乱，而当时的剧作家在无奈中时时搬演传统民族兴亡和国家兴衰的事件，虽然意在警醒政府和民众，充满着热情和力量，但在哀伤历史的同时慨叹风雨飘摇的中国。国乱频生，民生多艰，剧作家无论带着何种希望改编历史，都时时不忘将民众置于潜隐的题旨中，以此作为吁请政党、政府建构民主、自由国家的轴心。

结　语

在亚里士多德看来，历史学家描述已经发生的事情，更注重描述个别的、具体的事件，而诗人（艺术家）则倾向于描述“可能发生或出现的某一类事物。所谓可能的，就是很有希望出现的或是必然要出现的”。在此，亚里士多德认为艺术的价值是在模仿的基础上对所模仿的人物、事件在内在意义以及发展趋向的预测以及表达——即遵循“可然或必然的原则”，“描述可能发生的事，即根据可然或必然的原则可能发生的事”。这恰好阐释了艺术与历史互相独立又相互补充的关系，凸显出艺术特有的价值和不可替代性。在这一意义上，历史记载与历史剧同属于历史叙事——正如海登·怀特指出的：历史叙事可能以多元的方式存在，而文学不过是其中的一类，如果历史编纂学忽视了文学性，那历史也就成为毫不相关的孤立事件，并最终影响到对它的阐释。历史题材剧作为艺术叙事文本补充历史的同时，展现出独特的记录价值、阐释价值及对历史精神的提炼及延伸传播的价值等。

现代文学时期的历史题材话剧改编是一种颇为独特的艺术建制，它在剧本与舞台演出、客观历史与想象艺术、历史真实与艺术虚构、记录与阐释等多种关系的冲突和矛盾中，表达着新的历史意义。剧作者从历史中择取需要的事件进行组合、阐释，一方面希望从中提炼出符合于人类永恒价值的命题，另一方面希望契合于当时的社会问题。虽然说，当时的历史题材话剧存在诸多缺憾，但这类话剧有人看，留得下，传得开，剧作家们对历史的解读和阐释在历史淘洗中留下了深刻的印记。审视历史有很多方式，无论是历史学的、社会学的、文化学的，都会以各自学科内恰当的方式追寻历史的意义、探究历史的精神、发掘历史之于现代所具有的价值要素。这一时期的剧作家正是通过对历史人物的刻画、对历史事件的重述和重释，发现历史中潜藏的发展链条的缺失，靠近历史，凸显历史的现代性价值。而这对当代历史题材的艺术改编无疑具有一定的借鉴意义。

对历史的关注与中国文人的千年梦想及知识、气节密切相关。秉直而书以求历史真实的彰显，宁肯牺牲生命也不容历史歪曲，这在战国时代已成为传统，晋国史官董狐、齐国史官太史伯早成为后世崇仰的楷模。作为现代知识者的剧作家不可能不通过对古代历史事件的重新解读、叙述和阐释，承续中国传统文化的脉络。他们对历史题材至为眷顾，其中既有王侯将相，亦有民间英雄，既有世情故事，也有关涉国家民族的宏大事件。在取材上或基于个人对某类历史事件、故事的喜好，或取其对现实的指涉性。但在处理上总会因历史场景的差别而有所分别，有的以新的阐释宣扬自由、民主，有的沿用相近的国家困境暗示当时的现实；有的借历史直抒胸臆，有的则善用隐喻，批判或讥讽社会的不公平或黑暗的政治势力。此外，当时历史题材话剧改编中剧与史关系的争论并未解决，剧作家在互相批评和各自改编观念的坚持中，基于不同目的进行改编，使当时产生了丰富的历史题材话剧。而改编上的多元取向倒颇合于现代观念，即否弃整一性、总体化、单向度的处理，使历史的复杂在复杂、多样的话剧作品中呈现出来。

现代文学时期大多数剧作家都具有浓烈的现代意识，他们既注重历史的现代解读，也注重历史精神的延伸；既强调艺术，也重视社会功用。因此，他们大都难以容忍对历史题材单纯的复现，强调要用新的视角讲述历史，发现一些新的启示、新的思想，折射现代社会的新气象。其中隐含着对创造性思维的重视。这推进了现代话剧的发展，并使其叙事框架和意义模式在一定程度上超越了古典戏剧——这突出表现于那些与古典戏曲重合的现代剧作——走向了成熟。如古典戏曲中多有写貂蝉的剧作，但核心人物不是貂蝉，而是王允的“美人计”，貂蝉不过是陪衬。而在王独清的《凤仪亭》《貂蝉》中，貂蝉则成为核心。他自谓："把这中间的主要人物从那已死的形体中复活了起来，投以特殊的，新鲜的生命。"[1]古典戏曲写历史虽然植入了以古鉴今的意图，但服务于封建帝王制度，而依凭的标准则主要是以儒家精神为核心的封建伦理道德。可以说，戏曲所载之道与现代历史题材话剧所服务的对象、旨趣大相径庭。而正是这种突破为历史题材话剧注入了生机，其展演的历史才能因新的旨趣为现代人接纳，而在这种新的评判、阐释和观念植入中，历史才真正成为现代人所关注的、鲜活的历史。

从故事角度看，现代文学时期的历史题材改编话剧似乎与史书或传统历史艺术差别不大，但从叙事角度看，却相去甚远。现代剧作家首先以主体对历史的理解和阐释为前提，寻找推动情节发展的动力并展开情节。因此，现代历史题材话剧充盈着强烈的反省意识和批判意识。反省意识体现为剧作家主体意识的介入。剧作家不论是否去遵从史学家的要求去考证，然后为剧，都通过退一步的观审，从中抽离出一条新的叙事线索。如珍妃、葛嫩娘、梁红玉等人物传记式的剧作，都契合着现代女性自主、自决的性格意识。而如勾践这一历史人物，剧作者在卧薪尝胆以光复国家的题旨外，开始关注勾践作为封建帝王的刚愎、阴鸷及维护权力的心机等。而范蠡则不再只是谋士或者通晓飞鸟尽，良弓藏的练达之臣，他所代表的是与民共在，讲求仁义而批判伪善、残暴的帝王政权的力量。这就如吴祖光的《正气歌》中所突出的——文天祥始终关注人民，并以人民的存在和民众力量作为希望。这一个个被赋予了现代意识的古代人物，在剧作家的主体意识的强化下，从古代的场景中慢慢向现代靠近。这种处理不仅超越了关于历史剧的种种争论，而且符合于历史是要讲新东西的观念。[2]

反省意识还表现为对历史的不确信。对历史无上权威在事实上的消解，历史的"光晕"在不同剧作家的作品群中渐渐消失。这表现在三个

1 王独清.貂蝉［M］.上海：江南书店，1929：3.

2 嵇文甫.历史是讲新东西的——史学杂话之五［J］.新史学通讯，1953（1）.

方面：一、同一历史人物、事件在不同话剧中以不同的面目出现；二、历史在被民众分享的过程中，传统历史人物、事件的定位在悄然改变，一些剧作甚至在很大程度上起到了超越史书，改变民间传统想象的作用。三、历史事件不再只作为鉴古知今的工具，而是现代事件的隐喻表达，发挥着直指当下、批判现实的作用。现代剧作家改编历史题材不仅是为了叙述一段历史、再现一段历史，甚至于不只是为了注入一些现代精神，而是以对历史的某种仿拟性展演，去校正历史记载中的某种错谬，揭示历史迷雾中的某种真相。西施与范蠡、许仙与白娘子的爱情等曾被视作美好爱情的象征，但在剧作家的现代观审中却疑点重重。聂绀弩关心的是西施的抱怨，卫聚贤关心的则是历史被神异化后所掩盖的真相。他们甚至通过把历史戏谑化，以趣剧、笑剧的创作，颠覆历史，使历史在娱乐化、荒诞化的过程中，达到摆脱历史传统重压、展开现实新篇章的目的。其戏谑是表面的，其深层含义则是严肃的，契合于现代历史启蒙的未来规划的目的：打破幻象，为被遮蔽的历史去蔽。在此，历史题材改编话剧中的“真实”可以说超越了历史编纂的真实。在这一意义上，现代历史题材改编剧作确实达到了一个高度。

从另一角度看，现代剧作家作为具有新知的知识者，总在剧作中加入了各种意图。结合当时的社会问题，批判旧的靶子，树立新的榜样，这几乎是他们改编时基本趋同的追求。他们在回望刘兰芝、王昭君、卓文君、聂嫈时，无论是哀伤她们的不幸，还是赞叹其勇力反抗的决绝，都会不自觉地将之处理为带着某种自由、主体意识的人物。当然其中经过了几重变化：经历了沿袭旧作，到适应新的时代风气，到调整人物性格、语言，变换戏剧冲突中的核心力量，凸现女性在爱情婚姻中逐渐走向主动的社会变化，同时也为这种变化摇旗呐喊。卓文君与刘兰芝的题材无疑具有代表性。从结局上看，一者走向完满的喜剧式的结局，一者走向分裂的悲剧式的结局。当女性性格被作为核心时，两类作品命定地带有冲突，却正可看作女性自身命运的两种写照。对于刘兰芝，几乎所有的作者都没有试图改变其悲剧的结尾，希望借助悲剧的结尾震撼人心，宣扬某种关于爱情、婚姻的现代理念。而卓文君，则几乎所有的笔触都集中在了卓文君的独立、自由、有思想、敢行动的方面，被注入了更多自由意识、民主观念等新元素。而如焦母、汉元帝、卓王孙、侠累等则被处理为压抑自由的象征。他们以封建的理念框定自由的灵魂，以封建的法则将人推向苦难。

从现代知识者的视野出发，观察历史人物与事件的局限，探讨其意义，则是剧作家的另一重要任务。从更新民众的思想、观念，到民族主义、爱国主义的宣扬，再转向契合政党理念的宣传和斗争。改编也逐渐从原先的宣传新剧、谋求商业回报等转向了更新历史观念、为社会立言、为胜利宣传、为国家献策等功能性考虑。这可以看出改编者的良苦用心，他们每每根据社会的处境调整主题。历史题材话剧直指社会的宣传、教育等功能，也显示出剧作家对政党理念的接纳。剧作家的批判并没有统一的标准，但却有近似的旨趣。毕竟民主、自由、民众这些观念已经成为当时知识分子的灵魂。虽然很多剧作会出现理想化的描写，甚至在人物刻画、人物语言的个性化等方面存在大量瑕疵，人物有时简直就是精神理念的传声筒。但相对于提供借鉴来说，这一切弊端都变得微不足道。因为现代剧作家历史与想象的建构，对现代民众的塑造和现代国家的创建有深远的影响。恰如毛泽东对郭沫若史剧的夸赞“你的史论、史剧有大益于人民，只嫌其少，不嫌其多，精神决不会白费的，希望继续努力……”[1]

现代文学时期的历史题材话剧改编因其特殊的时代、特定的社会问题、文化指向，成果丰富，在艺术上达到了一定高度。无论其改编策略、叙事方式，还是历史阐释及意义提炼，都对当代历史题材话剧的改编有重要的借鉴价值。历史在不断生成，改编剧作也在阐释中继续出现，而只有在历史性与戏剧性的互动中，历史才能趋向澄明，话剧才能日渐成熟。

1　中共中央文献研究室编.毛泽东书信选集［M］.北京：人民出版社，1983：241-242.

参考文献

△一、剧本：

1. 杨荫深.一阵狂风［M］. 上海：光华书局，1926.

2. 陈学昭.文君之出［J］. 真善美，1928，3（4）.

3. 熊佛西.兰芝与仲卿［J］. 东方杂志，1929，26（1）.

4. 王独清.貂蝉［M］. 上海：江南书店，1929.

5. 向培良.白蛇与许仙［J］. 北新，1930，4（7）.

6. 袁牧之.爱神的箭［M］. 上海：上海大光书局，1930.

7. 范廉.靖康耻［M］. 北京：北平新光社，1932.

8. 王独清.凤仪亭［A］. 独清自选集［C］. 上海：乐华图书公司，1933.

9. 张匡，周阆风编辑.儿童史剧（下册）［M］，上海：新中国书局，1933.

10. 周近新.爱国剧本［M］. 上海：光华书局，1934.

11. 春晖.貂蝉［J］. 国论月刊，1935，1（4）.

12. 钱耕毕.勾践［J］. 艺风月刊，1935，3（11）.

13. 高佩琅.屈原［J］. 文艺月刊.1935，9（1/2）.

14. 王泊生.岳飞［M］. 济南：山东省立剧院，1935.

15. 熊佛西.佛西戏剧·四集［M］. 上海：商务印书馆,1935（再版）.

16. 颜公.苻坚梦［J］. 民族周刊，1935,（1/2/3）.

17. 颜公.淝水战［J］. 民族周刊，1935,（4/5/6/7）.

18. 左干臣.木兰从军［M］. 上海：上海启智书局，1935.

19. 镜秋.文天祥［J］. 广播周报，1936（85）.

20. 志.风波亭［J］. 广播周报，1936,（78，79，82）.

21. 谷剑尘.岳飞之死［M］. 上海：中华书局，1936.

22. 顾一樵，顾青海.西施及其它［M］. 上海：商务印书馆，1936.

23. 洪深.汉宫秋［J］. 东方杂志，1936，33（1）.

24. 祜.费宫人［J］. 广播周报，1936（77）.

25. 佚名. 史可法［J］. 广播周报，1937（120）.

26. 陈白尘.太平天国［M］. 上海：生活书店，1937.

27. 宋之的.武则天［M］. 上海：生活书店，1937.

28. 顾一樵.白娘娘［M］. 长沙：商务印书馆，1938.

29. 李朴园.朴园史剧（甲集）［M］. 长沙：商务印书馆，1938.

30. 茨荪.汨罗江畔［J］. 新命月刊，1939，1（10）.

31. 魏如晦.碧血花［M］. 上海：国民书店，1939.

32. 杨村彬.秦良玉［M］. 四川省立戏剧教育实验学校编纂委员会，成都：四川省立戏剧教育实验学校出版课，1939.

33. 罗永培.正气［M］. 长沙：商务印书馆，1940.

34. 彭子仪.文天祥［M］. 上海：国民书店，1940.

35. 易乔.巾帼英雄［M］. 上海：潮锋出版社，1940.194.

36. 周剑尘.西太后［M］. 上海：上海剧作协社，1940.

37. 周贻白.北地王［M］. 上海：潮锋出版社，1940.

38. 阿英.海国英雄–郑成功［M］. 上海：国民书店，1941.

39. 郭沫若.苏武与李陵［A］. 魏如晦.现代名剧选辑［C］. 上海：潮锋出版社，1941.

40. 昌言编辑.现代最佳剧选·第五集［M］. 上海：现代戏剧出版社，1942.

41. 聂绀弩.范蠡与西施［A］. 聂绀弩.婵娟［C］. 桂林：桂林文化供应社，1943.

42. 杨燕怀.湖上诗人［J］. 艺文杂志，1943，1（5）.

43. 陶秦.史可法［J］. 大众，1944（6/7/8/9/10/11/12）.

44. 舒湮.董小宛［M］. 重庆：光明书局，1944（渝一版）.

45. 卫聚贤.雷峰塔［M］. 重庆：说文社，1944.

46. 周贻白.连环计［M］，上海：世界书局，1945.

47. 赵循伯.长恨歌［M］. 南京：正中书局，1945（渝初版）.

48. 周彦.桃花扇［M］. 上海：建国书店，1946（沪初版）.

49. 孙家琇.复国［M］. 上海：商务印书馆，1946（上海初版）.

50. 赵循伯.民族正气［M］. 上海：商务印书馆，1946（上海再版）.

51. 舒湮.精忠报国［M］. 上海：光明书局，1947（战后一版）.

52. 赵清阁.关羽［M］. 南京：正中书局，1947（沪三版）.

53. 卫大法师.端节三幕短剧［M］. 重庆：说文社，1947.

54. 王修明.锦香囊［M］. 重庆：说文社，1947.

55. 吴祖光.正气歌［M］. 上海：开明书店（四版），1947.

56. 徐訏.灯尾集［M］. 上海：怀正文化社，1947.

57. 周贻白.花木兰［M］. 上海：开明书店，1948（再版）.

58. 欧阳予倩.忠王李秀成［M］. 上海：文化供应社，1948.

59. 魏如晦.洪宣娇［M］. 上海：国民书店，1949.

60. 阳翰笙.阳翰笙剧作选［M］. 北京：人民文学出版社，1956.

61. 洪深.洪深文集（四）［M］. 北京：中国戏剧出版社，1959.

62. 姚克.清宫怨［M］. 北京：人民文学出版社，1980.

63. 阿英.阿英剧作选［M］. 北京：中国戏剧出版社，1980.

64. 郭沫若.郭沫若剧作全集［M］. 北京：中国戏剧出版社，1982.

65. 阳翰笙.阳翰笙剧作集［M］. 北京：中国戏剧出版社，1982.

66. 陈学昭.蔓草拾零［M］. 杭州：浙江文艺出版社，1984.

67. 阳翰笙.阳翰笙选集·话剧剧本集［M］. 成都：四川文艺出版社，1989.

68. 顾毓琇.顾毓琇戏剧选［M］. 北京：商务印书馆，1990.

△二、专著、论文集：

69. 宋春舫.宋春舫论剧（第1集）［M］上海：中华书局，1923.

70. 孙俍工.戏剧作法讲义［M］. 上海：亚东图书馆，1925.
71. 向培良.中国戏剧概评［M］. 上海：上海泰东图书局，1926.
72. 郁达夫.戏剧论［M］. 上海：商务印书馆，1926.
73. 余怀，唐志孝标点.板桥杂记［M］. 上海：上海扫叶山房，1925.
74. 余上沅.国剧运动［M］. 上海：新月书店，1927.
75. 左明.北国的戏剧［M］. 上海：现代书局，1929.
76. 马彦祥.戏剧概论［M］. 上海：光华书局，1929.
77. 马彦祥.戏剧讲座・现代中国戏剧［M］. 上海：现代书局，1929.
78. 上海市教育局第四科通俗教育股.审查戏曲［M］. 上海：上海市教育局第一科出版股，1931.
79. 熊佛西.写剧原理［M］. 上海：中华书局，1933.
80. 欧阳予倩.自我演戏以来［M］. 上海：神州国光社，1933.
81. 谷剑尘.民众戏剧概论［M］. 上海：民智书局，1933.
82. 王独清.独清自选集［M］. 上海：乐华图书公司，1933.
83. 洪深.洪深戏剧论文集［C］. 上海：天马书局，1934.
84. 卢冀野.中国戏剧概论［M］. 上海：世界书局，1934.
85. 熊佛西.佛西戏剧・四集［M］. 上海：商务印书馆,1935（再版）.
86. 向培良.剧本论［M］. 上海：商务印书馆，1936.
87. 欧阳予倩.予倩论剧［M］. 广州：广东戏剧研究所，1936.
88. 周贻白.中国戏剧史略［M］. 上海：商务印书馆，1936.
89. 顾一樵，顾青海.西施及其它［Z］. 北京：商务印书馆，1936.
90. 陈铨.戏剧与人生［M］. 上海：大同书局，1937.
91. 田汉.抗战与戏剧［M］. 上海：商务印书馆，1937.
92. 何干之.近代中国启蒙运动史［M］. 上海：生活书店，1938.
93. 赵清阁.抗战戏剧概论［M］. 上海：中山文化教育馆，1939.
94. 葛一虹.战时演剧政策［M］. 上海：上海杂志公司，1939.
95. 田禽.战时戏剧演出论［M］. 重庆：重庆独立出版社，1940.
96. 魏如晦选编.现代名剧选辑［C］. 上海：潮锋出版社，1941.

97. 朱双云.初期职业话剧史料［C］. 重庆：独立出版社，1942.

98. 茅盾、田汉.戏剧的民族形式问题［M］. 桂林：白虹书店，1943.

99. 田禽.中国戏剧运动［M］. 上海：上海商务印书馆，1944.

100. 陈白尘.习剧随笔［M］. 重庆：当今出版社，1944.

101. 田禽.中国戏剧运动［M］. 上海：商务印书馆，1944.

102. 张庚.什么是戏剧［M］. 大连：大连中苏友好协会，1946.

103. 方君逸.戏剧艺术讲话［M］. 上海：光明书局，1947.

104. 舒湮主编.演剧艺术讲话［M］. 上海：光明书局，1947.

105. 董每戡.中国戏剧简史［M］. 上海：商务印书馆，1949.

106. 张庚.戏剧艺术引论［M］. 哈尔滨：光华书店，1949.

107.（宋）司马光编著，（元）胡三省音注.资治通鉴［M］. 上海：中华书局，1952.

108. 张德坚.贼情汇纂［A］. 太平天国丛刊（三）［C］. 上海：上海国光出版社，1952.

109. 洪深.洪深文集［M］. 北京：中国戏剧出版社，1959.

110. 阿英.雷峰塔传奇叙录［M］. 北京：中华书局，1960.

111. 戏剧报编辑部.历史剧论集［C］. 上海：上海文艺出版社，1962.

112. 茅盾.关于历史和历史剧：从《卧薪尝胆》的许多不同剧本谈起［M］. 北京：作家出版社，1962.

113. 郭沫若.沫若文集（第十三卷）［M］. 北京：人民文学出版社，1961.

114. 马克思.马克思恩格斯选集（第1卷）［M］. 北京：人民出版社，1972.

115.（后晋）刘昫等撰.旧唐书［M］. 上海：中华书局，1975.

116. 欧阳修，宋祁.新唐书［M］. 上海：中华书局，1975.

117. 高明.大戴礼记今注今译［M］. 台北：台湾商务印书馆，1975.

118. 章太炎.章太炎政论选集（下册）［M］. 上海：中华书局，1977.

119. 焦菊隐.焦菊隐戏剧论文集［C］. 上海：上海文艺出版社，1979.

120. 会林、绍武编.夏衍戏剧研究资料［C］. 北京：中国戏剧出版社，1980.

121. 谭霈生.论戏剧性［M］. 北京：北京大学出版社，1981.

122. 吴祖光.吴祖光论剧［M］. 北京：中国戏剧出版社，1981.

123. 王永生.中国现代文论选［C］. 贵州：贵阳人民出版社，1982.

124. 郭沫若.郭沫若剧作全集［M］. 北京：中国戏剧出版社，1982.

125. 朱光潜.悲剧心理学［M］. 北京：人民文学出版社，1983.

126. 郭沫若.郭沫若论创作［M］. 上海：上海文艺出版社，1983.

127. 黄候兴.郭沫若历史剧研究［M］. 武汉：长江文艺出版社，1983.

128. 田汉.田汉文集［M］. 北京：中国戏剧出版社，1983.

129. 唐小兵.再解读——大众文艺与意识形态［M］. 香港：牛津大学出版社，1983.

130. 余秋雨.戏剧理论史稿［M］. 上海：上海文艺出版社，1983.

131. 卜仲康编.陈白尘专集［C］. 南京：江苏人民出版社，1983.

132. 中共中央文献研究室编.毛泽东书信选集［C］. 北京：人民出版社，1983.

133.（清）计六奇撰.明季北略［M］. 北京：中华书局，1984.

134. 欧阳予倩.欧阳予倩戏剧论文集［M］. 上海：上海文艺出版社，1984.

135. 陈学昭.蔓草拾零［C］. 杭州：浙江文艺出版社，1984.

136. 章太炎.章太炎全集（3卷）［M］. 上海：上海人民出版社，1984.

137. 陈独秀.陈独秀文章选编（上）［M］. 北京：三联书店，1984.

138. 王季思主编.中国十大古典悲剧集［M］. 上海：上海文艺出版社，1982.

139. 余秋雨.戏剧审美心理学［M］. 成都：四川人民出版社，1985.

140. 余秋雨.中国戏剧文化史述［M］. 长沙：湖南人民出版社，1985.

141.《中国话剧运动五十年史料集》编辑委员会.中国话剧运动五十年史料集［C］. 北京：中国戏剧出版社，1985.

142. 尼柯尔.西欧戏剧理论［M］.北京：中国戏剧出版社，1985.

143. 田本相、杨景辉.郭沫若史剧论［M］.北京：人民文学出版社，1985.

144. 商韬.论元代杂剧［M］.济南：齐鲁书社，1986.

145. 阳翰笙.风雨五十年［C］.北京：人民文学出版社，1986.

146. 中国新文学大系·文学理论集一（1927–1937）［C］.上海：上海文艺出版社，1987.

147. 董鼎铭.历史剧本事考评［M］.台北：台湾商务印书馆，1987.

148. 陈白尘、董健.陈白尘论剧［M］.北京：中国戏剧出版社，1987.

149. 李凤祥.戏剧人物面面观［M］.北京：文化艺术出版社，1987.

150. 马焯荣.田汉剧作浅探［M］.长沙：湖南文艺出版社，1987.

151. 宋时编.宋之的研究资料［C］.北京：解放军文艺，1987.

152. 苑书义、林言椒编.太平天国人物研究［C］.成都：巴蜀书社，1987.

153. 司马迁.史记［M］.长沙：岳麓书社，1988.

154. 骆宾王.骆宾王集（第十卷）.［M］.北京：中国书店，1988.

155.［明］李廷机编著.鉴略妥注.［M］.长沙：岳麓书社，1988.

156. 夏衍选集·第四卷［M］.成都：四川文艺出版社，1988.

157. 陈白尘、董健主编.中国现代戏剧史稿［M］.北京：中国戏剧出版社，1989.

158. 阳翰笙.阳翰笙选集［M］.成都：四川文艺出版社，1989.2.

159. 葛一虹主编.中国话剧通史［M］.北京：文化艺术出版社，1990.

160. 黄会林.中国现代话剧文学史略［M］.合肥：安徽教育出版社，1990.

161. 贾植芳编.中国现代文学主潮［M］.上海：复旦大学出版社，1990.

162. 朱栋霖、王文英.戏剧美学：一种现代阐释［M］.南京：江苏文艺出版社，1991.

163. 潘光武.阳翰笙研究资料［C］. 北京：中国戏剧出版社，1992.

164. 张京媛主编.新历史主义与文学批评［M］. 北京：北京大学出版社，1993.

165. 冯梦龙编著.冯梦龙全集（17）［M］. 南京：江苏古籍出版社，1993.

166. 二十五史・明史［M］. 上海：上海古籍出版社，1986.

167. 吴秀明.文学中的历史世界：历史文学论［M］. 长春：吉林教育出版社，1994.

168. 吴秀明.历史的诗学［M］. 杭州：浙江人民出版社，1994.

169. 石曼.重庆抗战剧坛纪事［C］. 北京：中国戏剧出版社，1995.

170. 胡星亮.二十世纪中国戏剧思潮［M］. 南京：江苏文艺出版社，1995.

171. 赵景深.我与文坛［M］. 上海：上海古籍出版社，1999.

172. 林安梧.中国近代思想观念史论［M］. 台北：学生书局，1995.

173. 王森然遗稿，《中国剧目辞典》扩编委员会扩编.中国剧目辞典［M］. 石家庄：河北教育出版社，1997.

174. 王国维.王国维文集（第一卷）［M］. 北京：中国文史出版社，1997.

175. 邹红.焦菊隐戏剧理论研究［M］. 北京：北京师范大学出版社，1999.

176. 胡星亮.中国话剧与中国戏曲［M］. 上海：学林出版社，2000.

177. 宋宝珍.二十世纪中国话剧回眸［M］. 北京：北京广播学院出版社2000.

178. 周宁.永远的乌托邦［M］. 武汉：湖北教育出版社，2000.

179. 张汝伦.现代中国思想研究［M］. 上海：上海人民出版社，2001.

180. 徐复观.中国戏剧精神［M］. 上海：华东师范大学出版社，2001.

181. 傅谨.草根的力量［M］. 南宁：广西人民出版社，2001.

182. 张汝伦.现代中国思想研究［M］. 上海：上海人民出版社，2001.

183. 廖奔.廖奔戏剧时评［M］. 郑州：河南大学出版社，2002.

184. 周华斌.中国剧场史资料总目［C］. 北京：北京广播学院出版社，2002.

185. 董健.中国现代戏剧总目提要［C］. 南京：南京大学出版社，2003.

186. 施旭升.中国现代戏剧重大现象研究［M］. 北京：北京广播学院出版社，2003.

187. 周靖波.中国现代戏剧序跋集［C］，北京：北京广播学院出版社，2003.

188. 周靖波.中国现代戏剧论［M］. 北京：北京广播学院出版社，2003.

189. 周宁.想象与权利——戏剧意识形态研究［M］. 厦门：厦门大学出版社，2003.

190. 李纪祥.时间・历史・叙事［M］. 兰州：兰州大学出版社，2004.

191. 刘丽文.历史题材剧研究［M］. 北京：北京广播学院出版社，2004.

192. 董健.戏剧与时代［M］. 北京：人民文学出版社2004.

193. 傅谨.二十世纪中国戏剧导论［M］. 北京：中国社会科学出版社，2004.

194. 孙书磊.中国古代历史剧研究［M］. 南京：南京师范大学出版社，2004.

195. 李纪祥.时间・历史・叙事［M］. 兰州：兰州大学出版社，2004.

196. 田根胜.近代戏剧的传承与开拓［M］. 上海：上海三联书店，2005.

197. 傅谨.二十世纪中国戏剧的现代性与本土化［M］. 台北：国家出版社，2005.

198. 张健.中国喜剧观念的现代生成［M］. 北京：北京大学出版社，2005.

199. 刘丽文.历史剧的女性主义批评［M］. 北京：中国传媒大学出版社，2005.

200. 田本相.现当代戏剧论［M］. 南昌：江西高校出版社，2006.

201. 吴秀明.文与历史［M］. 杭州：浙江大学出版社，2006.

202. 柯灵.天意怜幽草［M］. 北京：人民日报出版社，2007.

203. 黑格尔.美学［M］. 北京：商务印数馆，1981.

204. 列・谢・维戈茨基.艺术心理学［M］. 上海：上海文艺出版社，1981.

205. 丹钦柯.文艺・戏剧・生活［M］. 北京：中国戏剧出版社，1982.

206. 狄德罗.狄德罗美学论文选［M］. 北京：人民文学出版社，1984.

207. 恩斯特・卡西尔.人论［M］. 上海：上海译文出版社，1985.

208. 埃斯卡尔皮.文学社会学［M］. 上海：上海译文出版社，1988.

209. 彼得・布鲁克.空的空间［M］. 北京：中国戏剧出版社，1988.

210. 恩斯特・卡西尔.启蒙哲学［M］. 济南：山东人民出版社，1988.

211. 布莱西特.布莱西特论戏剧［M］. 北京：中国戏剧出版社，1990.

212. 阿尔托.残酷的戏剧——戏剧及其重影［M］. 北京：中国戏剧出版社，1993.

213. 马克思、恩格斯.马克思恩格斯选集［M］. 北京：人民出版社，1972.

214. 莱辛.汉堡剧评［M］. 上海：上海译文出版社，1998.

215. 伽达默尔.真理与方法［M］. 上海：上海译文出版社，1999.

216. 微拉・施瓦支.中国的启蒙运动——对启蒙运动内在问题的探讨［M］. 北京：华夏出版社，2002.

217. 莫里斯・哈布瓦赫.论集体记忆［M］. 毕然，郭金华译，上海：上海人民出版社，2002.

218. 海登・怀特.后现代历史叙事学［M］. 北京：中国社科出版社，2003.

219. 保尔・利科.虚构叙事中时间的塑形［M］. 北京：三联书店，

2003.

220. 本妮迪克特·安德森.想象的共同体：民族主义的起源与散布［M］. 吴叡人译.上海：上海人民出版社，2003.

221. 海登·怀特.形式的内容——叙事话语与历史再现［M］. 北京：文津出版社，2005.

222. 亚里士多德.诗学［M］. 上海：上海人民出版社，2006.

△三、期刊文章

223. 秣陵生.戏台上的三种表现［J］. 戏剧周刊，1925（5）.

224. 霄.中国戏剧与小说之关系［J］. 戏剧周刊，1925（7）.

225. 郁达夫.历史小说论［J］. 创造月刊，1926，1（2）.

226. 顾仲彝.今后的历史剧［J］. 新月，1928，1（2）.

227. 菊池宽.历史小说论［J］. 洪秋雨译，文艺创作讲座，1931（1）.

228. 浩文.孔雀东南飞及其它［J］. 新月，1931，3（3）.

229. 艾淦.今后戏剧运动的路［J］. 现实文学，1936（1）.

230. 林刚白.民族抗战后方之演剧运用［J］. 文艺月刊战时特刊，1937，2（6）.

231. 陈白尘.漫谈历史剧［J］. 新演剧，1937创刊号.35.

232. 戏剧的民族形式问题座谈会中会［J］. 戏剧春秋，1941，1（4）.

233. 刘念渠.论创造中国民族的新戏剧［J］. 理论与现实，1940，2（1）.

234. 胡风.论民族形式问题底实践意义［J］. 理论与现实，1940，2（3）.

235. 田进.抗战八来的戏剧创作［J］. 文联，1941，2（3）.

236. 荃麟.两点意见［J］. 戏剧春秋，1942，2（4）.

237. 易庸.欧阳予倩的旧剧作品——兼论旧剧改革［J］. 戏剧春秋，1942，2（3）.

238. 诸家（黄旬记录）.历史剧问题座谈［J］. 戏剧春秋，1942，2（4）.

239. 张骏祥.历史剧问题特辑·历史剧的几点意见［J］. 戏剧月报，1943（4）.

240. 铭彝.朝那里走？［J］. 天下文章，1943（2）.

241. 田禽.评《正气歌》［J］. 天下文章·战时教育问题特辑，1943（4）.

242. 刘念渠.论历史剧［J］. 戏剧月报，1943（4）.

243. 刘念渠.歉收的一年［J］. 时与潮文艺，1945，5（4）.

244. 阎哲吾.建设“中国人的戏剧”［J］. 文艺先锋，1947（1）.

245. 茅盾.关于历史和历史剧［J］. 文学评论，1961（5/6）.

246. 张真.古为今用及其它［J］. 剧本，1961（1）.

247. 张真.论历史的具体性［J］. 剧本，1961（5/6）.

248. 李纶.有关历史剧的几点感想［J］. 剧本，1961（1）.

249. 王季思.多写写这样的历史故事戏［J］. 剧本，1961,（2/3）.

250. 吴晗.论历史剧［J］. 文学评论，1961（3）.

251. 李希凡.“史实”和“虚构”——漫谈历史剧创作中历史真实与艺术真实的统一［J］. 戏剧报，1962（2）.

252. 戴不凡.历史剧三题［J］. 红旗，1962（6）.

253. 朱寨.关于历史剧问题的争论［J］. 文学评论，1962（5）.

254. 朱寨.再谈关于历史剧问题的争论［J］. 文学评论，1963（2）.

255. 顾诚.李岩质疑［J］. 历史研究，1978（5）.

256. 阳翰笙.战斗在雾重庆［J］. 新文学史料，1984（1）.

257. 邹红.中国现代话剧民族化的历史进程［J］. 文学评论,1994(4).

258. 戏曲研究所.传统剧目改编研讨会综述［J］. 文艺研究,1994(6).

259. 曾昭弘.《西厢记》改编琐谈［J］. 剧本，1994（6）.

260. 胡星亮. 论中国话剧的民族化历程［J］. 文艺研究，1996（3）.

261. 许建平.二十世纪中国古典小说戏曲研究的回顾与前瞻［J］. 河北师院学报（社会科学版），1997（3）.

262. 邹红.如何对待名著的改编［J］. 戏剧文学1998（2）.

263. 王守昌，李伟中.启蒙理性与工具理性——对当代资本主义的一种批判［J］. 学术研究，1998（5）.

264. 胡星亮.总结中国“普罗戏剧”思潮.文艺理论与批评,1998(5).

265. 张健. 中国30年代话剧创作中的人物悲剧［J］. 国际关系学院学报，1999（3）.

266. 田本相.二十世纪中国话剧回眸——《中国话剧辞典·序》［J］. 邵阳师范高等专科学校学报，1999（6）.

267. 张灏.中国近代思想史的转型时代［A］. 二十一世纪［J］. 1999（52）.

268. 邹红.论剧与诗之相互关系及其意义［J］. 江苏社会科学，2000（1）.

269. 徐贲.文化批评的记忆和遗忘［J］. 文化研究，天津社会科学院出版社，2000（1）.

270. 廖奔.关于名著改编［J］. 文艺研究，2001（2）.

271. 马俊山.1937：话剧突围［J］. 上海艺术学院学报·戏剧艺术，2002（1）.

272. 张健.中国话剧百年论述［J］. 中国现代文学研究丛刊,2002(4).

273. 施旭升.民族化：悖论与抉择——从民族文化传统看话剧与戏曲的个性生成［J］. 戏剧艺术，2002（3）.

274. 马俊山.论国民党话剧政策的两歧性及其危害［J］. 近代史研究，2002（4）.

275. 王家康.抗战时期农民战争历史剧写作与现代中国政治［J］. 中国现代文学研究丛刊，2004（1）.

276. 傅谨.影响当代中国戏剧编剧的理念［J］. 粤海风，2004（4）.

277. 邓齐平.中国现代历史剧“史”“剧”争议评析［J］. 理论与创作，2004（1）.

278. 秦伯益.《甲申三百年祭》的一点警示［J］. 同舟共进,2004(9).

279. 孙书磊.20世纪历史剧争论之检讨［J］. 南京师大学报,2005(3).

280. 童庆炳.历史3　　历史题材文学创作的历史真实［J］. 人文杂志，2005（5）.

281. 邹红.在历史与现实之间——历史剧《赵氏孤儿》的改编策略［J］.北京师范大学学报（社会科学版），2006（2）.

282. 田本相. 中国话剧百年的伟大成就［J］. 戏剧文学，2007（1）.

283. 周星.对影视创作中名作改编问题的思考［J］. 中州学刊，2008（2）.

△四、报纸文章

284. 郭沫若.谈历史剧——在上海市立戏剧学校的演讲［N］. 文汇报，1946-06-26（1）.

285. 阿英.关于《洪宣娇》［N］. 大连日报副刊·海燕，1948-11-14（3）.

286. 吴晗.谈历史剧［N］. 文汇报，1960-12-25（2）.

287. 吴晗.再谈历史剧［N］. 文汇报，1961-05-03（2）.

288. 吴晗.并非争论的“争论”［N］. 光明日报，1962-04-28（4）.

289. 李希凡.答吴晗同志——《说争论》读后［N］. 光明日报，1962-04-07（4）.

290. 吴晗.并非争论的“争论”［N］. 光明日报，1962-04-28（4）.

291. 王子野.历史剧是艺术、不是历史［N］. 光明日报，1962-05-08（4）.

附　录

图表一：现代文学时期历史题材改编话剧剧目及剧中历史人物

朝代	历史题材话剧剧目	主要人物	主要来源
史前(3)	1921：女神之再生（郭沫若） 1931：夸父之家（漫铎） 1937：华胥游（张齐人）	颛项 共工 黄帝 蚩尤	《山海经》 列子《列子》
夏商西周（16）	1918：纣王宠妲己（待考） 姜太公（待考） 1922：广寒宫（郭沫若） 1923：孤竹君之二子（郭沫若） 1928：渭水河滨（王向辰） 1929：妲己（徐葆炎） 1933：过昭关（张匡 周阆风） 申包胥（张匡 周阆风） 芦中人（张匡 周阆风） 1934：河伯娶妇（周缵武） 秦庭泪（周近新） 1936：大禹治水（杰） 1943：邯郸梦（谭玉碧） 1945：周颂（王泊生） 1946：嫦娥（顾仲彝） 1947：嫦娥奔月（吴祖光）	后羿 逢蒙 吴刚 纣王 妲己 苏护 杜宣 梅伯 费仲 柳孤儿 伯夷 叔齐 姜子牙 周文王 胶鬲 申包胥 伍子胥 伍奢 费无极 公子胜 东皋公 皇甫讷 郑定公 晏婴 齐王 楚王 褒姒 郑伯良 西门豹 孟姬 兰香 韩爱青 杜菲 赵王 灵宝 云姑 伯邑考	刘向《战国策》 司马迁《史记》 《穆天子传》 《全相平话》 许仲琳《封神演义》 沈既济《枕中记》 汤显祖《邯郸梦》

续表

朝代	历史题材话剧剧目	主要人物	主要来源
春秋战国（40）	1917：吴市漆匄（余兴痴） 1920：聂母墓前（郭沫若） 1921：荆轲之死（李之常） 湘累（郭沫若） 1924：凤兮凤兮（王维克） 荆轲（顾一樵）[1] 1925：聂嫈（郭沫若） 1927：绝粮（涤君）	虞孚 孔子 子路 接舆 子渊 子贡 颜渊 长沮 蘧伯玉 南子 夫差 太宰嚭 伍子胥 范蠡 西施 郑旦 文种 勾践 陆义顺 程博经 子反 华园 阖闾 干将 莫邪 欧冶子 声伯 管肸	孔子《论语》 公羊高《公羊传》 刘向《战国策》 司马迁《史记》 赵晔《吴越春秋》刘伯温《郁离子》
	1928：子见南子[（林）语堂] 1930：箫声泪痕（李罗梦 卢野马） 浣纱溪（赵水澄） 1931：子谏盗跖（徐訏） 1932：卧薪尝胆（熊佛西） 西施（顾一樵）[2] 1933：西施（林文铮） 伍子胥（杨晦） 苏秦刺股（张[illegible]París 周阆风） 偷过函谷关（张匡 周阆风） 冯谖取义（张匡 周阆风） 完璧归赵（张匡 周阆风） 晏婴使楚（张匡 周阆风） 易水别（林文铮） 廉蔺交欢（张匡）[3] 1934：荆轲（胡开瑜） 聂政（胡开瑜） 屈原（高佩琅）[4]	鲁成公 孝姬 孝叔 东施 楚平王 费无忌 吴奢 东皋公 楚昭王 申包胥 苏秦 苏代 苏厉 廉颇 蔺相如 楚怀王 屈原 女嬃 郑袖 昭雎 信陵君 如姬 侯嬴 朱亥 聂政 荆轲 高渐离 太子丹 樊於期 田光 兰姬 鞠武 田光 玉瑛 秦王 秦舞阳	《晏子春秋》 干宝《搜神记》 屈原《离骚》

1　顾毓琇.顾毓琇戏剧选［M］.北京:商务印书馆,1990.“十三年十二月二十三日，剑桥，初稿。二十八年十一月十五日，重庆，再稿。

2　顾一樵，顾青海.西施及其他［M］.上海:商务印书馆,1936.“民国二十一年五月四日再稿”。

3　张匡 周阆风.儿童史剧（列国本）［C］.上海:新中国书局出版，1933.

4　高佩琅.屈原［J］.文艺月刊.1935，9（1/2）.“一九三四,十二,十三夜。写完。”

续表

朝代	历史题材话剧剧目	主要人物	主要来源
	1935：西施（舜卿） 荆轲刺秦王（张匡） 楚灵王（杨晦） 勾践（钱耕毕） 1936：孔子周游列国（佚名） 荆轲（王泊生） 笙箫缘（祜） 1938：豫让（李朴园） 1939：楚子反解宋围（茨荪） 1942：虎符（郭沫若） 屈原（郭沫若） 棠棣之花（郭沫若） 放逐交响乐（禹仲琪） 1943：铸剑（遇圭） 1944：春秋怨（孔另境） 复国（吴越春秋）(孙家琇） 1947：卧薪尝胆（佚名） 1948：易水（鲁青）		
秦（9）	1919：乌江（吴我尊） 1925：项羽（顾一樵） 1926：长城之神（熊佛西） 1931：咸阳城外（漫铎） 1932：博浪沙（漫铎） 1934：张良（胡开瑜） 1941：圯上进履（雨辰） 1942：高渐离（筑）(郭沫若） 1944：楚霸王（姚克）	项羽 虞姬 范增 樊哙 刘邦 项庄 万喜良 孟姜女 秦始皇 张良 李斯 高渐离 怀贞夫人 宋义 夏无且 赵高 怀清夫人	刘向《战国策》 司马迁《史记》 《孟姜女哭长城》

续表

朝代	历史题材话剧剧目	主要人物	主要来源
汉（40）	1917：中古时代之文明结婚（寒蝉） 1918：李三娘（张恨依忆述） 貂蝉（佚名） 1922：孔雀东南飞（北京女子高等师范） 1923：卓文君（郭沫若） 1924：王昭君（郭沫若） 1925：孔雀东南飞（凤汉） 1926：吕布与貂蝉（开心） 1927：缇萦（朱季青） 1928：磐石与蒲苇（杨荫深） 貂蝉（王独清） 文君之出（陈学昭）[1] 1929：兰芝与仲卿（熊佛西） 淳于缇萦（过厚生） 绵蕞（呵嚏） 1930：孔雀东南飞（袁昌英） 朱买臣之妻（何础，何厌） 1932：苏武（顾一樵） 1933：虞姬（陈白尘） 凤仪亭（王独清） 1934：王昭君（顾青海） 1935：三访诸葛（张匡）	司马相如 卓文君 卓王孙 刘智远 李心田 李三娘 毛延寿 王昭君 汉文帝 淳于意 缇萦 刘兰芝 焦仲卿 刘邦 叔孙通 项羽 虞姬 左贤王 刘备 诸葛亮 关羽 张飞 孙权 吕蒙 鲁肃 马良 甘宁 汉元帝 萧何 韩信 田横 魄姬曹操 曹丕 曹植 甄静 袁熙 董卓 吕布 貂蝉 王允 班超 徐干 窦固 班昭 鄯善国王 郭恂 周瑜 孙干 赵云 孙尚香 吕范 周泰 贾华 陈震 张辽 王甫 廖化 周仓 王莽 刘盆子 刘秀 樊崇 苏武	葛洪《西京杂记》 《孔雀东南飞》 司马光《资治通鉴》 班固《汉书》 刘珍《东汉观记》， 陈寿《三国志》 罗贯中《三国演义》 马致远《汉宫秋》 《刘智远白兔记》

1 陈学昭.文君之出［J］.真善美，1928，3（4）. 写于一九二七圣诞前夜。

续表

朝代	历史题材话剧剧目	主要人物	主要来源
	单刀赴会(张匡) 怒打督邮(张匡) 孔雀东南飞(季剑) 貂蝉(春晖) 1936：汉宫秋(洪深) 1940：卓文君(恽涵) 1941：荐贤(赵清阁) 关羽(赵清阁)[1] 苏武与李陵(郭沫若，未完成)[2] 1942：赈灾(仲天) 牛郎织女传(魏如晦，即阿英) 1943：齐王田横(卓麟) 1944：洛神赋(谭雯) 连环计(周贻白)[3] 1945：投笔从戎(徐筱汀) 美人计(姚克) 1946：傀儡皇帝(王维克) 牛郎织女(吴祖光)		
三国(2)	1939：汉宫魂(王泊生) 北地王(周贻白)	邓艾 诸葛瞻 刘禅 刘谌 马邈 孙休	陈寿《三国志》

1 赵清阁.关羽［M］.南京：正中书局，1947(沪三版).作品写于1941年，“清阁三十年仲秋前夕于北碚”。

2 魏如晦.现代名剧选辑［C］.上海：潮锋出版社，1941.该剧创作于20世纪20年代。魏如晦在《题记》中说：“郭沫若《苏武宇李陵》被沉埋差不多近二十年。自然,后者的没有收集，原因是仅完成了序幕。”

3 周贻白.连环计［M］.上海：世界书局，1945.写于“民国三十三年梁溪寓次”。

续表

朝代	历史题材话剧剧目	主要人物	主要来源
魏晋南北朝（10）	1923：桃花源（汪剑余） 1926：一阵狂风（杨荫深） 1928：女健者（左干臣） 1931：花木兰（郑文蔚） 1935：木兰从军（左干臣） 淝水战（颜公） 苻坚梦（颜公） 1936：木兰从军（计志中等） 1940：巾帼英雄（易乔） 1942：南朝金粉（SY，即刘盛亚） 1945：风声鹤唳（周剑尘）	祝英台 梁山伯 马文才 花弧 花木兰 苻坚 谢安 谢玄 王凝 朱道义 桓温 吴姬 姚苌 鲁广达 尉迟婉儿 许善心	陶渊明《桃花源记》 《木兰辞》 司马光《资治通鉴》 唐房玄龄等《晋书》
隋（3）	1927：风尘三侠（胡山源） 1936：夜奔（胡山源） 1941：花木兰（周贻白）	隋炀帝 花木兰 李靖 杨素 红拂 刘文静 李世民	张说《虬髯客传》《大明一统志》 余正燮《癸巳存稿》
唐（22）	1923：浔阳江（陈竹影） 1925：石壕吏（俞宗杰） 1927：杨贵妃之死（王独清） 1928：爱神的箭（袁牧之）[1] 1930：石壕吏（赵水澄） 1931：汾河湾（陈白尘） 1936：拷艳（郭沫若） 1937：武则天（宋之的） 1938：杨贵妃（李朴园） 1939：木兰从军（龚炯，唐太宗时期） 汨罗江畔（茨荪，唐肃宗时期）	白居易 唐玄宗 杨贵妃 陈玄礼 杨国忠 安禄山 柳金花 薛仁贵 薛丁山 唐高宗 武则天 花木兰 李白 屈原 吴均 高力士 高适 李阳冰 郭子仪 张巡 南霁云 令狐潮 尹子奇 陈元礼 王思礼 郭从瑾 令狐建 马玄 阿史那 文成公主 松赞干布 赤贞 李道宗 伦波	白居易《长恨歌》 杜甫《石壕吏》 《说唐演义全传》 王实甫《西厢记》 苏弁、苏冕《唐会要》 余正燮《癸巳存稿》

1 袁牧之.爱神的箭［M］.上海：上海大光书局，1930.写于一九二八年八月二日。

续表

朝代	历史题材话剧剧目	主要人物	主要来源
	1941：崔莺莺之夫（徐卓呆） 1942：长恨歌（赵循伯） 1943：花木兰（赵清阁，唐贞观） 1944：李太白（孔另境） 民族正气（赵循伯） 1945：长生殿（吴景洲） 莺莺（鲁军） 1947：锦香囊（王修明） 唐宫秘史（万籁天，唐明皇） 阿史那（改编自《奥德赛》，唐朝，李健吾改编） 1948：文成公主（林刚白）		
五代（1）	1946：王德明（乱世英雄）（李健吾）	王熔 王德明 独孤秀 符通 符习	
宋（32）	1918：狸猫换太子（佚名） 天雷报（醒民新剧社） 1923：宋江（伯颜） 1926：乌鹊双飞（吴研因） 1928：潘金莲（欧阳予倩） 1930：白蛇与许仙（向培良） 景阳岗之夜（李罗梦 卢野马）	李宸妃 郭槐 陈琳 宋江 韩凭 何璧 何瑜 莫良 宋康王 宋钦宗 朱后 黄经 蔡京 李纲 李邦彦 岳飞 哈迷蚩 秦桧 张宪 韩世忠 宋徽宗 李师师 周邦彦 范宗尹 魏良臣 罗汝楫	（元）脱脱《宋史》施耐庵《水浒传》 钱彩《精忠演义说本岳王全传》 李纲《靖康传信录》 丁特起《靖康纪闻》
	931：白娘娘（顾一樵）[1] 1932：靖康耻（范廉） 岳飞（顾一樵） 讨渔税（马彦祥）		

1 顾一樵.白娘娘［M］.长沙：商务印书馆，1938.写于民国“二十，六，八，一樵”。

续表

朝代	历史题材话剧剧目	主要人物	主要来源
	11933：李师师（赖子英） 1935：岳飞之死（谷剑尘）[1] 岳飞（王泊生） 1936：风波亭（志） 梁红玉（顾仲彝） 文天祥（镜秋） 1939：正气（罗永培）[2] 1940：文天祥（彭子仪） 梁红玉（周剑尘） 林冲雪夜歼仇（吴永刚） 正气歌（吴祖光）[3] 1941：岳飞（江上青）[4] 1942：赵五娘的秘密（徐卓呆） 1943：湖上诗人（杨燕怀）[5] 1944：钗头凤（魏于潜，即阿英） 精忠报国（舒湮） 燕市风沙录（王梦鸥） 夜奔（又名林冲夜奔）（吴祖光） 雷峰塔（卫聚贤） 1945：潘巧云（黄鹤） 1947：雄黄酒（卫大法师）	韩世忠 梁红玉 文天祥 贾似道 毛泽民 苏东坡 陆游 赵士程 阮小七	陈忱《水浒后传》张四维《双烈记》 冯梦龙的《白娘子永镇雷峰塔》 方成培《雷峰塔》 秦鸣雷《合钗记》（《清风亭》）

1　谷剑尘.岳飞之死［M］.上海：中华书局，1936.据谷剑尘所记："一九三四，十二，十五，初稿完毕。一九三五，一，一一二，公演于无锡教育学院。一九三五，一，十，修正于锡寓。"

2　罗永培.正气［M］.长沙：商务印书馆，1940."二十八年八月十九日"。

3　吴祖光.正气歌［M］.上海：开明书店(四版)，1947.据他1941年写的《跋》："一九三八年的秋天，在重庆开始写这剧本；到一九四零年夏天在江安写完。"

4　赵景深.我与文坛［M］.上海：上海古籍出版社，1999.江上清即舒湮。据赵景深《记舒湮》，"他用江上青的笔名写的《精忠报国》，在上海沦陷时是与吴祖光《正气歌》齐名的两大杰作。"

5　杨燕怀.湖上诗人［J］.艺文杂志，1943，1（5）."此剧略依日本谷崎润一郎之苏东坡改编而成"。

续表

朝代	历史题材话剧剧目	主要人物	主要来源
元（3）	1918：妇（又名杀狗劝夫）（测天） 1941：大明英烈传（于伶）[1] 1943：孔雀胆（郭沫若）	唐力行 刘伯温 张良弼 常遇春 苏皎皎 段功 阿盖 梁王 车力特穆尔 杨渊海	（元）萧德祥《贤达妇杀狗劝夫》 郭勋《大明英烈传》 柯劭忞《新元史》
明（24）	1918：乔太守乱点鸳鸯谱 明末遗恨（姚伯欣） 冯小青（谢桐影 叶文英 陆美云口述） 王老虎抢亲（方一也记录） 1926：囚犯（李健吾） 1936：史可法（陶秦） 费宫人（祜） 费宫人（徐訏） 1937：史可法（中央台） 纪念碑（铁群） 秦良玉（碧遥） 1938：秦良玉（杨村彬）[2] 1939：血印碑（刘静沅） 1940：费宫人刺虎（佚名） 陈圆圆（蒋旂） 李香君（周贻白） 1941：梅花岭（白沙） 1944：沉箱记（孔另境） 桃花扇（周彦）[3] 1945：甲申记[夏征农 吴天石 西蒙（沈西蒙）] 李闯王（阿英） 1946：陈圆圆（田汉）	刘肇基 史可法 张也福 刘良佐 多尔衮 秦良玉 樊邦 陆逊 李子静 信刚雄 文华 文敏 王忠信 费贞娥 长平公主 王成恩 李自成 韩虎 吴三桂 崇祯帝 罗虎 祖大寿 吴襄 杨娥 田畹 侯方域 李香君 阮大铖 马士英 杨文骢 柳敬亭 陈贞慧 杜薇 李于先 杨龙友 李贞丽 李岩 姜琛 熊开元 孙传庭 杜勋 刘宗敏 牛金星 永历帝 胡国柱 陈定生 苏昆生 郑妥娘 顾君恩 周遇吉 宋献策 董小宛 方密之 吴次尾 柳如是 钱牧斋 冒辟疆	张廷玉撰《明史》 冯梦龙《醒世恒言》 陈文述《西泠闺咏》 方苞《左忠毅公逸事》 史可法《复多尔衮书》 王士禛《池北偶谈》 温睿临《南疆逸史》 董榕《芝龛记》 孔尚任撰.梁启超注《桃花扇》 冒辟疆《影梅庵忆语》《亡妾董小宛哀辞》

1　于伶.大明英烈传［M］.上海：上海杂志公司，1948（2版）."一九四零年五月为上海剧艺社演出作"。

2　杨村彬.秦良玉［M］.四川省立戏剧教育实验学校编纂委员会，四川省立戏剧教育实验学校出版课，1939."廿七年七月写剧于桂湖，十一月写小言于排演本印行时。"

3　周彦.桃花扇［M］.建国书店，1946（沪初版）."周彦三十三年戏剧节写于重庆"。

续表

朝代	历史题材话剧剧目	主要人物	主要来源
	桃花扇（欧阳予倩） 1947：董小宛（舒湮）		
清（54）	1918：中山被难（郑正秋） 石家庄［（郑）正秋］ 桃源痛［（郑）正秋］ 蔡锷［（郑）正秋］ 安德海大闹龙舟（周天悲） 杨乃武（沈文奎记录） 邱菽园毁家救国（佚名） 恨海（情天恨）（李悲世口述） 乾隆皇帝休妻［（朱）双云］ 翡翠园（沈文奎记录） 1922：彭素娥（彭湃 李国珍） 1923：生别离（汪剑余） 1924：姚烈士投江（寿子逸） 1925：吴樾（汪剑余） 黄花岗（田汉） 1926：孙中山（国父）（刘燧元，梁式，汤澄波执笔） 1930：石达开（兹九女士） 吴淞遗恨（李罗梦，卢野马） 菩萨威灵（李罗梦，卢野马） 1931：左宝贵平壤喋血录（林振墉） 金田之夜（漫铎） 黄花岗（李罗梦，卢野马） 伦敦蒙难（李罗梦，卢野马） 武昌起义（李罗梦，卢野马）	孙中山 宋教仁 安德海 奕䜣 张棣华 伯和 乾隆 彭素娥 王亚庚 吴樾 石达开 陈化成 牛鉴 卫汝贵 叶志超 左宝贵 香妃 谭嗣同 袁世凯 荣禄 珍妃 光绪 慈禧 康有为 李莲英 瑾妃 王商 载漪 赛金花 卢玉芳 瓦德齐 李鸿章 程壁 郑芝龙 郑鸿达 郑之豹 郑成功 沈诠期 杨韦 刘承芳 韩宝英 马德良 秋瑾 吴兰石 伊藤博文 李鸿章 温生才 李准 陈镜波 林觉民 黄克强 徐宗汉 陈炯明 张鸣岐 应伯声 胡毅生 宋建保 林文 喻培伦 朱执信 李文甫 黄兴 林觉民 姚雨平 洪秀全 洪宣娇 杨秀清 李开芳 傅善祥 韦昌辉 赖汉英 李秀成 洪仁发 李世贤 陆顺德 陈得锋 李栖凤 高岐凤 刘兆基 史尔多 史得威 刘成良 董京武 余国秀 夏永清 李恭恪 谭嗣同 铎民 多尔衮 夏完淳 杜九皋 钱彦林 洪承畴 王聚星 翁同龢 郑成功 何斌 康熙 允祁 允祯 楚天雄 年羹尧 张连壁 隆科多	冯梦龙《醒世恒言》 黄南丁《杨乃武与小白菜》 沈复《浮生六记》 李秀成《李秀成供状》 杜文岚《平定粤匪纪略》 罗敦融《太平天国战纪》 曾国藩《曾国藩家书日记》 王文濡《太平天国野史》 张德坚《贼情汇纂》 咀雪子《祖国女界伟人传》 吁公《洪宣娇外传》 李法章《太平天国志》 赵尔巽等《清史稿》 杨英《从征实录》

续表

朝代	历史题材话剧剧目	主要人物	主要来源
	1934：香妃（顾青海） 1936：赛金花（夏衍） 石达开的末路（陈白尘） 秋瑾传（夏衍） 1937：赛金花（熊佛西） 金田村（陈白尘） 太平天国（陈白尘） 1938：郑成功（李朴园） 春帆楼上的对话（田汉） 李秀成之死（阳翰笙） 画网巾（李朴园） 1939：黄花岗（集体创作） 1940：西太后（周剑尘） 1941：杨娥传（阿英） 党人魂（唐绍华） 洪宣娇（魏如晦（阿英）） 忠王李秀成（欧阳予倩） 天国春秋（阳翰笙） 海国春秋（阿英） 1942：草莽英雄（贩马记）（李健吾） 郑家父子（新四军三师鲁迅艺术工作团） 1943：台湾（徐嘉瑞） 光绪亲政记（清宫外史1）（杨村彬） 1944：南冠草（郭沫若） 清宫怨（姚克） 光绪变政记（清宫外史2）（杨村彬） 1946：安平之战（瓮炳荣） 大渡河（陈白尘） 1947：天之骄子（云谷） 1948：相思债（刘盛亚）	王大成 李昌元 丁得胜 聂玉吉 文春英 阿常禄 马建忠 李罡应 刘永福 闵咏骏 李熙	

续表

朝代	历史题材话剧剧目	主要人物	主要来源
国外历史（12）	1918：卖国奴（郑正秋） 不如归（马绛士编译） 1926：暗嫩[（向）培良] 1927：三民鉴（陈毅夫） 1929：生之完成（耶稣之事） 1931：苏格拉底之死（王乃无） 1941：苏格拉底之死（李仲融） 1944：普若米修斯的被困（陈治策） 1946：鸠那罗德眼睛（苏雪林） 王德明（乱世英雄）（李健吾） 1947：阿史那（改编自《奥德赛》，唐朝，李健吾改编） 1948：朝鲜风云（田汉）		

图表二：重要历史人物改编剧目简目

	作品	幕	作者	来源
荆轲				
1921	荆轲之死	三幕剧	李之常	《时事新报·学灯》1921-10-25
1925	荆轲	四幕剧	顾一樵	《大江》，1925年1卷1期
1932	易水别	三幕剧	林文铮	西湖艺专剧社，1933年版。
1934	荆轲	六幕剧	胡开瑜	《少年义勇剧》，上海乐华图书公司，1934年版。
1935	荆轲刺秦王	两幕剧	张匡	《史剧选》，新中国书局，1935年版。
1936	荆轲	三幕剧	王泊生	山东省立剧院，1936年版。
1948	易水	独幕诗剧	鲁青	《北新杂志》1948年3卷1期。
聂政				
1920	聂母墓前	诗剧	郭沫若	《时事新报·学灯》双十节增刊，1920-10-9
1925	聂嫈	二幕剧	郭沫若	上海光华书局，1925年版。
1934	聂政	六幕剧	胡开瑜	《少年义勇剧》，上海乐华图书公司，1934年版。
1942	棠棣之花	五幕剧	郭沫若	重庆作家书屋，1942年版。
豫让				
1938	豫让	三幕剧	李朴园	《朴园史剧（甲集）》商务印书馆，1938版。
西施				
1933	西施	五幕剧	林文铮	国立艺专剧社，1934年10月初版
1935	西施	三幕剧	舜卿	《女青年》1935年14卷4期
1936	西施	四幕剧	顾一樵	《西施及其它》，商务印书馆1936版
1944	复国（吴越春秋）	四幕剧	孙家琇	商务印书馆，1944年版
卓文君				
1917	中古时代之文明结婚	五幕新剧	寒蝉	《余兴》1917年第25期

续表

	作品	幕	作者	来源
1923	卓文君	三幕剧	郭沫若	《创造》季刊1923年2卷1期
1929	文君之出	四幕剧	（陈）学昭	《真善美》月刊1929年3卷4号
1940	卓文君	七幕剧	恽涵	毓文书店，1940年版。
岳飞				
1932	岳飞	四幕剧	顾一樵	《岳飞及其它》，1932年版。
1932	靖康耻	四幕剧	范廉	北平新光社，1932年版。
1935	岳飞	五幕剧	王泊生	山东省立剧院，1935年版.
1935	岳飞之死	三幕剧	谷剑尘	中华书局，1936年版。
1936	风波亭	四幕剧	志	《广播周报》1936年第78-79，82期
1944	精忠报国	五幕剧	舒湮	光明书局，1944年订正出版。
明末李自成等				
1918	明末遗恨	新剧	姚伯欣	《古今戏剧大观》第3编，中外书局，1921年版。
1945	甲申记	五幕剧	夏征农等	苏中出版社，1945年版。
1944	李闯王	五幕剧	阿英	新华书店，1949年再版。
1940	陈圆圆	五幕剧	蒋旂	上海国民书店，1940年版。
1946	陈圆圆	五幕剧	田汉	第1、2幕载于昆明《正义报·副刊》（1946-2-12至4-14）
1941	杨娥传	四幕剧	阿英	上海晨光出版公司，1950年版。
1936	.费宫人	四幕剧	祜	《广播周报》，1936年第77期
1939	费宫人	三幕剧	徐訏	《灯尾集》，怀正文化社，1947年版。
1940	费宫人刺虎	二幕剧	佚名	《戏剧杂志》1940年4卷1期
太平天国人物				
1930	石达开	独幕剧	兹九女士	《长风》1930年第2期
1936	石达开的末路	四幕剧	陈白尘	上海生活书店文学出版社，1936年版。
1937	金田村（太平天国）	七幕剧	陈白尘	上海生活书店，1937年版。

续表

	作品	幕	作者	来源
1941	洪宣娇	五幕剧	魏如晦	（上海）国民书店，1941年版。
1946	大渡河	五幕剧	陈白尘	上海群益出版社，1946年版。
1938	李秀成之死	四幕剧	阳翰笙	中华图书公司，1938年版。
1941	忠王李秀成	五幕剧	欧阳予倩	文化供应社，1941年版。
1941	天国春秋	六幕剧	阳翰笙	《抗战文艺》第7卷第6期至第8卷第3期（1942年6月15日至1943年1月15日）